The Monsters of Templeton

小镇女孩的秘密

[美] 劳伦·格罗夫（Lauren Groff）著
谢佳真 译

中信出版集团 · 北京

图书在版编目（CIP）数据

小镇女孩的秘密 /（美）劳伦 · 格罗夫著；谢佳真
译. -- 北京：中信出版社，2018.7
书名原文：The Monsters of Templeton
ISBN 978-7-5086-8762-9

Ⅰ. ①小… Ⅱ. ①劳… ②谢… Ⅲ. ①长篇小说－美
国－现代 Ⅳ. ①I712.45

中国版本图书馆CIP数据核字(2018)第049579号

小镇女孩的秘密

著　　者：[美] 劳伦 · 格罗夫
译　　者：谢佳真
出版发行：中信出版集团股份有限公司
（北京市朝阳区惠新东街甲4号富盛大厦2座　邮编　100029）
承 印 者：北京诚信伟业印刷有限公司

开　　本：880mm × 1230mm　1/32　　印　　张：12.5　　字　　数：282千字
版　　次：2018年7月第1版　　印　　次：2018年7月第1次印刷
京权图字：01-2015-8577　　广告经营许可证：京朝工商广字第8087号
书　　号：ISBN 978-7-5086-8762-9
定　　价：49.80元

佳评推荐

劳伦·格罗夫的处女作超越了读者对这位才气纵横的作者的所有期待……
书里的怪物、谋杀、私生子、没出息的家伙难以计数，
很遗憾这么丰富有料的绝妙小说也必须要有结尾！

——故事大师斯蒂芬·金

《时空旅人之妻》之后另一独特的小说出道作，
会引起读者讨论他们的“怪物城镇”“怪物家族”。

——亚马逊网络书店

薇莉·厄普顿聪明伶俐，仿佛具有化解敌意的魔力。
这个角色本身比她周围发生的那些精巧复杂的故事更让人牵肠挂肚。
这足以证明格罗夫叙述技巧的高超。

——《纽约时报》

在这本充满诗意的处女作中，格罗夫机智地糅合了坦普尔顿几代人的故事，
以及从詹姆斯·费尼莫尔·库柏的作品中“借来的人物”。
格罗夫描绘了丰富多彩的场景。读者会从威莉的机敏才智，
以及格罗夫所创造的、包含湖怪和私生子的世界中找到乐趣。

——美国《出版人周刊》

劳伦这本出道作充满野心，其核心问题很简单，
但解决过程中触及的家族丑闻、秘密十分复杂……
读者必须动动脑，但这绝对值得！

——《今日美国报》

一部大胆糅合各种元素的美丽作品……
劳伦·格罗夫是出色的年轻小说家，
笔触优雅，叙事的野心就像她探究的人性谜团一样深邃严肃。

——名小说家洛丽·摩尔

劳伦·格罗夫勾勒出一个多层次的故事，勇于创新，出人意表！
忽而惆怅，忽而哀婉，忽而气势磅礴！

——《光明之城》作者劳伦·贝儿弗

献给父亲杰拉德·格罗夫与母亲珍妮

“嘿，朋友，事实如此啊！”
老纳蒂·班波拍膝嚷道，
“不知道自己的来处，就没法了解自己。”

雅各布·富兰克林·坦普尔
《坦普尔顿寻根者》

谁能开它的腮颊？它牙齿四围是可畏的。
它打喷嚏就发出光来；
它眼睛好像早晨的眼皮。它行的路随后发光，令人想深渊如同白发。
在地上没有像它造的那样，无所惧怕。凡高大的，
它无不藐视：
它在骄傲的儿女上作王。

钦定本《圣经》，（约伯记：第四十一章
十四节、十八节、三十二至三十四节）

这是开天辟地的故事。

马默杜克·坦普尔
《美国蛮荒故事》，一七九七年

作者的话

一部妙趣横生的虚构作品……不管论述如何吊诡……

会满足我们对真理的喜爱——

不是对真实姓名、日期之类事实的小爱，

而是对更高层次的天理、伦常的热爱，这是人心的根本原则。

——摘自詹姆斯·费尼莫尔·库柏

《早期重要文选·一八二〇至一八二二年》

长大成人的一年冬天，我人在遥远的异乡。那段日子我夜夜梦见老家的静谧小湖，夜夜从梦中惊醒，心里非常悲痛。我思念老家，就像思念一个人。本书就是在那个漫长的黑暗冬季写成的，当时我想写一个故事表达我对库珀斯敦的爱意。

起初我勤做学问，饱读库珀斯敦的镇史，詹姆斯·费尼莫尔·库柏的作品更是竭力多看，因为要写库珀斯敦，就不能不写库柏。但说来也奇怪，我愈了解故乡，思绪便飘离事实愈远，自行在我脑海里构成故事，主宰了内容。日期变了，不曾存在的婴孩诞生了，历史人物发展出新的性情，出现骇人举动。我逐渐明白笔下的内容不再是库珀斯敦，我偏离了本源。

我方寸大乱，幸亏库柏为我解套。他的小说《拓荒者》（*The Pioneers*）写的也是库珀斯敦，他笔下的史实也稍微偏离正轨，因此他赋予故乡新的名字：纽约州坦普尔顿。我安心了，决定遵循他的先例。

大约就在这个时候，他的书中角色敲了敲我的心扉，找上我。我敞开心门，进来的人是马默杜克·坦普尔与纳蒂·班波，还有钦加哥、昂卡斯酋长、科拉，甚至佩蒂伯恩（Prettybone）也在故事中间粉墨登场一次，不过她将姓氏改为比较有趣的美骨儿。[1] 让他们出场，合情合理：他们伴随我成长，几乎与真人无异，而且他们在我脑海中建构出我的小镇传奇。他们确实属于我的坦普尔顿。

话说到底，小说是以谎言叙述真相的艺术。这一部家乡故事，与我提笔时的设定有出入。这个故事将历史视为具有延展性质的素材，试图为我的湖畔村庄描摹出另一个版本的真相，将我童年生活的玄密事物与魔法都写进故事。库珀斯敦有许多乡野传奇，诸如棒球发明人阿布纳·道布尔迪、湖怪、《皮裹腿》以及你会在夜里撞见的诸多事物等等。我们在库珀斯敦生活久了，自然觉得这些都是确实属于我们的故事。我的坦普尔顿之于库珀斯敦，正如同一棵树的影子，在地面显现那棵树的具体轮廓。

当然，本书所有的角色大抵是出于虚构。假如书中人与库珀斯敦的实际居民有雷同之处，纯属巧合；依据真人写成的部分，我已告知当事人。历史人物被我修改得面目全非，无从辨识。我只希望自己描绘的故乡，仍然保留着原貌。

---

1 以上均为《皮裹腿》（*Leatherstocking*）五部曲中的人物，前述《拓荒者》也属于五部曲。——译者注

目 录 | CONTANTS

1 归乡 001

2 开镇先祖父马默杜克·坦普尔 011

3 嬉皮母亲薇薇安 013

4 路跑之友 030

5 小镇的秘密 033

6 门外有狼 047

7 开镇管家美骨儿太太 073

8 皇后与起重机 079

9 曾外祖母莎拉的日记碎片 098

10 迷失坦普尔顿 116

11 奴隶赫蒂 129

12 牛仔脸 136

13 路跑之友的悲伤夏天 158

14 皮裹腿 161

15 豪气干云薇薇安 169

16 神秘信札 180

17 来自路跑之友的问候 202

18 决裂 209

19 有多少光，就看多远 240

20 无名氏 249

21 一败涂地 255

22 超级小丑德怀尔 279

23 “毛人”先祖理查德 289

24 千钧一发 299

25 风暴 305

26 暗影与残篇 310

27 萨加莫尔 313

28 鬼使神差 316

29 开镇先祖母伊丽莎白 335

30 真相 349

31 嬉皮少女的秘密 355

32 湖怪阿激 364

33 离开 368

34 永远的坦普尔顿 378

尾声 388

1

归　乡

就在我不太光彩地返回坦普尔顿那天，五十英尺[1]长的湖怪尸首浮上了潋镜湖。拂晓时刻的诡异紫色渲染着七月，浓雾充盈群山环抱的盆地，连鸟儿也分不清此时是黎明还是夜晚，鸣唱声畏畏缩缩的。

克卢尼医生照例晨起划船，在雾气仍然深重的时分发现湖怪。在我想象中，事情经过是这样的：单人小艇尖刀般的船艏滑过湖面，桨片扬起一圈圈涟漪，红艏灯在黑暗中明明灭灭。蓦然，医生后方隐然浮现耸立的阴影，从未有岛屿的地方无端冒出一座岛，那正是湖怪的巨大腹部。由于小艇是往后划，老医生看不到它，越划越近，以至船艉的安全球陷入湖怪橡胶般的皮肉里，有如手指戳进气球。船艉抵住湖怪皮肤的压力濒临抗张力的极限，但在刺穿兽皮之前，小船便无法挺进，它猛震一下便停住了。医生回头查看，但没料到会有意外之事，一时无法辨识出眼前的东西。当他发现死亡让那双可怕的眼睛呈现混浊后，这位老医生便眨眨眼，昏了过去。

1　英美国家使用的长度单位，1英尺约为 0.3 米。——编者注克卢尼医生苏醒的时候，天已放明，一道道阳光映照着水面。他划船绕着翻白肚的湖怪不断兜圈，流着眼泪，嘴里泛出苦薄荷糖的甜焦味，那是悠远的童年滋味。后来一只海鸥落到巨兽平坦的下颌，垂头偷偷尝鲜，克卢尼医生这才回过神来，划过湖面，回去唤醒镇民，吆喝着大新闻。

“奇迹呀！”他叫道，“奇迹呀！大家快来看。”

那一刻，我在老家埃夫里尔别墅对面的公园闲晃了至少一小时。我待在一块冬季时会灌水做成溜冰场的凹地，努力凝聚勇气。雾气笼罩着我怪模怪样的宏伟老家：别墅初建于一七九三年，维多利亚时代的一八九〇年兴建了一边侧翼，另一边侧翼则建于缺乏品味的二十世纪七十年代，这让别墅的整体外观看起来更协调，几乎算得上美丽。我恍恍惚惚，觉得自己看得到屋内的母亲、世代相传的家族古董、居住在我童年房间的温柔鬼魂。他们统统像X光片上的骨骼清晰可见，易碎如粉笔。

我感到周遭的世界如若扯得太紧的绳索，正嘎吱作响，并一丝一缕地断裂。

在返乡途中，我在水牛城附近的休息站洗手间瞥了一眼镜子，惊骇地发现自己变成陌生人，衣服又皱又脏，原本美丽的脸庞浮肿潮红、泪痕斑斑、憔悴消瘦，千百枚阿拉斯加蚊蚋螫咬的痕迹令我不成人形。四月剃光的头发重新萌发，长出一绺绺怪异的棕发。我像一只越大越畸形的小鸡，饥肠辘辘，正在换羽，被逐出鸡窝。

周遭的夜色逐渐消退，我俯身干呕，没再移动，直到湖滨街隐约响起踩踏声。还没看到人影，我就知道那是路跑之友。他们是一小群感情亲密的中年男子，天天在坦普尔顿街道晨跑，不分季节，不畏冰雪雨水，也不管细雾绵绵。他们跑近时，我听到细碎的交谈声，脚步声夹杂着一些啐吐和喘息。他们六人从黑暗中现身，来到湖滨街仅有的路灯光线下，看到我在公园里神态有些消沉，大概觉得我有点眼熟，偏偏距离远得认不出我，便一致向我举手致意。我挥手回礼，看着他们粗壮的身形隐没到下方的街道。

我的脚步穿越马路，走向车道，通过车库门，打开玄关更衣室，干草、尘埃和苦橙的气息扑鼻而来，那是家的味道。我差点折回车上，等天亮再说。我一年多没和母亲见面了。其中一个原因是我没有返乡的财力，再者这也是我离家后，她第一次没有给我钱。我尽力不出声，悄悄进屋，希望好好睡上几小时，再去叫醒她。我将鞋放在她白色护士鞋旁边，穿过玄关更衣室，进入厨房。

虽然我以为母亲会在梦乡，她人却坐在厨房桌前，《自由人新闻报》摊放在桌上。大玻璃门映出她的侧影，从那门再望出去，你会看见两亩的草坪和湖光山色。她必然是轮值了夜班回来，因为她的脚泡在搪瓷脸盆的热水里，阖着眼，脸垂在一杯茶上方，仿佛试图蒸溶五官。反正，她的五官早就逐渐消逝了。她四十六岁，但太年轻的时候嗑了太多药，以致皮肤枯槁松弛。她垮着肩膀，裙子背后的拉链拉开，露出一小截红色棉质内裤，裤头溢出一圈肥肉。

从厨房门口看过去，母亲显得苍老。要不是我双手已经紧紧揪住我的心，她这个模样会令我的心裂开。

我一定是移动了或吞咽了口水，母亲才会转头看我。她眯起眼睛眨了眨，沉沉叹了口气，一手掩着脸，喃喃说：“可恶的幻觉。”

我哼了一声。

她再次打量我，皱起额头。“不对，葳莉，你不是幻觉，对吧？”

“显然这次不是。”我上前亲吻到她额前的发际线。她散发着医院的消毒剂气息，但这团气息深处仍有她的味道，闻来类似鸟类，像温暖的蒙尘翅膀。她捏捏我的手，脸色泛红。

“你看起来好狼狈，你怎么会回来？”她说。

“唉。”我叹息，不得不移开目光，看看湖面逐渐淡去的袅袅雾气。我拉回视线时，她已经没了笑意。

“你、到底、回家、干什么？”她复述问题，仍然握紧我的手，但每说一个词便加一把劲，令我的手骨全挤在一起。

“天啊。”我倒抽一口气。

“唔。”她说，“要是你惹上麻烦，你最好祈祷。”这时我才见到沉沉垂挂在她双峰之间的粗糙生铁十字架，仿佛母亲去了这条路上的农家博物馆，将两根鞋钉锻烧成十字架。我用没被她抓住的手推推十字架，皱起眉头。

“妈？”我说，“千万别说你成了耶稣狂。看在老天的分儿上，你是嬉皮，记得吗？有组织的宗教一律是坏东西？”

她松开我的手，将十字架塞进衣服内。“不干你的事。”但她大半晌没办法直视我。

“妈，说真的，你怎么会变成这样？”

母亲叹了口气。“人总会变的，葳莉。”

“但你不会。”我说。

“你该庆幸我也会变。”她垂下眼睑，尚未意识到我不该出现在她眼前——我应该要二十四小时待在炫目的阿拉斯加冻原，吹开地衣，披露人类文化在三万五千年前便存在的铁证（也许是深深嵌在地底的门牙，或是仍然泛着海豹油光泽的工具，冻结在干草原里完好无缺）；我应该追随斯坦福大学考古系教授普赖默斯·德怀尔博士、哲学博士、巴顿·P. 思拉舍博士，在短短几个月内完成博士论文，毕业，展开绝不可能黯淡无光的人生。

大二时，我告诉母亲要将满腔的热血倾注到考古学，她的脸上掠过万分失望的表情。“哎呀，葳莉。”她是这么说的，“亲爱的，世界上没有你能发掘的东西了。既然可以展望未来，何必回顾过去？”那时我滔滔不绝，连续几小时诉说当你吹走尘土，察觉手上捧着的是古老骷髅头，上面有早已灰飞烟灭的人留下的燧石刀痕时，内心该有多么赞叹。母亲就像其他许多满腔热血耗竭已久的人，看出我的渴望，也心向往之。考古学能引领我进入大千世界，前往沙漠和冻原，远离坦普尔顿，而我相信这符合她对我的一贯期许。如今，她的自负及残余的祖产大半用在滋养我的梦想，培养我做大无畏的探险家，搜寻骸骨和古陶器碎片，一头钻入广袤的史前时代。在天色逐渐明亮的早晨中，她望着我。一艘汽艇全速驶过湖面，引擎的轰鸣竟然掠过了两亩亮绿色的芫蔓草皮，传到我们耳中。

“葳莉。”母亲现在说，“你惹上麻烦了吗。”这是陈述事实，不是提问。

“妈，我闯下大祸了。”我说。

“那还用说。不然你怎么会在坦普尔顿？之前就连每年回来过圣诞，也像要你的命。”

“何必说这些，妈。”我在厨房椅子上坐下，额头靠在桌上。

母亲看着我，叹气说：“葳莉，对不起，我累昏了，先说说是什么状况，我才能放心睡一下，晚点再看怎么处理。”

我望着她，之后又不得不垂下头，细看桌面上蜡状残余物的纹理。我给了她一个大幅删减来龙去脉的说法。

“呃，妈，我似乎是有了，孩子的爸爸可能是德怀尔博士。”

母亲捂着嘴。“哎呀，老天保佑。”

“对不起。妈，事情还没完呢。”我大大吸一口气，就凭这口气把事情交代完毕：我说我还企图用小飞机撞死他老婆，也就是教导主任，而杀人未遂的罪名可能会让我回不了斯坦福大学。我不敢喘大气，等待着挨拳的痛楚。尽管母亲抱持嬉皮的道德观，小时候跟她掀起母女大战时，也有吵到气喘吁吁、横眉竖眼、隔着桌子对峙的情况。有一两次我犯下严重错误，她确实动了粗，一拳解决纷争。

但她现在没有打我，四下静悄悄的，听得见餐室里两百年的老爷钟钟摆嘀嗒、嘀嗒、嘀嗒。我抬眼时，母亲摇头说：“真不敢相信。”她用一根手指推开茶杯。“我拉扯你长大，是要你出人头地，你却一败涂地，跟你一败涂地的母亲没两样。”她脸肉颤抖，涨红了脸。

我想拉她的手臂，但被她甩掉，仿佛光是碰到我也会灼伤她。“我要吃几颗安眠药。”她起身。“我要尽量睡久一点，等我起床，我们再看怎么办。”她拖着脚走到门口，仍然背对着我，迟疑地说：“对了，葳莉，你的头发。你头发本来很漂亮的。”她离开厨房。我听到她踏过这幢老屋每块吱呀响的地板，爬上大厅楼梯，从走廊渐渐远去，进入主卧室。

到最近几年，我跟母亲的关系才如此冷淡。小时候，我会和年轻的母亲玩克里比奇牌戏跟尤克扑克牌，笑闹到深夜。我们融洽到了极点，即使难得获邀去过夜或参加生日派对，我也绝对无心赴约。我们母女与镇民的关系古怪，我们是开镇元老马默杜克·坦普尔的最后遗族，是伟大小说家雅各布·坦普尔的嫡系后裔。我们中学时，每年都学习他的作品。有一回我向一位大学教授承认我和雅各布的亲族关系，教授竟然流下眼泪。但我们生活太拮据，加上母亲正值青春、未婚，太怪诞的流苏花边和强烈政治立场，以致我们踏出家门、没有怪里怪气家园的庇护时，感觉总像在与全世界对峙。我清楚记得十岁左右（那时的母亲跟我现在同年，二十八岁），我在她房门外听她哭了几小时，宣泄在杂货店受到的侮辱。这回忆是那段岁月的最佳写照。夜里，我会梦见自己成了庞然巨物，阔步走过大街，用我愤怒的妖怪脚踩扁敌人。

此刻，我独自在晨光中喝干母亲剩下的茶，以融解五脏六腑的寒冰。母亲错了：我确实想回家。坦普尔顿在我心里就像次要的肢体，天生属于我，理当永远存在。我可爱的小村子有宏伟的古宅，有绚丽的湖泊。在我秀丽的小村子里，人人都清楚你姓甚名谁，但也有精巧的建筑物令这里与众不同：例如棒球博物馆、歌剧院，医院生意兴隆，病患遍及纽约上州其余各地。这里呈现了城乡风格兼具的奇特样貌。当我需要安全感、需要休养生息时，便会返回故乡，我只是许久没有那种需求了。

我在桌前独坐一会儿，看着乌鸦飞落到菜园，啄食我们祖宗留下来的蔬菜；虽然母亲刻意不去照顾那些蔬菜，菜却年复一年欣欣向荣。稍早驶向湖心的汽艇疾驰回来了，不久后，有更多汽艇像大雁排成“人”字，轰隆隆地驶到湖上。我好奇地拉开玻璃门，来到门廊，清晨逐渐和煦。从门廊看过去，环抱潋镜湖的山峦俨然睡狮臀部，平滑无毛。我凝视湖面，直到汽艇重回我视线范围，一起费劲地拖拉某种灰白玩意儿，那庞然大物在旭日下泛出光泽。

就这样，尽管那一刻我疲惫不堪，我仍赤足奔向凉冷的草地，前往湖畔公园。途中我经过我们家的泳池，发现它如今水藻丛生，沦为蛙塘，千百只青蛙被我吓得扑通扑通，飞扑进水塘。我走下连绵的草皮，穿过暗影溪上的水泥桥，擅闯哈里曼太太的后院，最后杵在湖畔公园的路上看着那些汽艇靠岸。

我站在莫希干人的铜像下，那是本镇小说家雅各布最著名的书中角色。慢慢地，周遭人越聚越多。这些我从小就认识的人认出我，向我点头打招呼，因为我外表的剧变而吃惊，又因为那一刻的肃穆而沉默。不知何故，我们无人讶异。坦普尔顿是传奇满天飞的小镇：这里据说是棒球发源地；老磨坊下面似乎曾挖出一具巨人化石，足足十英尺高，年代久远、斑斑驳驳（这是一场骗局）；还有与我们如影相随的鬼魂。再说，我们童年在湖畔夏令营营火前便听过湖怪故事，小谣言不断流传，因此我们一直都对这天的来临有心理准备。镇上的疯子尿尿斯莫利站在法柯公园长椅上，裤子反穿（尿湿了，因此得到“尿尿”的绰号）的他叫嚷着，说自己曾在一个雨水丰沛的四月天站在萨斯奎汉纳桥上，看见巨兽从底下的宽阔河面经过，对着他笑咧了嘴，露出黑牙。故事说罢，他就尖叫：“阿潋、阿潋、阿潋！”仿佛在念咒召唤湖怪。

几乎整个坦普尔顿的人都在场，看着汽艇关闭引擎，平稳地靠岸。“昂卡斯酋长号”观光游艇在波浪中轰鸣，靠上码头。路跑之友万分肃穆地下船，老旧的接头咿呀作响，将湖怪的拴绳固定在湖畔墙上的铁钩上。在镇上棒球观光客听说我们的奇迹、带着廉价照相机飞奔来大呼小叫、摆姿势拍照之前，在新闻采访车以九十英里[1]的时速

1　1英里约为1.6千米。——编者注

从奥尼昂塔、尤蒂夫、奥尔巴尼飙来前，我们有几分钟的时间可以沉浸在那悠长的祥和静谧中，打量打量我们的湖怪。

在那半晌，我们看到了它的全貌。湖怪是一只巨兽，深奶油色的皮肤上有些地方变得比较深，呈现柠檬黄。它在水面仰漂，状似硕大的鲤鱼，有鲤鱼的肥肚和圆眼，关节修长的颈项令人联想到芭蕾舞伶，四条蹼腿圆圆胖胖像青蛙。汽艇的绳索陷入它的皮肉，伤口裸露在外，仍然渗出暗沉浓稠的血。我上前碰触湖怪，大家也跟进。我把手放在它的腹部，抚摸渗出液体的皮肤，那里的毛发纤巧细致得像我的手毛，只是更加浓密，仿佛覆满桃子表面的细毛。我以为旭日可以晒暖它，但湖怪冰冷极了，仿佛躯体的核心是这座冰河湖底部的寒冰（据说仍然存在的寒冰）。

不知何故，早在那时候，我们就能清楚感觉到湖怪是单独行动的。它眼睛上方的几道皱褶令苍老的面容显得睿智，浑身散发出浓烈的孤绝感，让那天公园里的大家都觉得方圆几英里空无一人，但其实我们正并肩抚摸着它。在那之后，我们将听说潜水员无法潜下湖底（他们调来了深海探测仪），设法寻找死亡湖怪的同类。我们将听说尽管他们拼命搜索，却找不到第二只，只有乱七八糟的物品：生锈的牵引机和塑料浮标，甚至古董留声机。他们找到一整辆漆成黄色的四轮马车，车内有一具小猎犬的骸骨。他们也找到几十具溺毙或遭到弃尸的人类骸骨，不知是潮流或某种玄妙的原因，并排在朱迪思灯塔旁边金费舍大楼附近的礁石的浅凹中。

那天早晨，当我的手仍按着湖怪躯体时，悲伤席卷而来。我忽然记起中学时，我和几位朋友有一回在三更半夜溜到乡村俱乐部码头，嘻嘻哈哈，赤身进入映着满天星斗的幽暗水域。我们游到湖心，在那幽黑中踩水，所有人都默然不语，沉浸在置身完美空间泅泳的感觉。我仰着头转圈，令天上的星辰变成一圈圈的光亮，暖黑包覆我的身体，双手消失，肚腹不复存在了。我只有一颗头颅、一双眼睛。当我触摸湖怪时，我突然记起来了：在那遥远的一夜，我曾感觉到下方有某种巨物在移动，而那东西又大又白，唱着歌。

2

开镇先祖父
马默杜克·坦普尔

摘录自《美国蛮荒故事》(一七九七年版)

一七八五年春，我辞别新泽西的家人，前去考察纽约辽阔的穷山恶水，也就是我日后扬名立万、发迹致富的地方。时值革命结束，局势大好，连我这种曾经目不识丁的凿子、水桶师傅，也能在我们草创未久的国家闯出名堂，成为显赫人物。沿途的路程艰险，大地依旧冰封。我只身进入仍有嗜血土著横行的地区，森林仿佛紧盯着我，我总是持刀入眠。

我终于踏上纽约的土地后，立刻将马匹留在青翠山谷吃草，独自疲乏地爬上高山，俯瞰尚未有人染指的大地。森林静谧，盘结的树根上长着怪异的橙色蘑菇。起初四周漆黑，晌午的天光从林间洒落在我身上，黯淡如薄暮。之后，我辨识出阴暗里的裂隙，山口直落一百英尺，崖底有树木，那便是我走进阳光的地方。

群山环抱着下方的湖泊，波光潋滟有如一盘玻璃。三只老鹰在淡淡的蓝天盘旋，山上松树蓊郁。我立在那里，看着一头母熊带领几头小熊从河口附近冒出来，到湖泊饮水。这片与世隔绝的纽约荒野没有半丝风，一切平静。

蓦然间，我见到幻影了。湖畔出现建筑物，有尖塔、有屋顶，是不折不扣的城市，烟雾般的市街忙碌扰攘。我跪倒在不知名的蕨叶上。在湖畔晃动的幻影，便是我日后要兴建的坦普尔顿，这片处女地将成为一方重镇，成为费城或伦敦那样的繁华都会。我把目光往上移，见到了山间遍布着的美好事物：雌犊、果园、葡萄园、麦田。我能将蛮荒雕塑成文化荟萃之地。我能凭借一己之力，从无到有，建立一座城市。

我一定是在崖顶待了好几小时吧。因为我回神时，膝盖已跪得发疼。异象终于随风消散，化为一缕缕烟尘。接下来的幻影更是怪异，白色庞然大物在湖里翻腾挣扎，那东西被越来越深的黑影包围，直到最后没入水中。后来，我确信那是倒映在澄澈湖面的云影，但当时这新的幻影令我惊骇不已，以致我起身时虚软无力，忽然发冷，浑身抖得像罹患疟疾。我站起来，退回幽暗森林。笼罩在清凉树荫下时，我才记起最早见到的光辉幻影——作物丰美、商业繁荣的坦普尔顿。我在潮湿的腐泥上摔了一跤，誓言有朝一日要重返这片荒野，依据我的理想屯垦、留下我的印记。那座让我初尝坦普尔顿风光的山，将取名远见山，而我看到的澄澈湖泊要称为潋镜湖。就在行进间，我相信自己是涉足新伊甸园的亚当，毫无罪愆、眼神狂野，身体仍因开辟新天地而疲惫。

3

嬉皮母亲薇薇安

女孩搭乘摇摇晃晃的公车，阳光落在她身上，她双颊颧骨上有红肿的青春痘。她的连衣裙是在中西部休息站女厕洗手台染黑的，一看便知染得仓促，而且新染未久。橘色花朵仍在布面怒放，只是成了煤渣色，碰触到皮肤的地方一概留下瘀伤似的黑痕。衣裳没碰触到她多少皮肤，因为那不仅是细肩带露背装，也是迷你裙。这女孩实在不该穿这种洋装，一来是因为她太丰腴，不适合这种款式；二来因为她是从二月气候温和的旧金山出发，要北上到正在刮冰雪风暴的纽约，她已经冷出一身鸡皮疙瘩了。但几小时前她吞服一颗强效安眠药，当然察觉不到多少寒意，她现在依然睡得香甜，嘴巴都张开了。

在宾夕法尼亚州伊利城外上车的农妇鄙夷地瞪视沉睡的女孩，咬着上唇，犹如母鸡孵蛋般闷了两百英里路，才挤出一声“嬉皮”。吐出胸中块垒后，她也进入梦乡，睡姿与那年轻女孩相仿。

女孩当然不是别人，就是我的母亲薇薇安，时值一九七三年年初，她十七岁，正在返回坦普尔顿的路上。回首前尘，她始终觉得那个狂野的自己是她十七岁前的几个身份中，最具真性情的一个：备受娇宠的女儿、平凡乖乖女、叛逆女、逃家女、嗑药的旧金山嬉皮。她十七岁后扮演的角色也不如当年有个性：母亲、护士、宗教狂、未老先衰的女人。我妈是人形洋葱，在这些年褪去层层外皮，变成狂热的浸信会[1]信徒。二十八岁的我在湖怪死去那天返乡，看到她那刻薄、催泪的模样，不禁担心这其实是她最真实的本性。

但那时她不过是个少女，只是吃了安眠药，睡得迷迷糊糊罢了。锡制的和平勋章项链坠子随着客运的每一下颠簸，在她没有穿戴胸罩的胸膛拍呀拍的，仿佛怜惜她刚刚成为孤女。她隐约知道父母双亡了，但她不清楚死因和死法，也还没有父母已不在人世的实感。再度睁眼时，她看到湖泊另一端的白色建筑群，坦普尔顿的房舍挨聚在那里，像随时会发出嘶声的一群鹅。她心思太单纯，还没意识到镇民即将背弃她。那女孩真是不成体统，闲言闲语如此说，瞧瞧她那副德行。镇民觉得她很危险，宛如一个抗议游行的女人，她光凭不修边幅的外表、毛茸茸的双腿、布满血丝的眼睛，便足以引诱他们的孩子吸食大麻、性交、参加抗议活动。

母亲压根儿不知道镇民会在瞬间背叛她：她觉得坦普尔顿是她的故乡。她跟显赫的马默杜克·坦普尔是亲族，是这位伟人的杰出作家儿子雅各布的嫡系后裔。她将坦普尔顿视为祖籍，但她身为嬉皮，也隐约觉得不该再相信这些陈腔滥调。

母亲真可怜。她在老火车站旁下了客运，拖着（偷来的）皮箱到

1　浸信会，十七世纪从英国清教徒独立派中分离出来的一个主要宗派，因其施洗方式为全身浸入水中而得名。此宗派反对婴儿受洗，强调信徒与上帝的直接联系，只承认基督和《圣经》在信仰实践上的权威，不承认礼仪为圣礼，仪节并无神圣价值和意义，信徒反因信仰而获恩典。——编者注

路边，没意识到不会有人来接她。她坐了一小时，冻得打哆嗦，确信自己通知过父亲在客运到站的时间去接她。好不容易，她才想起自己在派对上接到的可怕电话，律师说她父母发生车祸了。当时律师费了一番口舌解释她父母亡故，但有好长一段时间，她都以为那是朋友的恶作剧。

于是，刚成为孤女的薇薇安穿着加州单薄的裙装，将皮箱拖在身后，走下冰封的大街，路过法院，过了南北战争纪念碑，穿过栗树街明晃晃的黄色“让道”标志，一路走到埃夫里尔别墅，屋内没有灯光，没有暖意，没有为她接风的人或物，只有更多寂静。

她看到律师留在电话旁的字条，但累得没力气读，踩着疲惫的步伐上楼，见到父母多年来睡出两块凹陷处的床铺，这才意识到家中的变故。尽管整件事宛如幻觉，却是睡一觉也不能消弭的现实。早晨时，她在父母床上醒来，父母已然不在人间，而葬礼已在她回来前一天举行。

第二天，母亲昏昏沉沉地走动，活像脑袋里塞了太多棉花。她开始觉得自己是孤女了。但她那时没有哭，连着几年都没落泪，直到有一天她切着一颗从菜圃摘的西红柿（仍是温热的），切到一半她放下刀，到楼上床铺号啕大哭了起来，一哭就是三天。她倒在床上不起身，泪湿的脸庞泛红，任由四岁的女儿站在房门口吸吮手指，拿来一盒盒的谷片，将圆环造型的小谷片一粒粒塞进母亲嘴里。三天后，母亲擦干眼泪，抹掉下巴上三粒干涸的西红柿籽，回到楼下，重做她情绪小小崩溃时正在做的西班牙冷汤。

我外祖父母过世的官方版说法是这样的：乔治与菲比·厄普顿（娘家姓蒂普顿）死于车祸。讣告说他们的车在冰封的湖滨东路打滑，车速飙升太快，呼啸冲下三十英尺深的悬崖，落在软冰上，冰面裂开，他们沉入湖中。此时两人都撞昏了，溺死在苦寒的湖水中。乔治是镇上的历史学者，拥有耶鲁的博士学位，任职于纽约州历史协会图书馆。图书馆在乔治捐赠给纽约州历史协会的富兰克林庄园内，是宏伟的大卵石农庄式建筑。他能在图书馆工作或许与捐赠不无关系。富兰克林庄园由雅各布·富兰克林·坦普尔兴建、代代相传，由于庄园非常辽阔，维修费用高昂，以乔治有限的财源实在无力负担。

乔治不会为了失去财富而心痛，但他怯懦的小妻子菲比常常叹一口气，用“以前有钱的时候……”造句，诸如“以前有钱的时候，肉铺总是会让我们记账”，或者“以前有钱的时候，我们可是罗斯福家族的朋友”，但这句纯属谎言：认识罗斯福家族的人是乔治的父母。镇民普遍推测是一九二九年的经济大萧条造成坦普尔家族的家道中落，但其实主要问题是乔治对家产漫不经心，管理不当。

乔治常挂在嘴上的话是“他根本不在乎金山银山”，而他言行一致。他是个怪人：未老先衰、性情严苛，身上有股发霉书籍和香蒲的气味。母亲没尝过她父亲拥抱的滋味，但她了解父亲，她总说：他是他外婆带大的，他外婆整颗心都放在孤儿院，院址就是现在的波默罗伊老人院。母亲常常纳闷她父亲会不会觉得自己不像外婆的血亲，倒像她孤儿院里的院童。乔治幼年时，他母亲便在湖里溺毙，之后他就没见过父亲，因为他父亲哀痛过度，搬去曼哈顿，只按月寄一张支票给儿子，随函附上一封短信。不过母亲告诉我，乔治过得很惬意，只是外人可能看不出来。母亲回到坦普尔顿后，发现她父亲整颗心都放在一项私密的嗜好上面。

那天早晨，母亲坐在律师的办公室发抖，隐约窥见父亲对工作的热忱比她想象中炽烈。律师委婉地说，其实，或许是因为那项工作，她阴沉的父亲才会驾驶凯迪拉克冲出路边。

“咳，你父亲，”他轻轻说，“或许，嗯，并非对舆论无动于衷？”

母亲听了只能说：“废话，那当然。”她想起古板的老爸只要听到有人稍稍批评共和党、坦普尔顿，或是说他的领结歪掉，他就会方寸大乱。律师给她的笑容充满温情。昌西·托德律师是她们家的老朋友，每回他想强调什么字词，便会将语音拖得很长。他也喜欢对女人的胸部行注目礼，盯着对方下垂的丰满胸脯，仿佛他最心疼的是那两只乳房蒙受的损失（或许是失去胸罩的扶持吧），其次才会怜惜那双乳房的主人。他思忖着大家的说法是否属实，纳闷嬉皮女孩是否跟别人说的一样随便。

“薇薇安——”他温吞吞地向她的乳头说，“你，咳，大概听说过你父亲那本书吧？”

“才怪。”薇薇安说，稍稍抖动一下胸膛，存心让老律师冒汗，“他写过书喔？了不起。”

其实她的确知道这本书，父母在交寄按月给她的五十元支票时也附上了一本。她甚至非常难得地写了道贺信，看完三章，然后拿来垫摇晃不稳的床头柜。她将这件事忘得一干二净。她每天在起床、饭后、睡前吸食大麻，所以健忘。

于是，律师唤醒她的印象。那本书前后写了八年，他提醒她：在她开始叛逆、离开小镇去追寻“自由天地”前，她父亲早就已经开始着手撰稿了。律师说，这本书和马默杜克·坦普尔以及一个见不得人的秘密有关，书中也搜罗汇整了各地美国史学家对马默杜克·坦普尔的看法。说到这里，律师便不再作声，吊人胃口。

“那个秘密是什么？”薇薇安不禁感到好奇。

律师清清嗓子，那声音像是制造悬疑的小鼓滚奏。“你父亲提出了一个看法。他说你母亲娘家的亲戚，也就是坦普尔顿的埃夫里尔世家，是马默杜克·坦普尔跟家里奴隶赫蒂的后代。”说罢，他舒舒服服地靠着椅背，头一次将目光往上移到她的脸庞，看她的反应。那本书甫出版就引来各界的挞伐，所以律师以为我母亲脸上必然会掠过一阵惊愕。

不料她却绽出昏头昏脑的笑容。“酷，我是黑鬼。”

律师仍在忖度这句话的时候，母亲的脑筋慢慢转动，心思转移到别处。她脸色逐渐凝重，失望起来。“慢着，如果我爸是老马默杜克的亲族，我妈也是，那他们就乱伦了，对吧？这么说，我是乱伦的产物？”她觉得这真是天大的悲剧。这就说明了一切，她暗想，却摸不清这究竟说明了自己什么事情。

托德慢慢将一只手挪到她困惑的脸孔上，对着乳房叹气。“薇薇安——前后大概横跨五代。你的父母只是稍微沾得上边的亲戚。”

“啊，对喔。”她等了一会儿，又皱起眉心。“那，到底是有什么问题？”

托德觉得自己像在失控的旋转木马上，紧闭双眼。就这样，他不再受到我母亲壮观却毫无束缚的乳房侵扰，尽可能冷静地说明：马默杜克或许是最典型的美国子民，第一位白手起家的人；他身为贵格教派，蓄奴就已经够引人侧目了，加上他是有家室的人，竟和奴隶不三不四，更是有损颜面——这是丑闻！这让每个人心里都不舒服。马默杜克的形象粉碎，不再是大家心目中的伟人了。托德慷慨激昂说了二十分钟，开始气喘吁吁，既讶异自己的热力十足，也很满意自己的精彩辞令。当他睁开眼皮时，母亲注视他的眼神却加倍困惑了。

“那又怎样？”她总算说，“他也是人吧？又没人说他是神之类的。有时候，人都会做蠢事。好啦，你要说的也说完了，我看不出这有什么大不了的。”

“这个嘛，”托德说，“你在镇上屈居弱势族群，非常弱势。请你务必了解，坦普尔顿的人都极度愤慨，全美国的历史学术圈子也是。大家驳斥你父亲的臆测之说，甚至有人主张要纽约州历史协会开除他。以我来说，我是他的好朋友，我知道他无法忍受自己可能会被解雇，他发现自己招来排山倒海的负面评论，也感到很诧异。他跟你一样，不懂舆论吵翻天是怎么回事。真是盲目的可怜人。”他说得情真意切，摇了摇头。“他完全不明白自己哪里得罪了人。因此，我非常相信你父母的意外，或许不是意外。”

“托德先生，你知道吗？我不这么想。”我年轻的母亲说，“我是指，大家的亲戚关系从来不是什么秘密。我妈跟外婆向来说，我们是马默杜克风流账的产物。她们以前常拿这件事开玩笑，得意得很。她们也说拿不出证据。我爸不过就是证明了这件事，不是吗？他又没有改变事实。我是说，这是历史。所谓的历史，就是我们后来发现的事实，对不对？我也不知道啦，这些东西对我来说太深奥了。”

有一段时间，他们在蒙了灰尘的胡桃木办公室里默然不语。托德走到窗前，俯瞰大街。一小群年轻男子在大街上慢跑，小短裤底下的大腿是脱脂奶的青色。“健身狂。”他鄙夷地说，然后转身，哀怨地看了那双乳房一眼，再次坐下。“薇薇安，我想我们应该完成今天的正事。好，遗嘱。”他从卷宗抽出文件。

这时，母亲才知道家产几乎统统易主了。她曾曾曾曾伯公理查德兴建的砖造别墅“水滨”必须脱售才可以节税，那房子的租金曾经支应她家开销多年。吉尔伯特·斯图尔特[1]画的肉感马默杜克油画，以及笑容得意的小说家雅各布画像，都不得不从埃夫里尔别墅的墙壁上取下，转卖给纽约州历史协会，以筹措丧葬费用。图书室里收藏的雅各布初版著作，几乎得全数出清才能解决其他账单，不过她如果想将每种著作都留下一本当成家族纪念物，倒是无妨，因为雅各布每部作品都会留五册在手边，这是他的习惯。她曾曾祖母夏洛特的珠宝也要变卖，不过母亲会留下一只怀表，是夏洛特亲爱的父亲请人刻了“女作家惠存”字样的那只。乔治已将珍贵的文件悉数捐给纽约州历史协会：包括马默杜克的几幅地图、信件，雅各布收到的名人赞誉信函，诸如小说家埃德加·爱伦·坡、电报之父萨缪尔·摩尔斯、在美国独立战争中居功厥伟的拉斐特将军等等。母亲接收家族《圣经》、马默杜克夫人的祈祷书、她长年担任职棒联盟理事长的祖父埃斯特瑞克·小赛·厄普顿的丰富棒球收藏品。她唯一可以保留的家具是埃夫里尔别墅原本的家具。最要紧的是，她可以继承大约一万五千美元的存款，那是她出生时祖父的赠礼，也是马默杜克数百万家产最后剩下的金额。

“好消息是，”托德说，“你可以留下埃夫里尔别墅。你母亲之前就办理房屋信托了。”

我母亲愁苦地望着律师，律师安坐着揉捏鼻梁。她在返乡的漫长车程中下定决心，要将所有的家产变现，在加州的海滨卡梅尔小镇

1　吉尔伯特·斯图尔特（Gilbert Stuart，一七五五—一八二八），美国画家，一元美钞的华盛顿肖像是他的作品。——译者注

（Carmel-by-the-Sea）买一间俯瞰大海的可爱房子，屋子上要覆满紫藤。她打算成为诗人，十八九岁到二十几岁的这段时光，她老是跟年纪还小的我说：文字灼炙着她的指尖。几年后，她会阅读我文笔拙劣的中学报告，以浑然天成的笔触重新遣词造句，直到文句如行云流水。在返乡的客运上，她巨细靡遗地幻想着住在海滨小屋、永远不必工作的悠长人生。我们总会臆测别人出现某些言行举止的原因，如果那些言行很古怪的话，我们更是臆测。我的臆测是：她利用卡梅尔小镇的白日梦驱赶内心蠢动的哀伤，对抗父母双亡带来的难解失落。

现在，在律师的办公室里，她觉得自己势必得待上一段时间，将颓圮的埃夫里尔别墅整治得有模有样，再设法求售。即使一切顺利，进账大概只够她买下比梦想小屋更小的房子，余款大约够她用上十来年，假如到时她仍然不是大诗人，便得工作谋生。

律师望着她苍白的面容、红肿的青春痘，一丝怜悯不禁在他胸中扰动。“钱是不多，”他语气和蔼，“但是如果好好利用，也够你过舒服日子了。”

“太好了，爽呆了。”她说。托德不了解新生代的讽刺方法，没听出弦外之音，朝着她的胸脯绽出温煦的笑容。母亲的响应是握住左乳摇一摇，表示再见。她穿着那一身伤风败俗的洋装，趿拉着软木鞋底的鞋子，让凌乱的发线一点一点没入湖畔的风中，举步维艰地回家。

在家里，她伫立在客厅窗前凝视湖泊。雪花在冰上回旋，山上松树的松针凝成白色的尖刺。母亲幻想老马默杜克哈哈大笑，和奴隶干那档事的样子。

然后，站在窗前的她让自己吓了一跳。她曾是小公主，是穿着亮面皮鞋、粉红纱裙的温顺秀兰·邓波儿[1]。曾经有一段日子，她为一群又一群坐在客厅古董椅子上的历史学者朗诵。他们每次大嚷“太棒了”的时候，烟斗的烟也会向她喷流过来。如果她的朗诵很出色，她父亲便会在送她就寝时，碰一下她的脸颊。“乖女儿。”他会如此说，“我的优秀女儿。”现在，望着埃夫里尔别墅窗外的冬景，童年时背诵的文字不知为何冒了出来。“一七八五年春，我辞别新泽西的家人，前去考察纽约辽阔的穷山恶水。”她的声音有点像呢喃，“……起初四周漆黑，晌午的天光从林间洒落在我身上，黯淡如薄暮。之后，我辨识出阴暗里的裂隙，山口直落一百英尺，崖底有树木，那便是我走进阳光的地方……这片与世隔绝的纽约荒野没有半丝风，一切平静。蓦然间，我见到幻影了。湖畔出现建筑物，有尖塔、有屋顶，是不折不扣的城市，烟雾般的市街忙碌扰攘。我跪倒在不知名的蕨叶上。”

以上是马默杜克记述他首次来到即将建立坦普尔顿的地点时，所见到的异象。这位伟大、冷静、英勇、理性的男人，现在被揭露为贱奴的主人，而且调戏免费劳工。妙啊！

母亲打量着壁炉架上画像里严肃的马默杜克，看了一秒。“老家伙，我知道你的事情后，变得比较喜欢你了。”她忍不住失笑，笑声在凉飕飕的屋内回荡，不知何故，那袅袅不绝的回音令她笑得更畅快，上气不接下气，直到胸口发疼，稍稍渗出一些尿液。但她旋即敛起笑，确信有一瞬间，画中人的脸孔拧挤出得意的笑容，向她眨眨

1　秀兰·邓波儿（Shirley Temple），电影演员，美国天才童星。——译者注

眼，犹如向共犯做个小小的鬼脸。

母亲注视画像，惊异起来，开始思考。她见过更怪诞的事情，只是那些异象通常来自嗑药。不过，她童年常见到一个鬼魂在埃夫里尔别墅游移。在母亲眼里，这鬼的形状是一只颤抖的大鸽子，在屋里四处遗下迷雾般的巨大羽毛。据此看来，油画里的人会眨眼也不是不可能。她朝着画像微微一笑，礼尚往来地眨眨眼。随后，她便一阵恶心，跑到洗手间呕出她早餐吃的罐头菠萝，厨房橱柜里除了罐头猪肉、果冻之外就只有那个了。那阵子，她每天早晨都觉得恶心，乳头略微肿大。上个月，她的月事没有来。

看来，母亲是怀孕了。

在我学会说话之前许久，便知道她是如何怀上我的：母亲描述她在旧金山的嬉皮公社的生活时，眼里总会闪烁着喜悦和怀旧的光芒。她喜欢将那段岁月说成是“自由性爱的实验”，但我总觉得那像出租的性爱，廉价出租的不在场证明。这个公社有四个男人，但只有三个女人，母亲不曾独自上床，永远都有瑜伽修行者、画家、西塔琴乐手、有机酸奶制造者留宿。她们当然力邀这些人加入她们的性爱飨宴。

她只有十七岁，她老是这么叹息说。她哪里懂得怀孕的事呢？随后那个月，她每天醒来，呕吐物便涌到嘴里，整个人昏昏沉沉，手脚笨重，病恹恹的。早在医生将她的尿液注射到兔子体内，看着它死亡之前，母亲便知道答案了。[1]

1　一九二七年由丛德克（Zondek）与阿希海姆（Aschheim）研发的验孕法。但“看着它死亡”是误传，孕妇尿液不会导致兔子死亡，兔子是在接受注射之后几天遭到宰杀，以便检验其子宫是否因孕妇尿液里的荷尔蒙而起变化。——译者注

验孕那天，母亲穿着医院的纸袍坐着，放在地面的脚丫越来越冷。护士在中学的时候比母亲高了三个年级，她满面通红地说："抱歉，厄普顿小姐，你有了。"而且无法直视母亲的眼睛。

就这样，我粉墨登场了。葳莉·阳光·厄普顿。我两岁前，她叫我很矬的"阳光"，当时我的脾气已经很倔强了，每次她那样叫我，我都不理她。

在稚嫩小护士通知母亲怀孕的那一刻，她便知道自己必须留在坦普尔顿。我母亲那宛如混沌沼泽的脑筋是这么想的：返回旧金山就没办法一脚踢开毒品，而留在坦普尔顿则几乎不可能找到任何毒品。她有一副好心肠，她不愿意伤害体内正在孕育的小宝宝。此外，就算返回旧金山，她也不知道孩子的爸爸是公社里的哪一个男人；在我出生前，那四个（以上的）男人都可能是我的生父。不过我出生以后，也就是她返乡漫长的十个半月后（她总是解释说，我连在她子宫里也很固执），她将我父亲的可能人选删减到三人：她见到我的粉红肌肤后，确定自己可以排除黑人。这些都是她告诉我的，在我才两岁、想象不出性是什么玩意儿的时候，她也照说不误。我母亲为人坦率，向来如此。在我明白人事前，我很喜欢拥有三个父亲的感觉：如果拥有一个父亲是好事，想想有三个父亲多么幸福！

我在幼儿园就这样向小朋友夸耀，结果被叫回家。我们老师帕罗特太太怜悯地低着头，眯眼看我，一边用别针将纸条别在我的夹克上，然后拍拍我的头。母亲在我们的老沃尔沃上拆下纸条，她开心得咯咯笑，回家后将纸条贴到我的宝宝相簿上。纸条上写道：厄普顿女士您好，今天葳莉向人夸耀她有三位父亲，因此我要她回家，以示惩戒。请您在提及过去的混乱人际关系时务必谨慎，因为稚嫩的心灵容易受到影响。俗话说：小月友比大人想象的还懂事。帕罗特太太谨上。

“连小朋友也可以写成小月友。”母亲说，在纸条背后涂上黏胶，笑到泪水都濡湿了脸颊。

但当母亲在医院里摊开肚子上的双手，迎接我这个活蹦乱跳的小娃娃时，她便知道她会留下来了。她会让孩子健康成长，远离纵情逸乐的诱惑。她决定要在坦普尔顿做个好妈妈，我会平平安安长大。

坦白说，我始终觉得这一部分的故事有点可疑，却挑不出毛病，只得照单全收。在我看到旧金山前，始终感恩自己生在美丽的小镇。但当我见到那笼罩雾气的光辉灿烂的城市时，我就开始怨叹坦普尔顿的微小，年年都因为棒球观光客而瘫痪，连一间像样的电影院也没有。我扼腕自己错失了与坦普尔顿截然不同的旧金山，错失了他们光鲜的衣着、咖啡馆、陈列着印度尼西亚进口家具的家具店；我以为若是生长在大城市，我便会有另一番气度，更加优秀。我以为自己就像鱼，会因为换了大鱼缸而变大。

如果母亲在返回坦普尔顿定居时仔细考虑过这一点，大概便能了解我渴盼拥有精彩童年的心情。她甚至可能说服自己回到旧金山，给孩子多彩多姿的生活。但在那个气温回升缓慢的春天，她怀了身孕，贫穷、害怕，因为戒毒而紧张不安，考虑不了那么多。她内心的寂寞不难想象，她因为书读得不多而自卑，孤独无依，遭到镇民唾弃。她那一栋古旧的大宅令她的生活更加孤绝，总是捉襟见肘。随着我长大，我开始利用常常出入乡村俱乐部的外公、外婆建造的游泳池（在闹区占地两亩），还有可供人嬉要整个夏天的湖泊，走几步路到面包店或杂货店跑腿。我会拥有许多特权，但也得去长老教会地下室，从旧衣捐赠箱里挑选我能穿的衣服。遇到艰困时期，我也得带着优惠券去美国最佳杂货店买奶酪。我会成为葳莉·厄普顿，名人的亲族，学生时代每位历史老师最宠爱的学生，纽约州历史协会每年夏天聘雇来坐镇在柜台的学生——每当作家来访，我便从柜台里快步出来带路。但我也将是在上体育课时躲在淋浴间更衣的女孩，因为我内衣太破旧，万一被人看到了我会觉得窘迫。

但母亲认为这可以锻炼我成材，她最喜爱传统的恩威并施管教法。她老说："不吃苦，学不到东西。"因此，我们每次过（异教徒的）圣诞节时，我就得将所有包装纸抚平折成可再次使用的方块，将缎带卷成小捆，她才会准许我玩玩具。我的玩具大部分是以报废的佛蒙特枫树雕刻的木鸭、危地马拉家暴受害者做的玩偶等等。我六岁学习阅读艰难词汇的时候，她甚至还让我诵读安妮·赛克斯顿的《变形》[1]，我念不出"penultimate（倒数第二的）"这个字。我叹口气，让刘海飞起来，然后说："我不会。"

母亲安详地打毛线，说："你一定可以的，阳光。"

我将书扔过房间。"不行，我不会。"

母亲噘起嘴，起身去厨房，用天然花生酱与本地蜂蜜做了一整盘的全麦饼干，然后回来，慢条斯理地吃起一片饼干，嗯嗯嗯地发出满足的声音，直到我起身去拿饼干，但她将盘子移开，翻开书，放回我腿上。

我明白她的用意。我拒绝念那个字，死也不要念那个又大又肥的阴险字眼。因此，我看着母亲大嚼零嘴，眨动眼皮，吮着手指低语：

1《变形》（*Transformations*，一九七一），美国著名女诗人安妮·塞克斯顿（Anne Sexton，一九二八——九七四）最畅销的一部作品，是一部重述十七则格林童话的诗集，安妮·塞克斯顿是现代妇女解放运动的先驱之一，美国著名自白派诗人。——译者注

“哇，没吃过这么棒的点心。”只剩一片饼干时，我再也受不了了，急急念出许多版本的发音：pee-null-time-ate、penu-liti-mat-ay、puh-newl-too-mat。我终于说对时，她笑着给我那片饼干，我三两口就吞下了肚。

但她说得对，那是我吃过最棒的点心。在那些年月里，我确实会忤逆她，可是母亲永远正确无误。我不能想象她会犯错。在我人生的最初几年，母亲是我仅有的朋友，我也是她唯一的朋友。好不容易拉扯我进了幼儿园以后，她就去奥尼昂塔的护校上学，最后在镇上的芬奇医院找到工作。她的世界忽然扩大了，她拥有朋友，女人们和她共享咖啡蛋糕，揉搓她们的足弓，抱怨事情。中学时，每隔一阵子，我便疑心其中几个女人跟她不仅仅是朋友，我最怀疑的对象是周六大清早出现在埃夫里尔别墅的女人们，她们吃母亲煎的蛋卷，跟我一块儿看卡通。她们的丰臀，她们饥渴咬啮过的唇，当她们以为我没在看时绽放出的微笑——这些全都让我在根本不懂人事的时候，便怀疑母亲和她们的关系不单纯。后来母亲在酒醉时自称是双性恋，而我也十六岁了，她们的关系才昭然若揭，就像一句冗长句子尾端的句号。

那是母亲在我出世后的生活。她是加护病房护士，照顾无望的病患，缓解他们人生最后几天的痛苦，我很少在她身上见到那种轻柔，但我清楚她内心也有温婉的一面。在我也不见容于社会、返回坦普尔顿后度过的前几个月，有时她一觉醒来，会觉得自己挨过二十世纪七十年代这事实让她升起感恩之情。有时候她会觉得自己油尽灯枯，她总是灌注那么多的心血在我身上，她害怕她没留下半滴心血供自己使用。她开始踏上亲近耶稣的漫漫长路后，会花数以万计的时间去热烈祈祷，试图保护我，不让我堕入（她觉得我会遭遇的）可怕境地。她坐在厨房桌前，垂着头，试图以意念协助我成功，直到深夜。她咒骂，她乞求。后来，她在祈祷间尝到豁然开朗的滋味，而她将如此虚无缥缈的东西视为信仰。

某几个夜晚，我在美国另一头的旧金山坐在厨房桌前，停止研读晦涩的专业读物，抬头张望，似乎听见了什么声响。忙碌扰攘的广阔世界在那一刻似乎充满凶险，警笛在市街陡然响起，迎向危险，迎向死亡，一切都处于混乱。在纽约市遭受恐怖袭击后的冬天，全国上下陷入阴沉、灰暗，只要轻轻一摇，便会瞬间引发大难。我认知中的世界向来就是濒临毁灭，我们不堪一击，我不堪一击，只要稍稍推我一下，我便会失速坠落。

了解以上这些事情后，各位或许就能明白在湖怪浮上湖面那天、在我回家那天，为什么母亲会有那种反应了。我的际遇与她相像得诡异：怀孕、单独一人、突然被剥夺的抱负，不光彩地返回坦普尔顿。她自己的抱负被腰斩，像是被棍棒扫落的郁金香。不难想见那天早上她抬起头，看到我站在那里的感觉。二十八岁，风尘仆仆，皮包骨，新剃的头发，心痛，悲惨，眼睛哭得浮肿——她一定只看到一个失败者，全然没有她一贯指望的盛大成功。砸在我身上的年月换来一场空，枉费她为我榨干自己。也不难想见那个时候，我多么痛恨她。

葳莉·厄普顿对家族的一贯认知

赫蒂·埃夫里尔（奴隶）← 马默杜克·坦普尔 → 伊丽莎白·坦普尔（妻）

（中间隔了许多代，她曾约略听闻过其中几位祖先，包括经营孤儿院的外曾祖母、大联盟理事会理事长、小说家等。）

菲比·蒂普顿 —— 1951年结婚 —— 乔治·富兰克林·坦普尔·厄普顿

1923—1973　　1933—1973

薇薇安·厄普顿

1955—

（加上旧金山某公社的三个嬉皮士之一）

葳莉·阳光·厄普顿

1973—

4

路跑之友

我们跑步，我们喜欢跑步，我们一块儿跑了二十九年。我们会跑到提不起脚，跑到髋骨咔嚓粉碎，跑到肺叶劳损流血，跑到我们从中年迈入老年，正如我们也曾经从青春跑到中年。冬天，我们跑过细雪，滑倒在冰上。夏天，坦普尔顿柔软如麂皮，从内部透出光亮，小镇美得令人窒息。当观光客依然沉浸中在自己的棒球梦、骏马梦、高尔夫球梦里时，小镇只属于在晨跑的我们。我们跑上体育馆边的山巅时，镇上的美景、镇上的日出，在我们面前展露无遗，就像一场飨宴，医院的烟囱仿佛手指，医院后是宛如一片蛇鳞的湖泊、棒球博物馆、农家博物馆、山，雾蒙蒙的谷地里房舍遍布在镇上，屋里有我们的家人，他们正安静地睡着。但我们路跑之友一起结队移动，我们将一切看在眼里，我们就这样看过二十九个春夏秋冬。

有时候，我们没有交谈，只有伙伴啐口水，有时我们谈起家庭，谈起烦恼。

谈起大汤姆担心二女儿，因为她跟弗莱溪糖厂那些吸食冰毒的毒虫厮混。谈起索尔老婆的问题，都第三任太太了，依然无后，婚姻不断恶化。谈起小桑姆的血管栓塞。谈起道格与国税局斗法和他的诸多男女关系。谈起约翰的女儿忽然变成同性恋，同性恋似乎会传染，那些剃短头发的漂亮女孩究竟怎么回事。谈起我们的开心果弗兰基，以及他父母撒手人寰的事。他的笑话苦涩，我们像喝黑咖啡一样听着：皱着眉，苦着脸，匆匆咽下。

对了，我们知道彼此的心事，晦暗的事情即使不说出口，我们也知道。跑步的律动自然会泄露玄机，将我们的哀伤扩散到其他伙伴的脑海，换回些许的慰藉，一切尽在不言中。我们知道这座小镇的风流韵事和荣誉，小镇所有的秘密我们都知道，但我们绝不会对外泄露。我们跑步时是小镇之王，我们拥有这座小镇，我们有些人拥有这里已经几个世代了；我们在众人皆睡时醒来，每天跑步护卫小镇。以我们的脚步、以我们的笑话、以我们的屁守护小镇。我们是哨兵，让这里保持原有的风貌，让危险不能入侵——借由结伴跑步，让小镇平安。

我们是最早听见克卢尼医生呼喊的人。在那雾蒙蒙的黎明，我们在跑步途中改变路线，向他跑去。我们相信他。我们解开自己汽艇的缆绳，加速驶过逐渐苏醒的湖水。它就在那里，硕大白皙，美极了！道格嘴里不承认它的美，却为它流泪。它不光是让道格哭，索尔看到它，陶醉得心都快碎了。弗兰基可能想到了他父母，咳了一声以免自己啜泣。大汤姆、小桑姆、约翰眼睛眨了又眨。它就像我们生命中的一个至亲撒手人寰了一样，我们难过得仿佛自己瞬间变成了苍老的渔夫，独自坐在码头的露营椅上钓鱼，僵硬得无法移动，置身在雾气里，孤单一人。

我们回去找人来开船。我们将绳索绑在它尾巴上，将它慢慢拖向湖边。我们将这只巨兽系在纳蒂·班波与小狗雕像下方的砾石上。那也可能是钦加哥和小狗的雕像。我们不确定那尊奇怪的铜像到底是谁，我们叫醒生物观测站朱克曼博士，并呼叫了国民警卫队。

做完这些事情后，我们将手放在冰凉的湖怪身上，那是我们的湖怪。我们感到晕眩，仿佛有冰柱刺穿了我们强健的心脏，我们久违的童年记忆被唤醒。球场的阳光、蟋蟀、新棒球手套的甜美茶叶刺鼻味、含有云母的亮晶晶石头、嚼食泡泡糖时顺喉而下的甜蜜滋味、从短裤灌进来的温暖和风、湖上潜鸟的低颤叫声，还有太阳，太阳，温暖的太阳……这便是我们当时的感觉。

5

小镇的秘密

湖怪浮上水面后，人潮便来了。

他们从大街前来，背着棒球用品包，带着乡村俱乐部的球拍，也带着相机。他们在逐渐明亮的七月早晨漫无目的地打转，他们倒抽一口气，他们啜饮咖啡，他们趿拉着便鞋、拖着脚走动，也有些人察觉这是历史的一刻，流下眼泪，而其他人见到他们哭，更是跟着哭得更响亮。人越聚越多，碰触湖怪带给我的困乏感觉已经消逝了。谁都可能在人群里：挺着大肚腩、变成共和党员的中学时代男朋友，我认不出来的足球队女生，太过熟悉我五脏六腑的老医生们。我遇见小学校长，这秃头小矮子伸出双臂迎向我，泪水扑簌簌流下，正要嚷出“薇莉！你回来啦！”之际，我便掉头，从邻居的院子奔逃而过，跨过暗影溪桥，爬上山坡，回到埃夫里尔别墅二十世纪七十年代的侧翼，踩上那儿漂亮的橘色长绒地毯。我不能面对他们，还不行。

在城市里，无论是任何城市，人人都可以是无名氏，这是城市居民的福气。而在我们的坦普尔顿小村庄，我是薇莉·厄普顿，伟大的坦普尔家族后裔、田径和足球明星、返校舞会皇后、表现杰出的本地女孩，即将令所有人失望透顶的葳莉·厄普顿。我倚着冰凉的玻璃，直到心脏不再像受惊的青蛙在我胸腔蹦蹦跳，直到我拖着脚，一步步到屋子另一头，爬上吱呀响的楼梯，经过挂满许多许多祖先画像、照片的走廊，回到我小时候的房间。这房间属于别墅最古老的部分，那也是母亲幼年住的房间，从那时便没装潢过。裱了框的十字绣画后面的墙壁是暗粉红色的，但晒得到太阳的部分则是淡淡的薰衣草色。窗帘的芍药花纹如今只剩下淡影。有一张巨大的四柱床，一部公主转盘式电话。我上研究生以后，母亲取下我贴在房门和柜门上的海报，将我的填充动物整齐排放在角落的古董婴儿车里面，我的书本摆在书架上，我的奖杯装箱收到阁楼，不知所终。现在物品都蒙上半英寸厚的灰尘。湖前公园渐渐人声鼎沸，我拉下百叶窗来遮蔽阳光。

在柔和的阴暗中，我坐在床上，踢掉鞋子，抬头时瞥见角落有个东西微微搏动。我知道那是埃夫里尔别墅的鬼魂。在我母亲眼里，它长得像鸟；在我眼里，则像洗刷过的墨渍，像一抹紫罗兰色的暗影，模糊羞怯到只能间接看到它，它像注视没有灯罩的灯泡太久后见到的残遗光影，是定睛注视便会消失的神秘影子。

“你好。”我一动不动，仍然盯着膝盖。“很高兴又见面了。”

我看到，或者该说是感到鬼魂挪近了一点，因为我的视野边缘变黑了些。

“如果你不介意，我要回来住一阵子。”我说。

鬼魂的回答是让色泽变淡，从紫罗兰色转为紫色，转为常春花蓝，转为粉红色溜走，躯体仍然微微起伏。

它是好鬼。我离家上大学之前，始终与它同住。夜半醒来时，我常瞄到一道匆匆溜开的黑影，仿佛它机警地坐在那里守护我睡觉。我察觉如果我在电话里撒谎，或摔门，或向母亲吼叫，甚至是挖鼻孔时，形影暧昧的它就会变大变暗。这鬼喜欢干净，讨厌汗水、吐口水、怒气，人类的负面脾性一概不爱。只有一次它让我觉得受到威胁，那是中学的时候，我带着正在追求我的男生从后门楼梯悄悄溜到我房间，打算终结令我厌倦的处女身份，并要求这鬼闪边。它在我们的视线角落蓦然变成一大坨瘀青色的玩意儿，中间色泽淡到消失无踪，它胀得极大，填满房间，将我们两人推挤到墙壁上，吸走我们的空气，让男孩吓得夺门而出。星期一上学时，他一绺头发变白，从此不和女生交谈，后来上了大学，以百分之百的欧洲颓废调调盛大出柜。

我一度觉得自己是单独在房内的。后来，即使我闭着眼，也感觉得到鬼溜回来了，无形无影。“我猜你看得出来，”我睁开眼睛，“我非常、非常伤心。”

我稍稍停顿，它身体微微起伏一下。“这和一个男生有关，好啦，是男人。”我等了等，它出现较深的轮廓。“我讨厌他。”鬼靠近了点，像一团湿润的深色空气，有股茴芹味及阴暗处的冰凉紫罗兰气息。我万分疲惫，倒在床上，靠着枕头。

“你知道不是只有我会伤心，全世界的人都很伤心。”我说，“伤心像病毒，世界不会有好下场的。冰河融解，臭氧层消失。恐怖分子炸掉建筑物，核原料棒渗进沟渠。流感从鸽子传染给人类，造成亿万人死亡，横尸遍野太阳爆裂，只要八分钟就会让我们粉身碎骨。再不然就是饥荒，人吃人。奇形怪状的畸形儿，眼睛长在肚脐上。这是个养儿育女的糟糕世界。这世界太可怕，差劲透顶。”

我想到死党克拉丽莎，她住在旧金山。她的病体蜷曲在被子下，男友萨利轻抚她的脸庞，哄她入眠。我考虑打电话给她，但四肢沉重得不能动。我想到湖怪，想起腹中胚胎细胞的分裂分裂再分裂，想起普赖默斯·德怀尔。然后我记起那天早上天未亮，便开长途车北上纽约，强风不断吹袭挡风玻璃，弯腰驼背的谷仓向内塌陷，受惊的鹿在黑暗中奔窜。我想起（我在幻觉中见到德怀尔坐在身旁，咧着嘴笑，圆框眼镜闪闪发亮，吓得我连续驾驶四十小时）我驱车在农家博物馆那里拐弯时，看到家乡小镇的建筑物在黑暗里挨在一起，宛如一座完美的模型小镇（如此甜蜜，如此美好），我觉得内心某个重要的东西消融于无形，逐渐淡去。

我阖上眼睛。“我应该去阿拉斯加的，我应该去寻找美洲大陆上的第一个人类。”我叹气，万分艰难地说，“我不该在坦普尔顿的。”之后便睡着了。

我梦见了德怀尔，惊醒时阿拉斯加粗犷的地貌仍然萦绕在心头。柔光从百叶窗缝隙照进来，我拉开百叶窗，已经是黄昏了，湖前公园树梢上露出一顶红条纹的帐篷，想来是用来为湖怪遮挡七月的阳光。我去冲澡，热水、香皂、洗发精令我放松得差点落泪。我淋浴完毕，照照水气蒙蒙的镜子，见到自己气色好转。仍然瘦削，仍然失魂落魄。但脸不再浮肿，颧骨上也看得到眼睛。但即使如此，虚无派来的小恶魔仍在我的耳边咯咯轻笑。镜子告诉我，我看来并不糟，仍然漂亮。我按压肚脐，从皮肤感觉到了脉动，但小腹平坦依旧。

我找来一件大尺码旧 T 恤套在身上，下楼。母亲站在厨房料理台前，她转身面对我，生鸡胸肉仍拿在手上，犹疑地微笑。“起床了！”她声音粗哑，像才刚起床。“睡美人，你昏睡三十六小时，我只好将镜子举在你脸上，确认你还有呼吸。”

“真的吗？”我说。

“才怪。”她说着将大量芫荽、羊奶奶酪、辣椒塞入鸡胸。“你已错过全部的热闹了，大家吵翻天了。”她向电视点点头，屏幕上的新闻播报员兴奋得脸红，在静音状态叽哩呱啦，指着镜头里正在腐坏的湖怪，它细巧的前肢蜷缩在胸前硕大的黄色瘫软玩意儿，像冒出水面的半块奶油球。播报员后方是那个莫希干人和小狗铜像。湖前公园。母亲笑眯眯，等着我回应。

“喔，你说湖怪啊，我知道这件事，他们拖它回来的时候，我刚好在场。”

母亲露出诧异的神色，皱起眉头，仿佛我回绝了她费尽心血准备的礼物，然后转身继续处理鸡胸肉，排在烤盘上。每块鸡胸都宛如粉嫩、明胶状的小山。她的铁十字架坠子不断哐当撞上料理台。我看着另一位播报员采访科学家赫尔曼·关博士，他下方的标示文字写着举世闻名脊椎动物学者。我将音量转大。

“全世界，”新闻播报员像咬饼干一样，截断自己的话，“大家屏息以待（bated breath）——我可不是在讲双关语，布饵以待(baited)，哈。大家都想知道，纽约坦普尔顿民众昨天上午从潋镜湖拖上岸的是什么东西。关博士，您可以为我们解释吗？”

“我不知道从何说起，呃……”这位生物学家挺直腰杆，以拇指控制眼镜的位置。他在灯光下冒汗，衬衫腋下汗湿一大块。“老实说，现在仍然言之过早。说真的，这真是太美了。它是我见过最美的生物。”他激动地飞快眨眼。“这是历史性的一天。”

“历史性？”新闻播报员向镜头说，咬牙，咬牙。“关博士，请为我们的观众说明。”

“彼得，上次有这种规模的发现，是印度尼西亚渔民在苏拉威西岛海岸附近打捞到的新品种腔棘鱼，那是一九三八年。这次发现的是存活至今的恐龙，是化石记录显示已绝迹八千万年的生物，现在又找到了！话说回来，潋镜湖的发现可能远比那重要。我们根本不知道这是什么动物，呃，我们甚至不清楚它是什么东西。它可能是全新物种。它说不定连化石记录都没有！”生物学家嘎嘎粗笑一声。

“果然不可思议，了不起。关教授，观众可能想了解这项发现是不是‘失落的环节[1]’您怎么看呢？”新闻播报员面容肃穆。

生物学家似乎左右为难，嘟着嘴忖度答案。

在这段静默里，母亲开口了，音量低得我几乎听不到。“阳光，有件事得告诉你。”

我等她说下去，她却没了声响，生物学家总算结结巴巴说：“不好意思，但您是指什么跟什么之间的失落环节？”

“噢。”新闻播报员搜索枯肠说，“介于鱼跟，我猜，呃……非鱼？”

生物学家擦擦额头，衬衫胸口汗湿一片。“嗯，我不懂那是什么意思。但或许有此可能，现在还言之过早。”

新闻播报员向他道谢，镜头转到另一位记者采访我们镇长的画面。肥嘟嘟的镇长偏好精巧的手杖、过短的短裤，声音低沉得活像是从他脚下的大地冒出来。“我们坦普尔顿，向来传说有一只湖怪住在潋镜湖里面，我们叫它阿潋。长久以来，它的故事总是会吓坏夏天在湖边露营，生营火、讲故事、吃热狗的人。当大家在舒服宜人

1　所谓的“过渡期生物”，是演化论的证据。——译者注

的天气到湖边露营，坐在湖边——”这时母亲关掉电视，手仍然沾满羊奶奶酪。

“葳莉·阳光·厄普顿，我有事要告诉你。”她说。

“天啊，我等你把话说完，已经等三分钟啦。”我说。

“没事别把老天扯进来。”她说。

我叹气。“妈，你相信上帝那一套，不代表你得管我怎么说话吧？”

“这是我家，一切我说了算。”她在桌前坐下，带来了一股奶酪和生肉的气味。“那是第一条规矩。第二条规矩是，在我们解决你捅出的娄子前，你不能游手好闲，整天闷着，听到没有？”

“听到了。”我咕哝，抚弄桌上花瓶里虎皮百合的花粉。那花大剌剌摆在桌上，令人望而生厌。

“你得找事做，去帮纽约州历史协会干活好了。美国原住民博物馆一定喜欢陶器碎片之类的东西，也许你可以去挖东西，天晓得。或者在博物馆里当解说员，或是去棒球博物馆当差，或是在农家博物馆穿十九世纪的衣服，学学做扫把的技艺。这里的历史很丰富，够你在回学校前研究个过瘾。”

“妈，我很不愿意泄你的气，我没骗你，但我真的不认为我还能回去。”

“那以后再说。”她眯眼打量我，“现在你得找事做。大不了，你就去医院当帮手。我可以让你整天清理拉肚子人的粪便，我想那样会不错。”她笑了，一度恢复青春的气息。“赎赎罪总是好的。”

“妈，我爱你，但我永远不会去帮你擦大便，打死不干。”我说。

“嗯，如果你要跟我住，恐怕由不得你。”她向我叹气，揉揉额头，嘴巴抿成一线，唇角向下撇。“葳莉，我只是难以置信，真的。

我是说，我对你的期望那么高，我没有你聪明，也没你漂亮，很多事都不能做，我希望你能拥有我永远得不到的一切。我十五岁就逃家，是因为我母亲竟然想送我去精修学校[1]。我努力给你最好的，却落得这个下场。”

“你是很称职的母亲。”我察觉自己无话可说。

我们陷入凝滞得像橡胶的难堪静默，公园的喧哗声涌到屋里，青蛙塘那儿也有一些叽叽喳喳的人语，老爷钟在饭厅嘀嗒、嘀嗒。母亲说：“改天你心情比较平静的时候，我想听听来龙去脉。也许我能帮上忙。再说，承认自己的罪愆，总是有净化效果。”

我低头盯着双手。往事在眼前一掠而过：从帐篷映落到我睡袋上的红光，到德怀尔卷曲的手臂汗毛，再到空空如也的威士忌酒瓶。我耸耸肩。“我应该没办法告诉你，事情很糟，糟糕透顶。”

“你现在当然会那样想。过一阵子你心里就会舒坦一点，走着瞧。”她拍拍我的手，在我的手指留下奶酪渣。“真舍不得你变成这副德行，葳莉，你的活力都不见了，没有个性。看到你这样，我很心疼。”

“我知道。我的活力已经冻成一个小丸子，掉在阿拉斯加冻原了。”

“哈。”她说，温柔的光彩一度充盈在脸上，“好吧，总之，先欢迎你回家。”她深吸一口气，阖上眼。“我有事要告诉你，可不是随便说说的。我拖着没说已经很久了，或许这是告诉你的最佳时机。每拖一天不让你知道真相，就等于在骗你。”她油腻的手紧紧握住十字架坠子，注视着我，灼热的目光令我身体发烫，心情紧张。

1　精修学校（Finishing school），青年女子在受教育后念的私校，课程内容是培养文化素养、社交礼仪。——译者注

“什么事啊？到底是什么事？你就说了吧。”

“给我一分钟，葳莉，这很难启齿。”

“哎哟，我的妈。”我说，“要命，事情一定很糟糕。”

“这要看你从什么角度来看。”她说，“首先，我得跟你说我很抱歉，葳莉。我不该欺瞒你这么久。你准备好要听了吗？”

“还没。”我说。

“好。”她说，“那我说了。葳莉，我说你有三个父亲，那是骗人的。你只有一个父亲，他住在坦普尔顿。我不清楚他知不知道你活在人世。嗯，我确定他知道你是活人，但也许他不知道他参与了……制造你的过程。我是指，他在制作你的过程中也扮演一个角色。我确定他不知道你是他的孩子，就像你不知道他是你父亲一样。或者说是精子捐赠者，随你怎么说。”

我向她眨眨眼。

她脸上的焦虑一扫而空，泛出惊异的神情。“感觉真好。”她笑得安详，“终于说出真相了。”

“哦，上帝啊。”我说。

“我警告过你，绝对不准你乱说他的名讳。那是第一条家规。”

“操。”我说。

“这个词好多了。”她说。

我一口气说了好几个脏字儿。

“我了解。”她说。

我在椅子上转身面对玻璃窗，望着湖光山色。外头有蝙蝠在水塘上盘旋，陡然下降猎捕食物，一只绿头鸭一屁股钻进水里，像戴着绿色泳帽的老太太就着黄昏天色游泳。“那我是不是，”我终于说，“我是不是认识这个据说是我父亲的人？”

母亲想了想说：“也许。”我听出她隐忍的笑意。或许她在想，事情比她预料中顺利。

我说：“他是谁？”

“这不能奉告。”她说。

我转回身体，怒目而视。“不能说？你是指你不要说吧。”

“对。没错，那对他不公平。”她说。

“公平？公平？”我说。

那一瓶虎皮百合撞上墙壁的时候，没有照我的心意粉碎，而是闷闷响了一声，落地时又是一记闷响。水洒了一些出来，但百合仍在瓶中，完全不是我要的惊天动地大破坏。“对他不公平？”我向母亲大叫，一拳捶在桌上。“公平？”

母亲闭上眼睛，双手握住十字架。她再次睁眼时泛出了笑靥，她说：“这才像你，葳莉。我就知道你的本性没有消失。”她柔情无限地抬头凝视我，隐然散发出殉道者焚烧肉身的焦臭。

“有种就不要给我摆出圣人的嘴脸。”我说，“别给我动那种念头，你真是蹩脚到不行的假道学。我在坦普尔顿有父亲，我可能认识他本人，而你瞒我瞒了二十八年。二十八年来，你让我以为我是疯狂滥交的产物，而你竟然不告诉我他是谁？你一定在跟我开狗屁玩笑。而你其他时间不讲，偏偏挑了现在？”

“我跟你道过歉了。”她双手以飞蛾之姿，不断扑向她的湿辫子。

“妈，难道你没动过脑筋吗？万一我跟他儿子约会怎么办？我中学时交往的对象，你知道的还不到一半耶。天啊，万一我跟他交往过怎么办？”

我那天杀的老妈居然好意思笑。“你上大学前，根本没和老男人约会的习惯。”

“你太没品了吧。”我说。

“抱歉。”她说，“我忍不住，我知道这不好笑。葳莉，这件事真的没什么大不了的，真的。”

“他是谁？”我说。

“你知道我不能说。”

“他是谁？”

“对不起，无可奉告。”

“如果我用猜的呢？”

“你猜不到的。”

“我可以。”

“不行。”她说，“就算你猜中了，我也不能跟你确认答案。”

“这么说，我确实认识他。”我说。

“有此可能。”

“给我一个暗示。”

“不要。”

“你不是定过不撒谎的大原则吗？你不是没有秘密？”

“我可以撒谎，也可以有秘密。”

“薇薇安·天杀的·厄普顿，马上给我一条线索。既然你隐瞒独生女，不让她知道该死的父亲是谁，不如你给我一条线索，就当是在赎罪，就当你可以因此得到赦免，或当作是念圣母经，随你怎么说，只要能让你安心就好。”

“不要，而且我是再生为浸信会的教徒，不是天主教徒。”她说，

"还有，别再把上帝的名讳当成脏话来用。"

"立刻给我一个天杀的线索，我这辈子要诅咒的时候，绝不会再把上帝的名讳挂在嘴上。"

"说就说。"她说，"好，就给你一个暗示。反正也无所谓，你永远查不到文献资料的，他只跟我提过一次，而且那也只是一个传闻。所以，你可以得到线索，但线索派不上用场。就这样。"

"你说啊。"

"好。"她说，"你知不知道我父系和母系的祖先，都跟马默杜克有血源关系？"

"当然晓得。"我说。

"那好，他说他跟马默杜克也有亲戚关系，因为马默杜克曾经在外面风流，才会有他。但我不会透露他跟我说过什么，我不交代细节。我只告诉你，葳莉·厄普顿，你跟马默杜克的血源关系一共有三条。三条耶，真的很难得。"

这时，母亲的脸变成洋红色，微微喘气。我们对骂半天，我看着她瞪大眼睛，噘起嘴，颓然坐回椅子，瞅着我，意识到自己做了什么。我漾起笑意；这秘密必然在她心里闷烧二十八年，那股压力必然令她心乱如麻。我一向就知道她对自己的血脉传承非常得意，只是嘴硬。我小时候，她的门第必然带给她慰藉，是她的重要精神支柱，也是让她愿意留在坦普尔顿的原因。现在她释出秘密，看着秘密像恶魔蹦蹦跳跳地渐行渐远。

"哎呀。"她不断眨眼。

"哈哈哈。"我回敬她。

母亲的指节稍稍泛白。"葳莉，你不可能凭着这点线索，就查出他是谁吧？”

“最最亲爱的老妈，你忘掉我是研究人员了。抽丝剥茧是我的本行。”

“求求你，不要那么做。”她说。

“妈，你没有向我求情的立场，半点都没有，也许永远都没有。”

“算你狠。”她说，“你不会放过这件事的，对吧？”

“谁叫我是牛脾气，记性又好，真糟。”我说。

“完了完了完了，我做了什么了？”她双手掩面。

“一点也没错。你究竟做了什么？或者该说，你是跟谁做的，对吧？”我觉得很疲惫，将双臂举到头上，就这样，我感觉到腹中宝宝的心搏，一个小生命的脉搏正在饥渴地跳动。“妈，我想我找到可以做的事了。那是你的二号家规，对不对？你说我一定要找事做？这件事不错。很棘手，但我有信心。”

母亲站起身，喃喃自语，回去继续处理鸡胸、做晚饭，不时烦忧地偷瞄我。她洗涤着菜圃摘来的菜叶，我走到门廊，站在越来越暗的阴影里。杏黄的月亮挂在起伏的山峦上，乡村俱乐部的大乐队演奏着音乐，音符轻柔得有如猫头鹰掠过水面。我周遭的坦普尔顿仿佛蹲伏在地上，屏息等待。湖怪所在的公园边缘那里想必是设立了警卫站，而且是用蜡烛之类的东西照明，因为帐篷里透出不断晃动的柔和光辉。四周的夜色渐渐浓重，天越来越黑，我幻想湖怪的身躯漂浮着，被淡淡的光芒包围，许多饥渴的小小浪花拍击着它的周身。

葳莉·厄普顿对家族的一贯认知

赫蒂·埃夫里尔（奴隶）◀ 马默杜克·坦普尔 ▶ 伊丽莎白·坦普尔（妻）

（中间隔了许多代，她曾约略听闻过其中几位祖先，包括经营孤儿院的外曾祖母、大联盟理事会理事长、小说家等。）

菲比·蒂普顿 —— 1951年结婚 —— 乔治·富兰克林·坦普尔·厄普顿
1923—1973　　　　1933—1973

薇薇安·厄普顿
1955—

显然不是参与嬉皮杂交的男人，而是坦普尔顿某男士。不可思议的是，薇薇安向葳莉隐瞒此人，瞒了整整一辈子。

葳莉·阳光·厄普顿
1973—

6

门外有狼

晚餐后我花了几小时，酝酿打电话给克拉丽莎的勇气。我不担心会吵醒她；她在旧金山，那里天还没黑。我甚至不是顾忌她会生我的气，因为她发现我让自己沦落到那种恐怖的黑洞后，一定会很火大。其实我畏首畏尾，是因为我离开两个月，而刮风的阿拉斯加荒野没有电话，虽然我收到了她几封可爱的长信，却始终没和她交谈过。我害怕，是因为每次她开口我都能听出她的健康状况，而在那一天，我不认为我可以承受她病情可能已加重的烦忧。假如我从她的声音察觉她病体虚弱，根本不像三十岁的女病人，我会受不了，以我当时的情况绝对无法承受。我坐在床上，盯着我搁在大腿上的公主电话，一动不动，耗了大半天。

我跟克拉丽莎是在我们就读的那间小型文学院认识的。大一秋天那学期的第一天，我在上课前二十分钟去抢法文课的位子。教室位于旧天文台咿呀响的顶楼，我打开教室门，教授跟一个女孩显然正聊得开心，我猜想她是教授的女儿，就觉得很不爽。她有螺旋状的金色鬈发，舞者的纤细骨架，衣服色彩鲜亮而不搭调，红色配粉红色、格子花呢配旋涡形花呢，统统混在一起。从教室门口看过去，我断定她十岁，不会更大。他们正在交谈，但在我进来时都转头看我。

那小女生开口，嗓音低沉、沙哑得令人意外：“见鬼，吓得我魂都飞了。嘿，快进来，不用拘束。”教授冲着她笑，很高兴。

我走近的时候，才看到女孩机灵的淘气眼神，还有她的姿态，在令我明白她的年纪远远超出我最初的想象。“这位是瑟奇特教授，我是克拉丽莎·埃文斯。我们在聊乔治·桑[1]。依我看，她是个小牌作家。但这学期要上她写的《安蒂亚娜》(*Indiana*)，这本以前就上过了。”她用一双明眸望着教授，教授咯咯轻笑。然后，克拉丽莎露出一团和气的笑脸，向我说：“你是大一新生，过来坐我旁边，我笔记借你抄。”

但我坐到她对面，绷着脸说：“我是葳莉·厄普顿。”我竭力端出冷冰冰的架子。“我相信自己应付得来。”

她点点头，喜上眉梢地欢叫：“啊哈。”教室门又打开，其他学生三三两两进来。“有骨气！我欣赏有骨气的人。”她向我眨眼。

克拉丽莎脑筋绝佳，但法文令人不敢恭维，连教授也得忍住窃笑，听她以不协调的嗓音攻击新的课文。那天下课我走路回家，她跟在我身边。我们走在一起的模样必然很滑稽，我手长脚长，克拉丽莎则娇小玲珑。并肩同行的我们就像一只迈大步的白鹭，与一只烟不离手的长尾鹦鹉。

从此以后，我们变得形影不离，尽管她是大三学生。我跟着克拉丽莎修高年级的课，在学校餐厅跟她及她的朋友们一块用餐，她的

1 乔治·桑(George Sand)，一八〇四——八七六，巴尔扎克时代最具风情、最另类的法国女小说家。凭借第一部长篇小说《安蒂亚娜》(一八三二)而一举成名。——译者注

朋友都是机智型的人物。当她的宿舍室友因为贩卖大麻被开除时，我甚至搬进她的宿舍套房。克拉丽莎令我惊叹：她可以无止无休地倒立喝酒[1]，随口引用尼采的话，连走八小时的路也不嫌累，修指甲的功夫比美容师更高明；她在香烟上留下口红印，烟蒂随手丢弃，如花瓣散落。她谢绝卑劣的言行与飞短流长，因为热爱朋友而无止无境地模仿朋友，当她拿你开玩笑，总会让你乐在其中。她对笑话的品位差劲透顶，她比谁都喜爱双关语，拥有随时让我边笑边皱眉的独特本领；当她好不容易让意中人萨利·伯德（Bird）拜倒在她的石榴裙下，她对我笑说一鸟（bird）在手，我则说胜过二鸟在林。她是男子赛船队的队长，她吆喝的声音传遍河面，向她的男队员嚷着："快呀，快划。"由于她是克拉丽莎，所以他们会乖乖照办。他们会为她在三小[2]比赛上夺冠，并在同年举行的查尔斯河赛舟会[3]上拿下亚军。

我回坦普尔顿过感恩节那天，背着包包经过克拉丽莎的门口，准备上路。我看到她在床上阅读，房间像猪圈，而且没有半点收拾行李的迹象。我说："克拉丽莎，你几时回家？"

她视线没有从书页移开。"我不回家，要待在这里。"

"你不能在宿舍过感恩节，那太胡闹了。"我说。

"当然可以。"她说，"我喜欢国际料理自助餐会。以前有一次，我还吃到印度薄饼配北欧的越橘酱咧，人间美味。"

1　倒立喝酒（keg stand），一个人由旁人扶着倒立在酒桶上，同时灌酒。——译者注

2　三小（Little Three），指阿默斯特学院（Amherst College）、卫斯理安大学（Wesleyan University）、威廉姆斯学院（Williams College）三所大学。——译者注

3　查尔斯河赛舟会（the Head of the Charles），每年十月的第三个周末，在新英格兰迷人的秋色中，查尔斯河赛舟会在剑桥地区的查尔斯河上举行，这是世界上最盛大的赛舟活动。——编者注

“天啊，女人。”我说，“我决定了，你得跟我回坦普尔顿。”

我费了一番口舌才说服她。在车程中，我察觉纽约上州的贫穷、破败迹象吓到了克拉丽莎，濒临死亡的谷仓像从冰霜大地凸出的鲸鱼肋骨，拖车挨着公路停放，满是维多利亚式屋舍的鬼城。看得出她开始怀疑去坦普尔顿过节是否失算了，她想象我家沙发八成都泡满猫尿，湿冷的风从窗户钻进来，令她整夜瑟缩。如果说克拉丽莎有哪一点让我看不惯，那就是她对金钱的扭曲思想，宁可把一百块钱花在挑染头发上，而且只吃比利时巧克力。因此，我存心火上加油，说我表弟比利鲍柏（并无此人）一定会用雪地摩托车载我们出游；说我们将奶奶（也没有此人）叫作健力士金妮，因为她早上九点便“啵”地打开第一罐啤酒，之后便一罐接一罐，要是见到她倒在地上，无须担心，只要将她翻成侧卧即可，以免她呕吐时呛到。整个纽约上州都迈向死亡，我如此告诉克拉丽莎。我告诉她我跟朋友们怎么称呼上州的城镇：锡拉丘兹（Syracuse）是烂借口（Sorry-excuse）、罗切斯特（Rochester）是烂且化脓（Rot-and-fester）、奥尔巴尼（Albany）是无趣到爆（All-banal）、奥尼昂塔（Oneonta）是噢我才不要（Oh-I-don，t-wanna）。

我们的车子绕过湖边时，克拉丽莎已经花容失色，皱着眉头。当我们进入坦普尔顿市街，见到古色古香的宏伟豪宅、亮眼的街道，游客开心地漫游其间，她才欢喜起来。“这里，”她带着惊异的神色转向我。“就像水晶球里的城镇，完美无瑕。”

“嗯，是很不错。”我说。

“不对。是完美无瑕。”她的语气很严肃。

那一星期，克拉丽莎跟我母亲相处得水乳交融，母亲常跟我们赖到大半夜都不睡觉，吃饼干配葡萄酒，笑语不断，我这辈子没见过她那么笑语盈盈。那年雪下得早，感恩节也雪花飘飘。有一晚，母亲去上夜班，我跟克拉丽莎去农家博物馆参加烛光晚会，雪堆砌成杯状，里面摆上祭典蜡烛，闪烁的金光从雪里透出来。风往上飘，捎来木柴烟味、清新的雪味、苹果酒香，甚至还有拉着我们的雪橇四处逛的马儿的清爽汗味。挽具上的铃铛声混杂着薛曼酒馆小提琴手的乐音，酒馆里大概在举办舞会之类的活动，越来越暗的公共空地上有小孩打雪仗的尖声笑闹。

克拉丽莎跟我站在药房的台阶上，看着这座传统村庄的温柔薄暮景致。我们刚从又小又闷的药房出来，在店里嗅到上千种草药混杂的气味：夏白菊、紫杉、香水薄荷、白柳皮阿司匹林，我们触摸了颅相学图谱的头像，我们看了在玻璃罐里爬行的肥滋滋的黑水蛭。离开镇上的现代药房来这里兼差的马奇先生和蔼地望着我们，驼背的他像鹦鹉歪着头，塞给我们可以放在袜子抽屉里除味的免费熏衣草香氛袋。

“你来啦，葳莉・坦普尔。”他向我说，他见到我总是这么说。

“是葳莉・厄普顿。”我依照惯例假装发火。

“你说了算。”他行礼如仪地向我眨眼。

从店里出来后，克拉丽莎叹了口气。“我真的觉得自己像殖民时代的女人，很奇怪吧？”

我看着她昂贵的大头靴、三百元的牛仔裤，咧嘴笑了。

我说出心里一直在想的事情，其实我的回答也很奇怪。我提起那年秋天经济学教授挂在嘴上的石油话题，说等到石油消耗殆尽后，社会结构全数崩解，无法再以旧有的制度提供大家各种货物，那么我相信我们只需要到农家博物馆，学会一切遭到淡忘的基本技艺。“那是自给自足的世界。”我向克拉丽莎说，兴奋到没去注意她的臭脸。“被遗忘的知识统统在这里。以前的人什么东西都自己做，例如鞋子、桶、轮子、扫把、床单。我们可以学习农牧和草药，能学的东西应有尽有。博物馆就像小小的备用文化发电机。当文明世界化为乌有，只要回到坦普尔顿就行了。”

发表完这篇小演讲，我才看克拉丽莎，见到她脸上的怒火。“为什么你老是要扫别人的兴。”她窜往门廊旁边的雪堆，费力地举步离开，她帽子上的几个红色球球向我愤然晃动。

当我们不得不出发回学校上课时，我母亲捧着克拉丽莎的小脸蛋，注视着她。

“只要你没地方去，这里永远有你的房间。”她说。

“妈，克拉丽莎也有自己的家人。”我惊恐地说。

母亲没有看我，却亲亲克拉丽莎的额头，柔声说了句我听不清的话，似乎是：“孤儿的心，只有孤儿懂。”

事后，在我们车子开到马萨诸塞州的时候，我盯着晶莹的冰封路面。“克拉丽莎，你要不要聊聊刚才你跟我妈的事？我妈说了什么？”

起初她一言不发，至少沉默十五英里路，然后点燃香烟，打破在我车上必须禁烟的规矩，并将车窗打开一条缝，用来吐烟。她说：“她说得没错。”她望出乘客座的车窗，说一对老教授只生了她这个小孩，他们老来得女，整颗心都放在她身上。她即将十六岁的时候，他们全家去挪威旅游，她父亲将租来的沃尔沃停在戈布林垭口旁边，打算拍照。她的父母站在垭口边欣赏风景，她去树后面小便。

她尿好回来后，父母消失无踪。相机搁在峡湾的边缘。最后一张照片是他们的两张脸，在裂隙前面笑嘻嘻，那是她父亲将相机举在面前拍摄的。

“妈妈？爸爸？”克拉丽莎犹疑地叫唤，始终没得到响应。她开始尖叫，越来越声嘶力竭，而回音反复地传来，像来自远方的嘲笑。

警方搜索垭口底下的岩石堆，一无所获。她返回康涅狄格州的家，没有东西遗失。她有父母的人寿保单，她卖掉房子及多数家具，她有的是钱。但她的父母是独生子女的独生子女，因此她假日无处可去。

我们车子驶向宿舍后方停车场的时候，她对我说：“你敢说出去，我就宰了你，知道没？我保证你没命，死得极度痛苦悲惨，懂吗？我会勒死你，假如我太火大，可能还会剥你的皮。”车停好后，我们看着一个男生试图将一大袋东西塞进宿舍门内，他呼出的气息在寒冷的空气里上扬，缀得他的头部像开满刺的金雀花。

“好，但为什么？”我总算说。

“我不要人家可怜我。”她说，小小拧我手臂一下，“死也不要，连你也不许同情我。我大概是脑筋有毛病吧。”她为笑话露出无力的笑容。

克拉丽莎毕业后当起记者。起初我很讶异她会选择这份工作，可是她娇小的身材、鲜明的性格、亮眼的衣着、淘气的无辜气质就是会令人愿意向她吐露事实，不知道为什么。她的工作表现优异。她有了未婚夫，就是萨利·伯德。萨利聪颖、和善、风趣，但一开始，我不相信世间有哪个不变态的正常人，愿意跟一个外貌像十二岁小孩的女人共度一生。最后，他让我心悦诚服。萨利·伯德是建筑师，脸软得像无尾熊，他在一场音乐会邂逅克拉丽莎后就整晚跟着她，倾慕地说：“拜托，跟我约会吧，求求你。”他完全忘掉不能向心仪对象摇尾乞怜的不成文把妹守则。她笑了，举白旗投降。我们两人都很惊讶，她竟然发现了萨利的为人温柔和蔼，而且他们已经在一起五年了。没错，前一年冬天他们水火不容，曾在酒吧吵架［点唱机大声播放着猫王的《温柔地爱我》(*Love Me Tender*)，我嘴里残存着莫吉托鸡尾酒的独特气味］。那场争执不晓得打哪儿冒出来的，随即演变为人身攻击。萨利怒骂“势利眼”“肤浅”“自大”“粗野”，克拉丽莎则回敬“笨蛋”“懦弱”“思想上的同性恋”“守旧”，酒吧里的客人纷纷走避、寻找掩护，我们的朋友统统溜之大吉。

“我不能嫁给那个人。”克拉丽莎在回家的出租车上号啕。她被我从酒吧里架出来。“他不了解我。”他们分手一星期后复合，若无其事，顽皮地模仿朋友的言行来逗对方笑，在街头一隅即兴跳起摇摆舞。或许是我多心吧，但我总觉得她多了一份我以前不曾感觉到的犹疑、一点点的冷淡。她有时会在周末“出差”，但我怀疑，或许有其中几次她其实是去了坦普尔顿拜访我母亲，待在屋子二十世纪七十年代扩建的部分，留宿在我们称为“克拉丽莎的房间”的二楼寝室。但我从未向她查证，人人都应该拥有私密的精神慰藉。

之后，非常莫名其妙地，我的克拉丽莎生病了。这时她二十九岁。

二月底的一个夜晚，我跟克拉丽莎去艺廊，出席一位学校朋友希瑟的展览开幕酒会。希瑟是雕刻家，已经小有名气，但我们认识她的时候，她是丰满的政治系学生，毕生梦想是主持智囊团。现在她吃生鲜食品，瘦得像小木片，穿着以高妙技法破坏后再重组的棉布洋装，非常有型。她使用有机塑材制作性感的立体身体部位，用叶片、种子与编成辫状的草制作成令人惊愕的巨大乳房、腹部、阴茎。我们才刚踏进艺廊，拿来香槟，克拉丽莎便叹了口气，揉着头说：“我觉得好累，葳莉。老天，这辈子没累成这样过。”我没仔细听她说话，只顾着寻找海瑟，恭喜她开展。此外，克拉丽莎抱怨疲倦快三个月了，我以为她只是忙着跑伯克利市一个不正直警察的大新闻，疲累过度。我举脚离开克拉丽莎一步，便听到一小声“哎哟”。我回头，发现她跌坐在花岗岩基座上的希瑟作品上：以成熟麦秆编织成的两片金色肥臀，作品名称是 Ex(flax)。克拉丽莎面如死灰，摇着头。

“哎呀。”我跪下来，她的臂膀摸起来烫烫的。“你还好吗？”

“不知道耶，应该吧。”克拉丽莎说，“你妈觉得我只是贫血。应该不会怎样，我会多吃牛肉。”

“等一下。”我说，“你担心到打电话问我妈？”

她耸耸肩。“我以前没有闹过这种毛病。你看，三天前冒出来的。”克拉丽莎拉开下唇，露出牙龈，让我看一颗鲜红的脓包，大小如二十五分钱硬币。

“好恶心。”我说。

她露出淘气的微笑。“萨利也这么说。”她将香槟一饮而尽，站起身。“我不会有事的。我们去找希瑟，然后就闪人。我得回床上躺平。”

随后那个星期，我都没和克拉丽莎见面，但周日跟她碰头吃早午餐时，她似乎比平日更娇小，斜射到馆子里的明亮阳光令她猛眨眼，脸上怪异的红疹看来仿佛是用画笔勾勒而作，完全像是假的。我给克拉丽莎一个拥抱，还没坐下就说：“别点餐，我带你去看医生，马上去。”

“不用麻烦了。我礼拜五看过皮肤科，医生觉得是洗面奶造成的。”

“你去看皮肤科？克拉丽莎，万一那是……”但克拉丽莎摇摇一只小手，咳了一阵，令我不禁闭嘴。“我只要巧克力酥饼。我只要一大壶咖啡，我要我的好姊妹逗我笑，然后回家泡热水澡，完成三天前该交的稿，然后上床睡觉。抱歉，葳莉，但大家一直拿这件事烦我，我受够了。”

“好吧，你这个迷你法西斯分子。”我说着坐下。

“这是我的身体、我的招牌。”她笑得像往日的克拉丽莎，我忍不住跟着笑，暗自希望她会恢复元气，并点了蛋卷。

之后，克拉丽莎消失了几星期。我打过电话，但她没有接听、没有回电。无论什么时间绕到她公寓去，都没人应门，我以为她八成恢复了健康，出去跑新闻。有一晚，我跟一个笨到不行的法律系学生约会，去了门洛帕克市一家西班牙式轻食小馆，一小时后，我便无聊得如坐针毡。萨利来电时，我开心极了，没有离开桌位，当场就讲起电话，失礼到不行。但萨利轻柔而忧虑地说：“葳莉？克拉丽莎怪怪的，你多快可以赶过来？”

“二十分钟。”我向男伴笑一笑。他酒杯倒举在嘴巴上方，伸出舌头，舔干最后几滴酒。“快马加鞭的话，十八分钟。”

我到达他们公寓时，克拉丽莎眼睛暴凸，站在他们的玻璃咖啡桌上，穿着一件无袖上衣，没穿内裤。现在她四肢都有凸起的奇怪疹子，外加脸上宛如面具的那片疹子，她双手握着从棕榈树盆栽摘下的嫩叶。那棵棕榈养得很高大，令她很自豪，曾说那是她唯一种得活的东西。她有节奏地朝地面摇晃棕榈叶，念念有词，像在念咒。

“克拉丽莎？”我说，但她没有听见，我上前一步，附耳跟她说，“克拉丽莎？亲爱的，你在做什么？”

“蚂蚁。”她念完咒后说，“蚂蚁大军想爬到我身上。”

我转向萨利，将车钥匙扔给他。“把车开过来，快去。”说完，我将克拉丽莎从桌上拖下来，硬帮她套上内裤、裙子、便鞋，不顾她大吼大叫，将她扛到车上。萨利坐在驾驶座，指节发白，脸色像被人甩了好几记耳光。

到达医院后，我们没有久等。疲倦的主治医师从克拉丽莎的病房出来，用她湿润的胖手握住我们的手，她说："很遗憾要告诉两位，依我看，你们朋友显然罹患严重的红斑性狼疮。出疹、精神错乱、关节肿大、发烧都是病征。再晚两个星期，她就会全身系统衰竭。现在，她的肾脏、肺膜就已受到侵袭了，她的大脑也是。"萨利颓然坐到椅子上，抱着头。

"你说是狼疮，对吧？应该没有大碍吧？"我说，"这不是什么恶疾，不像爱滋之类的，对吗？这不是绝症。"

"这种病不能根治。"医生说，"它属于自体免疫系统疾病。但如果施用类固醇和抗抑郁剂，甚至一些我们可以讨论看看的积极治疗方法，你们的朋友就可以拥有健康的生活。但她必须静养一年左右，身体才能恢复到可以工作的程度。我想让她参加一项临床试验，使用单株抗体。药很贵，但很适合她。"

"那怎么行。"萨利说，"她是记者。她是一流好手。或者说，她将来会是顶尖的记者。她充满干劲。"

"不行也要行，一定要办到。如果你们没别的问题，我得看其他病人了。"主治医生匆匆离开。

萨利的头埋在双腿间，大口呼吸。背上泛起大片汗珠。"萨利，没问题的。你没空的时候，我可以顶替你。"

"不。"他揩揩脸，露出颤抖的微笑。"你晓得你不是她唯一的朋友。"

"我知道。"我捏捏他的手，但医院走廊的气氛有点怪，似乎有个深色的坚硬按钮隔开我们，而我不明白个中原因。

克拉丽莎在那天午后醒来，神志清明，暴跳如雷（这是什么鬼地方，她咆哮）。我是告诉她病情的人。萨利回去帮她收拾住院用品，我哄一位医学系学生借我笔记本电脑，搜查狼疮的资料。

因此，我告诉克拉丽莎，许多病人长年过着快乐的日子，狼疮（lupus）得名自患者脸部的疹子；lupus 在拉丁文指“狼”，而疹子形状令古代医师联想到狼吻。我说 Lupus 也可以解读为豺狼座，也可以指白斑狗鱼；我说《牛津英文字典》首次引用这个词大约是在一四〇〇年，摘录自 *Lanfranc's Cirurg*（虽然我不晓得那是什么鬼玩意儿），然后用拙劣的乔叟腔诵读条目内容：有人称为癌症，有人称为狼疮。

“但这绝对不是癌症，是我们可以对抗的狼疮。”我说。

“喔，所以这是好的绝症啰。”她绷着脸，在被子里显得更瘦小，鬈发在头上乱七八糟。“万岁，是狼疮耶！”

我说明了可能的症状、关节痛、疲倦、疗程的选项。我提到名人患者：弗兰纳里·奥康纳[1]（好病不难寻，克拉丽莎当场来了句双关语，脸色发亮），杰克·伦敦[2]说不定也是（天啊，他还写过《海狼》，太讽刺了，她说）。我说这是遗传疾病，问她家族中是否曾有人忽然亡故。

“除了我那不晓得是不是摔下挪威峡湾的爸妈吗？没有。”然后又说，“对了，我奶奶四十岁就过世了。”我望着克拉丽莎。她疲惫地揉眼睛。“她也长了疹子。”她轻声说，“还有关节炎。”

我向蜷缩起来的克拉丽莎说，在重拾健康前不能回到工作岗位。

1　弗兰纳里·奥康纳（Flannery O'Connor），美国著名小说家和评论家，美国文学的重要代言人。曾获得欧·亨利短篇小说奖、美国国家图书奖等诸多奖项。三十九岁时死于红斑狼疮。——编者注

2　杰克·伦敦（Jack London），美国著名作家，代表作用《野性的呼唤》、《马丁·伊登》、《热爱生命》等。——编者注

她没有反驳，可见她病体多么虚弱。她头靠着枕头，阖上眼，想来是睡了，于是我离开医院。

她住院一个月，直到肾脏与脑部的感染痊愈，直到胸膜炎消退。我在她的公寓摆满了紫花羽扇豆，算作是开死亡的玩笑。她见到那些紫花时笑到流泪。她回家那天，我陪她看影片，后来她对我说，她知道再一小时就是我教书的时间，如果我赶快上路，到斯坦福大学时还来得及影印讲义。她说她只想睡觉，反正萨利几个钟头后就会回来。

“不要，我要待在这里。”我说。

“你要去上课。”她说，亮晶晶的眼珠盯着我，劈哩啪啦说起双关语，逼得我不得不带着自己的东西，溜之大吉。“一个有阅读障碍的人走进胸罩（A dyslexic man walks into abra）[1],”她说，“你怎么称呼不属于你的奶酪？墨西哥玉米片奶酪沾酱（What do you call cheese that isn’t yours? Nacho cheese）[2]。”她说着送我下电梯。我钻进车上时，亲了她的头一下。“真夸张。”她说，在街上偷抽烟，向我喷出烟。“肺癌才是我应该得的病，怎么也轮不到狼疮。我是脾气差（crabby），可没有狼性[3]。”

“老天，克拉丽莎，你扯得太远了吧。”我说。

“我才刚刚恢复正常啊。”她耸了耸肩。

到了四月，在克拉丽莎进行超昂贵的单株抗体疗法的前一天，我们坐在她早餐桌前。她放下咖啡说：“管他的，我豁出去了。”

---

1 因为有阅读困难，所以把 bar（酒吧）读成了 bra（胸罩）。——编者注

2 not your cheese 梗在于 not your 连读起来跟 nacho（墨西哥玉米片）的发音很像。——编者注

3 crabby 是螃蟹（crab）的衍生字。英文的癌症（cancer）源自拉丁文的螃蟹（cancrum），取癌细胞在人体内横行霸道之意。——译者注

“无论你想怎样，算我一份。”我说，“我们要做什么？”

“去剃头，把头发剃光光。去我们最爱的地点，把头发剃到只剩头皮。有何不可。”

“怎么会想剃头？”我大感讶异。

她注视着我，皱眉说：“因为我可以，葳莉。我一向想剃，只是没胆子。现在我敢了。再说，我头发掉个不停。”她给我看她手里的一小绺鬈发。

“好吧。”我说，然后我们准备好工具，出发去金门公园的郁金香花园。我们坐在强劲的海风中，我将克拉丽莎漂亮的弯曲鬈发剪光，发丝落地弹起、翻滚。我拿剃刀在她头上剃了一回，用乳液将她苍白的头皮抹得发亮。然后，她摩挲自己的新头皮，闭着眼睛，被那些红金色郁金香衬托出病恹恹的样子。我举起手，朝头中间的头发剪，辟出了一道又长又斜的光溜溜头皮。克拉丽莎睁眼时，我剪出了跟一般人相反的鸡冠头，我的深色长发掉落在两侧及背后，而原本中分的地方则变成一道宽阔的高速公路。

她看来吓坏了，然后笑起来。“你想剃吗？你愿意为我剃头？”

我咧嘴微笑，剪掉更多头发。克拉丽莎咯咯笑着为我操刀。

当我们往回穿越金门公园，路过高尔夫球场，经过野牛群时，风儿舔舐着我们的光头，而我们手拉手。在那个充满宽容风气的城市，人们向我们微笑，将我们误认为同性恋。一个袒胸露背的男人溜着直排轮，绕着我们转了一圈又一圈，我们照旧走我们的，而他叉开腿，在我们周遭溜过来转过去，伸出双臂，唱道：“噢，我爱这个城市。在春天手拉手，两个光头女郎陷入爱河。”

我回到坦普尔顿老家后的那天晚上，我出于习惯打电话给克拉丽莎。她的电话开始响后，我才意识到我拨了号码、听筒贴着我耳朵，我在打电话。但还没来得及挂断，克拉丽莎低沉愠怒的声音便传来：“我正在看影片，不管你是哪号人物，找我最好有要紧的事情。”

她听来心情不佳，可是没有我想象的那么糟糕、虚弱，颇有活力。我忍俊不禁，深深叹气说：“唉，克拉丽莎小可爱，你别愁，我找你确实有事。”

她欣喜若狂，说我居然回家了，斥责我到家后怎么没马上拨电话，我将来龙去脉和盘托出。

她老早就听说过德怀尔博士，晓得我一进研究所时，他就是我的专题讨论教授。他是名人，他愿意指导我的小论文让我非常高兴，之后他也成为我的论文指导教授。若说斯坦福大学里谁能在这个领域提拔我，那就是他了。

但她不知道我们以少得可怜的微小尊崇，称呼他“癞蛤蟆先生”。这绰号很贴切，因为他穿格子花呢背心、啤酒肚、佩戴怀表、操英国口音、鼻子油油亮亮、偏偏下巴又格外松软。他也有福斯的新款红色金龟车，每回我们见到他驱车下了纪念路，总会有人吟诵：娘娘腔，娘娘腔，开车回家去；你的鼻子着火了，你的下巴全没了。或许我们太毒舌，但我们怪他太太将他打扮成那副德行。她瘦削如刀锋，枯柴瘦骨，穿克什米尔毛料的黑衣，担任教导主任，醋劲之大闻名遐迩。听说德怀尔跟指导的女学生在办公室会谈时不能关门，正是因为太太的禁令，我们叫她“没卵巢泼妇”。

但德怀尔受到我们的爱戴，因为他风趣体贴，出类拔萃。我们爱他对考古学半带诗意、半带狂妄的看法。在我们专题讨论的第一堂课，他便说将人类历史视为层层交迭的羊皮纸，他以惯常的大动作挥手，你刮得越深，便能揭露越多。我们不敢奢望什么，只盼他也喜欢我们，因为他握有巨额补助金，与哈佛大学在阿拉斯加进行一项政府的挖掘工作，而大家都相信，他们即将有重大发现。

每年五月，癞蛤蟆先生与"没卵巢泼妇"会在洛斯阿尔托斯山的豪宅举办派对，庆祝暑假。他一向会在派对上宣布要带哪个研究生去阿拉斯加，利用暑假协助挖掘工作。大家无时无刻不在祈祷自己成为他钦点的幸运儿，因为坦白说，参与他的考古计划，可以瞬间让我们的就业行情看涨，但他没挑过女生，大家都清楚那是妻管严的关系。他们家装潢华美，都是玻璃和四四方方的家具，红木市、阿瑟顿、旧金山湾的风景都在他们脚底下，宛如奉献物。我们女生图的是外烩和免费的酒。

那一年的派对，整个考古系共襄盛举，行政管理人员也几乎到齐。外烩人员穿着晚礼服，夜间照明灯将游泳池映成蓝绿色，下方则有旧金山湾的闪烁灯光。但那一天我决定不去。派对的日期恰恰在克拉丽莎发现罹患狼疮后，我头发几乎贴着头皮剃光；由于我膝盖不太对劲，冬天就停止跑步，那时已添了约十磅的肉；傍晚陶艺课下课后，我在拉胚的辘轳前坐了太久，衣服脏兮兮的，破牛仔裤和棉绒衬衫松垮破裂，被黏土弄黑了。我一副狼狈相，不是适合欢庆的打扮。再说，我笃定今年雀屏中选的会是男同学，就跟往年一样。

陶艺老师将我独自留在工作室，我转着辘轳做花瓶，想象女生们穿着紧身洋装、男生们穿着西装，按下德怀尔家的门铃。我坐着看凹凸不平的胚土转呀转呀转，赫然意识到我由衷想参加派对。我洗手、洗脸，在裤子上套了件干净的束腰衫，希望它能遮住泥渍，营造出波希米亚式的俏皮风格，而不是我自觉的喂鸽子流浪女人。

我赶到派对时，德怀尔正在敲手里的酒杯，站在跳水板上，整个人摇晃了一会儿才稳住……今年，他说，我要带去阿拉斯加的研究生是（他停下来清嗓子）约翰·比尔兹利里与葳莉·厄普顿。我把白酒当成烈酒一样猛灌，一杯酒恰恰喝到一半，当场怔住。我看到没卵巢泼妇眯起眼，我看到她双手在屁股后握拳。当大家恭贺地拍我的背，令我不由得向前走时，我看到她打量我——我圆胖的脸蛋，新剃的头，邋遢的衣裳；我看到她心中大石落地。我简直可以看见她暗地叫我歹客[1]。我向她皱眉。她看见了，微微给我一个假笑。

……我们今年有两个研究生助理，德怀尔正在说明，是因为今年就会发现那个长久以来只差临门一脚的发现。

太棒了！泳池边每个人叫道。

太棒了，我对着葡萄酒说，腿发软，人发抖。

我在机场和他们会合时，当然穿了最有女人味的衣服。我浓妆艳抹，穿粉红色迷你小洋装、高跟鞋。其他伙伴正要通过安检，德怀尔和太太离情依依。他难得没做维多利亚时代文士打扮，衣着正常，但看来确实宛如地理学会的探险家，穿着有拉链的卡其裤，搭配领尖有扣子的卡其衫，靴子的鞋尖钉有铁片。约翰·比尔兹利里对我的装束傻笑，匆匆通过金属探测器。德怀尔和太太分开了互拥的身体，这才看见我。

他假装没认出我，视线从我露了一大截的大腿移开。他太太皱起眉头，眉心深锁。但时间紧迫，我通过了安检。德怀尔跟过来，而他

1　歹客（dyke），指男性化的女同性恋者。——译者注

太太的声音里或许有一点慌乱，嚷着："祝你好运！你要安分点哦！"

从旧金山到盐湖市的飞机狭窄难坐，有一小包花生、一瓶小气巴拉的莱姆汽水。但在犹他到阿拉斯加的航班上，约翰和我埋头看书，空服员说头等舱有一个空位，而德怀尔费了番口舌，说服她把位子给我们其中一人。约翰和我比赛拇指摔跤，我赢了，升舱去头等。德怀尔戴着眼罩休息，我在舒服的座椅坐下，开始看电影。

电影播到一半时，他轻碰我的肩膀，拿一片新鲜的巧克力饼干请我吃，神态像在动物园拿着花生哄诱动物。我按下暂停键，我们开始交谈，聊起考古计划。简单说，北美原住民从西伯利亚经过白令海峡到达北美，是一个很好的假说。我们计划将他们抵达的时间往前推：尽管低温气候区的证据显示，那里在三万三千年前便有人迹，但阿拉斯加最古老的遗址只能上溯到约一万四千年，两者的时间差距极大。德怀尔和哈佛大学在埃斯彭伯格角（Cape Espenberg）附近挖掘，他们几乎可以确定那里的历史能上溯到公元前二万五千年。在史前人类的考古领域中，若我们找到人类那么早便存在的证据，将会是重大的发现。

我们聊到比较轻松的话题时，博士跟我展开怪异的揣摩逢迎，心照不宣地眉来眼去，两人闹得开心，喃喃低语，因为四周每个人都在梦乡里，连空服员也坐在前方的小座椅上。那感觉就像我们在彻夜狂欢。我首次注意到他有酒窝，这令我讶异，因为我向来热爱酒窝。我再也看不到他闪亮的红鼻子，也见不到他消失的下巴。我被迷住了。但我以为一切都很单纯，直到他盯着我，将手摆在我大腿上，挑起眉毛。

当时我有两个选择：一是彬彬有礼地将他的手移到我们之间的扶手，把我的话说完，我们将共度愉快的航程，我在夏天要扮演有荣誉心的好伙伴，跟哈佛所有人打成一片，等我们在秋季以英雄之姿凯旋，他们会觉得我是好哥儿们，会竭尽所能提携我在考古界发展。

二是挑眉回敬他。我可以溜到宽敞的头等舱洗手间，等待门板响起他发出的搔抓声。之后，我们可以非常不乖，嘻嘻哈哈，嘘着要彼此小声点，我的粉红裙子往上撩，他的卡其裤往下拉。我们愉悦的淘气行径做到一半时，我抬起头，突然见到他认真而甜蜜的表情。他给我不再漫不经心、幼稚的吻。在那像锅子的洗手间里，引擎声在我们周遭不断鸣响，一排排商人在门外打盹儿，我抬起头，在那张脸上见到以前没想过会见到的表情，然后发现自己开始下坠，重重地坠落。

我说到这里时，克拉丽莎打断我，沉静地说："你，葳莉·厄普顿，是个超级大笨蛋。"

我们默然良久，我猜我们都在忖度，其实我会做明显错误的决定似乎不是什么新鲜事。首先，我始终拿有权威的人没辙：大学时有一位摄影学教授，头发渐秃，是个酒鬼。在暗房的红色灯泡下，我看着化学药水里浮现出在街上拍的妇女灰色脸孔，教授来到我背后，双手搁在我腹部，我们怪异的上下其手关系维持两学期，直到他因为酒驾遭到解聘。此外，我对风趣的男人也难以招架，诸如上过小丑学校或是即兴说笑成癖的男生；男人若是能令我捧腹，在我心目中的性感指数就会暴增。我也有微不足道的滥交问题，我会一连几个月誓言戒掉男色，绝不再碰，然后在某个夜晚狂热地跟人打情骂俏，在派对上带一个男生到洗手间办事，再带另一个返回住处。我想，我不是水性杨花，只是性生活两极化。

然后，我告诉克拉丽莎，德怀尔和我从洗手间出来时，机上所有乘客仍然在梦乡，仿佛被人下了魔咒。原本我们在相处上可能陷入尴尬，但他将我的手拉到腋窝挽着，就这么入睡，嘴巴张开，像小男生。他在随后的辛苦旅程对我都很体贴、很照顾，从安克拉治到诺姆，从诺姆到埃斯彭伯格角，从埃斯彭伯格角出城坐路虎车继续旅程，最后健行到挖掘地点。一路上，每回我们在等待下一段路的交通工具时，他便为我买咖啡，而我不时逮到他注视着我，嘴角漾着笑意。

因此，那档事我们又做了一次。之后又一次，一次又一次。几乎每一夜，他都来到我专属的小帐篷，我们将两个睡袋用拉链并成一个，以抵御地面的寒意。即使是天气冷到我无法洗澡的日子，我们也照样办事。

整件事都有点疯狂：我们置身在那不真实的美丽天地间，阳光时时照耀。许多候鸟在我们头上盘旋，棱角分明的不毛大地色彩艳丽。挖掘工作很顺利，我们和哈佛的人称兄道弟，连伙食也一流，因为哈佛有一位研究生在献身学术前当过主厨。考古工作艰苦卓绝，而在漫长的一天结束后，只跟某人温情相对感觉很愉快。阳光令他甩掉苍白。工作让他筋肉结实，身材变好，松垮的下巴出现了轮廓，忽然间，德怀尔英俊非凡，而且不是只有我作如是想。有个雄壮威武的哈佛同性恋男研究生开始叫他“为他死也甘愿博士”。我不仅挥别赘肉，甚至持续纤瘦，因此肌肉紧贴着皮肤，呈现古铜色。我知道自己看来很漂亮。由于在冻原上打炮很少能逃过别人的耳目，事迹败露或许是免不了的。哈佛的人当然统统知道德怀尔的太座大人，她已经嫁给他很久了。他们跟我说话时，往往不正眼看我。

当我的月事没在该来的时候来，我心想：不用担心，这种事稀松平常，只是因为饮食改变。当我的好朋友第二度没来报到，我开始反胃。

就在我开始恶心欲吐时，我们找到了源头。隔了一天，我们找到骨骸。两者的年代都比克洛维斯文明更久远。骨骼学者欣喜若狂：光凭那副牙齿，便几乎能断定骸骨与西伯利亚人的血源相近。约翰是贝壳、植物等生态遗留物的专家，他说他几乎可以断定，胃部附近的种子属于该地绝迹至少两万两千年的植物。哈佛的首席调查员招来小飞机，我们前去简易机场，坐在路虎车上等着为他送行，因为他要飞到诺姆，然后到安克拉治，回哈佛大学，以放射性碳定年法鉴定物品的年代。

我们闲得发慌，正在说要不要凑合着玩威浮球[1]时，风便吹来引擎声，于是大家准备送哈佛首席调查员上路去安克拉治，祝他好运。地平线上，飞机的小点儿越来越大，落地滑行。飞行员下了飞机，螺旋桨仍然有力地转动，但他面色如土，表情痛苦。他绕到乘客座那一侧，打开机门。

出来的人是没卵巢泼妇。

她扭着全是骨头的屁股，大步走向我。此时，老好人德怀尔博士的手从我肩膀移开，往侧边溜。他太太脱掉冰手的手套，将袖口拉向肥大的冬季大衣上（此举在那种天气实在画蛇添足），然后掴我耳光。我惊得合不拢嘴，而她到丈夫跟前，拖着他离开我们，嘶声怒骂。

我看着他们渐行渐远，脸颊开始发烫。哈佛的人和约翰袖手旁观，惊愕不已。

就在这时，我稍微昏了头。我直直走向小飞机，砰一声摔上门，不知为何启动了小飞机，去追德怀尔跟他太太。他转身一看，眼睛都瞪圆了，他旋即窜身闪躲，拖着太太跑。

---

1 威浮球（wiffle ball），脱胎自棒球的塑料空心球，球上有孔洞，在飞行时会出现各种诡异的曲线变化，可在室内进行。——译者注

想象一架小飞机轰隆隆在冻原上乱跑，横冲打转，拐弯前行。两道小人影狂奔着，手拉手。飞机加速冲向那两人，当两人分头逃窜，它便改追那个瘦子，那个皮包骨，逼近那穿着肥大羽绒夹克的尖叫逃命女人。那飞行员果真是天杀的勇猛，扑爬上驾驶舱，抢在最后一分钟让飞机转向。他看我的脸一眼，然后让飞机引擎全速运转，升空。

他将我一路载回诺姆。据他说，他很担心若是让我留在那里，不晓得我还会惹出什么麻烦。我搭上去费尔班克斯的航班，从费尔班克斯搭机去旧金山。全部费用都以信用卡支付，信用卡来自飞机前座上的黑色古驰皮包，皮包上有德怀尔太太双手的余温。驾驶舱里有股甜香，是她在下机前片刻洒上的香水味。

我在旧金山机场下机，抖得几乎无法行走。我没有行李，搭出租车到斯坦福大学，纪念路的棕榈树像军事列队，建筑物粉红得像天堂。我没换下阿拉斯加的衣物，挥汗将对我重要的东西全搬上我的车，启程返乡。我几乎整路没睡，哭个不停，时速九十英里[1]。我只停下来加油和上洗手间，有一次是试图清洗身体，并换上T恤和短裤。我没有进食，到达纽约州伊利运河时，视线模糊得几乎看不见。有时候，德怀尔的幻影会坐在乘客座，他的模样依旧是我最熟悉的：黝黑而英俊，穿着探险家的装束。他一言不发，只是微笑。我仍然怒气冲天，假装看不见他。

我在黎明前的黑暗时分抵达坦普尔顿，将车停在邮局前面。我打电话给克拉丽莎时，车还没开回家。我怕若是直接开车回家，母亲听见车声，会带着小斧头出来。我站着看了埃夫里尔别墅约一小时，凝

1　从加州史丹佛市到约纽库柏斯敦（坦普尔顿的现实世界蓝本）约四千公里。九十英里为一百四十四公里。——译者注

聚进屋的勇气。

然后我告诉克拉丽莎湖怪死亡的事，说我摸了它，感受到湖里的幽暗，无尽深邃的湖底。我告诉她，湖怪呜呼哀哉，只代表天地间的万事万物都在分崩离析。

我们默默无言的时间久到令人痛苦，我几乎可以听见克拉丽莎在思考。我交代这些事情便用掉几小时，这时是旧金山的深夜，电话另一头听不见市声。好不容易，她说："嗯，没有错，你的生活一团乱，话虽如此，情况也不是那么糟。至少，你是在坦普尔顿。你要振作，疗伤止痛，诸如此类，然后回旧金山。"

"我尽量。"我说，"不过，我事情还没讲完。"

"不会吧。"克拉丽莎说。

"是真的。"我说，"可爱又理智的老妈非常神奇，竟然成了耶稣狂热分子……"

"……这我知道，那又怎么样？"克拉丽莎说。

"慢着，你怎么会晓得？"我说，"你怎么说？"

"这个，"克拉丽莎语音含糊，"我们常常通电话。不过仔细想想，从你回到家里，我还没跟她联络过。"

我沉吟着思忖这件事。"唔，你的最新死党胆子超大，居然在晚餐桌上跟我说，我的人生都建立在一个卑鄙的谎言上，而她必须告诉我真相，是因为耶稣讨厌人家撒谎。所以，你准备好了没？我要告诉你一件事。"

"我还没准备好。"克拉丽莎说，"反正你打算照说不误。"

"一点也没错。"我说，"你记不记得我妈在那年感恩节告诉你，她是在一个嬉皮公社跟三个男人疯狂上床，才会有了我？那不太符合实情。其实，只有一个男人，而且他是坦普尔顿的人。他有另一个家庭。我认识他，他也认识我。他完全不晓得我是他女儿。妈妈不跟我说他是谁，但我死缠烂打，逼她给我一条线索，也就是那人曾经随口告诉她，因为马默杜克·坦普尔乱搞女人，才会有他。因此，我得依据一条微不足道的传闻，从坦普尔顿年龄层符合的四百个可能人选里面，找到亲生父亲。”

“等一下，叫你妈直接说出答案，不就结了吗？”

“喔，关于这件事，我妈非常坦白地禁止我追查父亲的身份。”

“那你为什么要查？”我听得出她的笑意。

“这样才晓得我是不是从他那里遗传到什么恐怖的基因问题，然后我要宰了他，谁教他没有陪伴我长大。”

克拉丽莎试图掩饰笑声，却办不到，我只得忍受她又长又粗嘎的欢叫。好不容易，她止住笑，回到电话上。“哎呀，葳莉，好几个月没笑得那么用力了。”

“真高兴你觉得我的人生很让人爆笑。”我说。

“我不是那个意思。”克拉丽莎说，“我是在笑你妈那么傻，以为骗你是嬉皮杂交后的私生女，会好过说你是镇上体面男人的女儿。她真是搞错状况了。”

“是是是，只要不是发生在自己身上，这全都很好笑。”我说，“不过克拉丽莎，我要问你的是，现在我怎么办？我该做什么？”

“你是指哪方面？”她说。

“全部。”我说。

我得夸奖一下克拉丽莎，她认真思忖了半天。我听见她打开衣橱门，坐在里面，以免吵到萨利睡觉，之后听见萨利带着困意的含糊嗓音。我听见她安抚萨利说："就快讲完了。"然后，克拉丽莎回到在线。

"葳莉，萨利在发神经。"她说，"他说我最需要的是睡眠，再过两分钟，他就要把电话线剪断。所以，我先告诉你，关于德怀尔的事，你只能过一阵子再看着办。斯坦福大学那边也一样，我觉得你最后应该不会怎样的，因为跟学生上床仍然是很严重的事，我相信德怀尔夫妇不希望惹出丑闻。至于你爸，你有没有法子让你妈说出他是谁？"

"没法子。"我说。

"好，那你妈有没有说，是老马默杜克本人的私生子女后裔？"

我拼命回想。"没有。"

"那就可能是家族里的任何人。老实讲，那通常是比较近代才发生的私通，因为我觉得出轨这种事情，年代一久就会被淡忘。再说，近代祖先的文献资料，必然远远超过古早的祖先。先从你前面几代的人下手，找不到线索的话才往上查。如果一定要我猜，我想你的曾祖们就是祸首。再不然，就是雅各布那一型的性感人物。他看来就像那种人。"她说。

"好，这计划不错。"我说。

"至于小孩的事，"她的语气听来很苦涩，印象中克拉丽莎这辈子没用过这种口吻。后来我在半夜惊醒，记起她在医院做完遗传学咨询时脸色发白，愁容满面。我问她医生怎么说，她都不吭声，到家才把脸埋在枕头上，含糊地低声说：我不能有小孩。如果胎儿没害死我，我的基因也会害死胎儿。之后便不肯开口。现在她说："你肯定吗？我是指小孩的事？你验孕了吗？"

我记得车子开到内布拉斯加的时候，曾在快被烤干的马路上吐个半死。我记得那天晚餐时在腹部的心跳。“我确定自己有了。”

“你要孩子吗？”她说。

“唉，克拉丽莎。”我说，“我不知道。我不知道。何必让一个小孩来到我们乱七八糟的……”

她对着话筒叹气说：“饶了我吧，葳莉，跟我老实说就好。你想生吗？”

“我不知道。”我想着腹中宝宝在我们讲电话时不断成长。

“这是我现在没办法解决的事情。”她说，“葳莉，对不起，我早上要看医生，而且我好累好累。还有萨利，他站在我旁边，准备抢走电话。”

“天啊。”我说，“真对不起。我是全天下最糟糕的朋友。你怎么样？真不敢相信我都没问一声。”

“哎，没事没事。”她说，“一切都很好，别担心。我要挂电话了。我爱你，小朋友。不管是什么天大的事情，到早上感觉就没那么糟了。”之后她便挂断电话。

7

开镇管家美骨儿太太

早在一七八六年，我就来到坦普尔顿。世道很可怕，日子很苦。以前我可是美人，眼珠子乌溜溜，有一对美胸，但年过三十，青春就凋零殆尽了，早在我们遇到麻烦前，早在我们乘船来到美国前。我曾经有银器，有大宅子，有大窗户，平日用的是精致的亚麻织品，真的，我在家乡也是贵妇，几乎算得上贵妇。但失去一切后，船长跟我从爱尔兰来到美国，那时船长的船队出事了。人家说他是贼，偷走货主几百元的货。我的美骨儿船长才不是那种人。那是卑劣的诽谤，是胡说。

但他的名誉还是一败涂地了，我们于是搭乘快船前往新天地。但波士顿不如我的想象，不是快活的满地黄金之地；那里肮脏不堪，烂泥深及膝盖，缭绕不去的污秽尘烟，可怜的爱尔兰小顽童挺着鼓胀的大肚腩死去，就好像要死也不能死在爱尔兰故乡的青草地。我的船长夜里踉跄地回家，口袋空空如也；他说是被街上贪心不足的坏女人扒空的，但我在他的衣服、皮肤、在朗姆酒和尘土的气味底下，嗅出女人的气息。因此当我听说有个新城镇叫坦普尔顿，土地便宜得像免费奉送时（尽管那里地处蛮荒），我就一路跑回家，收拾细软。等那一夜船长浑身臭味，歪歪倒倒地踏进家门，我便拿柴薪敲他的头。待他清醒时，人已在波士顿三十英里外的骡背上，他气得咆哮起来了。

进入蛮荒的船程很艰苦，带我们上莫霍克河的船夫背都弯了。美骨儿船长到樱谷后就不再抱怨连天，总算坐起来，开始感到畏缩。到达坦普尔顿后，我发现自己几乎要为它醉心了，真的。那寒碜的镇容：木条钉的房子，脏乱的环境，猪在烂泥里拱土觅食，烟笼罩着市镇，因为男人焚烧自家的土地制作草碱，将古木烧成小块。我们立刻去找高贵的马默杜克。他住在一间寒酸的房子里，那里后来成为薛曼酒馆。他沾满泥污的大靴子跷在桌上，坐在文件堆里，男人排队见他，队伍都快到湖边了，但我是妇道人家，被人推到前头，立刻就取得了地契。尽管他的双手因为干活而布满小口子、长满老茧，完全不像绅士，但我觉得马默杜克英俊非凡，他有鼓凸的蓝眼睛、红发、声音低沉，说起话来带着贵格教派的和蔼。事后，美骨儿船长打趣说看来我有了仰慕者，但我说："才不呢，坦普尔先生懂得尊重妇道人家。"我还恶狠狠地瞪了船长一眼，于是他绝口不提此事。不出两个月，我们在新辟的第二街建造小屋，而美骨儿船长改行当鞋匠，但他没做过半只鞋。房子尚未完工时，他拇指被铁钉穿透，没告诉我。等我见到时，他拇指又粗又红，参差的黑色伤口滴淌着黏液。泛红的地方扩散到臂膀上，一条一条的，很长，我心里知道大事不妙，跑去马奇的新药铺，请他出诊。马奇解开绷带，见到红色的痕迹朝着心脏延伸。他掩上门，说尽量让可怜的船长舒服一点，他已经不中用了。马奇说得没错。不过一夜工夫，美骨儿船长撒手归天，我成为寡妇，身无分文，只有一间无用的鞋铺，而我唯一懂的事情，就是当夫人、持家，将大小钥匙系在腰际、在家里发号施令。

那一晚，我坐在船长冰冷的遗体旁守夜，盘算我这个苦命人何去何从。我知道马默杜克只吃他男仆烹煮的东西，而男仆白天要照料马匹，将鼻涕擤在衣袖上。他小屋很脏，男人没有痰盂可用，将泥巴和虱子带进屋，双手脏兮兮。光凭那股气味，便足以令奶油发酸凝结。我将先生葬在新墓园后，便到马默杜克的房屋，挤到成排男人的前方。镇上没有其他妇道人家，只有克罗根寡妇一个，她是老鹰旅馆的老板。所以那些男人允许我稍稍推挤他们，因为他们连女人的手都摸不到，很渴望能被女人碰触，即使像我这种风姿不再的女人也聊胜于无。我大步来到马默杜克跟前，他在桌前垂着头，像小男孩埋头玩火柴盒，而我说马默杜克大人，我先生不在了，今天早上才埋了美骨儿船长的遗骸。

马默杜克从他的地图上抬头，揉揉太阳穴。他说，哦，是美骨儿太太，我今天早上听说了。我对您的损失表示非常遗憾。

我说是啊，真是悲剧。接着说明我以前的家世，提到我曾有美屋、银器和亚麻织品，后来遭到恶言中伤，又说到我凄惨的处境。悲凉的故事说到最后，我对着手帕哭得毫无节制。不是我自夸，连他漂亮的蓝眼睛里也有一滴泪。

哎呀，美骨儿太太，他在我说完话后嚷道，激动地站起来。他说，我若能帮上什么忙，尽管吩咐。

真是多谢您，坦普尔先生，我说道。既然您美丽迷人的夫人不在这里，我想到府上担任管家。

虽然当时我不认识我的女主人，但我照样那么说，因为我无法想象马默杜克这样相貌堂堂的男子，会有一位不活泼可爱的夫人。请想想当我终于见到伊丽莎白·坦普尔的时候，会有多么讶异！她心肠确实善良，却像只褐色的小麻雀其貌不扬，容易受人摆布。马默杜克和她真是一对怪夫妻，不曾见过世面。虽说我不过是个高阶佣仆，有时候我确实觉得惋惜，他那样精明能干，手段利落，却没有娶一位配得上他的夫人。

但在那一刻，在我服丧的那一天，马默杜克眨眨眼，洪亮的笑声撼动横梁。他说，真是绝妙的主意，就这么说定了，亲爱的美骨儿太太，你来做我的管家。你几时可以上工？

我像喜鹊勇敢地说马上开工，我们可以在晚餐时讨论薪资。

他一边坐下，一边说，很好很好，我盼着再吃到女人家做的饭菜。

这就是我在湖畔小镇谋得好营生的经过。马默杜克在我落难时伸出援手，而我原先是为他主持那幢小屋的家务（小屋如今成了薛曼旅馆），后来改为为他管理宏伟漂亮的坦普尔庄园，盖庄园的人是老在想心事的魁梧奴隶明戈。

在那段日子，我对杜克大人确实只有一点看不惯，就是他跟升斗小民一样上酒吧，压根儿不像绅士。人家称呼他蘑菇绅士，意指他是一夕间从粪土中窜出头的，但我每次听见这句笑话就会大发雷霆，令说笑的人带着严重耳鸣离开，可能从此无法听见声音。此外，总有流言说马默杜克打量小姑娘的眼神兴味盎然，这话真恶毒。老鹰旅馆的煤炭女工、补鞋匠的女儿崔西甚至美人罗莎蒙德·菲尼也在其中，但她当时不过是个小女孩，真是无情的胡说八道。唯一的安慰，就是想到他会受人议论，也是因为他太了不起。

可是赫蒂来了以后，我得承认我觉得事情变得很棘手。马默杜克将三个奴隶交给我发落的那一刻，我几乎动了辞工的念头。明戈倒还可以接受，我怀疑他脑筋不行，但他会打鱼、兴建房舍，非常能干，根本不看我一眼，更不可能对我有那种令我夜夜锁门抵御的非分之想。还有卡夫，真是可爱的特拉华州印第安小男孩，是牧师夫妇带大的，能读能写，牧师夫妇过世后，教区将他卖掉，成了寻常奴隶。我把这个可怜孩子视如己出，直到他跟一个四处传教的人逃跑。卡夫这一走，我才深深惋惜起从我肚子里流掉的未成形的孩子们。

但黝黑俏丽的赫蒂是另一回事，确实如此。她的圆脸很漂亮，喉头的疤痕就像珊瑚项链，我看得出她只会引诱男人。我曾经跟赫蒂一样美貌，我晓得勾搭男人那一套。我让她忙个不停，烧饭、采蜜、摘梨、腌渍食品。我承认她极爱干净，把残存的泥土、灰尘当敌人，除之而后快。我从没见过谁擦过的窗户比她更亮，她铺在床上的床单更是比谁都白。但到头来，我仍然没让她忙到无暇他顾，真悲哀。当我见到根本不该变圆的地方出现那特殊的圆润，我便起了疑心，真的，并且自豪我采取了行动。我的女主人怒气冲冲地赶到镇上，肚腹也因为身怀六甲而快撑破。当她从马车下来，一身行旅的污尘，绕着赫蒂打量，见到那女孩的操守烂到骨子里，便将她驱逐到街上，我在内心狂笑不已。但赫蒂就像猫，她从高空坠落，又靠自己的脚平安落地。她嫁给了皮匠杰迪戴亚·埃夫里尔，而他后来成为富人。赫蒂尽管是黑人，却近乎贵妇，我简直受不了。

但最可怕的是阴霾惨淡地笼罩着湖上的那一天，她生下了总督。我望出庄园的窗户，见到接生婆布莱索在雨中匆忙跑着，我便知道赫蒂分娩了。我承认我怒火攻心，气得不像话，因此在喝完午茶、我为我们的小雅各布换尿布，唱歌哄他睡下后，我便戴上帽子、披着斗篷，备妥一篮吃食，带着走下街道，来到湖边的皮匠铺，登堂入室，上楼循着生产时的那种金属味及汗臭，来到一个房间。我径自进去，拉开婴孩身上的包巾，低头看见那红色的头发，奶茶色的皮肤，鼓凸的蓝眼睛，一只飘向侧边。我放下篮子，将包巾盖回婴孩身上，把他放回赫蒂怀里。赫蒂始终望着我，嘴唇底下有笑意闪动。笑意是在嘴唇下，不是挂在嘴上。然后我回到雨里。我说的是实话，连我的美骨儿船长咽气、留下我在这个悲惨世界当寡妇的那天，我也没那么撕心裂肺。尽管我在祈祷时祝福了马默杜克那颗罪恶的心，但我看他的眼神从此改变了。我再也无法用以往的目光看待他，永远无法。

8

皇后与起重机

路跑之友比闹钟更准时。我从灰扑扑的黎明醒来时，他们仍在半英里之外，脚步声在萨斯奎汉纳桥回荡。等我找到一双旧跑鞋、一件合穿的T恤、一条运动短裤（宽松的黑色聚酯纤维材质，左裤腿上有一只丢人现眼的坦普尔顿吉祥物“红皮”），他们已经多跑半英里了。我来到湖滨街，就着柏油上露湿的脚印追踪他们的路线。

我毕竟有过像样的爱情生活，所以我承认自己追着六个中年男子满镇跑或许有点可悲吧。我偶尔返乡一趟，在这些返乡行程中，我渐渐习惯至少跟他们跑一段路，当我听见他们跑近我家时，便跳下床，竭力追上他们。其实除了我妈，他们是我在坦普尔顿仅存的朋友。我高中的朋友个个聪明，而聪明孩子从不回老家，即使逢年过节也难得露脸。大学后，故友们便断了音信，我得知他们生活状况的唯一渠道，是听母亲说他们当上住院医生、结婚、开始带实习医生、生子，我更常跟路跑之友打听消息。路跑之友是小镇的八卦中心，对小镇忠心耿耿，悉心护卫。早在我还在念高中的时期，他们便会尽量出席我的足球赛和田径赛。我相信他们这么做的部分原因是：时序进入清爽的秋季后，观光人潮不再，高中的运动比赛便成为镇上唯一的盛事。但那也是因为他们把我当成干女儿，只是没有明讲。每年七月四日国庆，他们就会邀请我参加他们的家庭野餐，我总是只身赴会，我母亲每次都是去上班。当他们举家去迪士尼乐园、希尔顿黑德岛度假，他们会找我当保姆，让我同行。当我赢得“美国革命之女征文比赛”时，他们六人全员出动，陪我参加庆功宴。当我大学毕业，他们出资让我去欧洲自助旅行。母亲说这份礼实在太大，不准我接受，他们很伤心，费尽口舌向我母亲恳求，让她允许我收下钱。

那天拂晓的坦普尔顿透明得不亚于水晶。路跑之友已跑上湖滨街，经过雄伟的砖造奥特莎加酒店，其气质高雅，有如在湖畔享受阳光的贵妇。他们向左弯到纳尔逊大道，路过网球场，直上大街，跑过法院、花店，越过铁路，左转下了冬季街。这时，我从他们后头逐渐接近，距离两百码，听得到他们低声交谈，以及他们的老腿踏在地上的啪嗒声响。还差一百码时，我可以闻到他们湿透衣物的汗水味，以及他们以为没人注意时排放的小屁。

他们分别是：

约翰·诺伊曼，他女儿是我们班同学劳拉。每次约翰去德国老家，回来时总会带粗肥的杏仁糖送我。他也曾耗上一个夏天，挫败连连地教我打网球。

像熊的汤姆·欧文，他卖二手车，我那辆破烂掀背车就是他卖我的，便宜得跟免费差不多。我八岁时，一天放学回家途中，坐在一张长椅上哭诉其他小孩对我多坏，而他搂着我，直到我宣泄完情绪。

小个子托马斯·彼得斯是我的小儿科医生，身材矮小到我十岁时便能直视他的眼睛。每回埃夫里尔别墅的东西损坏，母亲必然向他搬救兵，因为他对待房屋就跟对待孩童一样拿手，会开开心心地修理任何东西。

索尔·福尔克纳，有三位太太，家境富裕，膝下无儿，因此总是八卦缠身。他家游泳池很大，我十岁时央求他让我在他家举行生日派对，他不知所措，索性找外烩公司来办。他们家是历史悠久的世家，男性统统叫索尔·福尔克纳。有人对他的财富眼红，给他取了“索尔·福尔克纳污死”的绰号，不叫他索尔·福尔克纳五世。

弗兰克·菲尼，他们家世代经营《自由人新闻报》，给我大学时的第一份实习工作，为照片撰写说明文字。他老爱把敲敲门的笑话[1]挂在嘴上，讲到笑话都显得像搔痒酷刑了，沦为一点都不好玩的笑闹。

最后一位是道格·琼斯，我的高中英文老师，外貌神似上了年纪的门户乐团主唱吉姆·莫里森。下课后，照例有嘻嘻哈哈的女生们围着他，要他解说莎士比亚的作品。他选我在学校的话剧扮演被奥赛罗勒死的苔丝狄蒙娜，我去他家充当三个可爱小女儿的保姆时，他便会指导我念我的台词。“不对不对，葳莉，要融入感情！”他会如此大叫，而他女儿们会咯咯笑，像小鸟儿叽叽喳喳。

我愈越跑越接近他们。他们没注意到我，我不禁对着他们的背影微笑，觉得一股温煦的情感溢出心头。道格·琼斯正在说：“……只是在嫉妒，因为每次她问问题，问的人都是我，对不对，大汤姆？我还以为你要在镜头上揪住我呢。”

其余人咯咯笑，汤姆·欧文说：“笑死人了，小道格，笑、死、

1　敲敲门的笑话，一句美国人常说的英语笑话，原台词是“knock，knock，knock，who is there？”这也是英语国家孩子们常玩的游戏。甲说“叩叩叩”模拟敲门声，乙说“谁呀”，甲便回答预告挑好的词，假设是泥巴，此时乙接话说是哪个泥巴，甲便说出一个以“泥巴”的谐音词所造的句子，如“你爸是猪头”。——译者注

人、了。但你说得没错。我从没料到我上‘破晓’的时候，还得当你们这群呆瓜的副手。”

约翰操着淡淡的德国口音说：“那个凯蒂·道尔真是自以为了不起，对吧？但她本人比较漂亮，漂亮多了。”

我听了一会儿才想通他们接受了一个在全美国播出的晨间谈话节目采访，大概是问他们见到湖怪的经过吧。我正要追上去问个究竟，自得其乐地想着他们见到我必然会照例“嘿！”一声，却被一辆垃圾车挡住去路。当垃圾车驾驶朝我点点头时，一个可怕的念头攫住我的思绪。我蓦然停步，看着路跑之友在街上跑远。

我心想，镇上任何人都可能是我的父亲。比如说，垃圾清洁队员、路跑之友，或克卢尼医生，也就是在划船时发现湖怪的人，或是我的小学校长，或是矮胖的镇长，或是邮差，或是开普勒干洗店的家伙。棒球博物馆馆长、施耐德面包坊老板、德怀特修车厂的技师约翰·德怀特、德怀特的智障双胞胎兄弟德里克。我的田径教练、我的齿列矫正医生、整个夏天都在坦普尔公园下棋的三位沉默老人。殡仪业者克拉普先生、长老教会牧师、天主教神父、铁路大王、生物观测站的生物学者、镇上的图书馆馆员、我朋友们的父亲。天啊，任何人、任何男人，都可能是我的亲生父亲。甚至药房老板马奇！三年级小学生玩通宵的时候，他会压低音量，以大胆的口吻讲述他的事迹，把他说得像魔鬼似的。他的外表就像魔鬼，长着粗硬的老茧，腌菜般的光亮皮肤，驼背，双颊凹陷，眼窝极深，因此从来没人见过他的眼白，有一次他走进一群飞舞的蝴蝶间，它们在他身后像铜板一样坠地死亡，连他都可能是我的父亲，连马吉也可能拉开拉链，舒坦地低吟一声，钻进我的生命。我感觉心脏漏跳了一拍，即将像电视演的那样抱憾而终。

但我的心脏当然恢复跳动了，而路跑之友在街尾向左拐弯，绕回体育馆那边。我感到恶心。我觉得自己像P.D.伊士曼[1]那本恐怖童书里的小鸟，那小鸟四处游荡，不管遇见牛啊、狗啊、飞机等等，一概问："你是不是我妈妈？"我朝水沟呕了一番，站起身，仍然不舒服。

这时我在小学旁边，砖造的校舍像是用乐高积木拼凑而成。我要跑回镇上，从胡桃街弯到栗树街，斜切到大街，到棒球博物馆对面、邮局隔壁，去开我的车；我要返回埃夫里尔别墅的车道，将我的衣物、书本、一切令家居环境惬意宜人的东西，统统拖进屋子。我要坐在屋里腐败，直到腹中宝宝出来，或直到德怀尔来电，我发誓，在他来电前决不出门。在未跟德怀尔谈过之前，我不会决定如何处置腹中宝宝，而我绝不能主动打电话找他。我不允许自己去想，万一他永远不来电怎么办。

去开车时，不能撞见任何熟识的人，而那是我每次返乡都会遇上的事。上次我回坦普尔顿是两年前，我停车到美国最佳杂货店帮我母亲买东西，看到一个我毕业班的女同学谢里。她正在挑选什锦谷麦，完全没注意她摆在购物车里的三个小孩。他们眼睛鼓凸，拖着鼻涕，看来很骇人。谢里转头看见了我，至少有五分钟时间，我如坐针毡，谢里抓着我，仿佛我们是闺密。她介绍她的小孩时像是在献宝，她还提议我们约个时间喝两杯叙旧。我浑身不自在，竟然忘记我该买的东西，简直是飞奔回家的。后来，我开车到哈特威克平价超市，以防回到美国最佳杂货店时她仍在那里，眼皮跳都不跳一下，任由丑八怪小孩将整把、整把的加糖

---

1 P.D.伊士曼（Philip Dey Eastman），美国著名儿童作家、插画家。《你是我妈妈吗？》（*Are You My Mother*）系列经典绘本故事，几乎每个美国儿童的童年里都有这本书。描述母鸟离巢为即将孵化的小鸟寻找食物，小鸟孵化后，四处问各种东西是不是它母亲，经历一番奇遇后恰巧掉回巢内，此时母鸟也找到食物回来，母子团圆。——译者注

麦片扔到走道上。当我想到谢里时（即使是站在杂货店里，跟她一起浸沐在柔和音乐与日光灯下的时候也不例外），我就会想到她在床上，冒着汗珠呻吟，制造更多恐怖的小孩。有些人你只消看一眼，便见到了性爱。

那天早晨，我慢跑到大街，神经紧绷，鬼鬼祟祟。施耐德面包坊将传统的甜甜圈香气排放到街上，那股气味撩起一层层的记忆。那里以前是某摇滚明星的父母经营的娃娃屋家具店，如今是棒球卡店。那里以前是贩卖高级豆豆糖的糖果铺。那里以前是只卖小联盟队伍棒球帽的棒球帽专卖店，我曾在那里打工一个夏天，因此直到今天，我仍然可以随口说出几个球队名字：路易斯威尔蝙蝠队、托利多泥母鸡队、蒙哥马利饼干队、塔尔萨钻孔者队、巴塔维亚脏狗队、兰辛螺丝钉队。我跑下街道，过了卡特莱球场。还没有人出门，路上没有车。法柯公园在冬天时会搭起一间圣诞老公公的小屋，夏天时嗑药的中学生会闲坐着打混，或是整日玩着沙包球[1]。角落里包铜建筑物里的马奇药房。然后是先驱街、史密斯大楼，一边低伏着一家叫猛傥的老酒吧、奥格尔书屋、德鲁伯格杂货店。热血沸腾的棒球迷摩拳擦掌，聚在偌大的棒球博物馆外头的绒绳边排队，等着去看会令他们惊叹连连的棒球和球棒。镇上的一切俱在，没有改变，只是每年增加几间与棒球相关的店铺，而本地人会去的好地方又减少几个。

这也是一种改变。以往，观光客从未真正引起我们多少注意。他们不属于坦普尔顿的社会阶层，只存在于我们的视野周围，虽然必要，却无足轻重。自从一九一八年兴建医院后，医师成为最高的阶层，将金钱和脑力注入镇上，经营乡村俱乐部、开设艺廊。在他们之上，只有寥

1　沙包球（ballsack），球状的沙包，玩法类似毽子，玩家必须用手以外的身体部分，阻止沙包球落地，落地就算输了。——译者注

寥几位百万富翁，诸如大使、铁路大王、四处种满鲜花的善心女富豪、靠着啤酒致富的福尔克纳家族，更别提我外祖父母在家道中落前也曾富甲一方。在医师之下的则是其他白领人士，诸如医院的管理阶层、律师、图书馆员，再下则是农民。昔日的农民举足轻重，但纽约乳用小母牛的市场衰退，如今则与麦芽酒、营火、土头土脑的形象搭在一起。在农民之下，则是偶尔在周末光顾猛侥酒吧的城市居民。一九八六年新的歌剧院开幕时，我们不甘愿地为穿着高级订制礼服、驾驶奔驰车的歌剧院观众增辟一个新阶层，但连他们最后也被驱逐到湖另一端的斯普林菲尔德了。当坦普尔顿南边的哈特威克神学院一块牧牛场摇身变为梦想园时，我们以为几个小联盟球员无法对镇上的风貌造成太大的改变。我们没料到他们会将父母带来，而那些父母（俗气、招摇，短裤底下露出橘皮组织，小面包车贴上阿谀的“给我坦普尔顿，其余免谈！”及“切斯特顿闪电人队最赞！”）硬是要拥有廉价餐厅、一家较好的杂货店、像塑料的连锁旅馆和迷你高尔夫球场。我们没料到梦想园会扩建，整个夏天每星期都能容纳八支小联盟队伍，每星期都有一千二百个吵死人的棒球小鬼头光临，外加带他们来的大约六百位可怕父母。尽管我们竭力将他们局限在哈特威克神学院的范围，亦即坦普尔顿镇中心南边三英里的地方，但我们不知道他们的需求会改变镇上的面貌。缝纫店、娃娃屋店、玩具店，甚至农场和房舍都会变成棒球产品的专卖店。现在，几乎每家店都摆满纪念品或球棒。我们越来越难对观光客视而不见。

一群穿着球衣的臭汗味男孩，兴奋地大谈著名球员泰·柯布和贝比·鲁斯。他们恰恰围在我的掀背车那里，待在邮局前面。我车上塞满书本和衣物，保险杆在重压下与地面近得危险。一辆拖吊车正在倒车，将灯光闪烁的后端伸到我可怜小车的底下，活像两辆车正准备翻云覆雨。

我加快脚步，内心庆幸车钥匙还插在钥匙孔上。在坦普尔顿（即使是在观光客聚集的大街），人人都会将钥匙留在钥匙孔上。我们可能是有志一同的笨，也可能是在遵守与生俱来的荣誉行为准则。现在，我钻进车子了。拖吊车持续倒向我的车，我则向后倒着开，狡猾地维持三英尺距离，如此行驶一百英尺后，就到达这条路尽头的市集街。此时，拖吊车司机停住车，跳下来，走到我的车这边。他身材高大，有啤酒肚，步态无精打采，穿着卡哈特（Carthartt）牌连身衣裤，上衣的部分卷到腰际。他戴着猎帽，是名画《呐喊》的那种橘色，底下的脸堆满笑容。

“你死也不让我拖吊，是不是？”他嚷道。

我将头伸出车窗，说：“是的，先生。我就在坦普尔顿公园这里回转，自己滚蛋到别的地方，好吗？”

这时他的脸凑到我的车窗前，片刻后，我的心荡到谷底，我认出他了。他是泽科·费尔凯尔。哎哟，我的天。

“嘿，”他朝着我笑嘻嘻，“这不是一九九一年的小皇后小姐吗？”

我畏缩了起来：我曾是天底下最怪异的返校舞会皇后当选人，因为我不仅是书呆子，也是运动健将，从来不是美女。没错，我高高瘦瘦，但只是漂亮，而且早在那个年代，我就很讲究政治正确了。我是超极女权主义者，比较可能去抗议美国小姐选美比赛，而不会报名参加。话虽如此，那天我站在足球场湿冷的泥地上，接受后冠，我伪善的心却雀跃不已。

而泽科·费尔凯尔，这个在我车窗外的人，正是我返校舞会的国王。

“老天，费尔凯尔，是你吗？”我说。

“唔，你这模样真有看头。”他说。我皱起眉头，但费尔凯尔所谓的看头必然是褒义，因为随后他便将嚼过烟草的口气呼到我脸上，说：

“我早就晓得你会变成辣妹，葳莉。现在快下车，给你的国王抱一下。”

就这样，我在大街和市集街的交会处，跟一个啤酒肚男相拥。高中时，我费尽心力抵御他的魅力。他那时候非常帅，拥有足球员的体魄，绿色的眼眸，一头浓密的金色鬈发，但也有炫耀猎艳战绩的恶名。至少，我在高中时还有那个脑筋，远离烂人。

“该死。”他说罢放开我，手指抚过我的短发。“我喜欢你这个样子。什么风把你吹回来的？”

“噢，”我撇开视线。“回来写论文，我需要安静的环境。”

“对喔，我老是忘记你是聪明的女生，有念过书的。我唯一上过的大学，就是人生大学，艰苦生活系，学到的东西远远超过所有的傲慢私立文学院狗屁。”

“是啊，确实如此。”我说。他满口陈腔滥调，令我越来越无力。

他说：“可是我那两个儿子以后会跟你一样。他们是聪明的小家伙。”

“小孩？”我说，“妈呀，费尔凯尔，你结婚了？我都不知道。”

“没有。”他说，“我没结婚，我不信那档事。”

这时我们陷入怪异的片刻沉默。我第一次正眼打量费尔凯尔，他眯眼注视我。“咦，你是不相信哪一档事？”

他微微撇嘴，再次开口时，没了乡下老粗的调调。“噢，就是主流价值凌驾一切那一套，这个制度既腐败又排他。”然后他哼了一声，看见我的表情，又说，“别一副吃惊的表情，葳莉·厄普顿。不是只有你一个人的 SAT[1] 分数超过一千五。我窝在坦普尔顿，不代表我脑筋不灵光。”

---

1 SAT，Scholastic Assessment Test，中文名称为学术能力评估测试。由美国大学委员会（College Board）主办，SAT 成绩是世界各国高中生申请美国名校学习及奖学金的重要参考。——编者注

“不是的，我没有那样想。”我说。

“你就是那样想的，但我原谅你。”他说。

我们又陷入了漫长的沉默。我盯着地上，他脸上挂着得意的笑容。然后我结结巴巴地开口，没话找话。“呃，你不肯娶进门的人是谁？”

这下子轮到他盯着地面了。他眉头打结，踢踢柏油上的一道小裂缝。“你知道梅拉妮吗？”他说，“就是梅儿·波特？但我们不常见面，只是轮流见小孩，互不往来。”

“噢，是梅儿。”她向来是他个人粉丝团的团长，拥有巨石般的豪乳和一张泰迪熊的可爱脸蛋。“了不起。我们改天应该出来喝杯啤酒，我得赶快回家了，我妈要帮我做早餐。”

“你不能再聊了吗？”他露出些许失望的神色，“那好吧。”

他居然垂头丧气了。看到他这样子，我以稍微放电的语气，碰他肩膀说：“我要怎么做，你才会放过我的车？”

他摘下橘色棒球帽，又笑了，搔搔头皮。他的鬈发不复存在，额头已扩展到头顶，头顶以后的部分才有蜜色头发。这些年来，他的金发颜色变深了。“我不知道耶。小皇后，你不乖，违规停车超过四十八小时。我不晓得怎么处理才好。”

我微微噘嘴，逗得他咯咯笑说：“这样吧，改天你照刚刚的提议跟我去喝啤酒，我就饶你一次，不罚你。如何？”

“听来不错。”我钻进车子，“谢啦，费尔凯尔。我欠你一个人情。”

“好说好说，大家是自己人。”他轻轻为我关上车门，靠在车窗上说，“还有一件事，葳莉，现在没人叫我费尔凯尔。天晓得费尔凯尔的意思怎么那么难听。叫我泽科，或是我的全名伊泽克尔，哥儿们都叫我泽科。”

“叫泽科吧。”我说，“不然伊泽克尔听起来怪怪的，但没问题。”

“那说定了。”他说，啪一声打了我车顶一掌，仿佛当那是马屁股，而我是准备上场用绳圈套住一岁小马的女牛仔。我在坦普尔公园回转，加速驶离，朝着灰蓝色的湖面前进。过了半路，我才开始大笑：高中时，我们叫他费尔凯尔，当那是抵挡他魅力与帅脸的咒语，借此稍微拉近他跟我们凡人的距离。我们没有对抗他的武器，只能拿他的姓氏大做文章。“费尔凯尔”据说是指以吸管吸食射入直肠内精液的性癖好人士。高中毕业十年后，他沦落到大家不必叫他费尔凯尔的地步了。现在他也是凡夫俗子，大家觉得大可放心，将他的名字还给他。“伊泽克尔”，我忍不住发嘘，将车在家里的车道停好后我才止住笑。

母亲上早班。到下午时我已经厌倦了，不再从我房间监看湖怪的帐篷。一具起重机要来将湖怪遗体移到别处，但目前没有吊起它的动静。敞开的窗前听得到人群的低语，清凉饮料的叫卖声，还有新闻播报员练习念新闻稿。

我离开房间，到母亲悬挂祖先画像的走廊。第一幅挂上的画像是楼下墙上那幅吉尔伯特·斯图尔特绘制的马默杜克，在这幅惟妙惟肖的画像中，他神情肃穆、红发、下巴肥大。他画像对面楼梯井中段的地方，悬挂着他娇小夫人伊丽莎白的画像，她纤细干瘪。楼梯顶端是笑容温厚的杰出小说家雅各布。从这幅画像到我房间的这一段走廊间，悬挂着较近代祖先的几十幅画像、蚀刻版画、照片，最后一幅挂在我房门对面的走廊墙上。只有两张我母亲的照片：一张是她穿着折边洋装的童年照片，另一张是长发的半嬉皮照片。

见到她在二十世纪七十年代褪色的泛橘照片中微笑，我就用双臂紧紧按压肚脐，向腹中宝宝说："瞧瞧你这些疯狂的列祖列宗。"

朝楼梯井走近一步，便会看到我外祖父母的结婚照。当时的外公年仅十八岁，西装下的身躯骨瘦如柴。他的妻子菲比·蒂普顿是二十八岁的老小姐，大鼻子、下巴不见踪影、浑圆的娇小身躯，似乎暴躁易怒。老实说，他们实在不是金童玉女，穿着婚礼服饰的模样很硬很僵，一眼就晓得两人铁定是处男处女。他们必然干过那档事一次，有了我母亲后，便心安理得地不再亲热。我确信他们不可能跟人私通、生下我父亲，于是我又朝楼梯井走一步，去看曾外祖父母。

外祖母菲比·蒂普顿的父母也没比女儿强。克劳迪娅·斯塔克韦瑟与查克·蒂普顿双双拿着《圣经》。克劳迪娅脸色灰黄，瘦削，有菲比的大鼻子，但两人的下巴并不相像；查克·蒂普顿身躯庞大，一脸蠢相。克劳迪娅是源自赫蒂的马默杜克后人，但看她的模样，我不觉得她有足够想象力，能够红杏出墙。

"不对。"我向腹中宝宝说，"算了，不是她。"

我接着去看外祖父的父母，因为莎拉·富兰克林·坦普尔是马默杜克的嫡系后裔。这时我开始微笑了，因为外祖父的父母莎拉与小赛·厄普顿是一对丽人。莎拉是褐发美女，皮肤白皙，眼眸清亮；她先生小赛帅气逼人，笑容潇洒。我可以轻易想见莎拉处处留情，将一个小孩送到某个修道院或什么地方，藏匿证据，回到镇上，嫁给第一位向她求婚的男士。看着她姣好的面容，我觉得她有不为人知的深邃心机，一股我没料到会有的鬼祟神态。

于是，我取下外曾祖父母的照片。照片中的他们在某个风大的地方，与罗斯福夫妇握手。我亲吻他们两人。虽然小赛年复一年担任大联盟理事长，我母亲还是将他大部分的文件捐赠给纽约州历史协会，亦即 NYSHA，而没捐给棒球博物馆。母亲此举在当年引起轩然大波。但至少这样一来，我就知道该上哪里找数据。我认为莎拉身后留下的数据恐怕有限，所以打算从她先生的生平寻找莎拉不忠的蛛丝马迹。比如说，小赛无端憎恨镇上的某个年轻农民。这位不设防的丈夫收到一封见不得人的匿名信之类的事情，某个对别人不具任何意义、对我却意义非凡的小事或小东西。

我兴奋不已，忘了我决心在德怀尔来电前窝在家里。我拿了笔记本和笔，匆匆穿过走廊，经过年代较早的列祖列宗，从雅各布、伊丽莎白、马默杜克面前走过去，出了华丽的两截门[1]，再度回到湖滨街。

农家博物馆竖立着斜三角形的啤酒花藤支柱，十九世纪的村庄蹲伏其间，堆肥的气味随风飘荡；高尔夫球场的绿色长坡在我右手边，乡村俱乐部有砰砰砰的网球击球声，一队帆船驶向湖心。好不容易，我来到竖立着梁柱的石砌富兰克林庄园，三十五年前属于我们家族，但如今是博物馆。有片刻的时间，我幻想幽灵马拉着幽灵四轮马车，疾驰跑上通往大宅的长长车道，梁柱上有花环状的装饰物，窗内灯光通明，正在举办宴会。图书馆是大宅旁边比较没有那么华丽的石砌建筑。我伫立在外面一会儿，提振勇气，然后厚着脸皮，进入清凉的昏黄大厅。

柜台前坐着一位老太太，外貌出奇像山羊，瘦巴巴的下颌有丛生的白毛，但她正对着自己的胸脯打盹儿。她面前的牌子说：一般民众五元，纽约州历史协会会员与历史系所研究生免费。我想起我那位横越冰封白令

1　两截门（dutch door），横分上下两截的门，下截可以关闭而上截开着。——编者注

海峡的史前人类，想起我曾将冻原尘土捧在膝盖上仔细筛拣的许多小时，然后在签名簿上写自己是历史研究生。我着手调查，差遣一位皮包骨的小胡子馆员在书架间来去匆匆，为我拿资料。当我问他问题，他气得脸都红了。

好几小时后，我仍然在图书馆的橡木桌前。太阳沉到山峦下，湖面一片阴暗。我四周堆着几大摞的书籍、几箱微胶片、硕士论文。我的笔记本里写满笔记。我一无所获，什么都没有，只查出小赛·厄普顿一九三五年来到坦普尔顿，以一个月时间勘查适合建立棒球博物馆的地点。但他爱上莎拉，留居此地。我外祖父乔治在他那本引发轩然大波、可能令他因此自尽死亡的小书里，只提到这么一点父母的事情。

现在，那冒失的馆员站在我面前，磨搓着领结，用手指将一本皮革装帧的小书推过来，说："厄普顿小姐，很抱歉通知你，我一会儿就得回家。"他没有半点抱歉的表情；他整天都很帮忙我，在图书馆内奔波，为我找另外的资料、翻看微胶片寻找证据，他稀疏的小胡子颤抖着。稍早，我跟他说我正要写"棒球如何流传到坦普尔顿"的论文，以一九三五年为始，以小赛为实例研究。我知道这是非常逊的论文题目，偏偏想不出别的说词，而这位馆员似乎照单全收。坐镇前面柜台的山羊婆婆每隔一段时间睁一次眼皮，朝我们摇摇头，慢条斯理干点活儿，又以相同的姿势回到梦乡。

"对不起，我把书放回去。"我说。但他摆摆手。

"我明天再收。夏天没什么人会来这里。"他说，"而且你可能还会用到这些。看起来，你的进展有限。"

我举起双臂伸懒腰，打个呵欠，承认说："是啊。我明天再来。既然我们还会常常打照面，我应该请教你的名字。"

他红着脸报出“彼得·利德”，伸手让我握。

但我惊讶过头，没和他握手，怔在那里瞪他，直到他困惑地放下手。“你该不会就是那个彼得·利德布丁派吧？”

“还真的就是我。”他说。

“太意外了。”我说。彼得·利德在中学比我高四个年级，挺胖的。高年级时大概超过三百磅，也是学校里演奏乐器的第一把交椅，无论双簧管、横笛、萨克斯风、大号、喇叭、鼓、小提琴统统难不倒他。我所认识的彼得·利德可以将这个精灵般的小个子拿去配薯条，大口吞下。“你是彼得·利德？真是对不起，整天都没认出你，我真猪头。”

但这位崭新的彼得·利德堆满笑容。“哎呀，厄普顿小姐，别想太多。我显然不是以前的样子了。很多年没人叫我彼得·利德布丁派。谁会料到我以前是甲状腺的毛病呢？而且是做完胃分隔手术才发现的，真是可恨。”

“天啊！”我说，“果然够呕。但别叫我厄普顿小姐。我是葳莉，彼得。”

“好的，葳莉。”他开心得脸红，清清嗓子又说，“好，我知道你的主要研究对象是你的曾外公。但我在特殊馆藏区最里面找到这个，是莎拉·富兰克林·坦普尔的日志。你知道的，莎拉就是他的太太，噢，就是你的曾外婆。日志的年代是小赛到坦普尔顿的时候。我想，也许里头会有一些数据，能给你一点想法，值得一试。我看了一些，内容挺有趣的。这个史密斯学院的毕业生很能写呢。从来没人真的读过——就只是摆在那里，等待有朝一日想写小赛传记的人出现。”

“太好了。”我说，高兴得心脏怦怦跳。“谢谢你，可以借回家看吗？”

他遗憾地将脸皱成一小团。“真抱歉，特殊馆藏不能带出图书馆。”

“拜托？一个晚上就好？”我说。

“厄普顿小姐——”他开口。

“叫我葳莉。”我说。

“葳莉，很对不起，不行。”他说。

“拜托啦！”我再接再厉。

他左右为难，瞄了瞄四周的暗影。“好吧。”他低语，张望山羊婆婆在哪里。她推着摆了几本书的小车去后面。“就看在你的面子上，何况她是你的亲族。我不该答应的，但没关系。”然后他瞪大眼睛注视我，在我起身将日志悄悄塞进包包时，给我一个暧昧的浅笑。

“我明天带回来。多谢你了，彼得·利德。”说完，我匆匆踏出大门，以防他变卦。玫瑰香气从门边花丛直冲而上，我幻想那小个子图书馆员在我身后的门内，越来越苦恼，皱着眉，搓着手，像花栗鼠。

到家时已是傍晚，我上楼回房间才看到湖怪。它就在那里，镶嵌在窗框内的暮色中，感觉既不真实又鲜明：湖怪被起重机吊在半空中了。它的颈项往后倾，使得头向东方山峦歪斜，前肢与后腿垂向地面，脆弱的大尾巴像长长的逗号，离开水面后便显得破破烂烂，不甚可爱。奶油般的腹部就这样露向天空，尽管体积庞大，看来却很脆弱。湖水从它身上流回湖中，在薄暮中像几缕长长的银线。

接着，起重机发出响亮的机械咆哮声，转动机身，将湖怪吊到准备载运它的双束带平板卡车上，将它放低。风从湖面拂来新的气息，糅合鱼腥和草腥，腐臭味隐然浮动。我目光从窗户移开时，感觉到那鬼也来了，它是一抹飘逸的墨蓝，正在咬牙切齿。我知道它在生气。

我想起湖怪冰凉的触感；我想起它深切的哀伤，那一股哀伤即使在尸体上也昭然若揭，我懂那个鬼的愤怒。

我知道湖怪离开湖泊后，某件事也随之告终了。悲伤像柔软滑顺的帘幕落到我身上，而我按压了腹中宝宝，感觉到里面的心跳。

在我动不动就挂彩的幼年，书本是我的甲壳。如果我在看书时想起伤势，疼痛似乎也会减轻。我的肉体生活无足轻重，脑海中的灿烂世界才真正要紧。回到书中就是回家。

因此，那一夜，我跟怒火熊熊的鬼坐在床上，听着母亲在楼下走动做晚餐，并拿起莎拉的日志读。日志始于她大学刚毕业的时候。她的记述古怪无比，令我迷失在字里行间。母亲叫我下去吃饭足足叫了三次。最后，她自己上楼，拿走我手上的日志。

我抬起头，热切而激动地说："你奶奶的脑筋真是有毛病。"

"葳莉，"她忍着不笑。"看到你努力展开你的计划，我真是高兴。但就算是伟大的学者也得吃饭。"

"妈，"我说，"你对他们没好奇过吗？我是说小赛跟莎拉？你迷死人的爷爷奶奶？你都不好奇吗？"

她眨眨眼，有一秒钟的时间散发出困顿的感觉，之后才垂眼看看手上的小书。"是有一点点。他们那么……遥远，像名人。我问过曾祖母他们的事情，但那时候她老糊涂了，谁晓得她说的是不是真的。我不能问我爸，因为每次一提到奶奶，他就凶巴巴的。我也不知道。也许我在内心深处，仍是那个乖乖牌小女生，应该吧。"然后她叹着气重整旗鼓，以她实事求是的口吻说，"无所谓啦，相信你一定会跟我说的。我们的砂锅要凉了，时间也不早了，吃完饭我还得烤明天祈祷会的饼干。"

“呃。浸信会的饼干，我猜是蝗虫沾野生蜂蜜[1]吧。”我说，稍微逗逗母亲，因为她神色如此悲伤。

“不是。”她露出淡淡的疲惫笑容。“但饼干确实得浸一浸，才能得到救赎。”

“哈哈哈，你讲话真像克拉丽莎。”我说，不过我确实笑了一会儿。

母亲拉着我的手，一路走下楼梯，然后转向我说：“无论如何，”她的下颚微微颤抖。“阳光，我很高兴你回来了。”

1　在圣经中，蜜蜂被看作神物而受到人们的尊敬，常被看作勇气和执着的象征。在圣经之歌里，那些整天布道而生活在犹太族的荒漠中的浸信会教友，以蝗虫和野生蜂蜜来维持生活。这里指浸信会的精神食粮。——编者注

葳莉·厄普顿认知中的祖谱，再次修正版

赫蒂·埃夫里尔（奴隶）← 马默杜克·坦普尔 → 伊丽莎白·坦普尔（妻）

雅各布
富兰克林
坦普尔等人

克劳迪娅·斯塔克韦瑟
1888—1923
夫：
查克·蒂普顿
1887—1948

莎拉·富兰克林·坦普尔
1913—1933
夫：
埃斯特瑞克·小赛·厄普顿
（棒球联盟理事长）
1895—1953

菲比·蒂普顿
1923—1973

1951年结婚

乔治·富兰克林·坦普尔·厄普顿 1933—1973

薇薇安·厄普顿
1955—
（坦普尔顿某男士）

葳莉·阳光·厄普顿
1973—

曾外祖母莎拉的日记碎片

删节版

一九三二年五月十五日至八月一日

今日抵达曼哈顿，我禁锢在箱中的灵魂终于得到自由了。曼哈顿，连这地名也是一首歌……父亲真聪明，送我来这里度过夏天，但哥哥们似乎以为我来找对象。他们必然在想：“我们是哪里有毛病，怎么会任由我们可爱的妹妹从学校里毕业，却还没出嫁？”……他们真不了解我！我不会接受汲汲营营的资产阶级，不要支领薪水的男妓，不要恶魔律师、编辑、学士，不要他们殷殷切切地为我介绍的男士，我要嫁给艺术家，我要成为天才之妻，否则我宁可当惹人厌的老姑婆，致力追求学问……

……今天的曼哈顿不再光辉灿烂。街上有尘土，西装男士贩卖乏人问津的商品，报纸飞扬，老鼠目光锐利，有人排队领救济品。我觉得作呕。我匆匆翻阅报纸，从寥寥几行凝重的报道得知饥荒的事……乌克兰妇女的腿像扫帚柄，孩童的肚腹像气球，一阵强风就能刮走他们……在此同时，哥哥们仍旧用精致的象牙汤匙食用鱼子酱。这些夜晚，我梦见坦普尔顿，潋镜湖，我的湖像舌尖上的冰……

……待了两星期，这地方已经令我生病了；我曾在街角看到只有我看得到的人，他们脸上原该有眼睛的地方是两个窟窿……我好害怕……语句击打着我的舌根，有如苍蝇撞击窗户……有时我会在无意间说出不得体、怪异的话语，哥哥嫂嫂们不动声色地看看我，再彼此互望……别又给我打针了！我不能回医院……我想，史密斯学院治愈了我，在那段时间我只发过一次病，大学四年只疯狂过两星期……那许多的曲棍球、那许多的茶宴、那许多的月事和思考……我在那里安全无虞。在这里，我没有半点安全感。

……病了，哥哥们要我回家，这地方令我生病。坦普尔顿才是我光滑的小药丸……我仿佛看到了这般景象。那声音好尖，是个小女孩，淘气，跟我说话，随时随地说个不停。我真讨厌她……火车空空荡荡，奥尔巴尼是闪亮的小鱼……火车里都是褐色天鹅绒……火车慢下来，我到了坦普尔顿，噢，坦普尔顿、坦普尔顿，火车如此广播，并慢了下来。蓝蓝的湖水环抱我。

……父亲驾驶着他破烂的老车来接我……“亲爱的，时局这么惨，富裕人家绝不该炫耀财富。”……他指着铁路旁边的贫民窟……“到处都有穷人，莎拉，连这里也有。”……父亲真的老了！满脸倦容！七十三岁，步履蹒跚。母亲变得暴躁，为孤儿院忙碌，让贫民温饱。以四十几岁的女人来说她实在太清瘦，但撇开这不说的话，她仍然很美丽……“哈喽，亲爱的，你还是一样漂亮，恐怕你会发现我们的生活不如以往。因为你父亲待人太过慷慨，现在家里只请得起一个园丁和一个女仆，就是从孤儿院来的小莎丽。”……我不喜欢这个小莎丽，她是哑巴，疙瘩脸、头发乱七八糟……我们来到书房，父亲关上门。壁炉架上方悬挂着马默杜克·坦普尔的画像，壁炉架上面摆着陈旧的卡特赖特[1]棒球，不过就是一颗用细绳做的破烂玩意儿，父亲竟收藏这种东西。人人都知道棒球是古老的运动……米尔斯委员会[2]根本在胡言乱语，他们被斯伯丁公司[3]、各个棒球工厂收买了，要打造美国神话……棒球不是在坦普尔顿或任何地方发明的，棒球跟植物一样，是从别的东西演化过来的……

父亲满脸倦容，揉着眼睛……“莎拉，我可能得跟你说一条坏消息。我们的财力不如以往，大崩盘[4]对我们很不利。

1 卡特赖特（Alexander Cartwright，一八二〇—一八九二），历史上最早的棒球规则制定者，被称为“棒球之父”。——编者注

2 米尔斯委员会（Mills Commission），成立于一九〇五年，宗旨为调查棒球的起源。——译者注

3 斯伯丁公司的创始人是对美国棒球运动的发展产生巨大影响的职业棒球运动员斯伯丁（A G Spalding），其品牌诞生于一八七六年，主要经营运动器材。——编者注

4 大崩盘（The Crash），一九二九年美国股市崩盘，揭开长达数年的经济大萧条序幕。——译者注

还有，我看得出坦普尔顿马上会走下坡，我在这里投资很多钱……我为好朋友伊莎多拉·H.芬奇建造的医院、大街上的体育馆、我装设的路灯、诺克斯女校附近的南北战争纪念馆、几座网球场……我那个金费舍大楼兴建计划……大家都叫它'坦普尔的荒唐大楼'……就是湖边的石砌大城堡，有红瓦的屋顶……那些人恐怕占了我便宜。我发现镇上好几间外屋都是用红瓦屋顶……噢，莎拉、莎拉，我还能怎么办？乖女儿，坦普尔顿看来是濒临死亡了。"

死亡！然后他说了我无从得知的事情：一九二〇年的禁酒令毁了福尔克纳家族散布全郡的辽阔啤酒花田，二十年代早期幸存的啤酒花田逐渐凋零枯萎，如今荡然无存。钢琴厂付之一炬、菲尼印刷迁址到罗契斯特、在哈特威克的那间工厂废弃、弗莱溪的手套工厂关闭。现在还有一些酪农场，坦普尔顿大概就只剩下它们。他说大家都穷，越来越贫困……

……今天散步……油漆从屋舍剥落……百叶窗摇摇晃晃……花园杂草丛生，旧花坛坍塌凹陷……路面粗糙，有大坑洞，马又成了代步工具……马耶！现在是现代耶！到处是一坨又一坨的马粪！……一个街头小鬼头赤足飞奔，衣服破烂，笑嘻嘻的，拿着一尾小得可怜的鳟鱼，鱼还在扭动，男孩很开心今晚能填肚子……房屋遭到弃置……大街上有许多空荡荡的店面，像空洞的眼睛……对，父亲说得没错，这里死气沉沉……自从我回来这里，连那个在我脑海尖声说话的小女孩也不吭声……仿佛连她也感到恐惧……

……我能怎样？五天前，父亲就说我绝对必须帮忙出主意，但我能怎么做？我的思维只适合文艺分析，可应付不了这么世俗、根本的问题！振兴坦普尔顿的经济当然是父亲的事情，但我怕他太老迈。若说我在史密斯学院学到什么，那便是女人的能力绝对不输给男人，甚至有过之而无不及；我必须拯救坦普尔顿，这句话在我脑海反复出现，有如叠句，有如希腊戏剧歌咏队[1]！我必须拯救坦普尔顿！我思忖以前上的法文课……Jeanne D'Arc……La Pucelle[2]……神圣，得到天启，率领同胞投入战争，如有双翼……我想到了她……但我不是圣女、不是天才，我是一个知道太多以至一无所知的女孩……

……今天与父亲驱车到金费舍大楼……位于朱迪思灯塔……大楼没有我想象中那么可鄙，而是非常可悲……它像

---

1 在希腊，后人为了纪念酒神狄俄尼索斯，每当葡萄丰收季节，希腊人都要举行化装歌舞会，向酒神祈祷和庆祝。在唱酒神颂歌时，参加者披上羊皮，带上面具，人们围绕着"羊人"唱歌跳舞，饮酒狂欢，这就是"酒神祭祀"，也是希腊最初的戏剧雏形。后来由一名演员发展成多名演员，加入了更多的情节对话，从而形成了古希腊的"悲剧"模式。悲剧一词，原义为"山羊之歌"。由歌咏队身披"羊皮"而来。"酒神祭祀"的出现，使西方文化的源头——希腊诞生了戏剧。这里指"我必须拯救坦普尔顿"这句话像希腊古典戏剧中歌咏队来来回回的对唱一样反复回荡在莎拉的脑海。——编者注

2 圣女贞德（法语：Jeanne D'Are 或 Jeanneal Pulelle），法国军事家，天主教圣人，被法国人视为民族英雄。在英法百年战争（一三三七年至一四五三年）中她带领法国军队对抗英军的入侵，最后被捕并被处决。——编者注

本地天然的粗石，似乎是从湖畔萌芽滋长，以很明显的无机红色延伸到屋顶爆开……不可爱，却是父亲优异的不朽之作……没错，是有一点 Droit du seigneur[1]，完全改变了某某坦普尔先生幻想中湖泊的地貌。我喜欢它那一切的笨拙与未竟之处……父亲跟工人说话时（十个人都停下工作，跟他聊天），我凝视着湖面。我不在这里时，常常梦见这座湖……大理石纹般的细腻绿色……鸭群欢喜地爬上岸，夏季露营客远远地在小帆船上，一阵阵的风拂过湖面……但这时发生一件极为怪异的事。我确信在大约一英里外的湖心，有个庞然大物浮出水面片刻，随后钻回水中……潋镜湖底下必然有地底裂缝，而气体从中散溢出来……是我自己眼花了。然后，父亲仍在交谈，我望着下方的湖水，见到一颗头从茂密的草丛探出……见到嶙峋的湖岩间出现一个躯体……一个笑吟吟的小印第安人，缠着腰布，不是先前那个只有我看得到的人，是鬼。鬼啊！他俯身贴向湖面，一如贴向玻璃，而我跪在石地上……将我的耳朵靠向湖水，聆听他在说什么……但父亲的手搭着我的肩膀，我抬头……又低头看，那个小印第安人不见了……

……今晚，童年的那个男人回来找我，他的声音又在我脑海响起，低沉，像来自宽厚胸膛的声音，来自远古。他

1 初夜权（Droit du Seigneur）一词出现于中世纪的西欧，是指一地的领主具有享受和当地所有中下阶层女性第一次性交的权利。通常指君主的权力，此处可理解为霸气。——译者注

让嗓门尖尖的小女孩噤声。他使用“汝”“尔”之类的用语，像是《圣经》。汝应救坦普尔顿于不坠，他如此说。怎么救？我在脑海大叫。他反复说汝应救坦普尔顿于不坠，汝应救坦普尔顿于不坠，汝应救坦普尔顿于不坠。汝务必办到！汝务必办到！汝务必办到！

……整个早上都在议事岩往下看，想再见到那个印第安人……来的却是另一个人……湖滨冒出他那灰色的乱发，圆圆的头顶，令人心惊的脸孔，远古的衣着，手上拿着一本书，那是《圣经》吗？……这个可怕的人物出现时，我听见喇叭声，转身便看见一辆金色凯迪拉克，那美得不可思议的车正拐过马路的弯曲处……谁会向年轻小姐按喇叭？真不得体！坦普尔顿谁会买这么招摇的车？或许是我认识的人？是芬奇医生吗？或是福尔克纳家族用啤酒厂剩余的财富买车？我认识的人不可能有如此粗俗的行径。

心花怒放！父亲的双脚在底下的地板敲打着，仿佛是要为它刺上快乐的刺青……老头子欢喜极了……事情是这样的：我再也睡不着（精力旺盛得不能成眠），今早便带着小篮子去购物，穿着旧真丝连衣裙，衣裳的胸部实在太紧……我走下大街，然后看到那辆车。前一天见到的金色凯迪拉克就停在奥格尔书屋前面，车里坐着一个男人，正在看报。我……大为光火。这辈子不曾如此生气，怒意忽然从心里蹿出来……我说：“你向陌生小姐按喇叭，你母亲要是知情，必然觉得有失颜面。”……报纸一隅放低了，露出一双碧眼，一张笑脸，刚硬的下颌，嘴唇像女人……我想他算得上英俊……他说：“对不起！你看上去好美，我就手滑了！原谅我！”……只用惊叹的语气讲话，像赛马的播报员……招摇！……蓦然，我的怒气瞬间转为羞赧。我匆匆离去，不久便察觉那车缓慢移动——逆向行驶——跟在我身旁。

我停步。“你做什么？”……但他匆匆下车，来到我跟前，将双唇印上我的手。那一刻，我的胃几乎翻转……他对我恭维奉承，我觉得天旋地转……在他的溢美之词间，我听见他说：“很遗憾坦普尔顿不符合我们的需求，我再一小时左右就得离开。否则，我会很高兴有机会好好认识你。”……我没理会他厚颜无耻的语句，只问坦普尔顿为何不够格……“哦！这里地方太小，又偏僻，不符合我们的宗旨。你要了解，我是全美棒球联盟的副理事长。我们有一个大计划，而我开车勘查整个东北部，寻找合适的地点。”……宗旨！我心想……脑海响起一个听来像“哈利路亚”的声音，那汝应救坦普尔顿于不坠的深沉低音管嗓音嚷着万岁！万岁？……我看着凯迪拉克男子，说：“尊姓大名？”……“埃斯特瑞克·厄普顿，但像您这种美丽的小姐都叫我小赛。请问贵姓？……”清晨的阳光在他眼里闪烁。这样一个寻常的男人却取了埃斯特瑞克·厄普顿这种名字，实在不搭调。我决定称呼他小赛……意识到他好奇地望着我……他散发出上等烟草的味道……

“我姓坦普尔。”我说……他脸红了，仿佛很开心，说着：“就是雅各布·坦普尔的那个坦普尔吗？”……“对，我是他的曾孙女。”……“我欠你的祖宗一条命。十二岁的时候，我差点辍学去工作，然后我找到一本破破烂烂的小说，是你曾祖父的作品……”他絮絮叨叨，任由我领着他回到水滨别墅……我将小赛留在大厅，然后去父亲的办公室告诉他一切……小赛必然纳闷他怎么来到我们家，因为我到大厅找他时，他疑惑地看着我。那双蓝眼睛注视着我的脸，有如火烧……

……两小时，他们在办公室里两小时……我看着父亲送他走下车道，握他的手……父亲跑回屋子，步履像年轻男孩，冲进我房间……小赛必须多跑几个城镇，为棒球联盟即将兴建的博物馆勘查地点——以协助建立棒球神话，但父亲说服他让坦普尔顿留在候选名单上……等七月底再回来，我们会给他最具吸引力的提案……“亲爱的莎拉，你把他迷得神魂颠倒。他不断打听你的事。”……父亲笑吟吟……“亲爱的莎拉，我相信假如你有意思，厄普顿先生不久便会向你求婚。他是个好男人，逐渐发迹，而且看样子，如果他圆满达成这一次的勘查任务，他很快就会升迁为棒球联盟理事长……”……我嚷道：“可他是个粗人，笑声那么响亮刺耳，讲话的语气又夸张！”……“哎呀，乖女儿，以你的条件，很难找到能匹配你的丈夫。”……父亲笑呵呵，匆匆出门去银行……我跑到洗手间，吐出我在破晓前勉强咽下的一点点早餐。而此刻，就在我写这篇日记时，那辆金色的凯迪拉克已经绕过我们这条路八次：从市集街到大街，从大街到河滨街，从河滨街到湖滨街，从湖滨街到市集街，一圈一圈又一圈。现在那车走了。

……一日复一日，一天天过去，黑夜白昼，坦普尔顿在雾气中闪闪发亮，灿烂的正午时分……尖叫的小女孩回来了，令我想用地毯拍打棍敲我的头，直到她离开我脑海……现在我能在水里见到许多鬼魂，我天天到湖边，将耳朵贴近水面，直到耳垂的细小毛发浸湿……他们恳求着，情意哀切。男性鬼魂有膨胀的皮肤，女性鬼魂的头发松开，在她们身后像云朵一般漂流，鲀鱼、鲈鱼在发丝间漫游……一个外表神似父亲的男人，双腕是盛开的繁茂血玫瑰……两兄弟的睫毛和唇都结霜，穿着溜冰鞋，猛捶着湖面，仿佛湖面是玻璃……印第安小女孩以沉静无情的目光注视我，漂流着，一丝不挂，两条大腿上的瘀血像李子……穿着橄榄色厚呢的兵士们，残存的腿看来细嫩得像婴孩的皮肤……年轻男子戴着平顶硬草帽，年轻女子穿着内战前的窄腰蓬裙……夏令营孩童戴着粗糙皮制手镯……在冰封湖面打鱼的肥胖老渔民……童年时的跳伞人，他在市集时从飞机上跳下来，但掉进湖里，而不是地面，降落伞在湖上有如花朵，充满了水，在船只赶到前便将他拖入水底。是的，我每天都能见到越来越多鬼魂——那些水鬼。这或许并不疯狂：他们如此明晰，我却毫不畏惧。我真的不怕吗？我不知道……

……人们携家带眷聚在车站，还有脏兮兮的小孩！几天前，我带着全部的女院童去添购内衣、底裤、衣裳、鞋袜……她们噘起嘴，气我不肯为她们买有蝴蝶结的美丽亮面皮鞋，而挑选实穿的平底鞋……但男院童呢……见到他们像小绅士一样赞叹连连，我忍不住为他们买棒球……这下子女院童会认为我是她们的敌人。他们的母亲也是……今天全聚在一处，带着行李和帽子……以为我会带他们进城，买衣物给他们……我气愤极了。真自以为是！……我送上我带去的食物，点点头，与伯吉斯太太闲话家常一会儿……她非常率直地说："坦普尔小姐，很抱歉我频频吸鼻子，我重感冒，手帕用完了。"……"哦，我明天送一整包手帕给你。"说完，我立刻打道回府。我怕再次与她见面，因为女性的怒气很骇人。那小女孩一再嘲笑讥讽我，只有我看得到的人开始在屋里暗处跟我说话。虽然温室玻璃破了一半，我仍然往那里躲……他们不敢到那么明亮的地方……

……金费舍大楼昨天终于完工了……一支铜管乐队，西瓜……今天又收到厄普顿先生的明信片，图案是一张男女共舞的奇怪照片，男人让女人的身体放得很低。先是斯普林菲尔德（一头牛与"欢迎莅临斯普林菲尔德"的标语），继而是康科德（一张蹩脚的"全世界都听见了那声枪响"绘画），现在这张来自波士顿（一对舞者）。笔调始终很愉快，没有回信地址，言辞不加修饰地暗示：在勘查行程中，唯有坦普尔顿最迷人……父亲将这些明信片放在我餐盘旁边……每封信我都从头到尾读两遍，然后才拾起明信片，匆匆过目便丢掉……

父亲旋即与银行谈妥了协议……这是我们的提案：我们为联盟租下博物馆的土地，负责兴建，工程款由我们承担……我们支付棒球联盟三十几万美元来赢得这项荣耀（依我说——那叫贿赂！）……现在小赛回来了，他直接将车开上水滨别墅的车道，他的金色凯迪拉克覆满一块块的尘土……泡泡纱料子的西装汗湿……他致歉……但没有解释为何没有花点时间盥洗，或将行李送到旅馆，但从他看我的眼神，原因很明显。母亲推我上前和他握手，我的手在他的热手中冷得像冰……恶心、恶心，几乎压抑不住反胃……父亲高明地安排午餐会议，让小赛有空沐浴更衣……现在小赛回来了，捧着在花店买的大花束，用玫瑰遮住头，跟着一群顽童走……我训斥他们没穿鞋……“小朋友，我帮你们买的鞋呢？你们不知道打赤脚会生病吗？”……他们羞怯不安地说：“哎呀，坦普尔小姐，我们想把鞋子留着上学穿。”……我心都碎了……而小赛始终将花捧在面前，在一旁等待。我接下那鄙俗的花束时，他脸红得像甜菜，试图微笑。

好一顿尴尬的午餐！偌大的玫瑰花束插在餐桌中央。孤女莎丽绷着脸伺候我们。小赛声如洪钟，描述他走访过的城镇，母亲听得入迷，忘记在午餐结束时赶去孤儿院，这是她从我返家以后就有的习惯……小赛几乎不曾进食……我也是……我每吃一口食物，那一对星星眼便直勾勾地望着我头发的分线。

午餐后，男士们进入书房，而我在这里写日记，等着看我的小镇是否会得救。我脑袋里的声音沉默不语，谢天谢地。鬼魂与其他人都自动闪避了……噢，天啊！现在我看到父亲送小赛走下车道。父亲的肩膀是否垮了下来？恐怕是。小赛与父亲握手，热切地说话。父亲浅笑着，但笑容呆滞，现在他点了点头，搂住小赛的肩膀。他们分开了，我得赶快下楼，问问怎么回事。

灾难：曼哈顿开出的条件远比我们优厚……一百多万美元呢，而且捐出一整条街给博物馆。那是“世界的中心”，小赛如此说。而我们这里只是偏僻贫瘠的无名小村庄。这将能奠定小赛的事业。可恨的平庸粗俗男人。我担心父亲是掩上房门哭泣，但我不敢进去看他。母亲白着一张脸，昂首阔步地去了孤儿院。小莎丽刈除车道上的雏菊……即使她能开口，也说不出比这个举动更有力的言语……我要出去走走，消消气，看能不能驱散脑袋里的尖叫声……

……更多灾难！……我站在议事岩上，试图召唤水中的朋友，然后感觉到有人在后方注视我。我转身，他就在那里，厄普顿先生望着我……怒火熊熊——我从不曾如此气愤——那恼怒似乎来自别人，远远凌驾我今生感受过的一切怒气……我从议事岩跳下来，涉水走路，裙子湿了，杂草攀附在我腿上……我跑向他，但我看他是将我的举动误认为另一种热情了，因为他拥我入怀，亲吻我……那女人般的双唇贴着我的唇……我不断拳打脚踢，我努力踢他，动作狂野……他推倒我，他将我的裙摆往上推，我真心认为接下来会发生不好的事，但我发了狂，挣脱他……朝家门跑，他追着我……“莎拉，该死，停下来，我得跟你谈谈！莎拉，快停下来，你父亲已经答应了！”……我跑进屋子。我从房间的窗帘里见到他站在草坪上，将我的鞋捧在手心，像捧着小鸟。他小心翼翼地将鞋放在玫瑰花床上，抬头挺胸地离开……我的胃发酸……我的脑海里人声鼎沸，那小女孩，那《圣经》般的男人……我的心碎了，为坦普尔顿、为我迈向死亡的小镇心碎……

父亲的礼数无懈可击——他邀请厄普顿先生来晚餐……饭局并不愉快。母亲与我没显露半丝教养：我没看他半眼。我只要这个无赖恶棍快快滚蛋。我父亲这位老绅士，亲切地陪他天南地北，没管厄普顿先生今天害他苍老十岁。我为晚餐盛装打扮，穿了最上等的翠绿色礼服，生丝料子正是我眼眸的颜色。那是我最美的模样……这么做，确实是没有度量，但我要让他知道，选择曼哈顿舍弃我们可爱的小坦普尔顿，将蒙受什么损失……厄普顿先生似乎是透过他刀叉的哐当声向我恳求……又一次的，我们食不下咽……甜点过后，我气冲冲离席，而厄普顿先生（这人真没品位）追出来，在走廊拉住我的手臂……嘶声说：“事情还没拍板定案，莎拉，别死脑筋，只要你有心，还是可以挽救你的家乡。”说罢便掉头离开，将我留在走廊，而他则回到餐室。我腿一软，跌坐在一张椅子上。我聆听他们的对话，父亲的品位太高贵……不明所以……他宽厚地对待这可怕的男人……母亲则以为他是出于浪漫，是在追求她美丽而疯狂（因此无法婚嫁）的心爱女儿……连我智识平凡、心地善良的母亲……也再次跟他好言以对。

夜深人静，十一点了。我在房里踱步大半晌。在那许多嗓音中，那洪亮的声音再三响起。汝务必办到，汝务必办到，汝务必办到。反反复复说个不停。卫理公会教堂的钟声响起，长老教会的也响了。我的礼服尚未脱掉。我吐了又吐，胃呕得发疼，喉咙热辣疼痛。我刷牙刷得牙龈出血。我将头发在颈项紧紧挽成发髻，偏偏鬈发不断掉出来。好吧。我去就是了。

结束了……一切都结束了。现在我只能写这么多。

……我完成了那件事……但两星期前的那一夜，我不明白自己做了什么。套上鞋子、悄悄溜下水滨别墅回旋梯的人不是我。踏进夜晚清爽嫩绿气息的人不是我，偷偷到车道尽头、而后使出全力，飞奔下市集街、湖滨街、经过湖前公园、埃夫里尔别墅，上了栗树街的人不是我。我静静潜入汽车旅馆，没惊醒打盹儿的柜台人员，我扫视他脑袋后方的钥匙，找到没挂钥匙的房号，是九号，摸上楼梯，站在九号房门外，坚定、勇敢，但那也不是我。我进去前没有敲门……厄普顿先生虽然才刚为我刮过胡子，但他必然不敢相信自己的运气，因为他的香烟掉下来了，烟灰滚过地毯……我们就这样面对面伫立良久……他走上前，笑吟吟……但我挡住他，手抵着他的衬衫，感觉到那颗心贴着我的手猛烈跳动……“还不行。你会选择坦普尔顿，对吧？”……“对对对，没错，莎拉。”我抬头迎向他的脸，准备让他亲吻，但他手放在我唇上……“慢着……你会嫁给我，对吗？”他露齿而笑，脸颊有一个酒窝。我心里泛起一丝涟漪……我脑海的那个人说，确然，汝应嫁予此人……不是我的那个我说：“对。”

我没有生病，不是我料想中的那种病法……他拦腰抱起我，褪去我的衣物，解开一颗颗纽扣……激战……愈演愈烈……两个莎拉缠斗着，一个感到厌憎，一个热烈渴求……甚至渴求那疼痛，非常疼痛……我的口红沾到他脸上……醒来时，见到他在晨光中凝视我，将一绺鬈发拨到我耳后……这是真的……他确实爱我……自此之后，我常见到坦普尔顿美丽的小姐们竭力打扮自己，绕着他打转……而他的视线从不离开我的脸……

……但早在那时我就知道，这个新的人会在婚礼前充盈在我体内，那是一个内心快乐的温暖之人……之后，那人将离开我，即使早在那时候，我便明白这一点了……那人离开后，我将感到寒冷，再次悲伤……在婚礼前，我不会再见到只有我看得到的人，不会听见那些声音，我嘴里的话将得体而温顺，鬼魂不会再从水中冒出……我知道我们秋季时会在朱迪思灯塔旁的金费舍大楼举行婚礼，枫叶会在水里打转，金色、红色、绿色……我们会结为连理，而我体内已有一个小孩逐渐成长，我很确定，因为我感觉得到……到时候，坦普尔顿将会复苏，父亲的资金耗竭，但不久便能从棒球博物馆的租金回收……我将在那个秋日结婚，而此刻占据我躯体的这个女人、这个不停亲吻这英俊男人的女孩……这女孩在一星期前那个早晨走回水滨别墅，腿酸疼得像她第一次跨骑马匹的时候。（我怎么会动念尝试跨骑呢？）她在那甜蜜幽微的黎明跟他回去，手牵手在晓雾中漫步……她跟他坐在一起，在早餐桌前轻笑，直到她父母起床、下楼……她那天早晨如此快乐、如此神智正常，令她父母感到意外……这女孩会在我婚礼那天离开……这不是我应该下嫁的男人，他不是天才，不是艺术家……我会深切感受到他的粗鄙，而他不会明白我为何藐视他，只会更加渴求拥有我。

我知道婚礼后不久，那些噪音将会回来，慢慢进驻。已在我体内的孩子将会出世，说不定会有更多孩子。湖中鬼魂们将从湖中升起，跟随我，呼唤我，直到有朝一日……我的意志太薄弱，无法再抵挡他们的召唤，走入湖中……不过，在那之前，小赛在我身畔，他真切存在……没错，虽然这段婚姻不会长久，今天早上我在这里写日记，小赛在我身后的床上打鼾，我一会儿就得叫醒他，让他得以溜出屋子，回到旅馆……此时此刻，我内心有异样的感觉，人生真奇怪。现在，只有现在，我很快乐。

10

迷失坦普尔顿

那一整夜，我都在阅读曾外祖母以乌贼墨写成的三百页密密麻麻狂野日记。到了早晨，坦普尔顿活像中了巫术。

我坐在房里，目瞪口呆，遥望旭日抹除天空的黑暗。我觉得莎拉的坦普尔顿仿佛覆盖在我的坦普尔顿之上了，犹如一张描图纸放在故里的屋顶上，而描图纸上画的细腻市街比我所知的简约。我知道的一些房舍、一些店铺、一些街道已然消失，变成原野、树林、其他建筑；古旧建筑物的油漆一层层剥落；大树不断变小，成了树苗，变成种子；老人越来越年轻力壮，急剧缩水，直到肉眼不复可见。我感受到湖中鬼魂的拉力，心知假如我望向草坪，莎拉提到的“只有她看得到的人”便会伫立在那里，像军队一样排满草坪，仰望我的窗户，双眼是深邃的窟窿。

可是这时候，湖前公园那里有一辆卡车轰然发动，打破沉寂。卡车引擎噗噗响，随后是尖利的刹车声。我意识到湖怪即将被运走了。

我跑过悬挂祖宗肖像的走廊，感觉到许多双小眼睛注视着我的背影。我打开门，冲到屋前的草坪。坦普尔顿子民匆匆奔出家门，有人掉了便鞋，有人浴袍翻飞，有人发丝凌乱，挤满整条湖滨街。卡车进入我的视野，拐向左边的湖滨街，引擎轰隆，运转顺畅后便加速。

我们默默看着湖怪越来越近。风掀起覆盖它尸身的防水布的一角，露出蜷缩在它胸膛下的一只细嫩前肢。我们没有交谈，没有向旁人招呼说我们来了，左邻右舍只是注视着湖怪；光靠一起目送这只巨兽，我们就成为将它献给研究单位的共谋了。我们没有吸入混浊的烂污臭气，屏息凝望着卡车经过眼前，逐渐远去。我们遥望湖怪上路，直到看不见。然后，有些人跳上车，继续尾随。

阿溦卡车后方的静默车队里没有观光客，没有夏季游人，只有坦普尔顿镇民。我见到伊泽克尔·费尔凯尔也在送行车队里。他的拖吊车澄黄明亮，而他坐在车内独自吟唱，将帽子按在心口上。

我转身要进屋，见到母亲站在铺着石板的门廊上，拉紧身上的蜡染袍子。“今天早上感觉怪怪的。”她刻意不看我，“坦普尔顿好像变得空虚了一点，大概吧。”

我只向她点点头，进屋去了。

那天清早，我在上床补眠前跟母亲坐在老旧的农庄桌子前。她对着她那碗玉米片垂头，默默祈祷许久。她再次抬头，在玉米片上撒糖，我说：“妈，那对你真的不好，太多糖了。”我盯着她的圆肚皮、胸前的一对大冰山。“我小时候，你从不吃那玩意儿。现在你是护士，应该晓得不该吃糖。”

她眉头打结，放下汤匙。“不干你的事。”

“我要我的母亲保持健康。这是我的事。”

“我四十六岁了，葳莉小可爱。”她说，“你小时候，我就忍受有机花生酱和豆腐太久了。拜托，我已经是中年人了，如果我爱吃甜一点的玉米片，玉米片就可以甜一点。”她涨红脸，怒火中烧。

“慢着。”我开始发笑，“我一直以为你弄那些有机素食，是因为你爱吃。”

“哎哟，才不是咧。”她说，“才怪，那是为了你，是要让你吃出健康。”

“为了我？”我说，“为了我？就是为了我，你才在万圣节准备苹果给上门讨糖的小朋友？我去了佩特拉·坦纳家，才第一次吃到糖霜油炸饼，差点吐出来，你就说我对加工糖过敏，每次幼儿园有小朋友带生日杯子蛋糕上学，我都只能坐在那里啃萝卜条，看着其他人大吃蛋糕，那些都是为了我好？是为了我？”

她轻轻一哼，没搭腔。

“真是多谢你喔。”我说。但不知怎么回事，腹中宝宝又提醒我它的存在，我的腹部里微微发疼，没心情跟妈争辩到底，改口说：“你一定也觉得很难捱，那是优等妈妈的特征。”

“一点也没错。”她说，埋头大啖玉米片。

“总之，我只是想跟你报告一下。”我说，“我是指关于父亲的事，或者该说是寻找父亲吧。你昨天晚上说你想知道的，现在我就来告诉你。”我深吸一口气，她饶富兴味地瞅着我。“第一，”我存心试探她，“我父亲不是你爸妈出轨的产物。或者说，他绝不是你的同父异母或同母异父兄弟。”

她停止咀嚼，歪着头说：“葳莉，承蒙你看得起，不过，我没跟自家兄弟上过床。”

“是。”我说，“我也觉得那不太可能。第二，你的外公、外婆跟我父亲没关系，至少，跟奴隶赫蒂的曾曾外孙女克劳迪娅·斯塔克韦瑟是无关的。我的推断来自她的结婚照给我的感觉。你的外公、外婆不像那种人。他们看来、唔、像禁欲人士。”

妈眨眨眼说：“看样子，你用的是倒溯法，从最近的一代着手，一路往上查，对吗？你排除我父母，所以就轮到追查我的外公、外婆？”

“是啊。”我说，“克拉丽莎说如果是她，她会这样查。我觉得她的法子不赖。”

母亲点头点得很慢，仿佛她在十万八千里外，说：“我的克拉丽莎是聪明人。”

“但我猜对了吗？你能不能告诉我，克劳迪娅·斯塔克韦瑟是不是那个出轨的源头？”

“不是她。”她仍然若有所思。“没有，她没有不忠。”

“好，之后我调查的是另一边的亲族，就是你爷爷小赛和奶奶莎拉。我做了个假设：无论他们的婚姻如何，你奶奶一定有红杏出墙，因为瞧她的样子，在遇到小赛之前应该是守身如玉。她看起来简直拘谨到家。当然啦，我也不是真的认定她跟人私通了，事情不会那么简单。可是妈，我找到一些很惊人的数据。莎拉的脑筋显然不正常，依我看，是精神分裂——她看到鬼魂，还会幻听。她嫁给小赛，是因为大萧条让坦普尔顿民不聊生，不答应嫁给小赛，小赛就不肯让棒球博物馆盖在镇上。”

“哇，原来传闻是真的。”妈说。

“没错。”我说。

母亲咂舌作声，放下汤匙。“这种事真让人不舒服。不过仔细想想，那跟传统的婚姻功能差不多。一个男人把女人像牛一样转手给另一个男人，真恶心。”

我望着眼前的女人，忽然生出温情；以前的母亲仍然存在于这个全新宗教狂的内心深处。我小时候，她穿去参加家长会的T恤总是言辞耸动，诸如“女人不需要男人，就像鱼不需要鱼钩”和“施拉夫利[1]去死。拜托谁让她死了吧”。有一次我们在宏伟的石砌图书馆看影片（在我小时候，我们会参加镇上所有的免费教育性质活动），当镜头慢慢移动，拍摄笼罩着雾气的静谧旧金山，我看到母亲的眼角噙着泪，随时会溢出。我感觉到她的深切渴盼一波波涌出，在那一刻，尽管我还没满七岁，便知道她在大城市会快乐许多，她喜欢都会型的城市，与志同道合的人往来。我坐在黑暗中，屏息向当时我相信的任何神灵祈祷，别让母亲眼角噙着的水光变成真正的泪珠，千万别溢出眼眶，因为如果泪水流下来，我便会知道她为了在坦普尔顿养育我，做出超乎她能承受的牺牲。我提心吊胆地盯着她，但那泪水没有滴落。影片最后一分钟，她在黑暗里看我，笑了。当她目光移回屏幕，她的眼已干。现在在这个早晨，我看着她的铁十字架晃呀晃，记起我年少时的那个嬉皮母亲，便说：“妈，你是如何将你以前的女性主义，跟现在的基督教思想统合在一起？”

“‘I am large，I contain multitudes.（我身躯庞大，我包罗万象。）’[2]”她见到我的表情，笑说，“阳光，我也是会看书的。”我回以

1 菲利斯·施拉夫利（Phyllis Schlafly），二十世纪后期在挫败女权主义者提出的《平等权利修正案》（ERA）中贡献突出，堪称美国反女权运动的女性先锋，其保守思想也对共和党的政策有着相当深远的影响，为美国保守主义的复兴与发展发挥了重大作用。——编者注

2 美国著名诗人沃尔特·惠特曼（Walt Whitman）的名言，其前一句是：“我自相矛盾吗？我当然自相矛盾。”他创造了诗歌的自由体，其代表作品是诗集《草叶集》（*Leaves of Grass*）。——编者注

微笑。我童年时，无论大小事情，她总有一句引言可用。当她看到男孩从精灵泉码头跳下水，她会说："'男孩们如何／以果敢、以坠豚之势、以明钟之身蜷缩／全力投向地世界、空世界、水世界，旋转旋转旋转。'霍普金斯[1]的诗。"或是在黑沉的冬夜，我们看完学校的话剧，走路回家，母亲看见卡特赖特球场在昏暗的光线下微微闪烁，便会低喃"'缀满腰带与王冠的星星，球场是观星场'"，然后拉起我的手紧紧捏着说："玛丽莲·梦露。"现在起身去冲洗空碗的母亲，似乎仍为自己引用了惠特曼的诗感到得意。

"妈？"我说，"莎拉的日记忽然就中断了，只写到她跟小赛订婚。你知道她后来怎样了吗？你说你问过曾祖母，而她大概已经老糊涂了，她到底跟你说过什么？"

"这个嘛，"母亲说，"就我所知，她订婚后就结婚，怀了我父亲，我父亲早产一个月。他两个月大时，莎拉就效法英国女作家弗吉尼亚·伍尔夫，在口袋里装石头，走进湖里，当然是淹死了。我还是笨小孩的时候，大概九岁吧，我曾去找莎拉的母亲，也就是我曾祖母汉娜，问她莎拉的事。那时我看过楼上那张莎拉的照片，是她毕业那天拍的，我觉得她好漂亮。我曾祖母是满脸皱纹的老贵妇，挂在脖子上的珍珠大得像鸡蛋，看人的眼神很凶，老是拿拐杖打小狗、小鸟和小孩。我以为她要敲我脑袋，结果她说了一大串话，说得又急又小声，说从没见过女儿那么开心，一辈子都没有，连女儿还小的时候也没有，就属跟小赛订婚的时候最快乐。她阴郁悲伤的女儿，容光焕发得

1　杰拉尔德·曼利·霍普金斯（Gerard Manley Hopkins，一八四四—一八八九），英国诗人，他在写作技巧上的变革影响了二十世纪的很多诗人。他的诗歌大多创作于十九世纪七、八十年代，一九一八年得以首次出版，书名是《诗集》（*Poems*）。——编者注

像光束。我父亲一出生，莎拉就像电源被关掉了，她越来越黑暗，最后整个人像被厚重滑腻的愁云惨雾活埋。曾祖母也看出女儿会走上绝路，也明白不管她怎么做，都阻止不了女儿。”

“怎么说？她怎么知道的？”我说。

“女仆在莎拉的房间发现一张名单，每个在湖里淹死的人都列在上面，所以她知道。莎拉去曼哈顿跟同父异母哥哥们共度夏天，回来后，他们在她房间里发现名单，可见莎拉费了一番工夫去查资料。我曾祖母吓坏了，烧掉名单。真可悲。有很长一段时间，我都觉得这可以写成一首好诗。”

母亲站着洗好她的碗，看来已恢复愉悦和快活。“我很想多聊一点，真的，但我得去上班，让只剩一口气的病人舒服一点。今天你好好调查，尽量多找点资料。如果你想聊聊，我今天晚上会在家。”她走向门口，忽然有了主意，又转身面对我，笑纹浮现在富态的脸庞上。“小乖乖，除非你打算接下来开始付房租，不然你真的应该开始做家事了。家里灰尘好多，也许该拿吸尘器吸一吸，应该只会花你一两个钟头。就交给你办啦。”说罢，她笑吟吟地走了。

下午清扫灰尘时，我仍然困得撑不开眼角。我发现母亲这些日子从阁楼搬了不少东西下楼。她刚返回坦普尔顿的时候有孕在身，成为孤女，接掌一栋大宅。她向来厌恶母亲过于拥挤的装潢偏好，便将小玩意儿和其他不必要的东西统统装箱收好。我童年的埃夫里尔别墅空空荡荡，简朴到近乎寒酸，每个角落的橱柜、每件家具的表面都光溜溜，壁炉架上了无一物。她收走所有多余的家具，多数的图画也是。假如可以选择住处，我相信母亲一定最想住在灯火通明的玻璃箱，搭配淡色的北欧家具与木地板，她会乐透的。其实，就类似德怀尔教授的家那样。

不过，在我离开坦普尔顿的两年多一点点时间里，东西出现了。湖前公园那一座莫希干人与狗雕像的小青铜模型，放在客厅的壁炉架上；餐室的角落橱柜摆了古老瓷器与彩色玻璃器皿；墙上添了许多老油画；最引人注目的摆饰是巨大餐桌上做工细致的小马，马脚底下附了轮子，那是一匹神情莽撞的超旧玩具马。我将它从桌上拿起，捧在双手上沉沉的，木雕的马身上有真马的马鬃，明亮的玻璃眼珠蒙着灰尘，还有一副精巧的小马勒和马鞍。

我直视马儿的眼睛说："小家伙，妈妈把你挖出来究竟是为什么？"我环顾餐室，注意到古老藤编盆子里种了新蕨、多余的饰板、图画。餐室第一次给人舒适、完整的感觉，仿佛妈妈终于不甘愿地接受她必须留在坦普尔顿的事实，并允许自己承认她不会离开。

"啊哈，"我出声说，"看来妈妈决定在坦普尔顿待下去了。"

之后我去了图书馆，小个子彼得・利德热心相助，可是我毫无所获，疲惫地在傍晚回到家里，这时才开始明白母亲的转变。这天我都在调查莎拉同父异母的兄长，看他们有没有可能与我父亲有关联，却没有证据显示他们曾在就读私校后回到坦普尔顿。我找到莎拉的父亲亨利支付的寄宿学校账单，外加假日与暑假期间的食宿费用；有亨利口气沉稳温厚的恳求信件，请儿子们原谅他在他们母亲莫妮克死于动脉瘤后，不久便迎娶汉娜，并力劝他们来见甜美的新妹妹。

亨利在一封信里如此告诫："儿子们，世间没有比家庭更重要的事物。别将你们对我的怒气，发泄在你们的新继母或妹妹身上。"

这一对兄弟丧母时，分别是十一岁和十三岁。他们始终没有跟父亲和解，等到妹妹在艾玛威拉德女子中学举行毕业典礼时，才不甘愿地与她第一次见面。当时他们都已婚，在曼哈顿从事律师工作。他们不曾在坦普尔顿居住，连来都没来过，因此不可能和我父亲有关联。但我仍然为莎拉的老父亲亨利难过。他的孩子们死的死，疏远的疏远，他最后死于心碎。

在步行回家的漫长路上，我闷闷地思忖我的其他麻烦。在家里时，我的心跳每隔一小时狂飙一次，肯定电话响了，而且是德怀尔打来的。我错了——电话没响过，每隔一小时，他还没来电的心痛便要加深一次。腹中宝宝在我肚子里逐渐增加体重，无所不在，但我清楚两个月的胚胎其实比铅笔的橡皮擦头还小，仍然继续分裂分裂再分裂，发育出无从辨识的身体部位。那一个傍晚，我走进埃夫里尔别墅时只沉溺在思绪中，没理会门口那一堆不起眼的便鞋，自己走进陷阱了。

我先察觉空气的改变——有点凉，感觉像湿掉的毛料。然后我听见嗓音，是深沉的男低音，却又油腔滑调，有如诵念——像上了油的低音管。

“……噢，现在我们来祈祷。”那声音说，“让我们为亲爱的教内姊妹薇薇安·厄普顿之女祈祷，如今她面临难题，让我们为她祈祷；不是要祈祷她的问题远去，今生不再遭受困厄，因为人人都必须经历考验；我们要祈祷她从痛苦中学习教训，感受上帝的温柔慈悲，基督的光明恩赐……”

这时，我惊愕的双眼认出客厅的景象。衣着不起眼的人手拉着手，垂着头，夕阳余晖将他们映照成金色。场中有一位长得像白色枕头的肥胖牧师，他脑侧的头发上了发胶，梳到另一侧遮掩秃顶，祈祷时那些头发就像一只手在拍动。我母亲位居那圈人的首要位置，抬头迎视我，眼神高深莫测。坐在客厅的人都戴着相同的沉重铁十字架。

“搞什么？你们做什么？”我打断牧师低沉冗长的祝祷。

一位老太太抬头看我。尽管她拥有老奶奶的慈祥胖脸，还有老奶奶棉花糖般的头发，脸上的怒火却很炽烈。

但其他人没有睁眼，牧师也没停口，反而快马加鞭，以致言语连成一片：“让她不受魔鬼侵扰给她抵御诱惑的力量并以上帝之名给她内心的宁静，阿门。”

“阿门。”大家说，抬头看我，堆满笑脸，唯有母亲例外。她盯着自己的膝盖，避开我的目光。

“妈，你们到底在做什么？”我说。

脱脂牛奶牧师站起来，一双肥白的手搁在肚皮上。“葳莉，那是我们送你的礼物，祈祷你渡过难关，祝福你不朽的灵魂。”

“喔，让我不朽的灵魂去死吧。”我说。

一位老太太倒抽一口气。一位老先生咂舌出声，说：“小姐，魔鬼控制了你的舌头。”

“什么魔鬼。如果一个人根本不相信这套垃圾，你们就不能跑到那个人家里，用祈祷突袭他。不行就是不行。这实在有病。”

“葳莉，不可以失礼。”母亲斥喝我。

“失礼？”我气极了，越说越振振有词。“我失礼？妈，不好意思，跟全镇的人说你女儿一团糟，那才叫失礼。强迫一个人接受她不以为然的宗教，接受这个宗教的祝福，接受一个必须为全世界乌烟瘴气负责的宗教，那才叫失礼。妈，你才失礼。失礼的人是你，不是我。”

“葳莉，”牧师扬声说，指着我，“你是在跟你母亲说话，你应该尊重她。你应该感到丢脸。”

我凶巴巴地瞪他，他苍白的脸泛出一抹红晕。我说：“你，才是应该觉得丢脸的人，可恶的骗子。立刻带着你的信徒滚出我家。”我掉头进入餐室，摔门，到起居室，摔门，来到走廊，爬到楼梯顶，摔门，最后摔上自己的房门。

我一时忘掉自己已经二十八岁了。我觉得自己回到了十三岁，叛逆，充满荷尔蒙。我抓起婴儿车里的填充动物玩偶来砸，它们撞上墙面，抖出十七年来积聚的灰尘。那些宗教狂拖拖拉拉地不走，我就猛捶枕头，事后手疼了几天。我从眼角瞥见镜中影像，这才第一次看到自己的脸蛋红通通的，好漂亮，我暂时又变回美丽的我了。在这种时候我竟然还爱漂亮，真蠢。幼稚，我低笑一声。

可惜母亲偏偏挑了那一刻闯进我房间。“哼，你在你妈的朋友面前羞辱你妈，亏你还笑得出来。”

“拜托。”我说，“你有毛病。你当然要被女儿欺负，不是吗？当你跟全镇的人说我跟已婚的教授上床，而我通奸的惩罚，就是怀了一个不信神的杂种，然后我还应该跟你道歉，是不是？”

“其实，你确实应该道歉。他们是一片好意。我根本没跟人说你回来了。”

“是喔。他们还无缘无故，忽然觉得应该祈祷我渡过难关。因为他们根本不晓得我遇上麻烦了。”

母亲的脸上掠过一阵——那是什么？无奈？欢喜？“约翰·马可维奇牧师是非常有灵性的人。我相信他是自己推论出来的。”

我别过身，面向平静的湖面。尽管天气晴朗炎热，却没有人到湖上嬉耍；没有汽艇、没有水上摩托车，精灵泉和乡村俱乐部也看不到泳客。湖面看来了无生气，阴郁。

“那个牛奶牧师又是怎么回事？”我说，“谄媚鬼，一副死人样，恶心。从一英里外，就看得出他虚伪到家。妈，你挑选灵性导师的眼光让人不敢恭维，活像你找不到比较符合你本性的瑜伽上师、僧侣之类的。我是说，怎么会找上一个基督教同路人！他八成不支持社会安全制度或女权。他十之八九觉得我那些心地善良的朋友统统会下地狱，纯粹只是因为他们看待世界的角度，跟他那种混球的狭隘扭曲观点不一样。妈，恐怕你是上了他的当。我替你担心，担心得要命。”

我们沉默良久，母亲再次开口时，离我耳朵很近，声音很低。“真遗憾。因为他不仅仅是我的牧师，葳莉。我们交往差不多九个月了，我没骗你。只是让你知道一下。”

我惊愕得说不出话，她得意扬扬地转身，踩着沉重的脚步到门口，以殉道者语气说：“七点开饭，阳光，是你最爱的西红柿镶肉。”然后走出我房门。

“牛奶牧师完全不符合你的品位。”我嚷着，但她大叹一口气，咚咚咚地下楼梯。

我打电话给克拉丽莎，听见录音机说：*嘿，这里是克拉丽莎·埃文斯、萨利·伯德的家，麻烦长话短说，要客气一点哦*。我竭力模仿少女神探南希·德鲁的上流白人婉转娇啼。

“改信基督的神奇转变之谜赫然浮上台面，欲知刺激的最新发展，敬请打电话给女神探葳莉·厄普顿。我会通宵研究祖谱，并祈祷某位黝黑英俊的英国人来电，所以欢迎你随时打给我，如果我接听电话的语气一开始显得很失望，不要见怪。我爱你们，拜拜。”

我胡言乱语说得很高兴，简直是装疯卖傻，挂断电话后却疲惫不堪。下楼晚餐时，母亲还没祈祷完毕，我便吃掉自己那一份西红柿镶肉，拿了杯牛奶上楼独处。我回家是要当小孩的。我恶心、心碎、疲倦，在堕胎与忽然变成母亲之间左右为难，再说，母亲允许我的举止幼稚。我受荷尔蒙驱使，言行像青少年，内心又时时哀痛不已。尽管她令我气愤不已，我心里仍有一小块困乏的角落觉得感恩、宽慰。

11

奴隶赫蒂

多数时候，我打量一个男人，就知道能不能收服他。我通常办得到，即使是看起来压根儿对女人没兴趣的男人也不成问题。我一眼就晓得可以搞定马默杜克。那天他到费城买奴隶打造坦普尔顿，来到了臭烘烘的奴隶屋。沉默的大块头明戈是盖房子的。印第安男孩卡夫是帮马默杜克写字的。马默杜克不会拼字，而卡夫写起东西就像天上最聪明的天使。

马默杜克领着这两个人到我门口。我眼睛落在他身上，我喜欢他的长相。红发扑了许多发粉。高大，壮得像公牛。上等的深色衣着像贵格派教徒，但我清楚他不是真正的贵格教徒，因为教徒不会买奴隶。所以我直望着他，他感觉到了，转过身，很慢很慢，看着我。那些人脱掉我的上衣，细看我的胸脯和牙齿，我的胸部和牙齿都很好看，我的皮肤亮得像水。那时我十八岁，抑或二十岁，很漂亮。这不是自夸，是实话。我已经生过两个小孩，但他们留在牙买加。我十岁、十一岁的时候，从非洲去了牙买加，十八岁、二十岁时从牙买加跑到费城。他们卖掉我，是因为我长舌，但那是骗人的。其实，我的主人麦克亚当轻轻松松就被我搞定了。我让他发财。他过世后，麦克亚当寡妇不喜欢我，烤热了火钳，拿来烫我脖子，循序在我皮肉上烫出一条粉红色的项链。从此我就讨厌她，但不怪她，谁叫我把她的男人捏在手掌心。

那天，马默杜克不想买奴隶，但由不得他，到处都挑不到牙齿好的仆人，他们统统病恹恹的，没一个有本领。无奈的他来到臭烘烘的奴隶屋，但没有买人的准备，他被臭得作呕，差点就走掉。但是在他要走的时候，瞧见一个邪里邪气的人正打算买走卡夫。马默杜克看那人不正派，胖乎乎的，盯着那秀气的印第安男孩，一边舔着自己红滋滋的嘴唇。马默杜克就买下了卡夫。他儿子理查德刚好和卡夫一样大，我想是因为理查德，他才买卡夫。然后他看到了明戈，发现他擅长木工，也买下他。他想，反正已经是奴隶主人了，索性就买一屋子奴隶吧。他正要走的时候，我直盯着他，让他转过身。我们互望，天雷勾动地火，他就买了我。

我料到他很寂寞。坦普尔太太不肯到坦普尔顿，嫌条件艰苦。她在伯灵顿过得舒舒服服，有书、有朋友、有音乐，还有她父亲。老实说，我料到太太根本不要坦普尔顿。马默杜克求她来已经求好几年了，她总说不要，不要，不要，不要，她害怕。但马默杜克很寂寞，工作又太累。管家佩蒂根本不会做菜，麦片粥煮到糊掉，火腿也烧焦。那巫婆，我叫她佩蒂·丑骨儿。我来了以后，开始掌厨，马默杜克开始发福，心花朵朵开。我感觉到他眼珠子整天跟着我。

讲句公道话，马默杜克是好人。他很挣扎，起先他不碰我，但没撑多久。要是他不碰我，我就不能收服他，事情就是这样，这是巫术的法则。起初，马默杜克忙得没空碰我，他卖地的速度比一个人的呼吸还快。他整天在外头看地，骑马去奥尔巴尼、去费城、去伯灵顿的家。但我家务一把罩，做菜可口，打点屋子没话说。我喜欢东西整整齐齐，干净得像星期天早晨。明戈他几乎独力盖好坦普尔庄园，宅子挺大，石砌的，黄色屋顶。但我才是让房子住起来舒舒服服的人，粉刷、窗帘、上清漆都是我做的，但佩蒂把功劳揽到自己头上，那丑八怪、瘦不拉叽的癞蛤蟆。我负责掌厨，即使在饥荒的时候，坦普尔顿的小娃儿们都哭着要东西吃，我们家里总是有食物。我跟山上的戴维[1]买肉，明戈他抓鱼。我也跟明戈去抓鱼，不过有一次我跟他去，在他的小船上看到水底深处有一个很大的坏东西。明戈把手搁在我腿上，我没办法，打退他的话，船也会翻，我会掉到水里，深水底下的那东西会把我活活吞下肚。我再也没去捕鱼，一次也没有。尽管我们都是黑皮肤，可不代表我跟他是一对，我这么跟他说，他就没再烦过我了。

虽说我填饱佩蒂的肚子，她可不是我的朋友。她提防我，老盯着我。她把卡夫小天使带在身边，叫他要讨厌我。有一段时间，卡夫跟我是朋友，教我认识一些字，像是水、苹果、蛇、马之类的字。可是佩蒂插手，改变他了。我很难过，但我脾气不好，所以我叫他小男妓。结果我还说对了呢，因为几年后，他跟着一个四处传教的人跑了，果真变成小男妓。

我们搬进坦普尔庄园的日子来了。我的房间在厨房旁边，我知道时候到了。马默杜克很想干那档事，饥渴得很。我想我跟别人一样，都可能被他相中，总归他不会找上佩蒂・丑骨儿。如果他找我，我就能收服他。我在手脚抹油，点了细蜡烛。有人敲门！我打开门，看到

1　戴维・希普曼，又名皮裹腿、纳蒂・班波、鹰眼。——编者注

马默杜克的腿都软了，他发着抖，脸白得像粉蚧。我扶他到房间里。

老实说，我不喜欢那档事，从没喜欢过。我喜欢的是使役别人，让男人照我的意思行事，那样的事我很喜欢。

我用马默杜克注意不到的方式来影响他的决定。我必须这么做，因为男人总是觉得自己比别人了不起，我不能威胁到他高高在上的感受。我让他改变坦普尔顿，把市集挪到第二街，而不是第一街；我让他建造法院，在湖边盖贮冰室。我左右他好几年，把镇上治理得有声有色。马默杜克发了财，钱越来越多，成为首富。

杰迪戴亚·埃夫里尔骑着驴子到镇上那一天，我看到了他。是在扫门廊的时候看到的。我仔仔细细打量他。他其貌不扬，驼背又丑陋，但我看这人有骨气，有毅力，我就说，赫蒂啊，那人将来可不得了。我说，赫蒂啊，你可以收服那男人。我一眼就知道了。后来，不管我走到哪里，他眼珠子都跟着我，我感觉得到他的眼神，我就笑了。但我等他自己送上门，我等待时机。

虽然我很小心，每个月都去马奇的药房买草药，却还是怀上了孩子。真不妙。佩蒂立刻识破玄机。她从卡夫那里下手，有一天他听写马默杜克给坦普尔太太的信件时，便把我的事顺手写到信里。卡夫很会写字，所以信写完后，马默杜克从不过目，也不晓得信里写了什么。马默杜克签了名，寄出信。他没有提过我，我想坦普尔太太在收到那封信前，根本不晓得有我这号人物。而且她在伯灵顿，也怀了孩子，就是雅各布。她读完信，有点发疯，当天就带着大儿子理查德上路，没管怀胎八个月的孩子天天踢她肚皮。她跳上马车就跑来，疯婆子似的。一连几星期，她挤在雇来的马车、篷车上，在坑坑洼洼的路上奔波，睡在长满跳蚤的床垫子上，啃着软骨和硬面包果腹。她那人就像瓷器杯子，没碎掉真是奇迹。

不知何故，太太的马车还在一英里外，我就晓得她来了。我换上漂亮的粉红印花裙，绑好头发。她的马车驶上车道，小脸蛋没血色，见到房子那么大，吃惊得眼睛都瞪圆了。这是她头一回见到屋子，不晓得她这些年脑袋怎么想的，大概以为我们跟熊一样住在树林里。马默杜克从屋里跑出来，开心极了，嚷着招呼。理查德跳下马车去抱他，才十四岁，胡子已经很茂密了。坦普尔太太自己慢腾腾地下车，她因为怀胎而变胖，但身材依旧很娇小。我的身材几乎抵得过两个她。她是一只小鹪鹩，我一只手就可以将她像小树枝一样折断，但我绝不会那样对她。不知道为什么，我可怜她。

即使她用喷火的眼睛瞪我，我还是可怜她。即使她绕着我打量，走了一圈、两圈、三圈，即使她说，马默杜克，我不要家里有奴隶（但她不是指明戈或卡夫，单单指我）。她说，她是贵格教徒，要撵我走，今天就赶走这个丑女人，叫我今天走。虽然我不是丑女人，她心里也有数，但我仍然不生她的气。

那天我做完事，溜上楼去马默杜克的书房见他。后来我听说，那时的坦普尔太太累瘫了，整整睡足两天。那天马默杜克都快哭了。噢，赫蒂，真是很抱歉，他这么跟我说。书房里点着一根细蜡烛，很暗，令他显得老。

我坐在他旁边。我说，马默杜克，没关系。你把我送给湖前街的皮匠杰迪戴亚·埃夫里尔。你走着瞧，他是好人，尽管我是黑人，他还是会娶我。我说，马默杜克啊，你要留神。我说，马默杜克，你好好看我几个月后要生的儿子。你会在他身上见到心上人的影子。

马默杜克既高兴又难过，想在奥尔巴尼给我一间旅店，由我主持，养育他的儿子，但我说不要。不行，马默杜克，坦普尔顿是我的家园，是我自己的地方。我一生操劳，搬过太多次家。要不了一星期，我就不会是任何人的奴隶了，我会变成一个太太。你等着瞧，不出一星期，我就是太太了。

第二天，我将全部家当捆在一件围裙里，去找埃夫里尔。我敲敲门，他在屋子后头、湖水前面的作坊干活，那里浓烈的可怕气味呛得他眼睛水汪汪的。他抬头，用水汪汪的眼睛看我，脸红了。我跟他说，坦普尔法官把我送给你。我说我是你的，讲完这句话，我冲着他眼睛笑。

不出一星期，我就收服他了。不到两星期，我就变成了他太太。我儿子出世那天，对杰迪戴亚来说早了五个月。他把胖男娃抱在怀里，看到他淡色的脸，红色的头发。他看到男娃有一只眼珠子没拴好，不安分地乱飘。也许那让杰迪戴亚想到自己的驼背，也许他是先因为那只眼睛而爱上他，后来才真的喜欢上这孩子的个性。我看出杰迪戴亚不在乎儿子是不是他的，他也可能是心里在意，但不愿意想太多。他只是盘算着该取什么名字。他说："好吧，我把名字都念出来听听看。亚当、亚伦、玛土撒拉、耶稣……"他笑呵呵的。最后我累了，接生婆布莱索已经清理过一回，走了。佩蒂来过，也走了，留下礼物，八成有毒，我把孩子抱在怀里。我说，杰迪达啊，有什么东西比大还要大，要比这个小镇上所有的人都大。总统，皇帝，总督，我自言自语。

我丈夫看着我，笑眯眯地说，总督这名字不错。于是我们叫他总督，他就在厚厚的《圣经》里写下名字。总督·埃夫里尔，生于一七九〇年一月二十三日。

后来，总督慢慢长大，我万分小心。我告诉他，我母亲的红发主人让她受孕，才生下了我，但那不是实话。我母亲是非洲女人，父亲是非洲男人，有两片圆圆肥肥的脸颊，我记得他们在尘烟里和热气里的样子。母亲裹着布，父亲嚼着东西，向我微笑。我告诉总督，外公的红头发终究会传给小孩。我告诉他，他很聪明，因为我很聪明，他比镇上、比世界上的人都棒。他是好孩子，爱笑、强壮、勇敢，没人取笑他深色的皮肤。

我不晓得他是不是发现了真相，更别提如果他发现了，又是怎么知道的。但我晓得他十岁的时候，有一天他回家，再也不肯看我。他不抱我，他气得皱起了脸。就是在那一天，他开始攒下铜板，准备买地。而我做母亲的心裂成两半，因为那是我失去儿子的日子。他离开我了，那一天他就离开我了，我的儿子永远离开了我。

12

牛仔脸

湖怪离去后那一周，坦普尔顿悄悄进入八月。我们都梦见湖怪前肢长长的指爪，和脆弱的颈项。我们梦见自己栖居在它古老的脑子里，随着它在寒水深处疾速泅泳，我们见到黑幽幽的水在我们眼前掠过。薄如叶片的月亮在远远的水面上摇荡。冰川仍在湖底缓慢融解，散发出蓝色磷光。挚爱坦普尔顿的人仍然为失去湖怪心痛，一如截除后的肢体，依旧会令人感到疼痛。

怪不得我们的小村庄笼罩了蓝灰色的氛围，即使在炎热的艳阳天也一样。即使白天大街上游人如织，喧哗吵闹；即使我们舀着冰激凌，为街灯柱上的蕨类盆栽浇水，贩卖棒球帽、棒球、球棒，我们都恍恍惚惚如在梦中。在建筑细腻的老医院大楼里，母亲发现病患的脾气少了火气，添了感伤，咽气时比往常的病患安静，比较不抗拒死亡的黑色暗潮。在曾是孤儿院的波默罗伊老人院里，大小便失禁带来的异味降低了，而湖风吹来的气息变浓了。每一扇敞开的窗户前都有老人嗅着风，试图闻出他们骨骸感觉到的改变。

那个星期，有关单位没有发布湖怪的新闻。新闻沉寂的时间又长又怪异。报社曾对湖怪起源做出狂野的猜测，诸如“世上最后的恐龙”“科学家说：它就是失落的环节吗？”“来自火星的鱼！”现在他们转而报道其他新闻。世界上悲惨的灰暗地带发生战火；游轮乘客死于病毒流窜；有一位妇女由养父母带大后，第一次去见亲生母亲，她正在停车场停车时，母亲流着眼泪，站在一旁等待，结果被联结车撞死。那个星期我读着这个世界常见的这些糟糕事情的相关报道时，有时会不禁用双手盖住仍然平坦的腹部，仿佛要遮住腹中宝宝的眼睛，保护他的安全。在不成眠的夜里，那鬼朦朦胧胧环绕我的房间，我想象腹中宝宝是许多旋转的细胞核，它分裂再分裂，成为红色细胞体，直到活像被剖开的石榴。这个幻想让我好一段时间不吃石榴。

一夜又一夜，我检查录音机，盼着听到德怀尔温柔圆润的声音，即使他只说一声“哈喽”就挂断也好。一夜又一夜，我在录音机录音带哔一声停止播放后，站着倾听从蛙塘传来的蛙鸣合唱，内心空虚。

那个星期，我避开伊泽克尔·费尔凯尔两次，一回是在农家博物馆咖啡座，当时我等着吃午餐，而他在收银台跟一位我不认得的镇民聊天；另一次是他拖吊一辆摆了一堆费城费城人队[1]商品的面包车，自顾自地欢呼。从仪表板上的摇头娃娃来判断，他应该是匹兹堡海盗队的球迷。我对彼得·利德和爱打盹儿的山羊婆婆越来越有好感，因为我白天多半在图书馆寻找（并逐一排除）先祖的数据。我接下来的调查对象是克劳迪娅·斯塔克韦瑟的母亲露丝·佩克，与阿姨莉娅·佩克。但她们被送去纽约市跟阔亲戚同住时，才分别只有十岁与八岁。只有露丝在女儿克劳迪娅（我的曾外祖母）十八岁准备成婚的时候，

1 费城费城人队（Philadelphia Phillies），一支位于宾夕法尼亚州费城市的美国职棒大联盟球队。——编者注

才回到坦普尔顿。这时的露丝已是老寡妇，心思全放在消灭院子里的杂草。露丝与莉娅，是总督·埃夫里尔次女辛纳蒙在第五段婚姻生的女儿，那也是她的最后一段婚姻。

“只是想确认一下。”我曾问母亲，“佩克家的露丝和莉娅，跟我的父亲没有关联，对吧？”

“你刚说谁跟谁？”她说。

“看来是无关了。”我说。

露丝和莉娅是埃夫里尔家族这一边的亲戚。坦普尔家族与她们同一辈的人是莎拉的父亲亨利，但他似乎是沉静、理智的人，尽管祖宗的事向来难说，但我强烈感觉他绝不会通奸。可是曾经有几天，我确实相信他不清白；当我知道他为老友伊莎多拉·H.芬奇，在坦普尔顿兴建芬奇医院，让她成为纽约上州第一位女医师时，我精神大振，相信自己即将发现秘密。经过一番调查后，我发现伊莎多拉与一位女性同住，那人是她十三岁就读波特小姐女子学校时认识的。每个人都说与伊莎多拉同住的女人“像男人”，而且我发现一封她写给伊莎多拉的信，热情地将伊莎多拉称为“吾妻”，瓦解了我对亨利的怀疑。

在一个大热天，我开始调查双方家族再上一代的人。露丝与莉娅的母亲是赫蒂的孙女辛纳蒙·埃夫里尔·史托克斯·斯塔克韦瑟·斯特吉斯·格雷夫斯·佩克，她曾五度成为寡妇。亨利的养母是夏洛特·富兰克林·坦普尔，她小姑独处，不曾生育，七位姐姐都在青春年华结婚，四散各地。夏洛特是唯一留在镇上的人，她是雅各布的女儿，在文坛小有名气。我开始想挖掘这位模范处女的相关流言，想找出她仗着财富与影响力隐瞒的秘密怀孕。她是创立波默罗伊孤儿院的人。看她的水彩画像，会觉得她像咖啡色的小老鼠。她父亲过世后，她成为镇上第一名媛，直到将近二十世纪。

我才刚埋首研究书籍资料，漫不经心地咬着一支笔，彼得·利德便推着吱吱响的推车过来，捧腹大笑。我抬起头，皱起眉心。他的喉结在领结上方猛跳舞。

“这个扮相真赞，葳莉·厄普顿。”他说，“像吸血鬼兼死亡天使，非常独树一格。”

“什么跟什么？”我说。

“喏。”他从口袋掏出折叠式小镜子。小精灵彼得·利德居然随身携带化妆镜，这比他刚说的话更令我讶异。我照了镜子，发现我咬笔咬到墨水管爆裂，墨水甚至滴淌到下巴，流到脖子。我的牙齿和舌头变了色，而且我还在不知不觉中，把脸颊和额头抹得都是黑色墨水。我这才明白彼得的话。

“噢，你是指这个啊。”我说，“这是一种病，其实很可怜的。我看不惯这个丑陋的广大世界，有时候这些积聚的压力会爆发出来，造成病征。我也无能为力，抱歉啦。”

“喔。”彼得·利德说，“我也是笔爆疹的病友呢。”

“真的吗？发病的时候，你都怎么办？”我说。

彼得瞄了瞄闷热的图书馆，我和他看着电扇转来转去，将老太太馆员的几绺头发一下吹向这边，一下吹回原位。我看到两只倒霉的苍蝇惊慌失措地不断飞去撞窗户，外面深色的湖泊看来很凉爽。

他转向我，挑起眉毛。“我通常会把疹子洗掉，湖水的疗效非常好。”

我睨眼打量他，也挑起眉毛。

他耸了耸肩，我礼尚往来。

他点点头，回书架区，到老太太看不见的地方，朝后门去了。约十秒钟后，我从窗户看到他跑下外面长长的绿色草坪到湖岸，他那模样实在很煞风景。瞧他演出饿鸡大逃亡，双腿几乎打结，令我哈哈大笑，也匆匆出了图书馆，抛开鞋子，迈开大步全力奔跑，快捷地追上彼得，不一会儿便领先他。我将双足泡在湖水里冷却了几秒，他才气喘吁吁地跑到坡底。他的领结已经解开了，正在脱鞋。他将衣物褪到剩一条黑色泳裤，笨拙地跑进水里，潜下湖面，游了一会儿。

“彼得，你衣服里面怎么会穿泳裤？”我说。

“我每天午餐后都游泳。”他嚷着，朝我吐水，“游到湖上开始结冰，太冷了才不游。幸亏有游泳，我的班才上得下去。”

“这样啊。”我惋惜地看着湖水，“唔，我没有带泳衣。”

他游近些说：“你穿胸罩、内裤了吗？”

“有啊。”我说，“确实穿了，可惜是白色的。”

“那又怎样？”他说。

“白色的衣服湿了会变透明。”我说。

彼得・利德潜到水里，再冒出来时挂着笑容。他顺了顺毛毛虫小胡子，拧出水，然后说出令我诧异万分的话：“嘿，葳莉，看来我今天很有眼福喔。”

湖水在我的皮肤上沁凉舒适，穹苍大大方方地敞开延展，简直像在引诱人寻找山顶上有没有恶兆蛰伏。当我们踏上长长的青草坡，走向图书馆时，彼得甩出耳朵内的水，我将上衣向前拉，以防湿胸罩在棉布衫留下印子，我却说：“彼得，感觉很奇怪，对不对？我是说这座湖怪怪的，我第一次这么快就不想泡在湖里。也许，只有我一个有那种感觉。”

“事实确实如此。”彼得说，“不是只有你这样觉得。哪一年的八月湖上不是塞满水上摩托车，挤到像在彼此谋杀？晾衣服的晾衣服，吵架的吵架，热闹得很。今年却变了个样，没人玩水。现在的湖不太对劲，至少自从阿潋死掉后，感觉就怪怪的。”他轻叹一声，唐突地说：“倒不是说阿潋是凶狠的湖怪之类的，印象中也没人被咬得一身伤、然后捞上岸的，是吧？但就我们所知，阿潋可以咬人，也可以吃掉小孩。长久以来，我们到湖里游泳，它也在湖里，盯着小小的人腿流口水。虽然现在阿潋不在了，湖看起来漂亮又单纯，几乎什么都没有，但我想还是有什么不怀好意的东西，潜伏在底下，感觉非常、非常恐怖。”

我停下脚步，情绪更恶劣。

“彼得，”我说，“这真是太糟糕了。世界崩裂的速度那么快，追都追不上。这里是世界上唯一一个应该不会崩裂的地方，却好像也开始腐烂。我回到坦普尔顿的家，是因为世上只有这里不会改变。我是指到天荒地老也永远不变，结果这座湖却半死不活。我一直认为，要是冰冠融化，全世界的城市都被吞没，坦普尔顿依然会安然无事。我们可以凑和着撑下去，种菜、储备物资、等待困境过去之类的。但现在这里也变了调，是吧？”

我泫然欲泣、夸大其实，我觉得世间所有的黑暗全积聚到坦普尔顿了。彼得搭着我的肩膀，拉着我面对他。“葳莉，你的话真是没头没脑。”他的语气颇为赞赏。我抬头看他的脸，他绽出灿烂的笑容，小胡子像小树枝从中裂开。“你是开玩笑的吧？”

“其实我不是在说笑。”我说。

“哈。”他说，不是笑，是将这个字说出来。这时我们到了图书馆后门，站在门口，玻璃映出了湖景，湖泊成了一抹极淡的影像。“你知道吗？你真多愁善感。我没料到你是这一型的，一直以为你是坚强的女人。听我一句话，葳莉，不管我们高兴不高兴，世界上的万物都会改变。我是说，你看。”他扬起手，草草指一下湖畔松林繁茂的山峦。“看到那座山了吗？大家来这里屯垦定居之前，山上都是巨大的原始硬木森林。枫树、白蜡树、栎树，根本没这堆松树。一个世纪后，全都变成啤酒花，半棵树都没有。”他愈说愈带劲，红云泛上脸庞。“我是说，东北区曾经有旅鸽，这些壮观的温驯黑白鸽子，一次几百万只一块飞行。才几年时间，旅鸽被宰到没半只。如今只看得到一种鸽子，就是这种。”他指着草地上的一只杂色鸟，它正在啄咬被压扁的泡沫塑料杯。“你懂我的意思吗？”

“我懂你的意思，彼得——”我正要继续说，却被他打断。

“葳莉，我只是在说，担心无济于事。我们只能继续做自己的事情，努力做好分内事，好好生活，并且了解如果明天是世界末日，至少我们拥有过快乐的日子。”

“狗屁。”我说，“你不但说了老掉牙的话，还是个贪图逸乐的享乐主义者。”

“如果这种说法还没被淘汰，就可能符合真理。”他说，“听我说，虽然这样讲可能很自以为是，但不要放弃你的人生，葳莉。我对你还有希望。告诉我，这个世界上有什么能在此时此刻让你乐翻天的事？什么事可以让你开心到即使你做到一半就死了，你还是会觉得很爽？”

我第一个念头是一个影像，德怀尔在冻原上帐篷内的柔柔红光中，低头向我微笑，而燕鸥在外面尖叫。第二个念头是一个词，那个词还搏动着、朝我的脑海蹿升之际，我就被吓了一跳。腹中宝宝，我心里如此想，随即驱离这个念头。第三个念头冒上心田的时候，我才开口。“一杯超冰凉的马提尼，要加非常高级的伏特加的混合马提尼。”我痴痴地说。

彼得眼睛一亮，瘦巴巴的肩膀耸了一下。“跟我想的不一样，却绝对是第二好的选择。葳莉·厄普顿，今天晚上我要跟你出去玩，不准你拒绝我。猛佬酒吧，十点。我们在酒吧见。”

他话没说完便打开门，而小老太婆站在门内，巍巍颤颤，下巴的须状物被门口卷进的劲风吹到，犹在抖动。

“你，”她颤抖的手指指着彼得，“还不拖着你的瘦骨头去上班。要是我不像可恶的老鹰盯紧你，你一定会整天跟漂亮小姐四处打混，是不是？一定是的。别发呆了，快去上班。”彼得一溜烟进了门，速度快到我几乎没瞥见他卡其裤上的湿泳裤痕迹。老太太为我扶着门，凶巴巴地皱眉。

“小姐，进来。”她说完就自顾自地嘀咕，声音低到听不出内容。她跟着我进入馆中，站在我桌位附近，继续咕哝到我站起来将书本收拾成整齐的一叠，收工走人，开心地逃离山羊婆婆阴沉沉的瘦小身影。

那天薄暮，我回家时感到很疲累，只等着母亲做饭的浓郁香气涌上我鼻孔，或至少见到她在后门廊进进出出，拿着火钳翻动烤架上的烤肉串。但家里空荡荡，流理台上有一张给我的纸条。

纸条写着：阳光，我去你说的那个“牛奶牧师”家里了。他的真名是约翰·马可维奇，电话簿上查得到——我去他家过夜。家里有麦片，你也可以自己煮蛋或吃剩菜。克拉丽莎来过电话。爱你的妈妈！

我笑着看完纸条，摸摸腹部。“看样子某人是伪君子哦。没结婚就上床，这可是大禁忌。”我注意到搁在腹部的手，又向腹中宝宝说，“何必跟你说话？你根本还不是人。”然后坐下吃了一些保鲜盒里的冷鸡肉卷。

我打开电视，不出三十秒便意识到我讨厌电视的原因。我切掉电源，起身做开合跳，打算跳个五百下。自从我意识到镇上任何男人都可能是我父亲，我便不曾运动了。我待在家里避开路跑之友，很怕再遇到他们。跳到三百四十一下时，我以为电话响了，跑去接，拿起听筒却只有嘟嘟声在我耳际含糊冷淡地响着。我回到沙发，胡乱翻看母亲一本打毛线的书，旋即进入梦乡。

我醒来时，屋里很暗，月亮嵌在天上，明晰如闪电。录放机的时钟闪着十点二十一分。我不认为这辈子哪一回迟到过，所以我便慌了手脚，无暇停下来思考。我没有想过自己大概不该碰酒，也没想我应该回克拉丽莎电话，甚至没花时间挑选服装，抓到什么衣服就往身上套。结果还不赖；我穿了妈妈的旧嬉皮短洋装，用红色真丝头巾包住被湖水泡得僵硬的头发，挂上一对金色圈圈耳环，涂上旧梳妆台上的口红，退后打量自己。整体效果比我想象中好得多，我的扮相看来像高级设计师概念中的吉卜赛造型。我穿上一双老旧的绳织平底鞋，在十点二十五分前便出了家门。

猛偨是坦普尔顿历史最悠久的酒吧，马默杜克的村庄建立不久后就有了。老板来的时候，坦普尔顿的居民寥寥无几。他凭着一双手用木料盖出酒吧，甚至画了至今仍在湖风中摇晃的招牌。那是一只蜷着身体喷火的恶龙，龙上方工工整整写着：“猛偨”。往年识字的人有限，没人察觉“龙”字写错了，连马默杜克也没注意到，因为他是自学读书的，完全不会拼字。第一位律师来到镇上的时候，停下他的跛脚母马，来看招牌。他仰头笑个不停，引来一群人围观。

“先生，请问您什么事这么好笑。”来自威斯康星州的小个子老板受到羞辱，涨红了脸。

“此侊非彼龙，您的侊多了个人，先生。”律师喷着口水说。

老板一听，拿了一桶油漆，挤到人群里，站在拓荒者索尔·福尔克纳宽阔的肩膀上，匆匆画出一个披挂着盔甲的骑士，帅气的骑士举着矛，从底下刺杀那只龙。如今那怪模怪样的招牌整修得鲜亮，在湖风中摇晃。我从底下穿过，进入酒吧。在周五，年轻人占满整间酒吧，仿佛酒吧是他们的。其他时候的酒吧是重型机车族的巢穴，机车停满先驱街，朝着长老教会优雅的教堂那边一路往山坡上延伸过去。在酒吧门外，我听见足可震碎骸骨的重低音，停步深呼吸，稳住自己的心，然后踏进酒吧，里面的光束照出了弥漫的烟雾，原本的地板闪闪发亮。

我进去时音乐没有停，并非每个人都转头来看，但停下来打量我是谁的人确实够多，让店里明显安静了点。然后彼得来到我身边，挂着傻气的笑容，我手上便多了一整杯深色液体，接着强劲、甜蜜的烈酒灌进我嘴里，令我的喉咙火辣痉挛。

“葳莉，”他的口气已有酒味，“老实说，我以为你不来了。”

“彼得，老实说，我打了盹，差点睡过头。”我将酒杯放在一边的桌上，向他笑。

“老实说，”彼得说。这时我才注意到他没打小领结，黄色毛衣下穿了粉红色马球衫，看得出马球衫袖子与皮肤的交会处。他的雅痞调调，就像一个不是雅痞的人却拼命扮成雅痞。“老实说，”他又说一次，一只手霸气地搭在我肩上。“葳莉，你是辣妹。”

“老天。”我说，“彼得，我不想冒犯你，但我以为你是同情我，才约我出来。我今晚不想让谁对我伸出魔掌，好吗？”

“魔掌？”彼得的笑容很痛苦，小胡子像有生命似的扭动。“我应该没有逊到那种地步吧。”

我必然满脸狐疑，因为彼得向后退开，被我惹毛了。正当他准备开口，而我缩头缩脑地准备听听他怎么说时，一个声音在我耳边说：“咦，你说彼得吗？他能把到所有的妹，你等着瞧。”我正高兴有人解围，转身一看，不禁又泄了气。那是伊泽克尔·费尔凯尔，穿着皱巴巴的西装衬衫配卡其裤，闻起来甚至有欧仕派（Old Spice）体香剂广告中那个居家男的暗示。而且是强效型的。

“费尔凯尔。”我说，“伊泽克尔。你也来玩啊，真高兴见到你。”

“真高兴见到可爱的葳莉·厄普顿。”他说，“看样子你是履行诺言，来请我喝啤酒了。”

彼得看着我们，我还没来得及接腔，他便向我眨眨眼。“今天晚上我请客。”他在点唱机震耳欲聋的乐声里说，“葳莉，我去叫酒，你不介意跟这家伙在一起吧？如果他想对你怎样，你会跟我说吧？”

“没问题的，谢谢。”我说。他掉头，朝吧台舞了过去，扭着女孩气的臀部。

“多亏你帮我解围，伊泽克尔。”我们独处时，我跟他说，“感觉好怪异。不晓得为什么，我一直以为彼得是同性恋。”

“你真爱说笑。”他说，“阿得是同性恋？不可能啦。我不是开玩笑的，他真的把得到所有的妹。在这种小镇，要是一个男人买花送小姐、帮小姐做早餐、整天打电话跟小姐说好想念她，这男人就会赢得好男人的名声，变成女人抢着要的约会对象。就连会开玩笑说阿得长得雄壮威武的女生也爱死他了。”

“那你呢？”我说。

“他做人还可以，我们是哥儿们。”他啜了口啤酒。

“我不是问你怎么看他，而是问你的名声。”我说。

“噢。”他说，“我很早就犯下一些大错，你知道的，就是梅儿跟小孩的事，没人觉得我是好人。但我混得不错。我宝刀未老，你走着瞧。”这句话伴随着他以前那令人双腿酥软的微笑。

我才不要，我心想，但他已经领着我穿过人群，到一张桌位，途中几个女生拦下我，我对她们依稀有印象。她们是苏珊娜？希拉里？艾瑞卡？乔安妮？她们有人跟我说嗨，不耐烦的目光落在我左耳后方某处；有人则勾着我的脖子，飞快说话，但我听不出内容，于是我笑一笑、点点头，让费尔凯尔拉着我走。

我们在酒吧角落的圆弧形雅座坐下，他掀起上衣，戳戳肚脐周围的游泳圈。“看到没？这在一个月内会消失。我现在天天晨跑，今天大概跑了四英里。成绩不赖吧？”他朝我的方向抛来腼腆的微笑。

“不错嘛，但怎么会想减肥？怎么回事？”我说。

他故作神秘地看着我说：“因为你。”

“什么？”我戒慎地说，“别为了我做任何事。”

“不是啦。”他说，“我是说看到你回来镇上，容光焕发，我觉得丢脸。我心想，要命，那个葳莉·厄普顿不是盖的。看在老天分上，她都快拿到博士学位了，还比高中的时候漂亮，发型又时髦。我心想，泽科，他在小皇后身边，像粪土。我不喜欢像粪土的感觉。我不是指跟别人比的时候。”

“哈。”我说，“有意思，你竟然觉得我混得不错。”

费尔凯尔凑向我，绿眼睛闪闪发亮，流露出几许昔日的魅力。“这就是你回来的原因吗？告诉我吧，放轻松，跟老费尔凯尔医生说说你遇到了什么麻烦，亲爱的。”

听到这一声亲爱的，我开始鼻酸；每次听到突如其来的亲昵言语，我总是会中招。难以承受的压力在我眼底积聚，我不得不垂眼看手，防堵泪水溃堤。就在我默然不语的那一刻，彼得回来了，在桌上放下一整托盘的烈酒。

“泽科跟我，”彼得坐到我旁边的长椅，“要教你坦普尔顿人的喝酒方法，是不是啊，泽科？”

“没错。”费尔凯尔说，他们两人仿佛对某事心照不宣，有某种我无心去拆穿的交流。我拿了酒一仰而尽，眨都不眨眼。

“一杯。”我说，暗自高兴彼得没注意到我的窘态。“我是坦普尔顿人。事实上，我是正宗坦普尔顿人。”我仰头灌完另一小杯酒，说：“两杯。我已经懂得怎么喝酒了。”直到第二杯黄汤下肚，我才意识到那是威士忌。

费尔凯尔低低吹了声口哨说：“了不起。”

“那就来轧酒。”彼得说，“我们玩牛仔脸。大家都知道规则吗？”

“就是一口喝干，假装不痛不痒，尽量摆出扑克脸。”泽克说着干掉一杯，一副若无其事的模样，活像喝的是白开水。

“你拿下一分。”彼得说，喝了一杯。他的鼻孔张大，下巴有些紧绷，费尔凯尔跟我都认为彼得没有得分，因为他的牛仔脸很恐怖。

灌到大概第五杯酒的时候，费尔凯尔的手摸上我光溜溜的膝盖，我没管他，心里暗想：我的膝盖好冷，他只是为我取暖罢了。喝到约第七杯酒时，彼得见到我膝盖上的手，饶富兴味地看了我们一眼，说“我的水库要泄洪一下”，便穿过人群走了。

就这样，我跟费尔凯尔落单了，酒精让我头昏脑涨。我抬头看酒吧，发现人生没有我担心的那么糟糕。鲍比琼·拉马克在点唱机旁边，随着咒骂男性的乡村歌曲起舞。费尔凯尔在我耳畔说着猎野鸭的故事，我暂时忘却自己的烦忧，觉得困乏而甜蜜。彼得回到桌位时，挽着一位娇小丰满的女郎，显然是观光客。她反戴一顶棒球帽，眼下有几道粗粗的睫毛膏，是睫毛膏没有全干便眨眼的后果。“二位，”彼得说，“这是希瑟，她很漂亮吧？”

“果然很迷人。”费尔凯尔冷冰冰地说，“小可爱，你几岁？”

她眼神闪烁。“是十八岁吗？”她望着彼得，找人撑腰。

“听到没？她十八岁，这是很美好的年纪，赞。”彼得说，“我们要去湖边走走。我刚刚跟她说过阿潋的事，她对湖怪很感兴趣。”

“太酷了哦？湖怪耶！哇！还有呢？”女孩说，“今天晚上好浪漫？好多花？还有月亮？”

“亲爱的，拜拜。”我说，“你们小心。我们彼得·利德布丁派是很温柔的。”

“没问题。”她咯咯笑着，跟着彼得离开酒吧，进入夜色。费尔凯尔和我在酒吧里看着外面。彼得在人行道上脱下黄毛衣，披到她肩上。她向彼得堆满笑容。

“还真的咧。”我向费尔凯尔说，“彼得果然把得到妹了。”

“我就说嘛。”他说，然后将鼻子埋在我肩上。“你好香，葳莉·厄普顿。是什么香水？害我想把你吃掉。”

“是香皂。”我将膝盖从他手底下移开。“我要回家了。”

“什么？这么早就要走？才十一点半。”他说。

“喔，这个，我已经醉到觉得你是帅哥了。”

“你那么诚实要死啊。”他看来昏头昏脑，而且伤心。

“对不起。”我说。

他露出迷死人的笑容说：“这么说，我可以跟你回家喽？”

“你想得美。”我说。

“怎么不行？”他说，嗓音里渗出淡淡的哀怨。

“因为，”我说，“你没有娶帮你生了两个小孩的人，费尔凯尔。抱歉，我无意冒犯。我们只做好朋友。”

“我陪你走回家就好，可以吗？”

“不要。”我说，“我家在两条街外。而且你猜怎么着？我不要别人看到我跟你一起离开。如果我把话讲得太直，那我跟你道歉。”

他在座位上似乎缩小了些，别开身子。“小皇后的嘴巴真毒，你还是老样子。”他说。然后我便走了，朝一群女生嚷了声再见。我想象她们见到我没跟超级种马泽科·费尔凯尔一起离开，就向我扮鬼脸的模样。

夜意沁凉，冻得我胳膊起鸡皮疙瘩。对街皮特旅馆的周五夜晚常客属于另一个族群，他们是镇上的老酒客，最初是来这个棒球圣地朝圣的，来了以后便离不开这里了。我向上帝暗祷，我的亲生父亲可千万别是那群可悲的老先生之一，他们肚皮撑得衬衫紧绷，酒糟鼻油油亮亮的。有些前来报道阿潋的新闻采访车还没走，沿着精致三明治店和艺廊外面的大街停放。在对面的大街与先驱街路口上，旗杆的旗帜飒飒作响，先驱街尽头的潋镜湖幽黑美丽。我想步入那滑腻的黑暗，置身在闪烁星辰的水面倒影之间；我想涉水回到往日，回到高中时代，继续当我的小万事通，继续当一心想到大千世界闯荡、确信自己有能力征服一切的人。但经过法柯公园的时候，我在路边扭到脚，弯腰脱掉一只鞋。但这样瘸着走路，令我觉得像钟楼怪人，于是我脱下另一只鞋，将两只鞋拎着走。

“谁敢攻击我，”我出声说，“我就用双节棍打回去。”我幻想德怀尔教授的脸孔出现在先驱街和湖滨街路口的路灯柱上，抡起我的鞋子双节棍砸下去。我的肌肉松弛得不听使唤，鞋子只击中灯柱一次，恰恰打到男人生殖器的高度。

就在这一刻，伊泽克尔·费尔凯尔来到我跟前，拿走我手里的鞋。

他在我面前有点摇摇晃晃。我说：“你跟在我屁股后面。可恶，我叫你待在那里，那家店叫什么来着？反正就是喝酒的地方。”

“唉，亲爱的，看来你确实需要有人送你回家。”他万分温柔，将我的手拉过去搭在他强壮的肩上。

“别叫我亲爱的。”我说，但我倚着他，“那会让我想哭。我家就在那里，我看得到我家，就在那里，就是那间点着灯的，我可以自己回去。”

“好。”他说，“但你还是得过马路。我不希望你在通过马路前的最后一刻，被车子撞成肉饼。”

“好吧。”我说，“没人看到你吧？你是在我走了以后才跟来的吧？在酒吧的时候？”

他叹气。“葳莉，没人看到我离开。我从后门溜出来的，因为我尊重你的意愿。你觉得跟我一起离开，会很丢脸。”

“一点也没错。”我说，“你根本是男妓。我没有冒犯你的意思。

但你高中的时候，真是够狠，搞上女生后就四处炫耀，毁掉人家的名声，弄得每个女生都哭哭啼啼。但你还是找得到女生跟你出去。不晓得你怎么办到的，费尔凯尔。我从来就不想跟你有瓜葛。”

他微蹙眉头说：“小皇后，就是因为这样，你才不肯在返校舞会跟我跳舞吗？你知道吗，那时我难过死了。”这时，我们已经过了马路。我脚下的车道仍有白天日照的余温。

“没错。”我说，“其实那时候我暗恋你，跟所有女生一样超级喜欢你。我是少数没有付诸行动的女生，真聪明。至少，以前我不跟你往来。现在不一样了，我乱七八糟，现在一团糟。连我妈也这么说，而她甚至不是聪耳明目的人呢。还是‘耳聪目明’？随便啦。”

这时我们到了车库。车库里很凉爽，那些不值钱的玩意儿、尘埃、苦橙味混杂成的熟悉气味扑鼻而来。我情绪轻松，却极度疲倦。玄关更衣室的门似乎离我房间十万八千里，简直像马拉松。

“我，”费尔凯尔说，“一直暗恋着你。小皇后，我相信你绝对做不出蠢事。”

这时他魁梧的男性躯体贴向我，将我抵在门上。他的鼻息逐渐靠近我的脸，他的脸凑上来，唇覆盖在我唇上，亲吻我。我双唇麻木，却还是发现费尔凯尔果然名不虚传，吻功绝顶高强。他的唇瓣柔软饱满，舌头的力道恰到好处。我阖上眼，因为眼前的一切都在游移。在闭目后的黑暗中，我忘了身在何处。坦普尔顿远去，埃夫里尔别墅远去，怪异的漫漫长日远去，我只是在我的皮囊里，而我的身体逐渐发烫，在他的双手与口舌挑逗下越来越火热，他的手抚遍我赤裸的大腿，我的背抵着硬邦邦的门。而在那与世隔绝的一刻，在那如梦似幻的诡异情境里，我甚至忘了世间有伊泽克尔·费尔凯尔这号人物。我感觉到那双手滑进我的内衣，那是德怀尔的手。抵着我腹部的那个肚腩，是德怀尔的。我感觉到裙子被撩高、小裤被拉下，听到皮带头掉到水泥地的悦耳哐当声，而这一切不知怎么的，全都变成了来自德怀尔的调情。现在是他的双臂将我往上拥，让我抵着门。我双腿环勾的臀部变成他的。现在是他光滑的勃起拂过我的大腿——但是，不对，那不是他的。我手伸到背后摸索找到门把，打开门，于是我们摔倒在玄关更衣室的硬地毡上。我抬头，看到费尔凯尔的脸。

“不要。”我说，抽身。

“天啊。”他说，“对不起。”他转过身体，踌躇再三，最后背对着我说，“我真的很浑蛋，葳莉，我是超级大浑蛋。我昏了头了，我老是用下半身的那个脑袋思考。”

“你走。”我说。

他走了，脚步声在车道上匆忙而响亮。在我心底的某个角落，我希望永远不必再见到费尔凯尔。他起身、落荒而逃的时候，我没有抬头看，一脚狠狠踹门，让它关上。非常贴近我皮肤的心却希望他会回来。我在黑暗中坐了半晌，等着门上传来轻轻的敲门声。门，始终没响。

回过神时，我意识到自己双手按着肚脐。“哎呀，”我向腹中宝宝说，“我都忘记你了，真对不起。”

我需要饮水，我需要脂肪。我煎了两个蛋，喝了半加仑水，把母亲的纸条重看一遍，只想到自己需要向克拉丽莎倾诉。我拨打电话，另一端的电话正在响时，自怜的泪水滚落了脸颊。和费尔凯尔有关的蠢事像许多泡泡，涌上了我的眼眶和嘴巴。

但接电话的人是萨利，他的声音在夜晚显得唐突。“嘿，萨利萨利，克拉丽莎睡了没？”

我将萨利视为挚友，他就算克拉丽莎出差不在，也会来参加我们周四的拼字游戏。但现在他小小凶了我一下，他说：“葳莉，你烦不烦。现在是天杀的晚上十一点，你偶尔替别人着想一次会死吗？”之后，他挂断电话。

我瞪着话筒，打着哆嗦慢慢挂回去。电话几乎旋即响起。我接起来，不过这回是克拉丽莎在线，而我过了一会儿才听懂她的话。她说得有气无力。“……别理他。”她如此说，“他压力很大，葳莉，我不太舒服，不能讲很久，可是我不想让你难过。”

“不管啦，他是浑球。”我说。

克拉丽莎的语气一转，声音很轻，像在微笑。“你醉啦，葳莉？你醉了才打给我？”我听见萨利在背景再次开骂。

“哦，对不起，我大概是烂朋友。”我说。

“不是的。”她说，“只是时间不对。我已经睡了。我们明天再谈，好吗？”

“遵命，好。”我说，“你又生病了吗，克拉丽莎？”

“亲爱的，明天再说。你喝点水，去睡觉。”

“我爱你。”我说。

“你好好睡。”她挂断电话。

我换上睡衣、刷好牙、洗好脸后，房里的电话居然又响了。我觉得神志清醒而苍老，过去接听。“哈喽？”我试探地说。

“葳莉。”萨利嘶声说，“事情是这样的，我们的老朋友肾脏炎回来了。克拉丽莎病得东倒西歪。我知道你自己的生活也一团糟，但是葳莉，你人在哪里？你是她最好的朋友，不但没有留下来照顾她，还醉得乱打电话，在她一个星期以来第一次熟睡的时候吵醒她。你整个夏天都不在这里，让她担心得要命，现在克拉丽莎最不需要的就是吓到六神无主，她的问题够多了。我知道你遇到某种怀疑自己是否存在的心理危机，同时也一屁股麻烦、欲振乏力，我对你的苦恼真的万分遗憾，葳莉，真的。但是老天，你可不可以不要那么自私？别忘了，在医院的时候，你说会帮忙的。你确实说过。结果呢？你根本没帮忙。”

“哎呀，老天，萨利，你现在在哪？”我说。

他迟疑片刻，说：“在阳台。克拉丽莎又睡了，我逼她多吞几颗药。这实在太夸张了，葳莉。谁听过一个三十岁的女人快被狼疮整死了？反正，我根本连什么是狼疮都搞不清楚。这病到底怎么认定它应该找上克拉丽莎的？简直莫名其妙。”

“就是说啊。”我想象萨利置身在旧金山凉飕飕的夏夜，他身边的科伊特塔灯火辉煌，像阳具一柱擎天，他逐渐稀薄的头发在风中翻飞。“萨利，我向你发誓，我真的对逃离那一切感到抱歉。”然后我再次意识到他稍早说过的话，便说，“慢着，怎么会提到什么死不死的，她不会快挂了吧？”

“这个，”他说，“如果感染扩散到器官，就会走上那条路。”

“要命。”我低声说。

“对。”他说，“幸好还没碰到不可逆转的感染，但如果她继续拒绝治疗，那是迟早的事。她在找一个游医看病，吃草药。听我说，你们明天讲电话的时候，可不可以请你千万、务必劝劝她？她不听我的，我拿她没辙。我无能为力。”萨利的呼吸声很短促，我怀疑他在哭。

这时，我才想起萨利最近几个月的生活。他起床便见到克拉丽莎病恹恹的样子，然后在一间他讨厌的公司工作十五小时，在黑夜搭公交车回去，得知克拉丽莎仍在家里，仍然在生病，需要他耐心以对，需要他料理她能吃的食物，强迫她休息，并忍受受强迫的她所发出的怨言与恼怒。而克拉丽莎在他们共度的人生里，从不是牢骚满腹、爱生气的人。我见到一个明亮的影像：他站在返回公寓的电梯中，闭着眼睛，头发凌乱，雨水令他稀疏的头发贴在头上。那是他唯一的安宁时刻。然后他得踏上走廊，在公寓门前踌躇，打开门，迎向那一切不堪，而他想要的其实只是一杯酒，和一点点的温情慰藉。

“我该搭飞机吗？”我说。

“什么？”

“我立刻开车去奥尔巴尼。我会搭第一班有位子的飞机，明天早上就能到。”

萨利迟疑起来，听筒传来他的呼吸声。他清清嗓子。“我明天不需要你帮忙，不用赶回来。葳莉，如果你早上拨通电话给克拉丽莎，看她怎么说，我就谢天谢地了。我是说，你肯回来，让我松了一大口气。谢谢你。”他思忖一番，又说，“这样好了，如果你劝得动她，让她去看真正的医生，接受心理治疗、抗体治疗，那她想做什么鬼顺势疗法我都不管，这样我就能多撑一阵子。但我需要你帮忙的时候，可不可以请你务必要回来？还有，如果你方便的话，尽量每天打电话。你不知道她有多寂寞。她的朋友都退避三舍，活像狼疮会传染似的。报社的人也不见了。每隔一阵子会有人送花，但送来送去都是百合。克拉丽莎说百合是给死人的，从窗户扔掉。她绝口不跟你提这些，因为她知道你要应付自己的问题，葳莉。但我觉得克拉丽莎真的很伤心。”

我听了一会儿电话中的风声、旧金山的夜声、川流不息的车辆、远方的警笛、飞机从天上掠过时的低沉噪音。我重拾离开阿拉斯加前一刻的感觉，仿佛我的所作所为都超出这问题丛生的脆弱城市能承受的范围。这几个月来，有时我会觉得某位伟大的愤怒神祇即将用一只手指，压碎那一整座美丽的城市，我必须阖上眼，击退想要落荒而逃的冲动。萨利哼了一声，我才想起他还在线。

“噢，萨利，你这些日子一定煎熬到不行。”我说。

他闷声不响半晌，我听着萨利的呼吸减缓。他总算说：“你这句话，我听了很受用，让我觉得，怎么说呢，就是有人了解我的感受。”

“我们会把狼疮打得落花流水的，你等着看好了。”我说。

他笑说：“你这句话也很中听，帮我提振了一点士气。葳莉，很高兴你的心又回来了。”

“很高兴我们和好了，萨利。”我说，“我明天会打电话给克拉丽莎。”然后电话便挂断了。那只鬼一直在我眼角扑通搏动，听着我的话。这时它越变越淡，最后消失了。我望着窗外，看着滑润的蓝黑雾气潜伏在湖面及湖畔草皮。

13

路跑之友的悲伤夏天

我们跑过深橙色的七月天，跑过细如鼠毛的夏季清晨，穿过毛毛雨，穿过炽热，穿过幽幽苏醒的栀子花香，穿过覆着紫藤、有遮顶的桥。我们一路跑进八月，但今年的生活很难捱。湖怪离开湖水，夏季便崩碎裂解了。在一起时，我们团结一致，我们的老腿踏在坦普尔顿的马路，我们的老心脏按着节拍跳动。我们的晨跑是慰藉。在卡特赖特小馆喝完咖啡后，我们各自驱车离开，载着一把老骨头回家，面对我们在生活中惹出来的乌烟瘴气。

大汤姆嗑冰毒的女儿跑了，离家出走。两年前，她是辩论队上聪明伶俐的队长，戴着紫框眼镜，笑时有酒窝。我们不知道她的去向，但我们找过她，联络报社，搜遍整个纽约上州。我们一块儿制作传单，用了一张黑白照片，我们很确定那女孩已不是大汤姆办公室复印机复印出来的可爱傻气女孩了。

小桑姆的心脏又在发疼。他在医院主持查房时，不得不小歇片刻，到储物室喘息。出来时，他脸色苍白，打着哆嗦。我们叫他别跑步了，但他看着我们说宁可在跑步时送命。我们便让他继续跑，因为我们也情愿死于跑步。

约翰的女儿跟他冷战，因为他参加克拉克家女儿的婚礼，喝醉酒，打电话到孟菲斯找女儿。他以口齿不清的德国腔说：亲爱的，我只是想让你知道，你当歹客并没有毁掉我的人生。我以为你会毁掉我，但等你年纪大一点，就不会再当歹客。你会嫁人，组织家庭，生养小孩。我只是要你知道，我永远爱你。

第二天晨跑时，他告诉我们这件事。我们回答不会吧！宿醉的他哀愁地瞅着我们，畏畏缩缩的。

有这么糟吗？他说。他完全不懂问题何在。

哎呀，约翰，就是这么糟。我们说。

索尔的第三任妻子是健身房的动感单车教练，她骑着新男友的帅气哈雷机车送来离婚协议书。问题何在？无力让妻子受孕：三场婚姻，三个逐渐衰老的子宫，每次都以这个理由另觅对象。我们这群人唯独索尔没有子嗣。他默然听我们聊着各自的孩子，他们统统就读大学或更高学府。连大汤姆谈到嗑冰毒的女儿，索尔也神情黯然。我们看着他在太阳眼镜后头眨眼，我们感受到他凝重的沉默。我们察觉到，照这个情况看来，他甚至愿意拥有大汤姆的那种嗑药小孩，即使是问题小孩也好，像约翰一样被小孩怨恨也好。我们相信，他愿意拥有任何小孩。

道格可能会因为积欠税款而入狱。索尔提议帮忙（这是我们唯一一次真的感受到他的财富），但道格讥讽地说，要和国税局斗法斗到山穷水尽。我们想问他是指斗到谁山穷水尽？但没有多说。他交了新女友，他太太可能知情。这位女友是蜡像博物馆的十八岁迎宾小姐，她用傲人的双峰与笑容，招揽男客到清凉的蜡像馆参观，带他们进入阴森的展场，那里只要发电机一停摆，曼托与贝比鲁斯的蜡像便开始融化。我们比他更担心他会面对牢狱之灾与诱惑。他不认为自己会坐牢；他不认为太太知道女孩的事。我们笃信他两者都在劫难逃，并为他胆寒。

最后，弗兰基在父母过世后，体重减轻二十磅，皮肤松垮泛黄，情绪在疯狂与沮丧间摆荡，一天变换五次。昨天，他说了一个前后文接不起来的冗长笑话，约翰不得不插入自己的笑话，帮弗兰基保住面子。之后，我们静静跑完晨跑，没有如常到卡特赖特小馆悠闲地喝咖啡。

我们觉得坦普尔顿变得悲伤了，坦普尔顿今年夏天给人黑暗的感觉。我们无暇去乡村俱乐部放松心情。我们几乎没空打高尔夫。疯子尿尿斯莫利的嘴角淌着白沫，在年轻女孩面前自慰。斯莫利的父母只得将他锁在房间内，等待他的新药发挥药效。暗地里，在我们内心最幽深的所在，我们认为这是湖怪的错。它一死，我们的生活便急转直下。

尽管如此，我们还是会慢跑。我们活到平均五十七点九二岁的年纪，好歹也有点人生阅历，知道要忍着痛苦跑步。若越跑越难受，就再多跑一点，若是状况恶化，就更加努力跑，撑到最后，便能突破关卡。最后你跑完了，你拉拉筋，心跳减缓，汗水干涸。如果你捱过了辛苦的部分，便不会记得那份痛苦。

14

皮裹腿

鸽子来的那天，我大清早醒来，觉得自己真是上了年纪，关节发热，又闹头痛。我看着外面的大地被开膛破肚，树木的残干焦黑，泥巴染浊了湖水。许久以前，我觉得这片土地就像自家人，但那股亲昵感消失一阵子了。我早该离开，挺进到西方的蛮荒之地，因为我看不惯屯垦者和他们浪费的习性。屯垦者对我感到困惑，不懂我一个白种猎人怎么会过印第安人的生活。我盛年不再，但仍然令人生畏。有一次，男孩们远远扔我石头，叫我臭绑腿。虽然我一秒就能用来复枪解决他们，轻松得像打树上的乌鸦，但我只咆哮吓唬他们。他们溜得够快，从此没有再犯。至于我，我留在这里，就像被切了头的鲷鱼仍然会咬人，反正余生也不能做什么。

我煮咖啡，转向窝在红毯里的酋长萨加莫尔，发现他看起来跟我一样累到骨子里，我一点也不意外。他呻吟着站起来，因为自己唉唉哼哼而觉得丢脸。但我了解他的心情，装着没听见。在那种晨光之中，我几乎想不起我们也曾年轻过。我会忘记我才十一岁就逃家，收留我的是他们家。我父亲是圣公会的牧师，在白天敬神，在夜晚是魔鬼，打我打到我宁愿流落到黑暗的树林，让野兽吞噬。有一天，我饿个半死，撞进特拉华部落的营地，找到一户好人家。萨加莫尔简直就像我的亲兄弟，带我打猎捕鱼，我快乐极了。但马默杜克来到湖边时，特拉华人几乎死亡殆尽。我最后一次听说父亲的消息，是他发了财，开了酒馆，远从英格兰带一个牧师去他的教堂。世事总是如此，好人一声不响就死了，恶人却活得惬意。想到这点我就作呕，呕了一辈子。

我的老朋友去松树林那儿撒晨起第一泡尿，我割下一些肉，扔进壶里炖。然后我们抽着烟斗，斗嘴。萨加莫尔跟我坐着喝咖啡时，嗅到风里吹来另一片森林的烟，又是马默杜克·坦普尔在破坏大地，他老做这种事。我跟萨加莫尔一起生活很多年，我知道他做何感想。我们头一回见到马默杜克跌跌撞撞穿过森林时，也不过是几年前的事。他那时像个白痴念念有词，也像曾在法国战争时驻守在要塞外面的发疯兵士。那些疯子袒胸露背，两条腿光溜溜，向别人讨饶。有一个甚至露出下体，那里肿得像三颗肉做的南瓜，既塞不进裤裆，又不肯穿裙，显然是十足的疯子。马默杜克踉跄爬上山的那一天，眼神也像疯子一样闪亮。萨加莫尔跟我站在树林里，一头母鹿在我们之间流血。我们看着那个大块头东倒西歪，吃力地上山。像他那一类的人（而且还穿着那身漂亮衣服），根本不适合到那样的树林里。我们看得目瞪口呆，忍不住发噱，觉得活像看见了他的尾巴。

但我们跟笨猎人一样，落入自己的陷阱。在事物始终如一的地方住久了，总以为天地会千古不变。这片土地、这座湖从没向屯垦者屈服，我们以为这种情况会维持下去。早在我们之前，印第安人便来到这里，他们是易洛魁联盟的第六个部落塔斯卡洛拉族人。他们将这座湖当成夏季营地，在河口边的土地上种豆子、西葫芦和玉米。我年轻时到这座湖，他们还在这儿栽种作物，那景象美丽至极，令我的心漏跳了一拍。这片土地就是我，土地钻进我的骨血，像卡榫一般契合。因此我选择回到这座湖，不断回来，甚至在莫西干人在议事岩开会、决议加入法军的队伍后，我还是回来。莫西干人下错了注，在英国人获胜后失去一切。

法国战争后，我在湖边盖了木屋，独居过一段时间。然后，我看着莫希干人摩西在湖的最南端设立粗陋的小学校。那年冬季天气很恶劣，他的存粮不够。冰融化后，有些学生已经咽气，有些被吞吃下肚。从此没人见过摩西，大概被吃了。

之后来了两个人。他们像发情的动物，一男一女，女的很漂亮。我笑着看他们，他们以为在荒郊野外不会被人瞧见，没有旁人。他们眼里只有彼此，看不到我在山林间的炊烟。他们开始赤条精光地四处走动，直到有一天，一阵暴风雪忽然从北方刮下来，他们像婴孩光着屁股出去捡拾柴火，迷了路，冻成硬邦邦的蓝人，身体交缠，在离他们的木屋四十英尺远的地方。春天来的时候，我在河口埋葬他们，两人肢体依然相拥。

下一个人来的时候，我是从木屋里看到的。他是暴躁的路德教派[1]牧师哈特维克，创立了自由社区，里头的人一概茹素、以冷水沐浴。只因为我在熏制房里悬着肉，他就向我交叉手指，仿佛我是魔鬼。他的追随者一个接一个离开，我全看在眼里。信徒走光后，他就去湖边对着鱼高声朗诵《圣经》，怒火万丈。我看到他向下看，见到某种

1　路德教派（Lutheranism），也称路德宗，是遵循马丁·路德教义的新教派基督徒，马丁·路德是德国宗教改革的领导者。美国的路德宗共计约有835万人，是该国第四大宗教团体。——编者注

东西，受了惊，摔到湖里淹死了。我划船去找他，但他的尸首已经不见了。我想是大湖怪吃了他，六部落联盟把湖怪叫作悲伤老灵。

下一批人来的时候是革命期间。那是克林顿将军麾下的百人军队，暂且休兵过冬，被敌对的原住民包围。他们是南军，打算在河上建水坝，让河带着他们到宾州，等春天再来。这时萨加莫尔与我同住。他跟儿子昂卡斯决裂，不满昂卡斯迎娶芒罗上校的女儿科拉。尽管科拉生性勇敢，尽管她曾经击退许多休伦族人（其中甚至包括他们的酋长麻瓜），她终究不是特拉华部落的人，完全不是萨加莫尔要的媳妇。科拉的肤色白里微微泛褐，因此萨加莫尔这个老笨蛋不肯祝福儿子。

萨加莫尔跟我一块儿住在老獾小屋，看着士兵。我们老得不能打斗。以前战争的时候，我所到之处必有休伦人的尸首，任其腐败。但在对抗英国的反叛战争中，我只从我的木屋看他们。他们射杀我的鹿，吓跑其他比较聪明的野兽。他们在营火前饮酒、诅咒，对彼此做出极为不堪的事。湖水上涨，涨到我门口。他们毁掉水坝后，就被快速的激流带走了，他们眼中的印第安村落冻结在水下，就像叶片凝结在冰里。印第安人帐篷仍然直立着，小狗的腿划着，婴孩窝在妇女的背上。火还没熄灭，仍在士兵船下的水里燃烧。

最后来的是马默杜克·坦普尔，他自称是第一个到这里的人。他将土地画成一块一块，像分派饼似的交给屯垦者。我看过他在旅馆的食品储藏室调戏女仆，还跟鞋匠的女儿咬耳朵。他有家室，不该有这种举动。他的屯垦者没好到哪去。他们来到这里，痴想着钱，贪心得很，如果吃掉母亲能换到几枚铜板，他们也会照办。不过，这种说法跟事实也算沾得上边。他们初来的那年冬天酷寒又漫长，处处有人挨饿。在郡里最偏远的地方，有些村庄在床上发现骸骨，在锅里发现婴孩骨头。但那年冬天过去后，天气便和缓起来。后来，他们只会把树上的果实、湖里的游鱼、林间漫游的鹿吃光。

马默杜克只带来一件美事，就是他仁慈的儿子理查德与纤弱的妻子伊丽莎白。她每年圣诞节都送一桶威士忌到我们的小屋，从无例外。她在街上遇见过我一次，她跟我握手。当我回握，她的手在我手心颤抖，那细柔的手触动了我的心，真的。

鸽子来的那天早晨，我走出小屋，去多割一点肉来炖，却意外见到马默杜克本人，让我感到讶异。起初，我以为他是从我梦里溜出来的幻影，我以前便在残梦中见过他。我清除巨鲤内脏的时候，它鼓凸的眼睛转向我，于是我看到被我开膛破肚的是马默杜克。我跟山猫搏斗时，它会在嘶吼声中变成马默杜克。我跟女人相好的时候，她会在我手里化为尘埃，之后我会意识到她是马默杜克的夫人伊丽莎白，而他从暗处出来，举着我那把好用的长枪。那天早上，我以为他是梦境，直到他转向我，而我在他脸上看到路上的尘土。

马默杜克审视我前一天宰杀的雄鹿，见到我便扯开喉咙叫了声希普曼。他很生气，涨红了一张胖脸，肥大的肩膀耸到耳垂那么高。他咆哮，我不是跟你说不准碰我的鹿吗？

我说，马默杜克，我相信我宰的不是你的鹿。他以为我是傻瓜，假装我擅自侵占属于他的土地，只是他没赶我走，因此我最好偶尔配合他演戏。我说，马默杜克，能瞻仰你的尊容真是荣幸，平常你都派马屁精律师肯特·佩克或理查德，来跟我谈盗猎的事。

事实通常如此。如果来的是佩克，我便用长枪连开几枪，让他落荒而逃。来的若是马默杜克毛发浓密的大块头儿子理查德，他是好人，我便会奉上炖鹿肉，他会温和地警告我，自掏腰包付我肉钱。

但马默杜克没那种待遇。他说，这是我的土地，鹿是我的。

我说，这是无主的土地。我开的枪，就是我的鹿。

这时萨加莫尔从屋里出来，皱着脸，用特拉华语说，听见没？我拉长耳朵，直说没有，问他怎么回事。但马默杜克脸上没了怒气，恭敬地向我的朋友点头，说您好，钦加哥酋长。白人都把萨加莫尔称为钦加哥。我讨厌马默杜克，但既然他尊重我的老朋友，我看他也就顺眼一点了。

萨加莫尔没理睬他，转向我，脸色和煦到几乎泛出笑意。他说鸽子来了，然后笑了。

这会儿我也听见远方的呼呼声，看到远山上的大片黑影，萨加莫尔和我拔腿就往镇上跑。它们每十二年来一次，上万只旅鸽会一起降临，我们真是好福气啊。在那一刻，我们又成为年轻猎人，仿佛是要跟踪休伦人似的，但我们没带枪械去猎杀这些美丽的鸟。马默杜克在我们背后嚷着，怎么……之后，他似乎也看出端倪了，因为他沉重的靴子脚步声急急追赶，在我们通过萨斯奎汉纳河的时候，几乎就要追上我们了。

旅鸽涌到镇上，翼翅扇得屋舍的沙砾飞起，让晾衣绳上的床单落地。蓝天沉溺在橘色与黑色的羽毛中。妇女跑进屋里，抱着头，怕鸟粪掉到帽子上。男孩和男人跑到湖边的田地，露出喜色。不论扔什么，都能击落旅鸽。棍棒、石头、鞋子、扫帚、奶油搅拌器、玩具兵、刨子、木条、擀面棍。男人开一枪，便打落三只鸽子。有个一只眼睛会乱转的怪男孩对空挥一下镰刀，便有六只胸脯仍在怦怦跳的鸽子给刀锋带下来。血迹和粪便溅落衣物和脸孔。马默杜克的管家佩蒂·美骨儿像老蝙蝠扑向旅鸽，徒手抓鸟，扭断它们的脖子，塞入面粉袋。他们拖出老旧的克林顿大炮“板球”，朝山间轰然开炮，喊一声万岁，一千只鸟的脑袋便被一堆旧钉子射爆。

这一大群旅鸽像黑雾飞到山上时，地上鸟尸积到膝盖深，有些鸟像婴孩啜泣着。屯垦者心满意足，留下鸟儿去受苦。

我看着这一切，觉得恶心透顶，无法动弹。鸽子每隔几年降临一次，像祈祷落在大地上。这是它们第一次遭受屠杀的待遇。我用靴子踩烂一只血淋淋鸟儿的头，终止它的痛苦，黑暗的怒火在我心中熊熊蹿烧。真是浪费，毫无必要的痛苦。

是马默杜克允许这场屠杀的。他笑了又笑，提议用大炮的人就是他。他将小儿子扛在肩上，那四岁男孩张大眼睛，小脸蛋泛起红云，微笑着。

我的心好痛，老朋友萨加莫尔跪在地上，大口喘气。马默杜克在恢复安静的屠宰场另一头，看到萨加莫尔跪在地上。他敛起喜色，放下雅各布，交给佩蒂，自己走过来。我上前一步，盯着老友的战斧。尽管我讨厌马默杜克，尽管我可以当场格杀他，但我在内心见到他甜美脆弱的小妻子伊丽莎白，便没有碰枪。

马默杜克朝我们过来，行个礼，叫一声钦加哥酋长。但萨加莫尔注视他的目光如此灼热，马默杜克噤了声，改口说戴维，你可以留下你猎到的雄鹿。他见到我老朋友的脸色依旧难看，又说请容我赔偿你一点金钱……

我以凶暴的举动让他闭嘴，说我们要走了，今晚就离开。这是我当下做的决定。我说，我们要走了，到这个州的荒原寻找萨加莫尔的儿子昂卡斯，跟他一起生活。

萨加莫尔看着我。他不喜欢英语，但听得懂。他点点头，或许也感到如释重负。那时我还不知道昂卡斯、科拉及他们漂亮女儿“无名氏”的事，是后来才知情的。当我转向马默杜克，我不知道我们还会回来。我说了一句或许不该说的话。

我抬头望着马默杜克的肥脸，诅咒他。我说马默杜克·坦普尔，希望你的小镇和你的家族受到诅咒七个世代，以弥补你的罪愆。萨加莫尔站起来，我们一道走了。我清楚记得童年那些漫长的周日，父亲在讲道台上滔滔不绝，我的尾椎骨在坚硬的长椅上发疼。那段记忆让我知道：在这个世界上，没有任何东西能让我回头。

15

豪气干云薇薇安

我睡了大约四个小时，观光电车便驶过湖滨街，导游的声音渗入我的梦乡……左手边是埃夫里尔别墅，在马默杜克·坦普尔那个年代是制皮铺……我翻身去拿电话，眼皮还没睁开就拨给克拉丽莎。当我移动时，大脑像一只腌渍的小动物在颅骨内撞过来滚过去。电话才响一声，我的朋友便接听。“怎样？”她的口气紧绷而愤怒。

“克拉丽莎。”我说，但这显然像起跑枪的枪声，引爆克拉丽莎的怒骂：“噢，葳莉，你活得不耐烦了。你死定啦。下次你要是再敢不跟我打声招呼，就背着我决定什么对我最好，你就给我试试看。拜托，老天，今天一起床，萨利就说‘别担心，葳莉快回来了，我们昨天晚上谈过，她答应过我了’。我就火力全开，踹他屁股。”这时克拉丽莎那边传来摔门的声音，我能想象萨利气得面红耳赤，昂首阔步离开公寓。她说：“你不觉得如果我要你回来，我会开口问你吗？难道你没有停下来想过，此时此刻我最不需要的，就是照料一个现况比我还惨的人吗？你不觉得现在我需要该死的清静生活吗？你凭什么替我决定事情？我只问你一句话，你凭什么有那种狗屁想法？”

要我在她的滔滔漫骂中维持沉默并不容易，但克拉丽莎宛如在我面前，娇小苍白，小脸蛋气得皱成一团，因此我只咬牙说：“或许，是因为我是你的姐妹淘？或许，是因为萨利快崩溃了，我想让他喘口气？或许，是因为你需要我？”

“我不需要你，我好得很。”她说。

“是喔，那顺势疗法又是什么。我今天回去，你阻止不了我的。”我将腿从床上挪到地板，却立刻头昏得向后躺平。

克拉丽莎再次呼气时，是又长又慢的嘶声。“葳莉·厄普顿，我很爱你，你是我最好的朋友。可是，该死，以你现在这副德行，要是你坚持立刻回来旧金山，就是逼我跟你妈说出某件你大概不希望她晓得的事。你应该清楚我指的是哪一件事吧，有声撰稿小姐。”

我一听，胃绞痛得更厉害，脑袋抽痛，舌苔厚得恶心。我说：“你才不会说。”

“别以为我不敢。”克拉丽莎冷若冰霜。

“你不会说的。”我复述，但明白她做得出来。我唯一一件绝不能向母亲透露的事，只有克拉丽莎知情。大学时，我没跟母亲说学费调涨，奖学金不够支付。此外，光是跟克拉丽莎在一起，便让我的卡债迅速攀升了。于是我开始经营小副业，创立有声撰稿服务社，从事“学术报告代笔”工作。拿得出钞票聘请我的懒虫会准备一卷录音带，录下他们对报告主题的没脑筋的胡言乱语、长篇大论，我便为他们做研究，写成报告，完成代笔。只有一次，我帮某个大一长柄曲棍球球员做的报告拿到B，谁叫我淋巴结感染呢，只好退费。由于我的交易条件太漂亮，当地五所大学的每一家写作中心都鼎力为我宣传，活像那完全合法；我相信他们也以为那不违反法令。可是母亲绝不会那样想。假如她知情，那将会是她这一生最苦涩的失望。她总是说："阳光，或许我没法子给你钱，但我可以给你智慧、给你品行。"代笔的工作滥用了智慧和品行，我知道她绝对不会原谅我，对我的看法将从此改观。那会让我们两人都心碎。

"克拉丽莎，你好坏，你没良心。这算威胁吗？"现在我说。

"对。"她说，"我没办法为你出力，葳莉。你有你妈，我有萨利。我晚点再打给你，我的连续剧开始演了。"她狠狠挂断电话。

我觉得作呕。对，我呕的是不能到克拉丽莎身边。但在我腹中滋生的另一种感觉则是轻松喜悦，或许（也有点）如释重负。我再度入睡，午后四点醒来时，我知道母亲必然在休假，因为她在吸灰尘，而且不断地用吸尘器撞我房门。外面的鸟儿不断地试图在吵闹声中歌唱。我醒来时，轰隆隆的吸尘声伴随微弱的尖声鸟鸣吵得我的胃很不舒服。母亲关掉吸尘器、转移阵地，我听见她自顾自地轻笑。

"怎么？你以为这样做很高明吗？"我叫道。

我的房门开了，母亲探头说"对"，然后见到我缩在被子里、窝在枕头堆中，看起来好渺小、好苍白，又说"哇，你气色好差"。

"多谢夸奖。"我说。母亲来到我床边，坐在我身畔。

"你不舒服吗？"她说，但她必然闻到我皮肤上残留的酒味，因为她身子一僵，脸垮下来。"噢，葳莉，你喝酒了？这对你那个不好吧。"她别开了眼睛。

"你说腹中宝宝吗？"我问。

"对。"她说。

“我知道，”我说，“我不知道。”我考虑跟她说：我不能长此以往；我不可能准备好为人母；我必须忘掉腹中宝宝，去烦别的事情。然后我忖度起她的铁十字架，那皮绳很长，以致十字架垂到了我的床罩上，而我内心的小魔鬼怂恿我说坏心话：“妈，你昨天晚上的通宵派对如何？玩得开心吗？”

母亲挑起眉毛，绷紧脸孔，冷冰冰地说：“很好啊，保证没你昨天晚上刺激。”

我想到费尔凯尔，皱起脸。“昨晚根本不好玩。”然后我想到克拉丽莎，以及与萨利的半清醒对话，又说：“妈，我有事告诉你。我回电话给克拉丽莎了。”母亲的脸色一亮，笑到眼窝肉都往上扬了，顿时比平日年轻许多；现在她看来像四十六岁的女人，符合她的实际年龄。

“我的小克拉丽莎她还好吗？”她以最温柔的声音说。

我思考着该如何回答。一群观光客经过街上，高声喧闹，连我在屋子最后面的房间都听得见。至少四个男人起了争执；至少一个小孩哭了；两个女人怨声载道，只差没听到她们的声音像大瀑布般缓缓流动。快乐的游客不在八月来；八月只有生气的游客，他们灰心丧气，又热又黏无可救药。波士顿的球迷总在八月来。我等到他们走过了以后，才说：“妈，她停掉抗体治疗了，就是我跟你提过的新疗法。”

母亲没了笑容。“什么？”

我在床上坐起。“克拉丽莎改用顺势疗法，现在病情很严重。”

母亲眉心深锁，一会儿后说：“那女孩脑子里在想什么？”

“天晓得。”我说，“应该没有想什么吧。萨利请我快快回旧金山，帮忙照顾她。我觉得萨利累到快崩溃了，感觉好恐怖。”

“那你还等什么？”她拉开我的被子。“快走。”

“我也想啊。”我说，“但有个问题。今天早上我打给克拉丽莎，她不肯让我去，还大发雷霆，说我去了只会累死她，我应该乖乖留在这里，让你照顾我。她说我的状况比她凄惨得多。”

母亲看看我，一手掩着疲惫的脸。在窗户照进来的光线下，她的皮肤看起来斑斑点点坑坑洼洼，脸皮松弛下垂得仿佛可以装豆子了。她慢慢说：“噢，阳光，你理应去陪她，但我觉得她说得没错。我真的不认为你现在该离开，你的身体也不健康。还有，如果你没查出父亲的身份就离开，只是心里知道他在这里，我想你的脑袋又会老习惯不改，胡思乱想折磨自己。你对坦普尔顿的看法会越来越糟，你会觉得这辈子遇上的每个男人，都可能是你父亲。你会痛恨这种情况，一辈子提心吊胆。那不是我们喜闻乐见的事，对吧？”

“就是啊。那样的话，我不确定我还会不会再回来。”我说。

母亲踢掉鞋，爬到床上，窝在我旁边，倚着床头板，拉着我的手。“如果你永远不回来，我会受不了的。葳莉，这是你的家乡。我知道我不能把这一整个小镇捧在双手送给你，但你的家族在这里有丰富的历史，你却不能回来这里。你一定得再回来，你是最优秀的坦普尔家族成员。你向来知道我希望有朝一日你会回来长住。不论那是你七十岁退休的时候，或是其他时候。我知道这个镇上需要有一个坦普尔家族的成员。你不能怨恨坦普尔顿。现在我们该怎么办？”

有一段时间，我们便这样在静谧的午后氛围里坐着。我感觉得到母亲手腕的脉搏，脉象强健温暖。“你告诉我父亲的身份，我就可以回旧金山，处理那里的大小事情。要是克拉丽莎锁了门，我就破门而入，在她家走廊打地铺。你只要说出他是谁就行了。”

“我是可以告诉你，你要我说吗？”她说。

“不要。”我说，自己也吓了一跳。

母亲似乎早已料中。我感觉到她在我身边点头，她说：“你不要。你不能接受别人赤裸裸地告诉你。我想你需要自己找出真相，否则，你永远都会不太相信我给你的答案。”

“再说，那也能让我暂时忘掉……某件事。”我说。

“好。”母亲说，“我会跟克拉丽莎谈谈，看能不能让她改变一二个想法。你的调查进行到哪里了？”

我叹了口气，瘫回枕头上。“我才刚开始查赫蒂那边的后裔，叫辛纳蒙·埃夫里尔·史托克斯·斯塔克韦瑟·斯特吉斯·格雷夫斯·佩克。”

母亲吹了一声口哨。“乖乖，这名字了不起。”

“这女人不简单。”我说，“五个丈夫统统挂了。我也在查嫡系的夏洛特·坦普尔这边的人。她是雅各布的女儿。我发现她也是小说家，笔名叫赛拉斯·梅里尔。但调查陷入胶着状态，公开记录里面查不到维多利亚时代默默无闻的女人资料。谁会知道她们呢？”

“辛纳蒙，夏洛特。”母亲沉吟着。

“对。”我说，“相信你只要继续念她们的名字，她们就会显灵，一五一十地说出她们全部的秘密。”

“夏洛特和辛纳蒙，听起来好耳熟。”母亲说。

“妈，现在不是你回忆当年的时候，好吗？你想到的人，大概只是你年轻时喜欢的民谣歌手。算了！”

但母亲转向我，飞快眨眼。“啊，你等一下。”她下了床，匆匆到屋里，穿过长廊，走下楼梯，踩过不稳的地板，进入屋子在维多利亚时代兴建的部分。我听到她去了摆放所有书籍、文件的小房间，之后跑上楼，沉重的巨大脚步声移动快速，像嗅到英国人气味的巨人，听得我都笑出来了。

她回到我房间时，脸色泛红，简直称得上漂亮。她挥着一个牛皮纸袋，陈旧的纸袋便在她周遭落下碎屑。“看，我不是疯子。”她将纸袋放在我大腿上，望着我。“这是我爸爸过世时留下来的，我没有拆开过。”

我拿起纸袋，读着外祖父细长的优雅笔迹：

一九六六年九月十四日。辛纳蒙·埃夫里尔·佩克与夏洛特·坦普尔之信件。除非必要，切莫开启。内容令人惊扰痛苦。

那是外祖父那本小书的语气，具有一样的自负与严肃。我忽然深深怜惜起那瘦小男人内心的热情；他不断压榨、压榨、压榨那股热情，直到热情令人心痛。

然后我意识到这牛皮纸袋不曾打开过，在将近三十年前母亲的父母双亡后，便诱惑着我母亲拆开阅读。

“妈？你没开过吗？你热爱我们的家族，却从没拆来看？”

我的说法令她皱眉。“没有，阳光，我了解我父亲。我就是办不到。再说，我很清楚潘多拉的故事。”

“嗯。”我说，“但根据《圣经》里的神话，是夏娃将邪恶释放到这个世界上的。”

她开玩笑地轻轻拍打一下我的脸。“你嘴巴小心点，别滥用神话这个词。我也不知道，我觉得我们这个世界，需要多几个自命不凡的女人。而这正好是我接下来要说的事情。”

“什么事？”我说。

“克拉丽莎。”她说。

“上帝啊。”

“不要渎神。别担心，我这就打电话给她。”她说。

我看着母亲拿起老旧的电话，拨起旋转式的数字转盘。她连招呼都没打，就对着话筒说：“如果你不是克拉丽莎，我才懒得打这通电话。亲爱的，有件要紧的事得跟你说，现在你最好仔细听。有一只小鸟向我通风报信，你正要去当一个大白痴，改用骗人的替代疗法，拒绝吃西药。我只想告诉你，因为我希望你能活得长长久久，我不认为你应该做这种事。”

母亲听了一会儿，笑说：“少跟我假扮恶女。我才是正宗的恶女，你的模仿蹩脚得要命。你听我说。”我看着母亲向克拉丽莎细说分明，听取她的论点，逐一驳回。阳光爬过地面，攀上她的粗腿、延展到她的躯干、来到她的脸，直到她散发光芒，放出金光，而我一直望着她。她就像好人做好事时一样，似乎变高大了。我听着她的话，听到最后晓得母亲总算说服克拉丽莎了。当母亲转向我，她竖起两根手指，我知道了克拉丽莎答应如果病情没有好转，就让我过去两星期。我走出了房间，双手拿着纸袋。母亲低声说话，我站在走廊上，觉得强烈而隐秘的如释重负感袭来。我还有时间。

然后，我眼前浮现母亲的脸孔，是我十二岁时菲利普·查拉叫我杂种那天的母亲。我们在体育馆，游泳练习已经结束。因为夏天快到了，夕阳在体育馆周遭的玉米田洒落浓浓的金光。这是我记得的经过：菲利普跟我正在比赛毒舌，这是那年头表示好感的怪方法。我们顶着湿头发，迈开大步的影子在地上拖得老长，我内心兴奋不已，叫他智障。他的笑容得意扬扬，说无所谓，反正你是杂种。这时，一个黑色大泡泡涌上我心头。我比班上所有的男生都高大，轻轻松松就撂倒了他。他倒在地上，惊愕得当场愣住，四周的小孩霎时静默下来。我一拳让他的一颗牙齿裂成两半，我的手也因此破皮。我分辨不出那些血是谁的。

那天傍晚，母亲来到体育馆经理室的时候，菲利普的母亲已经连续发出一个小时的威胁，说要控告体育馆，而菲利普则坐在我对面的椅子上啜泣。看到他软弱的德行，再看到他母亲用愤恨火热的眼神打量我，我真想踹他。平常一团和气的圆圆脸经理，这时也被查拉太太激怒到脸色发紫。因此，母亲来的时候，经理立刻将矛头指向她，说从今以后，永远不准我到体育馆，像我教养这么差劲的小孩，根本不该到任何公共场所。我母亲审度情况，看看我流血的手（没有人费神为我清理、包扎）、菲利普嘴上的冰敷、查拉太太飞扬的黑发与紧身服饰、体育馆经理暴凸的眼睛，然后我看到母亲在办公室的躯体越变越大，即使把我们几个人凑起来，也没有她大。

她的口吻非常镇定，万分沉着，我们统统向前靠，以便听清楚她的话。她说："胡说八道。葳莉比我认识的人都聪明。如果她打了这个男孩，她一定有很好的理由。小弟弟，你说是不是？"她转向菲利普。

菲利普泪眼汪汪，战栗地倒抽一小口气说："我只是叫她杂种……"

由于镇上每个人都知道我的事，菲力普一个"杂种"便戳破在场大人的怒气，怒火咻地瞬间散逸熄灭。他母亲的肩膀垮下来，哀叫：“唉，菲利普。”而体育馆经理摇摇头说：“噢，既然如此，那我很抱歉，厄普顿女士，我事前不知情。”

“那我可以带女儿回家，确认她的伤口没有大碍了吗？”她冷冰冰地说。

“当然当然。”他说。查拉太太推着菲利普出去，而经理再三道歉，说我当然没有被禁止再次光顾体育馆，他对这场误会感到十二万分的抱歉。

在回家的车上，我望着母亲，思索着。曾有许多夜晚，我将她的头抱在腿上，劝慰着再度在镇上遭人轻视的她，安抚着脆弱自我又一次粉碎的她。而这个开车驶过黑暗的小镇女人既坚强又巨大，在我眼里很陌生。几年后我才赫然想到，无论母亲面对自己的哀愁时如何脆弱，当她面对其他人时，她便坚毅得惊人。正因为母亲的气度宽宏，心肠柔软，她可以慰藉濒死的人，让他们走得比较安详。

我在走廊听着母亲劝服克拉丽莎离开危境时，将一只手指插进陈旧纸袋的封口拆开，将蒙尘缎带捆成一小束、一小束的信件抖出到我手上，同时幻想母亲散发出灿烂的荣光，光芒充盈整座埃夫里尔别墅，一切事物都沾染上阳光下蜂蜜的色泽与稠度。我捧着古旧的信函，幻想母亲的美德流淌到整条湖滨街，持续满溢，源源不绝，直到她填满整座坦普尔顿，覆盖全镇。

葳莉·厄普顿认知中的祖谱，又一次重新修正，并为简洁之便予以删节

赫蒂·埃夫里尔（奴隶） ← 马默杜克·坦普尔 → 伊丽莎白·坦普尔（妻）

总督·埃夫里尔

理查德·富兰克林·坦普尔（无后）

雅各布·富兰克林·坦普尔

弗洛拉 | 玛格丽特 | 罗丝 | 贾丝明 | 莉莉 | 利利娅斯 | 黛西 | 夏洛特

（均嫁到外地） （双胞胎） （小夏）

1812 1814 1819 1822 1824 1825 1827—1912

晶洁·埃夫里尔
1832—1862

辛纳蒙·埃夫里尔
1834—1908
夫：史托克斯
夫：斯塔克韦瑟
夫：斯特吉斯
夫：格雷夫斯
夫：佩克

亨利·富兰克林·坦普尔
1862—1939
妻：汉娜·克拉克（1909年结婚）
1888—1979

莉娅·埃夫里尔·佩克
1867—1890（嫁到外地）

露丝·佩克·斯塔克韦瑟
1868—1910
夫：海勒姆·斯塔克韦瑟
1860—1908

克劳迪娅·斯塔克韦瑟
1888—1923
夫：查克·蒂普顿
1887—1948

莎拉·富兰克林·坦普尔
1913—1933
夫：埃斯特瑞克·小赛·厄普顿
1895—1953

菲比·蒂普顿 —— 1951年结婚 —— 乔治·富兰克林·坦普尔·厄普顿
1923—1973 1933—1973

薇薇安·厄普顿
1955—
（坦普尔顿某男士）

葳莉·阳光·厄普顿
1973—

16

神秘信札

敬启者:

阅读这一束信札之前务必注意，信文内容无论如何不得公开，以免损害坦普尔顿两大望族的名誉。这些信件均由我一人陆续发现，前后历时二十年。幼年时，我在富兰克林庄园阁楼的一个小行李箱内，发现辛纳蒙写给夏洛特的信札。二十年后，我寻找遗失的袖扣时，在我妻子——来自坦普尔顿埃夫里尔世家的旧衣柜里发现了辛纳蒙的信札。任何人都能想象当我发现两束信札互为应答时，会有多震惊。这里收藏的信件当然不是全部。多数信件不登大雅之堂，充满女性的言不及义，已捐赠给纽约州历史协会。这几封信是从众多信件中挑选出来的。尽管这些信可以佐证我的毕生研究，我还是决定予以保密。多年来，我也有意销毁这些信，却无法下手磨灭此等历史。我担心这些信件会误入有心人之手，但更怕毁掉这些信。无论您是谁，无论您与我的家族有何关联，我都恳请您善加守护这些秘密。

乔治·坦普尔·厄普顿，一九六六年

坦普尔顿黑鸟湾富兰克林庄园夏洛特·坦普尔撰于桌前

一八六一年十一月十三日

我最亲爱的朋友：

我好心疼你遇上这种难关！我无法承受你今天的深沉悲伤，舍不得见你穿着绉纱丧服站在那里，美丽的小脸蛋如此勇敢冷静，看着抬棺人将第四任丈夫放进坟坑。我连失去一位丈夫都无法想象，何况是四位。我听到那些可怕的流言，不忍心看你承受痛苦，不得不匆匆离去。我在马车上，一路哭回富兰克林庄园，现在仍然为你流泪。就是因为这样，我才没有在这黑暗的午后参加埃夫里尔别墅的聚会，我不忍心看你力图坚强，面对在你先生葬礼上低声恶言议论你的人，还有他们的虚假吊唁。那些人真该勒死！可耻！我也很可耻，因为我不够义气，没在你需要朋友的时刻站在你身边，善尽真正朋友的责任。我不知道你是否应该原谅我？请你原谅我的信写得如此匆忙；我的情感满溢，太过激动，以致笔不断划破信纸。

关爱你的朋友

夏洛特·坦普尔

坦普尔顿埃夫里尔别墅

一八六一年十一月二十日

我亲爱的夏洛特：

希望你不介意我收到你的安慰信一星期后才回信——我有好多事要忙！我把你留到最后，才可以沉浸在字里行间，时时刻刻全心全意想着你这位亲爱的朋友。

除了为我可怜的戈弗雷郁郁寡欢，我生活乏味死了。我必须守重孝满一年——这是格雷夫斯家的规矩，如此才能继承属于我的那一份戈弗雷产业。我和格雷夫斯家族已经谈妥，重孝守完后，便改为全孝六个月，最后是半孝六个月。最令我心烦的是重孝——足足一年只能穿戴毛料、绉纱的服饰及黑玉首饰，整整一年没有音乐、宴会及舞会，也不能使用漂亮的蕾丝和缎带——亲爱的夏洛特，我将一年不能接见访客、不能看到甜美的你——这几乎比戈弗雷过世更糟糕。

唉！你了解我不并是想——说这些存心吓唬你。我确实喜欢吓唬你，看你花容失色，严厉地看着我，叹气说“辛纳蒙啊”，活像我无可救药！想到这里我就忍俊不禁，看来欢笑也不得体——我那个法裔加拿大女仆，就是叫玛丽·克劳德的那一个，她正对着我皱起粗眉毛呢。直到明年十一月前，我只能见到她那张丑脸，唉。好歹，我还可以跟你写信。

你觉得我该拿在这里的时间做什么？我可以画画，但屋里的窗户寥寥无几，恐怕不到一月份，我就能画完每扇窗外的景色。我可以看《自由人新闻报》，但报上净是海泡石烟斗、硫化橡胶假牙的报道，委实令人腻得发狂。或许我可以替我们在南方濒死的军士织袜子和绷带。我还能做什么？或许我能帮你寻觅良缘，亲爱的夏洛特——你觉得如何？

你是虔诚的人，你看到我这些喋喋不休，想必会感到惊骇吧。我就是忍不住——夏洛特，我言行有失端庄，我也不太明白原因何在。或许是失去格雷夫斯先生太震惊了，我恐怕会在这幢阴暗的房屋里发狂。你应该搬到第二街的坦普尔庄园，只要你离我近一点，也能慰藉我的心。

我的心多么渴求作乐——我刚看到一小群快活人儿走下了湖前街，不知道那些漂亮小姐们要上哪儿去，她们踩着碎步跟军士们路过这里，他们的笑语在我这幢老屋里回荡，我不禁想起我们的青春，夏洛特。我想起可怜的戈弗雷过世前不久参加的那场派对，当时他身体已经不适，而你好美，脸色红润，明艳照人。莉迪娅·克拉克把派对办得热闹，有糖霜紫罗兰色小蛋糕、有大键琴的音乐，还有史巴特博士学院又丑又老的新法文教师乐贵。他很像秃鹰，对吧，顶上无毛，眼珠亮晶晶——浑身散发老肉的臭气——他必然是个无赖，这点我万分确定。他说他来自法国的南特，那正是亨丽埃塔·巴泽的故乡，她是我在奥尔巴尼就读比斯利夫人精修学校结交的挚友。我已经去信询问乐贵究竟是不是她的同乡。我觉得应该不是。我们就等待真相揭晓，开开心心地看场好戏吧。

期待你回信，夏洛特。写满好多、好多页的信纸，跟我说故事，什么都好——告诉我坦普尔顿的豪门大院无一幸免的恐怖火灾吧，猜猜是谁下的手——是丑得骇人的老药剂师马奇？是那个挂着假笑、戴着水煮茶色发的胖莱西·波默罗伊（别反驳我——我亲眼见过她做的染发水）？还是德克·佩克的白痴儿子，那个在女士面前无耻地抚摸自己的粗笨大块头男孩？（我又吓到你了！）

你应该原谅我的言语轻浮——我正处于困境，似乎唯有如此，我才能勉强撑下去。即使没人能了解我的心，至少你会懂。

非常爱你的
辛纳蒙·埃夫里尔·史托克斯·斯特吉斯·格雷夫斯

坦普尔顿黑鸟湾富兰克林庄园夏洛特·坦普尔撰于桌前
一八六一年十一月二十三日

最亲爱的辛纳蒙：

我承认，过去几天我都在寻思如何回复你二十日的信。你以如此残忍的眼光看待丈夫的回忆，实在不像你。但我终究想通了，你甫受丧夫之恸，愁苦得发了狂。亲爱的朋友，我确实了解你；但我要恳求你，你的大胆言语只能跟我说；镇上多的是见不得你安好的人。

随函附上你要的细棉布以及一瓶马奇的药酒。他说一天一滴可以安神。他是一个古怪的矮小先生。我不愿说跛足之人的坏话，但他令我发抖。你注意到没有，他的外貌始终不会衰老？我父亲也注意到了，祝福父亲在天之灵；一天，我和父亲在他的书房工作，他见到马奇在湖上钓鱼，父亲大皱眉头说："小夏，提防那个人。不能信赖一个不会变老的人。"当时我笑了，现在我认同父亲的说法。

我怎么会跟你提起这个？或许是只有你知道这十一年来，我多么思念父亲。你知道，没有其他男人能像我父亲那样进入我心扉。我注定今生今世都是处女。不，辛纳蒙，你千万别设法为我寻找如意郎君。

我不能在信上和你聊纵火案，因为我对案情毫无所悉。我们必须恪守基督精神，并相信嫌犯是内心深感困惑的人，需要上主的协助。我不能迁居坦普尔庄园，因为我不喜欢那里——那里又冷又闹鬼。再说，我父亲喜爱富兰克林庄园，我必须留在父亲心爱的地方。

还有，非常抱歉今天不能写你要的长篇大信。我不一会儿就得出门了：乔治·海兹邀请我去海兹庄园度周末。我相信他打算游说我捐出更多款项给史巴特博士学院。我相信波默罗伊的孤女们和索尔·福尔克纳也会列席，我相信你提过的法国人也会去。希望你别嘲笑他。他的相貌不是那么像秃鹰，而且据说出身于高贵的世家，只是在拿破仑时代家道没落。镇上只有他可以陪我讲讲我已生疏的法文。

好了，别叹着气嫉妒我的周末；我相信到时必然很无趣，亲爱的，你也晓得我万分怕羞，憎恶那种活动。但愿我像你那么活泼美丽！啊，我们欣赏的气质往往不适合自己。这个周末，我将不断盼着能由你来代替我出席派对。

亲爱的，期许你收到这封信时，心情已经转为安宁轻松。

你忠诚的朋友
夏洛特·坦普尔

坦普尔顿埃夫里尔别墅
一八六一年十一月二十八日

我亲爱的——

我好想知道你在海兹庄园的周末过得怎么样？都星期三了，你还没写信。我还以为你清楚我的寂寞。提笔吧——我恳求你。

你最要好的朋友
辛纳蒙·埃夫里尔·格雷夫斯

坦普尔顿黑鸟湾富兰克林庄园夏洛特·坦普尔撰于桌前
一八六一年十二月二日

最亲爱的辛纳蒙：

没写信给你，是因为我这段时间都在思考海兹庄园的事。我心乱如麻；我以为只要给自己时间，就能理出头绪；但我仍然跟周日早晨忽然离开庄园时一样困惑。

首先，我忘了你不曾去过海兹庄园。那座豪宅确实品味高尚，是石砌的雄伟建筑，位于潋镜湖北边的天然隆起地，是英式大宅。春夏两季都花草繁茂，照顾得极用心，但现在冬季实在不甚了了。附属的建筑群都素雅可爱，整座庄园都散发着奇异的氛围，宛如废墟，可是一切物事都很新颖、清新。

再来介绍到场的人：苏珊娜与乔治·克拉克。苏珊娜容貌姣好，骄傲激昂，情绪变化莫测。乔治沉着严肃，盲目陷入爱河。请容我说她如此寡廉鲜耻，只邀请她一贫如洗的“朋友”纳特·波默罗伊来度周末，却没有邀请他的姊妹？唉，她真的这么做了，令我们暗自尴尬不已，我想，你得明白这一点，才能了解后续风波。我来把女客说完，有明妮·菲尼、富特家的女儿柏莎和贝蒂娜，她们是苏珊娜的密友。男客则有纳特·波默罗伊、索尔·福尔克纳、彼得·马赫，双手冰冷、眼睛眨个不停的史巴特博士，以及他的新法文教师乐贵先生。

第一夜平静无事。我们到达庄园，安顿下来，更衣后去晚餐，玩惠斯特牌，听可怜的明妮·菲尼与钢琴搏斗，之后便就寝。

第二天起床、用过早餐后，有人提议我们既然人都来了，不如在庄园内逛一逛。我们热切地同意，在屋外消磨了愉快的两小时。你要知道，苏珊娜喜欢户外活动。尽管有些女客觉得冷，她还是坚持要继续走。风景真的很宜人。初雪已融，地面硬实；风儿在大树枝丫间低喃，我们走过的枯叶发出悦耳的声音。散步到一半时，大家不知不觉便两两成双：乔治与贝蒂娜、苏珊娜与纳特（可耻！）、索尔与明妮、史巴特博士与柏莎、彼得·马赫与苏珊娜那几只爱咬人的小猎犬。乐贵先生只得落在人后，邀请我一道走。

我一定得纠正你：他闻起来不像老先生，他的气息清爽像小黄瓜，而不是你说的“老肉”。他笑容和蔼，举止高尚，颇像家父。还有，辛纳蒙，我们聊得兴味盎然。他提到法国的家人（他是侯爵之子，难得有符合事实的传言！）、可爱聪颖的学生、充满冒险的生活——他阅历丰富，甚至曾是耶稣会的神学院学生。我提到我们家多年前几次去法国。看来，我们有不少共同的朋友。

我聊到忘记自己手足冰冷，并在我们折返时感到怅然若失，男士们在回程换了女伴。我跟英俊的浪子纳特·波默罗伊一道走，不断言不及义。他看着我，觉得好笑，抽着烟回到海兹庄园。

整个午后，我和其他女客坐在客厅。我试图看书，但苏珊娜跟我说了很多话，反反复复说的都是学院的事，令我相信事实果然如我所料，那个周末聚会的目的是为学校募款。她令我心烦，于是我回到房间，准备在房内消磨晚餐前的几小时。你想想我该有多么讶异，我竟在床头柜上见到一朵盛开的粉红色玫瑰，那是从海兹庄园温室剪下的玫瑰，旁边有一张小卡片，写着仰慕者敬赠。辛纳蒙，我的心怦怦跳，坐立难安。

不用我说你也知道，我晚餐时不敢开口，生怕自己会脱口说出收到玫瑰的惊讶。还好那一夜音乐不断，大家跳着舞，贝蒂娜也愉快地接替明妮弹奏钢琴！由于男多女寡，每一支乐曲都有人邀请我跳舞。我和索尔·福尔克纳跳了三支舞。他真像我父亲——当然只是体格上相似，他的操守令人厌恶。我和纳特跳过两支舞、乔治两支舞、史巴特博士一支舞、乐贵先生一支舞。

直到史巴特博士找乐贵先生在角落谈话，我才能够喘口气，溜到外面镇定心神。我在花园里漫游一会儿，花园美得震慑人心，在月光下成了银色，散发奇异的氛围，像半带着邪气的精灵花园。我望着有如一条长带的灰蓝湖泊，听见身后有脚步声。我阖上眼，缩起肩膀，深深吸一口气。戴着皮手套的一只手指非常轻柔地碰触我的下巴，睁眼一看，竟是纳特·波默罗伊的笑脸，令我几乎昏厥。

你那么了解我的心思，必然能明白对我来说，这是何等的失望。噢，辛纳蒙。我是希望另一个人尾随我呀。不仅如此，就在短促至极的几次呼吸时间中，我的失望加倍了，因为我赫然明白这个周末邀约的用意：苏珊娜存心安排让我嫁给她的浪荡情人纳特。他们必然笑吟吟地计划了一切，相信他能迷倒我这个丑陋的单身小女子，在我身上花足心思，让我永世感怀，等我神魂颠倒，与他结为夫妻，他便会支用我的家产，去追求他美丽的苏珊娜。

噢，真是缺德、居心不良！我识破了诡计，一言不发，掉头逃回我的房间。那一夜，庄园里有一小间外屋付之一炬，所有男士都得协助救火——他们在黎明时回来，衣服湿了，发着抖，踩在地板的脚步沉重。他们上床安歇时天也亮了，我便留纸条说临时有事必须返回坦普尔顿，然后搭我的小马车通过湖滨东路的山坡，双手绞着手帕。

我要招认另一件事：我好绝望。或许我宣称永不婚嫁，是把话说得太急了。或许我也曾试图与乐贵先生眉目传情，但我似乎办不到。他的风采真迷人，虽然未必称得上英俊，但女客都试图对他卖弄风情，而我困在角落，激动地听柏莎或明妮嘻嘻作笑，叽叽喳喳，逗他说出那些殷勤的话语。我想，或许他能填满我的心。请别跟人提起这件事。你大概会笑我，请别取笑我。我不像你，辛纳蒙。我知道自己相貌平平，严肃又害羞。或许你可以教我如何传情达意、如何尽量让自己美丽动人。请别拿我寻开心。我真心想学，急切想学，而你是教导我的完美人选。你可以指点一二吗?

我羞得脸发烫。我就写到这里，先差人送信，希望你不会太过取笑我。

情真意切的

夏洛特·坦普尔

坦普尔顿埃夫里尔别墅

一八六一年十二月五日

我最亲爱的夏洛特，

你让我欢喜极了！这是值得努力的计划——我常常想指点你稍微修改一下妆扮呢。若说我擅长什么，那就是让男人看得顺眼了——我相信等我们将你打点好，你将能够出阁。事实上，我保证你能嫁给如意郎君！但我得先斥责你——别再傻傻迷恋那个又老又秃的法国人——他的地位比你低太多，即使在最美好的社会里，你也根本不该注意到他。噢，不——等我大功告成，你将会嫁给王子！我们应该利用你姐姐们的上流社会地位——你会是绝佳的夫人人选！

我已经仔细思量过，以下是我的忠告。你尽量照办。

外表：

（一）头发。亲爱的，我们必须改变你的发型。十八岁的小姐任凭长鬈发垂在脸庞两侧很迷人，但你的外貌非常年轻，这种过时的发型只会令你显得幼稚。你可以考虑将头发盘到颈背的高度，剪短鬓角的头发，并卷成小绺鬈发。

（二）服饰。亲爱的，你绝不能再穿黑衣。我明白你是为父亲守孝，但没有男人胆敢亲近一个心里只有亡者的女人。这点我很清楚。你适合紫色或深绿色。吉娜·米克斯是坦普尔顿最棒的裁缝师傅，但你务必请你的姐姐们从欧洲寄来最新的款式目录。还有，请订购淑女鞋——你不能穿着结实的靴子，还指望男人赞叹你的双足纤巧。

（三）珠宝。亲爱的，在男人的内心深处，他们仍是用木棍建造城堡、将时钟大卸八块以观察它如何运作的小男孩。他们着迷于会旋转、出声的东西。会垂下晃动、像银铃般叮当响的耳环将是你的良伴，佩戴会随着你的动作碰撞出声的手链，让那种乐音伴随着你。但切忌不可招摇——否则你会像一人乐队！

卖弄风情：

我们应该利用你天生的羞怯，而不是加以摒弃。若是我们试图抛下你的羞怯，你的气质将太过矫揉造作。你清楚惺惺作态的模样，因为你认识苏珊娜·克拉克，也知道那丝毫不具魅力。

（一）当男人靠近时，允许你自己脸红。好，我知道人难以控制脸红，但你常常为了掩饰脸红，而垂下头用头发遮住脸，不然就是匆匆提问，转移别人的注意力。从现在起，你要把头抬高，漾出隐晦的笑意，竭尽一切努力不看你的意中人。你的意图将会昭然若揭——很好！

（二）当他只对你一人说话，要看着他的唇或眼睛——你和男人私下交谈时，往往盯着对方的衣领。轻巧地咬唇，抬头向他微笑，再垂眼笑一次，模仿他坐在椅子上的姿势或立姿，留心你的体态必须秀气——毕竟人都喜欢揽镜自照，即使是不知道自己喜好此道的人也一样。

当你精通这几点，便能顺利引起男人注意。届时我再教你如何写情书、如何安排秘密约会（别惊讶——大家都这么做）、如何说服仆人守密等等。

我希望你不会觉得吃不消。我由衷地希望你幸福！等你掌握其中的几点后，立刻来信。还有，别担心愚蠢的苏珊娜·克拉克和她的情夫。他们的作风不隐晦，因此不危险。

爱你的

辛纳蒙·埃夫里尔·格雷夫斯

坦普尔顿黑鸟湾富兰克林庄园夏洛特·坦普尔撰于桌前

一八六一年十二月九日

亲爱的辛纳蒙，

谢谢你的善心忠告。得知自己得做大幅改变才能脱胎换骨后，我很不知所措，这点我承认。原来我需要改善的地方那么多。我已经请玛格丽特姐姐为我订购服饰款式目录及鞋子了。我不确定自己究竟掌握了多少卖弄风情的要诀，但我应该试试看。

还有，我恐怕无法将乐贵先生逐出心房。我已经试过了，但我礼拜天在教堂见到了他。他的眼神很客气，令我很希望他回到我身边。请你告诉我，即使我的目标是他，你也会帮助我。请你务必伸出援手。

你的朋友
夏洛特·坦普尔

坦普尔顿埃夫里尔别墅
一八六一年十二月十一日

亲爱的夏洛特：

我思考过了。即使你的目标是那个法国人，我也会两肋插刀。有时候，人心不服从理智。我遇到亲爱的第一任丈夫保罗·史托克斯的时候就跟你一样。当他从马背掉下来，摔断脖子，我以为自己会死于心碎。我不再继续希望你嫁给一位王子了——至少不指望你的这一任丈夫是王子！我开玩笑的，但亲爱的，这法国人比你年长得多，你应该要有万全的心理准备。

记住，il faut souffrir pour être belle（美丽总是伴随疼痛的）。我重拾法文了，等十一月份我结束重孝，就可以跟你练习。

晚点再写信给你。

你的朋友

辛纳蒙·埃夫里尔·格雷夫斯

我亲爱的乐贵先生：

〔草稿，未用吸墨纸〕

请聆听一只小鸟儿捎来的消息，您有一位仰慕者——是本镇地位最高的淑女。这只小鸟儿希望她幸福快乐，也会一面欢唱，一面看您在星期天做完礼拜后，伴随淑女走路返家。她说她走那么长的路返回豪宅，是为了赎罪——但这只小鸟知道她没有罪愆，而先生您可以将她的赎罪化为福气。

一个朋友

十二月十一日

我最亲爱、仁慈、最美丽的朋友辛纳蒙：

原谅我潦草的笔迹，我喜不自胜。噢，乐贵先生今天从教堂一路陪我走路回黑鸟湾！亲爱的，你的忠告果然有奇效。没有比你更美好的朋友了。我得差约瑟夫送信了，因为他待会儿就要去镇上，我得回房间独处，直到我平息激动。

爱你的（！）
夏洛特

埃夫里尔别墅

十二月十九日

〔笔迹狂乱的草稿〕

噢，夏洛特：

我不知如何是好，我真糊涂，我得立刻写信给你，出了可怕的事——我写了一封信，篇幅很长，有二十页，本来早上要送给你的，信里都是调情的忠告，可惜现在全没了——信扔到炉火里了。现在我送这封信给你，你一定要帮我！

我一写完，就会差人送信——我会派一名马车夫立刻将信带给你，希望他跋涉过那些积雪。我一夜没睡，浑身发抖。噢，夏洛特，你记得昨夜的暴风雪吧。那可怕的狂风大雪，还有啪啦断裂的树枝——玛丽·克劳德提早回家去照料他们的牛——我正在吃寒酸的晚餐时，门上响起恐怖的敲门声，砰一声。我还没来得及站起来，门便砰然打开，门外站着一头熊，满身是雪！

不——那不是熊，它进了屋子，一面咕哝，一面摘掉奇怪的帽子，那帽子跟长围巾相连呢，然后抖一抖身体，忽然间，我认出那雪底下是我姐姐晶洁的脸。晶洁！你记得她吗？她魁梧、跋扈，曾经嫌弃你家境富裕，不准你跟她及男生玩棒球，害得你哭出来，她就是在十四岁时从父亲身边逃家的晶洁。精瘦的晶洁在火光中向我微笑，穿着男装——她看起来像男人，要不是我认得她的脸，我会以为她是男人。她一点都没变，只是身形变大了。晶洁回到坦普尔顿了。

我怔在原地，还没来得及迎上去关门、拥抱姐姐，她便嚷着："进来吧！"冷不防，一大群人咚咚咚地进屋子，踩过玛丽·克劳德早上才刷过的地板。后来我算了算，他们只有四个人。但那时候，感觉很像一支军队。他们抖掉雪花，脱掉靴子、夹克，统统涌进来，七嘴八舌朝着炉火过去。我都喘不过气了，当我可以重新吸气时，晶洁转向我，洪亮地说："小蒙！我回来了！"

我倒抽一口气说："欢迎。"跟着晶洁来的其中一人说："金老爹，你妹妹混得不错嘛。她是一位夫人吧？"我看出那人是女的。然后我才看出他们全是女人——她们外衣下头的服饰统统都很亮眼，令我目眩，还有一股浓烈的气味，火烤得她们衣服热气氤氲，飘出了古龙水夹杂体味的气息。晶洁转头去看，刚才说话的女人像条野狗歪着头。晶洁说："我来介绍。辛纳蒙，见过我手下的小姐们。这位是洛洛——她是新奥尔良来的法国人。这两位是从印第安纳来的双胞胎米内尔娃和美狄亚。最后一位是我最棒的小姐芭芭拉，但他的真名是山缪。”之后她们都用冷冰冰的手和我握手——肥胖慵懒的红发女郎有一张白脸，瘦巴巴的丑八怪金发双胞胎，还有我完全看不出是男孩的美丽男孩，因为他穿着裙子，还有高领子遮住喉结。我看着她们，头都昏了，再看看姐姐，她咧嘴向我笑。

“哎呀，晶洁，你回坦普尔顿究竟有何贵干？”我低声说。

“回来很久了。”她说，“发生很多事。我做过很多事，有的丢脸，有的得意。坐！”她向我说，我乖乖照办，整个人一愣一愣的。我濒临昏倒——那时我有非常怪异的感觉——仿佛我看到父母所有的特征都独立出来、熬煮、蒸馏，灌入两个完全相反的模子，做成了姐姐和我。晶洁有父亲的身高、黝黑的皮肤和闪烁的眼神——他有力的下颌、他的坏脾气、他的狡猾，不过也有我母亲的结实身材和栗色的直发，也有（或许吧）一点点她的疯狂。我有母亲娇小的身材、红润的肌肤、她的慈祥和温柔，但我也有我父亲瘦削的体格、铜色发、尖尖的嗓音、他管理财务的精明。姐姐跟我的差异大到像没有半丝血缘关系。

然后晶洁总算打破沉默了。“首先，你不拿点心招待这些疲倦的旅人吗？”不知怎么回事，我居然感到羞惭，但分明是她们不请自来的。事实上，这令人愤慨——她们根本不该来的，我可是在守重孝！我站在那儿切一些火腿、面包、干酪（斯塔林·约曼农场出品的上等品），煮浓咖啡。衣装亮眼的小姐狼吞虎咽，活像几天没进食。最后，晶洁将我的碗拿过去，我碗里的汤凉了许多，但她问都没问，一仰而尽。之后，她安坐在椅子上，拍拍唇，笑了——夏洛特，那笑容真难看。

“你没孩子吗？小蒙，听说你嫁过四任丈夫，怎么还没有小孩？你生不出来吗？”

“我也不知道。那你呢？”我小声说。

“没有。”姐姐说，“早早流掉一个，之后就没了。这样工作比较方便。”姐姐带来的小姐们都对着茶杯大笑，难听地哼声。

“什么工作？你们来做什么？”我慌了。

“我们为什么来？啊，小蒙，你清楚我们的来意。你老是假装天真无邪，对吧？唉，小蒙啊小蒙。”她这么说。我发誓，直到那一刻我都不明白他们的来意，但我慢慢悟出怎么回事了——他们亮眼的服饰、香水、不检点的小姐们、穿着女装的男孩。夏洛特，我担心你太过天真，看不懂——我必须告诉你——说穿了，他们是来设立妓院的。

“啊，晶洁，你来勒索我吗？”我喘息着说。我以为她要向我索取钱财，让她可以上路。但她笑弯了眼，说：“那主意倒是不错，但我不是来讨钱的，你能给的钱，绝对不如我们能赚到的。我们要留在这里。”我一阵头昏——我看看那些女孩——我看到一个女孩抓起一只爬过脸颊的虱子，用指甲捏碎它。

“留下来？哎呀，不行，晶洁。”我说。

“当然行。”她说，“现在是大好机会。我手下的小姐们不喜欢继续跟着军队东奔西跑——竞争太激烈了——我们看过太多死人。还有疾病。不，我们看坦普尔顿是北部这里的军团转运站，而且他们都是学校里的富贵子弟，还有湖前街的街尾做健康生意的新旅馆，这地方一定会变得很时髦。时髦的人会来，大把钞票也会来。我们在密西西比河那儿学了几招，有朝一日，我们也要开设弹子房、玩牌的地方。不，我们要留下来。但我们不会碍着你。你不用担心我们给你惹麻烦。我自称金史东老爹——没人会想到我们的关系。”

那个穿着女人裙装的怪男孩眨眨眼睛，说：“夫人，我们会安静得像教堂老鼠，不会有人知道我们来过。”

晶洁摸摸那男孩的脸说：“就是啊，亲爱的。我今天晚上住一夜就走，一早离开。”这时，一个不断点着头、打瞌睡的胖女人打起呼来，其他人站起来，在地上摊开自备的毯子。到了早上，姐姐就不在家里了，还带走我全部的家族银器，食物储藏室里罐子里过冬的家用钱也全没了。

我六神无主，夏洛特。现在是早上——我还穿着昨晚的衣服——玛丽·克劳德已经来上工，一边重刷地板，一边用法文嘀咕咒骂——我完全不知所措。请你、请你以你的智慧和谨慎言行帮帮我。请千万别说出去。告诉我，我该怎么办？请原谅我不把信重誊一遍——我手痛——我必须把信送给你了，否则我会觉得即将发狂。我知道事情来得太突然——我只求你帮忙。

你需要协助的朋友
辛纳蒙

坦普尔顿埃夫里尔别墅

一八六一年圣诞节

我最亲爱的夏洛特：

你真是天使。如果没有你，我该怎么办？你在这些黑暗而可怕的日子里深深慰藉我的心，甚至可能为我牺牲跟法国意中人的恋情，无暇依照往例和他散步。噢，你真的安下我的心，照料我。你是对的——我必须有耐心——我不是姐姐的守护人——上帝会审判她，我不会。

夏洛特，我真心相信若不是你匆匆过了结冰的湖面，爬上草坪来帮助我，我一定会伤害自己的。而且你天天来，不断回来陪伴我，直到我镇定下来。我又开始服用你送的药酒了，现在昏昏欲睡，但在我入睡前，我要把这份礼物送给你。我写信请马奇药剂师为我调配的——这是爱情灵药——我自己也用过——相信我，灵药很灵验。你要将它加入你亲手做的食物，让你的意中人食用。

我有没有告诉过你，当我昏昏欲睡时，就会见到我的丈夫们？那还挺吓人的。他们会待在暗处，他们不会笑。我在写什么？我都不晓得自己的笔在写什么，我好累。好了，亲爱的，我得去睡了。我永远欠你一份情。

爱你的

辛纳蒙·埃夫里尔·格雷夫斯

17

来自路跑之友的问候

我前一夜跟母亲吃了晚餐，她十一点去上班后，我看了电视上的黑白老电影，然后才开始看辛纳蒙与夏洛特的鱼雁往返。还剩一半信件时，我望出窗外，惊见太阳从山背溜出来，将湖面的色泽渲染得淡了些。我打了个呵欠，伸了伸懒腰，跟我房里的鬼说我需要小歇。它是紫丁香色的，似乎整晚都急速搏动，像被开膛后心脏仍在跳动的兔子。我转头直视它，它就隐形了。

我下楼煮咖啡，打开电视，笑了出来。屏幕里的人正是路跑之友。他们坐姿拘谨得像拼字比赛里的男孩，正向一个美丽的娇小女郎咯咯笑，女郎则咯咯笑得像傻瓜。这是他们上《破晓！》节目的回放，但我只看到尾声。女郎谢谢路跑之友来上节目，镜头便转为一位英俊非凡的记者果决地迈步前进。

“一星期以来，”他如是说，“专业潜水员不断尝试潜到纽约州这座九英里长的冰川湖泊底部，查看上星期发现的‘湖怪’是不是绝无仅有的一只。令人讶异的是，没有一位潜水员潜得到底部。这座湖太深了，潜水员最深只能潜到水面下的四百英尺。可是，今天，情况将会改观。今天——”镜头转去拍记者旁边的亮黄色机器。“一具深海探测仪将会潜入充满传说的潋镜湖，查明表面上宁静可爱的湖泊深处，是不是有任何生物。还有，”他万分严肃，“查明这座湖的确切深度。”这时镜头再次移动，拍摄我的湖。旭日将潋镜湖映照成粉红色和金色，湖面有一缕缕雾气。

我关掉电视，望向湖面，看到黄色探测仪放置在宛如浮桥的超大机具上，子弹似的钻入水中。我看着它淡去，然后转身，才不必想象它钻入我们湖泊里最深的幽黑水域是什么样子。

七点整的时候，前门门铃响了。那一刻，我担心那是伊泽克尔·费尔凯尔（我前一天没有外出，但我看到他的拖吊车停在我家前面好几小时），差点决定不应门，以免我脾气失控，狠狠掴他耳光。但我又想到母亲可能发生的大难，诸如从医院走路回家时被牵引车撞到、嗑冰毒的疯子到医院持枪扫射、在做收班的文书时忽然有一颗向来相安无事的动脉瘤爆掉，于是我跑向门口，加紧脚步，泪水已然盈眶。

开了门，我只能努力让眼眶里的泪水不流出来，因为六位路跑之友全员到齐，站在那里向我微笑，温柔地说“嘿”。

“葳莉·厄普顿！”弗兰克·菲尼说，“我们听说你回来了，小朋友，你怎么没跟我们一起跑步？我们心里很不爽，小姑娘，不晓得我们能不能原谅你。”

“别听他的。发型不错。”约翰·诺伊曼又说，“葳莉，你气色很好。”

我的小儿科医生小桑姆拿出一个有圆弧形油渍的白纸袋。“我们带了甜甜圈。”他向我笑，“我保证不告诉薇薇安。”

“各位。”我看着这些穿戴慢跑装束的汗湿老男人，他们的腿在这柔和的早晨里毛多得几乎可用失礼形容。“见到你们真好。”

我们坐在桌前的时间一定有一小时那么久，但我开始感觉到从湖怪死亡、我返家那天以来，不曾有过的安详。路跑之友迷人可爱，滔滔说着八卦和臆测。我听说一位才刚纳入棒球博物馆的棒球手，跟一位十六岁的坦普尔顿女孩传出一小段风流韵事，令大家气得跳脚。我听说大汤姆的女儿劳拉·欧文三星期前逃家，不知去向。也因此，大汤姆才会变得如此庞大、沉重。

“我听说你回家后看起来一直很火大、火大、火大。大家都这么说，所以我们特地来亲眼瞧瞧。”这句话是我英俊的高中英文老师道格·琼斯说的。他向我眨眨眼，又说：“但我觉得你没那么生气，我想你只是悲伤。”

有一段时间，他们就坐着看我，等我出声。大概是等我招认我为何返乡。我考虑说出德怀尔教授与我的北极圈历险记，以及小小的腹中宝宝。但汤姆·欧文曾以五十元的价格卖车给我；道格·琼斯曾挑选我扮演朱丽叶和苔丝荻蒙娜；索尔·福尔克纳借我大学学费，而由于他家境富裕且膝下无子，我永远不会有必须归还欠款的危险。

因此我看着他们，想起路跑之友和我头一次注意到彼此存在，是在我四岁那年的六月。我不晓得从哪里听说，长老教会在他们的大草坪举行冰激凌展览会。当时的我只尝过一口冰激凌；那是在卡特赖特小馆，母亲的某位男性“朋友”趁着母亲不注意，用长柄银匙偷偷挖一口给我，我一吃就爱上了。据我对天堂的了解，天堂已来到我的舌头上：甜美绵软清凉，充满令人惊喜的坚果和水果松露巧克力。

因此，在冰激凌展览会的那个午后，我从埃夫里尔别墅走出来。那轻而易举，因为母亲正在油漆餐室墙壁，房子又太大，无法随时听见安静的四岁小孩在屋里的动静。我走到街道，跋涉经过猛侊酒吧，爬上通往教堂的长坡。尽管弗兰克·菲尼的外婆是犹太人，而约翰·诺伊曼、托马斯·彼得斯是天主教徒，路跑之友却到齐了，全家出动，因为冰激凌展览会是坦普尔顿的盛事，自诩为八卦人士的人绝不会错过。

四岁前，我不晓得从哪里学到，只要可怜兮兮地小声说我没有父亲，就能以惊人的神秘力量操控大人，尤其是男人。因此，我倚着高大的索尔·福尔克纳的膝盖，饥渴地盯着他的棉花糖冰激凌甜筒。当他问我怎么了，我便低声说我没有钱，然后更小声地说我没有父亲为我买冰激凌，他便跳起来去买一杯香草冰激凌给我。

“小妹妹，给你。”他说，捏捏我的小手，我便溜到花木后面吃这美味至极的新食物。

汤姆·欧文是我的下一个目标，因为他正在花园椅上打盹儿，四周没有其他人。他向我微笑，为我奉上薄荷巧克力冰激凌，还在我额头上结结实实地亲了一下。我找上道格·琼斯的时候，已经觉得心情狂野、神经兮兮。他正在用奶瓶喂小孩，有点怀疑地看看我——这时我嘴巴周围已经沾了五颜六色的冰激凌圈圈，但他还是给我了他吃剩的泡泡糖冰激凌。

“啊，”这位英文教师说，“有个可怜的小朋友在我旁边唉声叹气，我吃不下去。”

我想，我是大刺刺地偷走弗兰克·菲尼的死神巧克力冰激凌的，而他放手让我去偷，还哈哈大笑。我妈妈冲上山坡时，我正跟着其他小孩在教堂草皮上像飞机一样喊叫、飞奔着。在我回忆的影像中，她冲上山坡的面部狰狞，身形巨大得像恐怖的食人妖，背景还传来小调风琴音乐。其实那时她还没满二十二岁，仍有婴儿肥，但她的头发总是邋遢肮脏，脸蛋也一向不怎么漂亮。她的体积比后来娇小多了，但我那时才四岁，又非常不乖，因此觉得她硕大无比。当她揪着我的领口，看到滴流了我一身的冰激凌汁时，她瞪大眼睛说："哎呀，糟糕，阳光，不可以，你对糖类过敏！"他们顿时失去血色，垮下脸。看得出来，他们也畏惧她。或许是心理作用，或许是吃太多肥腻的冰激凌，我吐了一地，他们六人一起匆忙跑过来，不断道歉，直到我母亲将正在呕吐的小小的我抱在怀里，走路回家。

自此以后，路跑之友便开始关照我。现在他们问我怎么了，但我没法子说出自己失败到什么地步。

"哦，还不就是那些，心碎啊，等等。"我勉强挤出笑容。

他们点点头，没有追究。

门打开了，母亲走进来。她身上的护士服似乎令她看来沉重而悲伤。她抬起头，小小惊呼一声，狂乱地看过一张张脸孔，说："怎么？出什么事了？"

"这个，"我稍微捉弄她一下，"只是我的祈祷会。"路跑之友犹疑地干笑，一致起身。

"我们正要走。"汤姆·欧文说，"很高兴看到你，薇。"然后他们七嘴八舌嚷着我改天一定得跟他们跑步、看到我很开心、下次再多聊一点，之后路跑之友便鱼贯而出。直到这时，我才看出他们不自在的原因：牛奶牧师正站在玄关更衣室里，路跑之友刻意避开目光，每个人都在经过的时候说："早安，马可维奇牧师。"

"我没料到他们会来。"母亲在她农场桌前的老位子坐下，揉着足弓，"进来吧，约翰，我待会儿就做早餐。"

牛奶牧师困窘地进入厨房，向我微微点头。他身上的健行服饰搭配得近乎滑稽，羊毛背心肥大，短裤过短，露出他粉白的大腿，腿上布满青色血管。他红通通的灰白足趾从凉鞋露出来，凉鞋看来像以轮胎和旧风扇皮带制成的。而这一身扮相，当然少不了那个巨大的铁十字架搭配，那是他个人的重要标记。他说："葳莉，很高兴又见面了。"

"是啊，好啦，晚点见。"我说。

"别跑，"母亲叫住已经举步的我。"我请约翰过来，我才能在今天睡觉之前，跟大家好好吃一顿早餐。你觉得如何，葳莉？想不想吃墨西哥式煎蛋？"母亲将一绺油腻的头发拢到耳后，努力摆出热切、清醒的架势。

但我看看牛奶牧师说："不用了，妈，谢谢。我还是不吃了，现在不太饿。"但我走上楼，眼前不断浮现母亲在厨房里的脸孔，无精打采而失望。我在房里走了两三圈，又回到楼下。"我喝点咖啡好了。"我坐在桌前，和"神圣的牛奶"面对面。母亲走向厨房，同时给我一个如释重负的微笑，令我一度开心地望着眼前牧师的苍白面容。

"嘿。"我说，母亲在厨房里团团转。

"嘿。"他招呼我。

"你要去健行？"我说。

"对，听说你也很喜欢健行。"他说。

"以前很喜欢。"我说，"可是后来搬去旧金山。其实那边要爬山也很近，可是城市的生活太精彩，又刺激，活动很多，能够偶尔到山上转一转，就算运气好了。老实讲，我忙得拨不出空当，几乎不健行了。"

他一副失望的样子，说："但上帝给我们美好的大地，正是要让我们忘却俗世的事情。"

我顾忌到疲倦的母亲正在门框后的厨房里忙着，只应了声"喔"，没指出大地就是世界，所以他根本是胡说八道。他是基督教狂热分子，我是就算大彻大悟也仍是妓女的女儿，我们找不到话题，直到母亲端着大盘子回来，快活地谈论阿潋。她祈祷完毕后，我们就开始埋头大吃，一路吃到辣味煎蛋这道菜（我发现原来我肚子饿了）。她谈论着奇迹与湖怪、鱼类与哺乳类的吊诡混合体。我望着她，看出我生命中最大的吊诡：我伟大骄傲的母亲，握着一年前她必然会藐视的人的手。

我望着母亲，一边向腹中宝宝发誓，我绝不会寂寞到饥不择食，不挑选约会对象。母亲或许看出从我脸上掠过的同情，因为她眯起眼，严厉地注视我片刻。“辛纳蒙跟夏洛特怎么样了？”她说，“有进展吗？”我明白她的意思是：如果你不能好声好气地待人，你还是滚吧，小鬼。因此我松了一口气，起身。

“妈，谢谢你做的早餐。牧师，很高兴又见到你，祝你今天健行愉快，别被熊吃了。”我说。我人还在餐室里，就听到他担心地说：“从没听说这里有熊。”我坐下，拿起信件，仍得意地咯咯笑。这时鬼又出现了，它这次在镜子角落变成一个紫色小点，扑扑搏动。我说：“我们继续看信。”翻开下一封信，是夏洛特的笔迹。

18

决　裂

坦普尔顿黑鸟湾富兰克林庄园夏洛特·坦普尔撰于桌前

一八六二年一月七日

我亲爱的辛纳蒙：

你一定要原谅我没联络。我跟大姐去了她在拉伊城的乡间宅邸，并且在那里撰写新书（只有你晓得）。我才刚回来，现在女仆还在整理我的行李。真高兴你身体比较畅快了，而药酒也发挥了应有的安神功效。你提起你先生们的事，令我心惊，但我由衷相信你那时处于半梦半醒的状态，无须将你的话当真。

好了，你要我回报有没有令姐的消息：我想我确实听说过一些传闻。我到镇上时，曾弯去贝尔韦代雷的牧师那里为姐姐送信。喝茶时，这位多话的老先生告诉我两件事。第一桩是面包坊老板施耐德在暴风雪那天清晨踏出门口，清醒脑袋。他说他见到了幻象，是一群古怪的鬼魂，穿得一身白，从高大的排列到矮小的，列队跋涉过雪深及臀的第二街。

另一件事是范德赫家那两位单身兄弟，也就是那两位老约克人，忽然卖掉了皮裹腿旅馆。我相信你一定记得皮裹腿旅馆：兄弟俩在本世纪初向克罗根老寡妇买下旅馆，最近才重新修缮。每个房间都有一幅壁画，描绘我父亲《皮裹腿故事集》里的一景，诸如纳蒂·班波跳下瀑布、钦加哥剥下休伦人的头皮、纳蒂在旅鸽遭到屠杀时落泪等等。整幢旅馆美轮美奂。两位老兄弟来见我，向我告别。尽管他们在这里居住这么多年，仍然说不出几句英语。当我问他们谁买下旅馆，他们互看一眼，说是“高大的男人，闻起来像女人”。我相信这确实符合令姐的外貌。

管家正在等我，我得跟她说话，但我要先告诉你一个秘密。自从我遵行你的好建议，给他我亲手做的小糖果后，乐贵先生对我就很殷勤。我们已经一起散步十一次了，我的法语大有长进。现在我们告别的时候，他会亲吻我的手，那吻灼炙着我的皮肤，辛纳蒙，那吻烧透了我的手套，在我与他分开后仍然发烫，并在我与他再度见面时重新灼热。

噢，辛纳蒙，我对你满心感谢，我最亲爱的朋友，而你不能与我相见，令我心情凝重。

万分关怀你的

夏洛特·坦普尔

一八六二年一月九日

（草稿，未完成）

最亲爱的夏洛特：

我觉得快要崩溃了。我不对劲，也摸不清哪里不对，但你能帮上忙，应该吧。你瞧，我得告诉你一件事。这个世界黑暗而邪恶。我不知道我在……

一八六二年一月十四日

（草稿，未完成）

亲爱的夏洛特：

你怎么不写信？为什么不写？你陷入爱河，不能写信了吗？你不是我的朋友吗？你不知道我多么悲伤、多么寂寞吗？你什么都不知道吗？你以为你恋爱了——才怪——你是爱上了你的父亲，夏洛特，你在乐贵先生身上看到的只是你……

埃夫里尔别墅

一八六二年一月十七日

夏洛特：

夜已深，我不能成眠，已经很久不能好好入睡了，自从晶洁回来这一个月都失眠——我也不是没有服用药酒，但就是睡不着。我觉得快疯了。夏洛特，我的先生们在暗处——我好累，我试图入睡时，他们就围在我床边。我看到他们都在那里，低头看我——他们在所有的倒影中，在黑色的窗户玻璃上，在湖上月亮倒影中，跟潋镜湖的湖怪在暗冰下游泳。记得我们看见它的那一天吗，夏洛特，那天我们沿着湖边漫步，我们才刚认识，而它就在我们二十英尺外冒出来，看着我们，笑得露出黑牙，又潜下去——那时年纪尚小的我们只是叽叽喳喳，还以为它是神话呢。虽然那天我们都努力假装不认识，但那天有某种东西让我靠向你，而你靠向我。我的先生们就像那只湖怪在徘徊，我点了十根蜡烛，火光明灿，亮得像正午，但在每个反射的影子里，在每个暗处，都有我的先生们。我晓得他们不在了，但他们还在。他们躲在我镜子的水银里，他们不是真的，但他们又像是真的，我知道世间没有鬼魂，但他们就在这里。我害怕，怕到不能入睡，连玛丽·克劳德问我是否身体不适时也一样。

我想，我是精神错乱了。可怜的戈弗雷过世后，我感受到的紧张情绪始终没有消失——只是掩藏得好——我写信给你，是因为我不能再看书了——文字像虫蠕动。我觉得自己好像发烧了。

你是作家（对：只有我晓得，全镇的人也知情——你以为你瞒住了这件事，却无人不知）。我来跟你说个故事。

故事是这样的：我是公主，她是蟾蜍。那些童话故事总是这么起头的——我美丽、娇贵、可爱、亲切，她邪恶、体积庞大、笨重、目中无人，无论我父亲在她背上打断多少根棍子都一样。父亲痛恨她，恨死了，动辄将她带到皮匠铺后面，将她打得皮开肉绽。从她小时候，五六岁的时候开始，父亲就会教训她（因为她打破镜子，还顶撞人）。你真该见识一下——我高大、愤怒的父亲，我姐姐跟骡子一样拗。她一向比我高大得多，我是只小鸟，父亲爱我，大家都爱我。姐姐跟我一起睡在这屋子里闹鬼的老房间，那是我奴隶祖母赫蒂的鬼魂（噢，别假装你没听说过传闻——没错，传闻属实，没半字虚假。她是你那个美好祖父带到镇上的吗？没错，就是那位善良的贵格教徒，就是伟大的马默杜克带来的。伪君子。大家在戈弗雷葬礼上说我的闲话，其中一项就是这件事，我是奴隶的后人吗？我父亲长得太像马默杜克·坦普尔了，令大家看了不自在吗？或许我们终究是属于同一支血脉呢，我相貌平平的小朋友？噢，没错，我听说了，我全都听说了）。

我们睡在有赫蒂奶奶鬼魂徘徊的房间。晶洁深深伤害我。她会把我绑在床柱上，拉扯到我的手臂濒临脱臼。她会看着我，盘算着，残忍地将一根针刺进我指甲底下，直到我尖叫。

只要父亲逮到她，便会将她打得血淋淋，绝无例外。母亲从不说话。她没看见，她是瞎子。后来，父亲将晶洁带到皮匠铺后面惩罚，但没有鞭打的迹象。十二岁时，她便有男人的身材，筋肉像男人。她擅长工作，晶洁很强壮，能在一秒内将皮跟脂肪分开。十四岁时，她会甩我耳光，让我醒来，逼我下床，赤脚下楼，走过结霜的草皮，冻得我的脚发疼。我们到皮匠铺里，她强迫我提着灯，那些学徒则轮流和她办事。一个接一个，在那死亡、脂肪、毛发的臭气里，在那血斑斑的地方，一个接一个。她惩罚我（对我的惩罚就是看着他们），她的眼神闪烁，露出牙齿，睡衣撩到腰上，她裸露着肥大的臀部，臀肉结实，在我举着的提灯光线下闪闪发亮。如果我别开眼睛，她会向我咆哮。那些男孩对她做的事，她也对我做。她逼我看，但要是他们想碰我，她会狠狠打他们。她逼我看。

之后就是我父亲逮到我们的那一夜。我颤抖着哭泣，试图别开眼睛，但她不准，在提灯摇曳的光线下，一个学徒像一只猪在她后面哼着，其他两个咯咯笑，在树皮堆上打滚，然后我父亲高大的身躯静悄悄地出现在门口。他的一只眼睛闪闪亮。

“辛纳蒙，回屋子去。”他说。我溜了，提灯在我手里乱晃，学徒们跟在我后面，奔逃过原野。我从我们卧房窗户看着父亲出来，扯着晶洁的头发拖她走。她跌倒了，父亲揪着她的头发，让她站起。她的脸上、腿上有深色的血。父亲抡她去撞屋子的侧墙，力道大得让她摔倒。父亲回到屋子，我看到晶洁躺在那里，穿着她的白睡衣在阴暗的草地上，而父亲进入屋子。他的脚步声上了楼梯。我发着抖，直到他关在自己的房间里，高声诵读《圣经》。我上床休息。早上时，晶洁便不见踪影。

从此没人提起她。没半个人——母亲没说，父亲没说，仿佛她从未存在。当她在那个暴风雪的夜晚回来，我第一次觉得我撞见鬼魂了——然而她是真实的，她在这里，我感觉到她在我附近，她阴暗而令人作呕，那一夜我没有营救她，那一夜我不能做的事，我现在不能做的事，在令人作呕。她令这个镇生病。她以她的邪恶感染这个镇。她召来了我的先生们。我从窗户看到这个镇在生病——镇子面色惨白、满目疮痍，男人满脑子装着性欲在行走。有病，有病。

你一定很惊讶吧。很好。这封信会令你作呕，没有我这么呕。在我的故事说完后，你仍然觉得你的法国人很重要，对吧？你这个可悲的小妹妹。

不，我不会把这封信送给你。内容太疯狂了，即使你温柔的心也无力承受。我不能送出这封信。我要把它收起来，跟你迷人、无害的信放在一起。它会感染你的信。它会让你的信被玷污。即使是对我来说，这封信也太疯狂。你瞪大眼睛看的这个女人，对自己内心的狂野深深入迷——我知道——我感觉得到。噢，夏洛特·坦普尔，你有一张拘谨的小脸，你希望自己和我一样狂野。你没有秘密，你没有深度。没有你的家庭，没有你的财富，你便一无是处，微不足道。我可以教你一点东西。

既然这封信永远不会到你手上，我应该说出一件事——我讨厌、憎恶我看过的那本赛拉斯·梅里尔小说，那是你的另一个自我，你的笔名。愚蠢的浅薄内容。你自称作家——你根本什么都不懂。我何必签署这封信呢？信又不会寄出去。这封信会活活吓死你，而我不要你死。

坦普尔顿黑鸟湾富兰克林庄园夏洛特·坦普尔撰于桌前

一八六二年一月二十八日

我最亲爱的辛纳蒙：

噢，亲爱的，我好担心你！三个星期了，你还没有回我的信。起初，我担心你在气我太久没有写信。然后我记起你姐姐返乡的事令你心烦意乱，而现在我明白你是忧心成疾。今天我去你家，刻意躲起来，拦下玛丽·克劳德来逼问你的消息。我不知道你为何抱怨；她是亲切的女孩，深色的头发，红润的双颊，其实很漂亮。她激动地叨叨说起你的事，我得说她的法语颠三倒四，很加拿大，我很难理解她的话。不过，我听出你病得很重，不睡觉，几乎不进食，消瘦很多，衣服都松垮地垂在身上，她都看得到你的骨头了。她说你盖住所有的镜子和窗户，一夜点二十根蜡烛。她哭了，辛纳蒙，你有一位好女仆。她的话令我非常惊骇，差点在光天化日之下跑进你家，完全不顾礼仪！

当然，我没有那个意思。我关心你在镇上的名誉，我会恪守规矩；但我必须承认，我更在乎你的健康。

我打算这么做：如果你不在两天内回信，我会像令姐初次返乡时一样，偷偷溜过雪地去安慰你。我会天天照顾你，直到你恢复健康，再度站起来。我们镇上需要你，辛纳蒙；我听说纳特·波默罗伊在物色一位富裕的妻子。瞧！我相信我一定逗笑你了吧。

至于令姐，我没有听说多少消息。当然，那么多军队来到镇上，没人有多余的心思去注意几个怪女人。那些年轻军士真吵闹。你一定认不得现在的坦普尔顿；有人在街上醉酒，有人聚赌。有些坦普尔顿女孩呆呆傻傻的，一旦有英俊的军士追求，便晕头转向。无数男孩嘎吱嘎吱踩过冰雪，在凛冽的湖水中浸沐；他们当这样很有趣，其实是丢人现眼，到处都有人公然袒胸露背，现在还是严冬呢！不久，他们便会上路，前往南方，有些人将永远回不了故乡。我想，在这种光景下，我们应该多担待他们一点。

亲爱的，现在来说一件会让你开心得昏倒的事。在散步时，乐贵先生开始会将我推向树干，吻我吻到我膝盖不争气地发软了。我是否也该破例一次，吓吓你？他开始向我索求更多。这是他写给我的一封短笺全文（我翻译过了，因为你的法文多年未用，我不清楚你现在程度如何）：

我可爱的紫罗兰：

我已回到学校的简陋卧房，稍早我去你家草坪，伫立在湿处等你到你父亲书房窗户打信号，冻得我脚都冷冰冰的。我催促你实行我的计划，让我们共享幸福，但我只是空等一场。你为何这样折磨我？镇上还有其他小姐向我示好，可是我纯洁的小山雀，我仍然在等待你。一如我向你保证过的，我不需要你的财富；我继承我的家产后，我的财力足可迎娶十位妻子；我只需要你。你的花容月貌！你的美丽灵魂！只要你说出那个字，我们便能像夫妻一样。我会夜夜等待你的讯号，直到你无力再拒绝我。

深情的仰慕者

辛纳蒙，我必须倾全身之力，才能阻止自己的双手点亮父亲书房的台灯。你的小学徒表现优异呢！看来，我不久便会拥有一位丈夫了。我是否该在宣布订婚前以身相许？你觉得呢？哎呀，这种话真不检点。但你会保守我的秘密，对不对？我等不及收到你的回信。请务必写信来，我亲爱的朋友。我既欢喜，又为你担心，心都要撕裂了。

奉上最真挚的祝福

夏洛特·坦普尔

坦普尔顿埃夫里尔别墅

一八六二年二月五日

我最亲爱的夏洛特：

抱歉我让你挂心——就如你来访时目睹的情况，我人确实很不舒服。我吓坏你了——对不起。接受你的照料，确实让我身体比较舒服。或许你是对的——或许我不能入眠，是因为我房子下头公园那里的军团太过吵闹。又或许，是马奇的药酒——或许药效不够强。无论如何，我足足睡了三天，仿佛还有一部分的我仍在睡梦中呢。我没有再见到我的丈夫们。请原谅我相信你所谓的迷信，因为我多少知道他们仍然在这里，知道他们在我附近，而且不能见到他们——这比我到处看得到他们更骇人。

但我在想，为何你进入我寝室时似乎吓了一跳？为什么当我的保罗在房间里各个角落踱步时，你的视线也跟着他移动？又为什么当亚伯拉罕俯身在床上，你似乎也有压迫感？我不懂。你也看得到他们吗？

夏洛特，我需要你给我一项抵押品。我心头有千斤重担，但在我向你说出心声前，我必须先知道你的一个秘密，作为交换。你必须说出你内心最深处的秘密，一件你永远不会向任何人透露的事。

在你出示你关爱我的证明前，我应该说出你上次告别后，我所做的事。相信你必然会大感震惊。夏洛特，我换上丈夫们的衣着了——戈弗雷的裤子、山姆的背心、亚伯拉罕的靴子、我亲爱的保罗的帽子紧紧戴在头上。尽管我现在身材瘦削，但仍然可以冒充男孩，再戴上山姆的假鬓角（他始终长不出鬓角），将帽檐压低，扮相便能以假乱真。然后——你一定会非常惊讶——然后我离开寒冷寂寞的房子，到了夜间的街头。

夏洛特，自由自在的感觉好棒。我觉得灵魂舒展开来，有如裙子从包装纸里拿出、摊开。亲爱的，我走在繁忙的冬季街道上。（那么多熙熙攘攘的男人！噢，夏洛特，军团和学院带来的人潮真是挤满了镇上——街上满是男人，英俊的男人、捧腹大笑的男人、醉酒的男人，男人在马车里、在马背上，男人骑在佩克家那个可怜男孩的背上，打算将他当成马，一路骑回住处，他笑哈哈，唾沫在那白痴的下巴上闪闪发亮！）我没遇到多少熟人，因为我扮成男孩，也没人认出我。我漫步在令人眼花缭乱的人群里，沉浸其中。我寂寞好久了呀。最后，我发现自己来到了皮裹腿旅馆。

让我来描述一下旅馆吧。窗帘里暗影来来去去，灯光将屋里的一道道人影映照到外面的夜色里，等待进入旅馆的男士排队排到人行道，直到蔬果铺。夏洛特，我绕过巷道，穿过第二街店面后头的空摊子，找到姐姐旅馆的厨房门口。厨房里没有人，我走了进去。那里很肮脏，盘上的污痕干涸龟裂，甜品、蛋糕堆得老高，甚至有苍蝇，现在是隆冬呢！四处是尘埃，我溜到大厅。有个穿彩格呢外套的人在弹奏风琴，风琴很眼熟，我非常怀疑那是坦普尔庄园的那一架风琴。我记得在你家见过一架非常相像的风琴——样式朴素，没有花饰，音色古怪。姐姐不会错过从你家偷窃的机会。有一只红色大鹦鹉对着在大厅饮酒、欢笑的男人嘎嘎叫。姐姐在那里穿着男装，像一座山，表情严肃，唯有她在面前扇着的孔雀扇是女性用品。她下楼向出去的男人收钱。

我躲在一株植物后面，可将大厅一览无遗又不会被人看到。我等待着。

我看到的男人啊，夏洛特——有些我敢说出来吓你——正是我们认识的那些人。德国籍的天主教神父亨里克虽然躲在厨房的屏风后面，照旧被我看到了。还有索尔·福尔克纳、纳特·波默罗伊，甚至额头油亮的史巴特博士也俨然在列。我能说出名字的人不止这些，但我不会提。我躲在那里好一段时间，似乎没人见到我。我确定晶洁没看到我——但她后来站起来，以她深沉的声音说："好像有风。我得上去，有人要来点蛋糕吗？"大家欢呼了起来——这话必然是某种密语，然后晶洁踱过来，脚步沉重，经过我身边时看看我，点了点头，因此我知道该跟她走。不一刻，我便跟上去了。

我进去时，晶洁在门后等我。"嘿。"她说着关上门，倚在门上笑，"嘿，小蒙，看来你到我做生意的地方看我了。你打破你对亡夫的神圣誓约，还穿这身衣服，真是冒渎啊！"她弹弹我的衣领。

"我来拜访我的姐姐，看她过得好不好。"我说。

"我很好。"她吃了一惊。

姐姐跟我互望一会儿，然后穿着绿裙的男孩从厨房楼梯下来，神父尾随他，在门口时，他轻轻亲吻一下那位老先生。那男孩转向我们，可爱的脸孔绽出喜色。

"噢，金老爹。"他柔声说，"你妹妹她看起来真像男孩。我相信她会很受学院那些男学生的欢迎。"

晶洁笑了，吻他的唇，吻得又久又怜爱。"去吧，回去工作，我的小爱人。"当他向我们行屈膝礼，回到大厅，我姐又面向我，眼神依然闪烁。“小蒙，你怎么样？来找差事的吗？”她走上前，仿佛要拥抱我。

我退向门口。“我是受人尊重的女人。”我倒抽一口气。

晶洁噘起嘴，笑意从眼里敛去。“我听说的可不是这样。”

我气极了。“晶洁，要是我在乎你听说过什么，你会下地狱。”

她低哼一声，又开口说话，轻柔得像低喃。“要命，我们不是已经在地狱里了吗？你的丈夫们还打招呼呢。”

我一溜烟跑回家，心跳声很响亮，令我分神。结果我服用了太多马奇的药酒，足足睡满三天，今天才醒来。醒来时，玛丽·克劳德正对着床上的我皱眉头，捧着一碗汤。我喝了汤，现在才有力气给你写信。

夏洛特，现在就把你忠诚的证据寄给我，协助我纾解烦忧。你一收到我的信，就赶快回复。请你务必做到，夏洛特——我迷失了方向。

你的朋友
辛纳蒙

坦普尔顿黑鸟湾富兰克林庄园夏洛特·坦普尔撰于桌前
一八六二年二月七日

我亲爱的辛纳蒙：

你的要求真奇怪！我心惊胆战地挨了两天，天人交战，思忖究竟该不该顺你的意，说出一个秘密，但我决定了，对，我该告诉你一件事。若有人可以协助你放宽心，我就该竭力帮助你。今天我要奉上关爱你的证据，而且不止给一个，是两个：两个秘密、两项告白。我相信你应该猜得到第一件。昨天晚上，我点亮父亲书房的灯，而乐贵先生响应了。现在，我相信我应该会嫁作人妇，辛纳蒙。噢，这令我开心地笑出来！

我相信你绝对猜不到第二个秘密。你记不记得昨天晚上吵吵闹闹，消防队的人声鼎沸，还有铃响？法院付之一炬——或许玛丽·克劳德告诉过你？

是我下的手，辛纳蒙。我是纵火犯。你问我怎么办到的吗？我人在黑鸟湾的家里，依偎在即将成为我丈夫的男人怀里，距离法院一英里开外，要如何纵火呢？你不会相信我的，辛纳蒙，我也不清楚自己是如何办到的，但我向来有这个本领。在我情绪激动时，便会引起火灾。在海兹庄园那一夜，在苏珊娜·克拉克的背叛后，我让一幢外屋起火，但我没有离开我的房间。我在乐贵先生说他爱我的那一夜，烧掉菲尼的印刷机。在我遇见乐贵先生前，我常在夜晚想到自己年纪大又寂寞，永远不能出嫁或成为母亲，悲从中来，然后便会让东西起火！你绝对料不到我是祸首！

事情是这样的：我第一次纵火是在法国的一片田野，那时我只是个小女孩，我相信我父亲即将离开我们。我怒目看着田野，三株芒草着了火，蔓延开来，但火势开始扩大时便被风吹熄。之后是在伦敦的一间旅馆，我剪破姐姐黛西的洋娃娃衣服，她掴我耳光，虽然我们人在旅馆后面的花园玩耍，但我让大厅起火了。之后，是我们在坦普尔顿的第一天晚上，我放火烧谷仓，之后便烧个不停。正在山坡上兴建这幢宅邸的伍赛德先生轻慢了我，我便让地基起火。最近镇上的火灾统统出自我的手笔，无一例外，因为我情绪太激动了！

昨天晚上，我太过快乐，以致法院起火。幸亏菲尼救火队无比神勇，否则可怜的囚犯们到今天就会烧得只剩油渣。我可以控制情绪时，便能控制火势。如果我失控，东西便会着火，而我亲爱的祖父兴建的倒霉法院，就这样沦为焦炭，被烧毁。我很希望自己感到愧疚，但我太快乐了。

我不指望你相信这些。谁会拥有这种力量？可是辛纳蒙，我句句实言，我会露两手给你看。今天晚上八点在你的壁炉里架起柴薪，但不要点燃。八点整的时候，我会点燃它，火焰一开始会是绿色，然后会变成金色。

好了，这就是我最宝贵的两项告白。现在你知道了一切——现在你可以看穿我的灵魂。请告诉我你的秘密，因为我如此热切地想要减轻你的重担，亲爱的。我差点又把这封信撕成碎片——我从来没能写到结尾。不，我该把这封信寄给你。我完全信任你。

你最亲密的朋友
夏洛特·坦普尔

二月九日

夏洛特：

原谅我笔迹潦草——我真心相信你——我亲眼看到壁炉里的火了。真开心你向我坦白——现在轮到我了。噢，我祈求你不会恨我——但如果我不能向一个好心人说出这件事，我会死！我要说了——我毒死了我的丈夫们，但只有三位，保罗死于天然的因素，摔下马背。戈弗雷和山姆是番木鳖碱，亚伯拉罕是砒霜。全都是向马奇买的。他嘶声说："你家的老鼠还真肥啊。"我只是厌倦那几位丈夫，厌倦他们的手，总是在渴求、总是要我、总是进入我的房间，从不给我清静。我是可怕的人——我会下地狱。但现在我说出这件事，他们要离开了，我感觉到他们越离越远——真是如释重负。他们要走了！但我害怕我也会伤害晶洁——我现在的决心跟我之前每次决定下毒时一样——她毒害这个镇，我应该毒死她。等她不在以后，我们才可以安心，坦普尔顿将会恢复健康。

好了，我说完了。现在你知道了一切，毫无隐瞒。你应该原谅我——我也知道你的秘密——现在你也知道我的秘密。夏洛特，感觉就像全世界的重担都从我肩上移除。我终于能够喘过气了！

辛纳蒙

埃夫里尔别墅

一八六二年三月十日

我亲爱的夏洛特：

你治愈了我！谢谢你允许我向你坦白。我把信寄给你后发烧三星期，但在最近一星期感觉畅快了些。你还没回信——或许你忙着恋爱的傻事？但我会提防那个法国人——之前我没有机会告诉你，但他极可能也有秘密。你已经委身给他，可惜，但我要严正警告你——不要下嫁。我知道这种话对正值恋爱的人来说并不中听，但我身为你的密友，应该跟你说一声。如果你不相信我，或是你要求证明，我可以提供证据——我只希望不会有那种必要。

请你一定要写信给我。拂过融雪的春风很温暖——我感觉充满生命力，比在这个可怕的黑暗冬季有活力得多。

爱你的

辛纳蒙·埃夫里尔·格雷夫斯

埃夫里尔别墅

一八六二年三月十五日

最亲爱的夏洛特：

你吓到我了！你没有回信已经将近五星期。我等得好心焦。我寄过别的信给你。你恨我吗？应该吧。现在我恢复了理智——现在我可以安睡——我重拾了往日的美貌——连玛丽·克劳德也这么说。我不确定自己究竟写过什么，只知道我坦承了自己最黑暗的秘密。你还能在心里原谅我吗？

你的朋友

辛纳蒙·埃夫里尔·格雷夫斯

埃夫里尔别墅

一八六二年三月二十日

夏洛特：

你还是不写信？我怕你，请来信。

你的

辛纳蒙

三月二十二日

夏，

请来信。我怕如果你不来信，我会做出鲁莽的事。

辛纳蒙

三月二十四日

好吧。看来你觉得我应该受到谴责。我无法相信，以你对我的了解，你会选择将我撇到一边。我知道你清楚我的能耐。可怜、悲惨的夏洛特。这是我最后一次同情你。

辛纳蒙

埃夫里尔别墅

一八六二年三月二十五日

我亲爱的乐贵先生：

或者我该称呼你查尔斯·德·拉·瓦雷先生？我相信

我们在十月份的一场派对见过面——你追求坦普尔小姐的整段期间，我都在守重孝，但我完全知情。我会说，你应该考虑停止继续追求这位亲爱的小姐，返回南特。你似乎曾是那里的警务总监，因为栽赃的罪名而入狱？这可能吗？而且还改用你贴身男仆的名字——你应该感到羞耻。我住在南特的朋友寄给我一张你的传单，就是你——法文怎么说——fuite（逃亡）期间的缉捕传单？你的画像当然令人不敢恭维。但话说回来，画得也够像了。

奉上一片好意

辛纳蒙·埃夫里尔·史托克斯·斯塔克韦瑟·斯特吉斯·格雷夫斯

坦普尔顿史巴特学院

三月二十七日

亲爱的格雷夫斯夫人：

可惜您的信完全吓唬不了我，倒是收到反效果，促使我做出一个我希望能免则免的决定。我向夏洛特·坦普尔求婚了，她也欢喜地应允。我已经与过去一刀两断，至少大致上撇清了关系。你们英文是怎么说来着？是叫和盘托出吗？看来，她的家族也有一些不光彩的往事。她告诉我，连她万分高贵的祖父可能也曾在诡异的命运安排下，和一个奴隶不清不白，但你可能也知道这件事。尽管我告诉她这些事情时，她流下眼泪，泪水汩汩不绝，但我在她身边，吻掉了她的眼泪。未来如此明亮，过去便显得微不足道，不是吗？这是我们共同的结论。我们将在四月二十日于基督教堂完婚，那也是她家人的葬身之处。我应该邀请你观礼，但你正在守孝，听说在守孝结束前，谁都不能见到 la belle veuve（美丽的寡妇）。

我珍视自由的程度，绝不亚于金钱，因此我有点遗憾必须走上婚姻一途。但也足堪告慰了。坦普尔小姐容貌够秀丽，而她的财富可供我为所欲为。你应该也会同意我的看法吧？

奉上万分的尊重与祝福

查尔斯·德·拉·瓦雷·乐贵

坦普尔顿埃夫里尔别墅

三月二十九日

“乐贵”先生：

你知道吗？我觉得你的名字还真贴切——什么[1]。一点也没错！

或许准夫人有兴趣知道，你每星期有三四个夜晚会造

1 乐贵（Le Quoi）也是“什么”之意。——译者注

访坦普尔顿某栋名声不佳的楼房。她必然会取消你们的婚事，而你在世上将一无所有，失去你的小未婚妻及她所有的财富。一旦消息传扬出去，史巴特学院大概也会认为不宜继续聘用你。真是可惜了。

你的朋友

辛纳蒙·埃夫里尔·格雷夫斯

坦普尔顿史巴特学院

四月一日

格雷夫斯夫人：

原谅我。在法国，我们将今天这个日子称为愚人节，人人互开玩笑。我相信你的威胁也是玩笑？可惜你没有真凭实据。最诱人的小嘴也可以塞满金钱，永不开口。再者，恐怕我亲爱的未婚妻不会相信你，因为你们显然不再是朋友了。你们曾是朋友，但现在她绝口不提起你。我真想知道你们的友谊为何变得如此冷淡，以前她对你只有温言软语。我还没从她身上打听出原因，但我会问个水落石出。我必须纳闷为什么你如此热切地对我下功夫？或许你担心“朋友”不会幸福？又或许，你希望她不能幸福？真是令我费解啊。当然，我是为你效劳的。或许，你愿意给我一个仍然顾及我小小利益的提议。

你的仆人

查·乐贵

四月五日

（草稿，未用吸墨纸）

晶洁夫人：

请原谅我匿名。某个你认识的人对你不怀好意。我已为此事祈祷许多夜晚。最后，我明白尽管你已堕落，你的罪愆将受到公评，但我身为基督子民，有责任警告你。如果你想回信，可将信留在萨斯奎汉纳河畔钦加哥与狗的铜像石头下。

一个不希望你遭逢祸事的人

四月六日

不希望我蒙难但也不希望我称心如意的人：

无论你是谁，用不着你警告我，你是女人，这点很清楚。婊子，以为你把字写得歪歪扭扭，我就看不出来吗？这辈子，每个人都希望我出事。我可以照顾自己。你以为你是基督徒，你替自己的灵魂祈祷吧，你会下地狱。

你所说的“晶洁夫人”笔

埃夫里尔别墅

一八六二年四月十六日

我花了几星期时间，但我已经和律师讨论过，我可以给你两万元的法定货币，那是家父过世时的全部遗产。如果你在四月十七日晚上八点到我的住宅，我会给你一匹快马，钱会装在保险箱内给你。你必须签署一份同意书，声明你不能返回坦普尔顿，永远不涉足这里一步。如果你同意，今天给我回信。

——辛·埃·格

史巴特学院

四月十七日

啊！原来你懂我的意思，格雷夫斯夫人。两万元跟坦普尔小姐的家产比起来只是九牛一毛，但我将不必听她唠叨三十年。因此，我同意。我今晚会去见你。你大大减轻了我的担子，夫人。

——乐贵

坦普尔顿埃夫里尔别墅

四月十八日

〔草稿〕

亲爱的“金史东老爹”：

唔，亲爱的，我们终于走到这一步了。今天我赶走了乐贵先生，你的最佳主顾之一。为了补偿，我给你我的仆人玛丽·克劳德。她可能正在哭吧——我永久辞退她了，而她靠我的薪水养家。或许，你能给她差事。她手脚勤快，即使在你那种地方也会勤奋工作。如果你想把她用在别的地方，她应该够标致。我建议月薪五十元——这可怜的傻子会以为那是一大笔钱。还有，请收下我送你的果仁蛋糕。今天早上我一时兴起，为女人烤太多蛋糕。或许我们可以成为朋友，晶洁。我好寂寞。

坦普尔顿埃夫里尔别墅

一八六二年四月十八日

夏洛特：

你藐视我——你批判我——悉听尊便吧。你今天或许很惦念你的法国友人，是不是？他说你今天下午要见牧师，洽商两天后的婚礼事宜。可是，法国人没有现身。当你派人去学院打听怎么回事，他已不见踪影。油腻腻的老史巴特博士困窘极了：那法国人的物品不翼而飞，被拿走了，真是鼠辈，是不是？噢，可怜的你。当然，我对他下了手。不——他活着——只是骑马去了奥尔巴尼，在那里搭驿马车前往波士顿，展开新的人生。他留下一封信给你，我随函附上：

> 夏洛特，我的小可爱，我不能再隐瞒真心。到头来，我热爱自由之身，超过爱你。如果能让你宽慰一点，我要让你知道，在某段时候、某些方面，我很爱你。希望你幸福。查尔斯笔。

看到没？亲爱的，他确实很爱你。你不会有事的。反正，这样最好，他逃离恐怖小镇坦普尔顿这个贼窝、蛇穴了。逃离这个索多玛、这个蛾摩拉了！噢，你说是不是？你瞧，我帮了你一个忙。

你的朋友

辛纳蒙

坦普尔顿埃夫里尔别墅

一八六二年十一月二十日

亲爱的坦普尔小姐：

我敢说你记得我，只是许久不曾写信给我——印象中是从四月便不曾来信，对吧？今天我听说你即将返回坦普尔顿，而且要带你的“外甥”一起来。我由衷希望你在曼哈顿的黛西姐姐那里健康安适——她在心爱丈夫过世后不久也离开人世，真是可怜。更何况，她的小孩在她入土后一个月才出生呢！可怜的遗骸必然感到十分痛苦，真是奇迹。别担心——这里没人知道她过世的真正日期，只有我晓得，因为我跟令姐玛格丽特一直通信不辍，而她说溜嘴了。我不会泄漏你的秘密。

天啊，我们之间的秘密真多，是不是？比如说，在四月那个可怕的夜晚里，几乎全坦普尔顿都失火了。你记得吗？你当然记得。火警的警钟、四支救火队、学生与镇上军团也拎着水桶驰援——尽管如此，整条第二街差点付之一炬！从老鹰旅馆直到蔬果铺，还经过了施耐德面包坊！那一带完全焚毁，从你亲祖父刚建立这座镇便存在的小建筑荡然无存！火哪里不烧，居然带走了可爱的小小皮裹腿旅馆。你能想象吗——他们从里头拖出四具无名女尸及一名男孩的骸骨——没人承认认识他们，唯一的例外是那魁梧的女人，当初显然是她出面向那两位矮小的约克单身汉兄弟买下旅馆的。真不知道他们为什么没有逃离火场的打算。他们为什么没有站起来，跑出旅馆——真耐人寻味。

重建工作很顺利，只是自从大火后，你知道的，镇上表情卑微的人就增加许多。情况真的很可怕。古丁老妈妈死在她居住多年的马具店楼上寓所。当然，德克·佩克那可怜的白痴儿子也死了，那污秽的男孩见到女人就抚摸自己的下体。

听说，他人正好在起火点的那间外屋里面——有人将一切怪到他头上——这条消息，你听说后应该也很高兴吧。

说到德克·佩克，我一直都在安慰这位富裕得骇人的可怜律师。我得说，他相貌很英俊——他已暗中向我求婚，我也在私下应允，但我们得等到我守孝完全结束后才举行婚礼。我喜欢他，或许我会留他一命。

你应该听说你未婚夫在波士顿被捕了吧？真丢人——他当时正想溜上一艘船，前往马提尼克岛，逮捕他的法国警官从南特的丑闻案认出他。据说，他是德·拉·瓦雷先生之子，冒用他男仆的姓氏乐贵。这样一个人居然有这种下场，真讽刺。

最后一件事。我相信我有一沓你可能想要回去的信。你手上也有我想要的信。或许我们可以安排交换？等你回到我们美丽的小镇，或许我们可以商议细节。我等不及亲吻你外甥的脸了。我想他现在年纪这么小，应该还没有长出头发吧？不过，我真心希望他会拥有你浓密的红褐发。

我最温暖的祝福
辛纳蒙·埃夫里尔，以及准佩克

附：我忘了提可怕的火灾夜最重要的一件事——我相信你知道，坦普尔庄园也焚毁了。你祖父、祖母、父亲的画像，都安全地寄放在波默罗伊大楼，等你领取。可惜，留在庄园里的家具全数遭殃。你知道，走过那些残余的遗迹给人感觉很糟糕。焦黑的梁柱像死鲸鱼的肋骨，镜子里的水银流到地上。那么丰富的历史一夕烧个精光！我真同情你的损失。

纽约曼哈顿帕克街Capstan牌香烟大楼

一八六二年十二月一日

辛纳蒙：

别不知所云，不要虚妄言语。没错，你是危险的女人，但我也一样。我不会归还你的信件。这束信札是我抵御你的唯一保护，或许我能再召唤一场火灾，如果有必要，我在这里也能引起火灾。我相信你不愿失去埃夫里尔别墅。

你听说的传言属实，我即将返回坦普尔顿。住在我家族的小镇，对我的外甥有益。但是你永远不能亲吻他的脸，也不能对着他的漂亮红发胡思乱想。你永远不会见到他。如果我听说他跟你说话，我大概会情绪失控，而你知道我情绪失控时会发生什么事。

在坦普尔顿，我们会维持点头之交的关系，举止文明而冷淡。在坦普尔顿，我们不会往来，毕竟我们属于不同的社会阶级，身份根本不相近。其他人总是直言不讳，说他们不懂我为何硬是为你敞开大门，他们说你善于操纵别人，也是黑寡妇，取蜘蛛食用自己夫君之意。以前我总是一笑置之，总是告诉别人我拉抬你在社会上的地位，是因为你是好人。我说你非常和蔼，也是一等一的朋友。

我就不跟你致意了，因为这是我们最后一封信。

夏洛特·坦普尔

葳莉读完辛纳蒙与夏洛特信件后，更正的家族关系

夏洛特（小夏）·富兰克林·坦普尔
1827—1912
查尔斯·德·拉·瓦雷（又名乐贵先生）
1798—1869（逝于狱中）
（亨利乃夏洛特与乐贵先生孕育的子嗣）

亨利·富兰克林·坦普尔（私生子）
1862—1939
妻：汉娜·克拉克（于1909年完婚）
1888—1979

莎拉·富兰克林·坦普尔
1913—1933
夫：埃斯特瑞克·小赛·厄普顿
1895—1953

乔治·富兰克林·坦普尔·厄普顿
1933—1973
妻：菲比·蒂普顿
1923—1973

薇薇安·厄普顿
1955—
（坦普尔顿某男士）

葳莉·阳光·厄普顿（私生女）
1973—

19

有多少光，就看多远

我目光离开辛纳蒙与夏洛特的信札，抬起头，浑身发抖。

读完莎拉的日志后，我看到昔日的坦普尔顿重叠在我认识的坦普尔顿上；读完辛纳蒙与夏洛特的信件后，起初我只看到深沉黑暗的午夜降临我的小镇。我不知道该做何感想。一整天，一整夜，我将信读了又读。信件可能是骗局，说不定是小说家狂热心灵的产物，出自一本不晓得扔在哪里的小说，没能完成。但信件本身散发着古老玫瑰水的气味，系带也是陈旧得硬脆的缎带，年代久远的信纸变得易碎。她们两位的笔迹截然不同，信纸也不一样。夏洛特的字迹优雅细小，中规中矩，没有吸掉的多余墨水，纸张薄而秀气。辛纳蒙的信纸厚实，质量上等，触感像布料，她的笔迹远看极美，近看则略显狂野，较复杂的字会出现古怪的停笔，仿佛写四五个字母后便必须停下来，查字典确认拼字。

“这些信是真的吗？”我问腹中宝宝。

几小时后，天上的月亮已经走到湖的另一头了。我自问自答：“我想是真的。”我想起五年级时，我们胖嘟嘟的矮小镇长拄着他的黄铜手杖，穿着迷你小短裤，带领大家步行，认识我们的村庄，那时他说坦普尔顿曾经差点儿被大火夷为平地。他以低沉到不行的声音说：整条大街，从坦普尔庄园到如今的施耐德面包坊，最高处则到教堂街，统统烧得焦黑，变成废墟。可是，各位小朋友，此时他激动得声音颤抖，我们重建了全镇，我们坦普尔顿人总是会重建。他絮絮叨叨地说个没完，我则幻想自己的家乡被烧成断壁残垣的样子，一边渴盼能从面包坊买十分钱的软糖棒冰。他说的坦普尔顿大火并不令我讶异，那时我明白在小镇土生土长的人，自然而然会知道小镇上那些怪异、飘忽的历史，而那场大火正属于这种历史。

等我恍恍惚惚从信纸上抬头，望向窗外幽暗的昏睡小镇时，我看到另一项改变。我觉得自己仿佛从身体飘升，穿透屋顶，往下一看，便见到一个不同的坦普尔顿：天刚破晓便繁忙不已，我能听见河边原野上沉睡的军团，夜班守卫的靴子踩在冰冻的大地上。我看到大街上仍有半醉的男人走动，月光照在他们背上，像镀银的硬壳昆虫。那不是我认知中的大街，而是夏洛特引发无名火之前的大街；建筑物另有一番风貌，一家旅馆老实不客气地矗立在先驱街和大街中间。男人在皮裹腿旅馆后面排成弯曲的队伍，尽管我在上空，却听得到他们无声的谈话。山坡上的长老教会教堂对面，有一栋巨大的建筑物，一排一排的男孩睡在顶楼，也就是学院的宿舍。肺病患者坐在奥特莎加旅馆的门廊上，呼吸清晨的空气。镇上的豪门大院后头点了灯，仆人们已起床烘烤今天的面包。天气很冷，虽然是冬季，但仍生气勃勃。空气里弥漫着燃烧木头与融雪的味道，里头也有众人聚在一起散发出的蒜味般的浓重体臭，还有他们混在一起的吐息。这是辛纳蒙与夏洛特的坦普尔顿，充满战争时期的刺激。要是我回到这个时期，居住在这个繁忙的小镇，我必然会断言：一百五十年后的坦普尔顿将成为繁荣的重要城市，而不是如今这个与世隔绝的村庄。

母亲在轮值完前一天的夜班后，发现我不打算下楼，便静悄悄地将我的晚餐放在托盘上送来。我心不在焉，甚至没注意到自己吞下一整片法式咸派（这是我鄙夷的食物），直到她回来收拾托盘，见到咸派居然不见了，惊讶得轻笑，我才察觉自己吃了什么。我听到她九点就寝，然后这栋屋子的横梁吱吱呀呀，呻吟着三百年来的风湿痛。我起床时，日出点亮了晨雾，看来像覆着棉布的台灯。我为自己置身现代的观光村庄而感到惆怅。

母亲睡在床上消除疲劳时，我去整理菜园。我必须花时间接受辛纳蒙与夏洛特的事，再说，我也不愿意没跟母亲谈过便继续调查其他人。还有许多事情需要探究，诸如亨利是夏洛特之子，不是她从姐姐家抱回来的外甥，而且她是纵火犯；辛纳蒙谋杀了好几任丈夫。我有几成的把握，这两位女士与我父亲没有关联，但只有问过母亲才说得准。

因此，我摘了青豆与多汁的西红柿。我拔掉莴苣圃的杂草，在宽阔的叶面下发现又嫩又小的西葫芦。我摘了满满一个小容器的覆盆子，用两块染有污渍的石头砸烂铜亮的日本金龟子。回到屋里时，母亲已经起床，一边淋浴，一边哼歌。我经过餐室，打算盥洗一下、换件衣服，却看到餐室桌上的小玩具马嘴里衔着一封信，亏她想得出把信放在那里的怪招。信是给我的。

信封上写着：纽约坦普尔顿，葳莉·厄普顿。

那是德怀尔教授的笔迹。

邮戳盖着阿拉斯加。

看到这里时，母亲来到门口，用毛巾擦着头发，一边说："哇，葳莉，你怎么了？"因为这时我腿一软，就朝着地上跌坐下去了，信仍抓在手里。

我神志再次清醒时，已被安置在餐室的椅子上，母亲坐在桌子对面，向我皱眉。信封已经撕开，她正在浏览信的内容。

"妈？那是我的信。"我说。

她又将信折起，挑眉说："或许吧，但我不确定你会不会想看。"

"喔，不妙。"我的音量极小。

"要不要我念给你听？"她说。这时我看出她在生气，非常、非常生气，而且难得她发怒的对象不是我。

"好啊。"我说，但她已经开始念了。

"葳莉，"她咬字清脆。"我不敢相信会发生这种事。希望你明白我多么抱歉。可怜的珍仍然想提出控告，但我已经安抚住她了。我保证，一星期内就会没事。我下星期会去费尔班克斯，到时再看能不能打电话给你。工作大有斩获——呃，你知道我是指什么斩获！别担心——会让你也列名作者。你看起来很上相——也许你可以代表我们上《破晓！》节目，你这么漂亮，总好过一群又胖又老的教授跟笨头笨脑的博士吧。哈哈！噢，葳莉，我们真是把事情搞得一团糟！希望你不会讨厌我。我已经原谅你了，我了解你试图去撞可怜的珍只是因为我们的事让你一时怒气攻心而已。我得走了（当然没人晓得我写这封信），但我常常想到你——你深情款款的德怀尔。"

我瞪着母亲，她立刻回瞪。腹中宝宝在我体内扭了又扭，强烈得像绞痛。我从母亲手上抢过信，重读三遍，看到第三次才真真切切地感受到心痛。我起身跑到浴室，呕出我随手做的花园沙拉午餐。我出来时，母亲默然不语，只伸出柔软的双臂，我头倚着她的肩膀，埋在她清爽的气息里。我脸贴着她的颈部，身体靠着她，我们就这样站在玄关更衣室许久，她的十字架陷入我们的腹部，后来我将它移开了。

“就是因为有那种浑球，”这时她开口了，嗓音暖洋洋地淌过我的心搏脉动，“不管约翰牧师怎么说，我还是觉得为何有些女人会是……呃，你知道我想说什么。”

“同性恋。”我对着她的皮肤说。

“正是。”她说，“就是因为有德怀尔这种不解风情的迟钝男人。”

“是啊。”我说，离开她的身体，觉得自己好渺小，而且非常、非常脆弱。“老实说，我想要永远放弃拥有Y染色体的家伙。”

母亲捧着我的脸，抬头望进我眼里。“如果你有那个意思，”她以很蹩脚的意大利恶棍口吻说，“我在旧金山还有一些人脉。我可以帮你安排一下，把他拿掉，安安静静地解决这件事。”

“听来不错。”我说，我们稍微笑了笑。一辆载着棒球迷的游览车路过我们家，发出一声低响。一只反舌鸟在我们旁边的窗台上试着模仿那响声。母亲走开时，十字架在她凸起的腹部晃呀晃，像钟摆在计时。

那天傍晚，母亲和我在坦普尔顿散步很久。暮色越来越暗，大户人家的窗户都开始透出光亮。白昼的热气减弱为温柔的暖意，人们坐在自家的门廊上或大街的长椅上，似乎都在低语、吃冰激凌，看着萤火虫在山上慵懒地闪闪烁烁。专程来参观博物馆的人已经打道回府。

本地人又安然投入小镇的怀抱。我们腼腆地踏出家门，像田野上瞪大眼睛的有蹄类哺乳动物。

母亲走在我身旁，每步都令下巴垂着的肉抖颤。我注意到了这一点，还察觉她眼角的鱼尾纹比以前更深了。她跟我在高高低低的路上漫步时，也不断在偷看我。这些街道我们都熟稔极了，简直像我们自己指尖的涡纹。我的小镇又开始轻轻巧巧地钻进我的皮肤底下。我感觉得到小镇的碎屑在皮肤下挺进，活力充沛。

“昨天正式跟你的男朋友见面，感觉还不错。”我开口是为了打断自己的思绪。

她听了似乎有点气恼，只应了声：“那很好啊。”

“感觉，这个人不赖。”

“是。”她说，淡淡的笑意像飞蛾落在唇上。“他是很棒的人。”

“他是应该很棒，毕竟他要从事牧师的职务等等。你是先信仰了宗教，还是在拥有信仰之前，就跟他约会了？”

“我坐在教堂后面大概一年。”母亲说，“一直跟自己说，哎呀，简直胡说八道。我觉得那统统是吹牛，却一去再去。后来，我忽然就完全信了那一套。有一天，我不过是抬起头，就看到他脸上散发出信念、爱的光辉。”

“爱的光辉？”我努力不要露出一脸怪相。“在他脸上？”

“对。”她说。

“哦，那很好。很棒。”我说。

“别那么不屑，阳光。”

“我没有，真的没有。”我说，“母亲大人，现在告诉我，为什么你们走到哪里都戴着十字架？看起来好像什么邪教的信徒。”

“你说这个？”母亲碰她的十字架。“噢，我们有些人还蛮喜欢戴这种东西的。我是说，它挂在我们脖子上的重量，就像与人为善的重量，只是一个提醒。但约翰最早的构想，是替我们在肯尼亚的姐妹镇募款，在那里盖诊所。他说这是视觉上的耳提面命，但我认为这是以退为进的手段，存心让大家不好意思，只好掏出腰包。非教徒捐了钱，省得每次看到十字架都有罪恶感。教会的会众也奉上善款，因为他们天天都受到提醒。至于我呢？”她说，“我喜欢它的重量，那是一种提醒。”

“好吧。”我说，“我得承认，这个以退为进的做法蛮高明的。”

“是啊。”她说，“不是我自吹自擂，约翰真的很厉害。”

我们快到埃夫里尔别墅了，但我们俩心里都有某些思绪，双双放慢脚步，拖延进屋的时间。“告诉我一件事。你跟他上床了吗？我是说你们过夜的时候。”

她吃了一惊，看着我，停下脚步。这时我们已经在车库，我不禁微微脸红，记起费尔凯尔几个晚上前来过这里。她说：“没有。约翰不赞成婚前性行为，而我不太相信婚姻那一套，所以只能干耗。”

“那你去过夜的时候，你们都做什么？”我问。

她稍微皱起脸，然后说：“你准备好要听了吗？我们做很多祈祷，晚餐要祈祷，睡前也要。然后我们换上睡衣，我钻到被子里，他爬到被子上，躺在我旁边，整晚抱着我。”

这回我压抑不住内心的嫌恶，母亲也看出来了，迸出大笑，捧腹说：“我知道，这真的很可悲。我完全了解。可是有时候我醒过来，他的手臂搭在我身上，让人觉得窝心。我也不晓得该怎么形容，可是感觉很棒。”她轻敲了我的脸一下说，“葳莉，其实没那么糟，别摆那种脸。我只希望有朝一日，你会知道那种感觉。”

“我确实了解那种感觉。”我说，但语气软弱无力，“我应该算是知道吧。”我想起在漫长的辉煌单身岁月中的某些时刻，男伴睡在我身旁，他们呼吸的韵律，他们睫毛甜蜜地飞扑向脸颊，他们的男人气息。母亲摇摇头，亲热地噘嘴表示不相信。我想到了德怀尔教授。“我真的懂。”说罢，我就进屋了。

我正想着克拉丽莎。而当我想到她的时候，总会觉得她一定也在惦念我，因此那夜我接起电话后，立刻就开始说话了。

“天啊，真高兴可以跟你讲话。你有没有生活里大小事统统出差错的经验？让你觉得自己像在平静无风的暴风眼，而其他东西都在你四周疯狂打转？我今天就是那样。我本来不觉得那有什么大不了，后来我开始想自己觉得那有多恐怖，才越想越可怕。可是你别听我的，我真浑蛋透顶，没问你身体怎么样了。好啦，你好吗？”

“我很好。对，我每天都过着你说的暴风眼生活。老天，可以联络到你，我真的、真的松了一口气。我还以为我把你气死了，你永远不会跟我说话呢，小皇后。”

直到听到第二句话的尾巴，我才意识到那是男人的声音；又过十秒后，才知道那是伊泽克尔·费尔凯尔。但我试图思考他说的话语时，时间似乎变慢了，漫无止境地延展。最后他说：“你其实不是在跟我说话，对吧。你以为我是别人。”

我盘算着要不要当场挂电话。我忽然对电话上这个胖胖老男孩怒不可遏，气到四肢麻木无力。但在我切断电话前，他说：“好吧，你等一下，我准备了万一你不理我的对策。”电话那头远远传来拨弦声，是吉他，然后出现歌声。

“噢噢噢，我觉得真抱歉。噢噢噢，我好抱歉，真心抱歉。”

这歌词真令人发窘，但吉他的和弦繁复细腻，我终于听出和声是谁唱的了。是彼得·利德。虽然他吨位大幅缩水，但仍然拥有肥胖男孩淳厚的嗓音。

歌唱完后，我笑到岔气，几乎不能言语。当我恢复到只是喘着气、擦着眼睛的时候，我说：“叫彼得来听。”

电话换了手，彼得以瘦男人的正常声音说：“哈喽？葳莉？喂？”

“彼得·利德布丁派，转告你朋友，别亲了女孩又害人家哭。”然后我挂断了电话。

20

无名氏

先是以前，接着是现在。

以前天宽地阔。我跑过草地，穿过林木，小树枝刺痛了我受不了冬寒的双脚。我的族人被某个邪恶的坏东西追赶，在夜里悄悄迁徙。母亲跟我一起垂头看《钦定本圣经》，书页像皮肤屑，她的手指在阳光下很亮，指尖画过字句，在我的耳边轻柔地念着：地是空虚混沌，渊面黑暗。神的灵运行在水面上。那古怪的言辞从她嘴里吐出，听来像鱼一样闪亮。母亲的手贴着我的脸，强壮的手臂搂着我。父亲的脸色越来越悲伤。

现在是每边七步长的空间，地板都是尘土，褐色的，小屋里弥漫着肉类和男人的气味。有一小间木头和泥巴的房间，没有人碰我，我的皮肤渴盼着人类的温暖。昏暗中戴维烟斗的甜烟，戴维奇怪的内敛笑声，祖父放在天花板风干的芳草。白天独自在小屋里，底下城镇的喧嚣声像梦境，有一只生灵哼着歌，我看不到它，但很希望能见到。生活的现状是一年一件新的母鹿皮连身裙，几只猎犬在壁炉前打鼾，而祖父就着火光使用钻子。他的双手像鸟儿飞逃，编织、缝补、搅拌。月亮是掠过湖面的扣饰，我渴盼天空的颜色。这是我不能离开的沉默小屋。

滑顺、发出低语的湖水，在我眼里闪着无止境的灿烂粼光。

过去和现在之间，有我祖父一丝一缕织出来的故事。他会在漫长的夜里、在火烟里，轻柔地说出那个故事，故事以这些话起头：你父亲是我儿子昂卡斯酋长，你母亲是科拉·芒罗。多年来，你的族人受到湖西边的垦荒者威胁。垦荒者带着枪步步进逼，你的族人常常搬迁，以防被他们发现。

有一天，你们被发现了。我祖父总是这样说。

有一年秋天，戴维和祖父离开湖泊到西边寻找我的家人，打算和我的族人共度余生。但每一次他们找到我们营地的时候，营地都只剩下仍有余温的灰烬，人体的气味仍在空气中飘荡。他们找到我们最后一个营地，但他们晚到了几小时，所有东西都在焖烧，雪花覆盖着它们。婴孩们身上插着刺刀，像被剖开的雏鸡。妇女们的头颅在三步远的地方，注视自己的身体。我父母都赤裸身体，烧成焦炭，互拥。要不是父亲肩胛骨之间插着战斧，他们也认不出那是昂卡斯。而科拉，则是因为她紧握着她父亲的图章戒指，才确定女尸就是她。

祖父看着他们，觉得生命离开了自己。他哭了，戴维也是。他们掘开坚硬的冰封大地，埋了所有人。

之后，祖父在黑暗中为亡者的灵魂吟唱，火光边缘有微弱的动静，是我。我袒胸露背的身体发青，脸上、腿上都有血。我冲向温暖，祖父从我的眼睛看见我父亲，从我的体形看见我母亲。他当场呆住，却同时觉得体内燃起生命之火。我伸出冻僵的手，拿了在火上烤的麝鼠，将一把生肉塞进嘴里。祖父将肉挖出来，分不清哪块是肉，哪块是我的舌头。鼠肉和舌头都是血淋淋的生肉，我少了半截舌头。那时我四岁。

他们返回坦普尔顿了。由于不知道我的名字，姑且叫我无名氏，等将来知道我真名时再改口。我成了哑巴，说不出名字。他们始终没找到我的名字。他们将我关在屋里，因为那一带的女人没几个，而原住民根本不被当作人。他们说，要是想女人想疯了的垦荒者发现我独自一人，天晓得会发生什么事，就算我年纪那么小也一样。我想了几个钟头，仍然不懂他们的意思。后来有一天，我才晓得他们是指什么事。

但我确实记得那一晚。不过，祖父述说的故事是整匹布，而我的故事都断断续续的，像干旱夏季的惊雷，令黑暗世界阴森诡异。关于母亲与父亲的最后一夜，我记得：天很冷，很安静。我们找到营地，开始扎营。我趁母亲跟其他妇女讲话时，偷拿母亲的书去看。父亲盯着某处，叫了一声跳起来。之后是一片混乱，人马涌上，枪响震天，血花飞溅；一个垦荒者压在我身上，冰冷的地面抵得我的背发疼，然后他的头不见了，喷出一蓬血，而我父亲带着滴血的战斧、抱着我，将我丢到树上。母亲在尖叫，父亲转身；我手上的《钦定本圣经》仍然温热；大火。然后安静了很久。我坐在树上，像过了一辈子。

我爬下树，祖父的营火在我眼前旋转，我走上前。麝鼠的味道令我打颤，在我跑向那一圈火光前，吐出我在嘴里发现的肉块，那是我的舌头，是被我咬断的。

我就这样告别了天宽地阔，由于生活太狭隘，即使是最微小的东西，也显得硕大。一天两餐，每一餐就形同盛宴。祖父说个故事，就刺激得像我依稀记得的舞蹈，那夜幕、那弹奏、那嗓音、那红中透金的火光，还有人腿掠过火光的黑影。我将飞虫当成宠物，将猎犬当成兄弟。我总是凝视窗外，一连几小时观察云朵的细微变化，看云通过树木时的影子。那些年，我内心虚空得像一个空心蛋；那些年，时间像黄昏时的影子拉得长长的。我做梦、编织小篮、看我的《钦定本圣经》，上面有褐色的血渍。后来戴维教我几个字母，我学会阅读，读得缓慢而痛苦，无法彻底明白书里的内容。

老怪人戴维是我未来的丈夫；我一直都知道，这是我听他们说的。但他待我很好。他在我身边总是小心翼翼，不看、不碰，尤其是在我逐渐长大时。但他的心意在他做的炖肉里，在冬季树木的第一个淡色的芽里。他的心在他将那些东西放到我手上时颤抖着。他是一位和蔼的叔叔。我长到十二岁时，我开始思索丈夫的意义。有一次，只有我跟祖父在小屋里，戴维仍在森林里打猎，我问祖父丈夫的事，照着祖父教我的方法唱歌，但他只是抽着烟斗看我，直到我生着闷气离开。我想把烟灰丢到他眼睛里，最后我却只把玩一只小狗的柔软耳朵。

在那种时候，我只是装乖。但我一向就不是真的很乖，根本就不乖。

打从第一次到小屋，我每天都不乖，我喜欢靠向门边。外面是禁区；要是我出去被逮到，就要受到惩罚。第二年，我六岁，我大着胆子伸出一只脚趾。当祖父去镇上卖篮子，而戴维去树林打猎时，我便用舒服的阳光温暖我的脚趾；我这么做做了一年。在夜晚，我会感觉到脚暖洋洋的，有白天的温度，一股野性会像突如其来的冬季暴风雪在我心里扬起。祖父会看着我，我会别开眼睛，而戴维坐着说话、抽烟，安适温暖，什么也没瞧见。

又过了一年，我便敢将肩膀和整条腿伸出去，看着外头，感受风的吹拂。又过一二年，我会站在松树荫，像母鹿侧耳倾听脚步声，当戴维还在半英里开外，我就窜进屋子。当他们问我事情，比如要不要多吃一个马铃薯或一些枫糖，有时我会说出违反心意的答案，让谎言像一颗热石头藏在心里。夜里睡不着的时候，这些事会令我发笑。我无耻，之后的几星期，我会举止得宜，认真清扫小屋，做出漂亮的篮子。然后我会再犯；我会撒谎；祖父会看着我，而我会觉得善良在我心里变质、发酸。

在十岁的那一年，我敢朝湖的方向走二十步了。湖水招着手，向我唱歌。风推阻我，又放开我。我迫切想让皮肤与湖水接触。我看到醉醺醺的昆虫聚在树林里，这令我感到惊奇。外面的世界似乎无奇不有。待在屋里时，我感到怪异的沉重，空气进不到我的肺。

十一岁时，我径直走到湖里，热沙在我脚下滑动，我感觉到小鱼的小嘴巴啮咬我脚踝的毛发，那触感几乎令我落泪。那一天，我涉水到膝盖深，这大胆举动把自己吓坏了，直到十二岁才再次尝试。十二岁时，衣服套在身上的形状已经变了，皮肤有些地方也会发烫，而戴维完全不再看我。野性在我内心昂扬；我追逐他的目光，幻想如果在漫长的冬天钻进他的毯子，会发生什么事。然后我会看看祖父，感到羞愧，改想别的事情。

我的劣性渐渐滋长、壮大。有一次祖父带回卖篮子的铜板，我拿了一枚闪闪发亮的，埋在松树下。我将戴维的其中一把刀磨钝，不为什么，只因为我办得到。我脱下连身裙，在漫长的午后赤身睡在毛皮上，直到靠近的脚步声吵醒我，然后匆匆穿回衣服。

我终于无法忍受后，便出去外面的世界了。在那一天，我感受到万事万物，阳光、岩石、树上的小动物，都看着我。我到了湖边，走到水盖过我头的地方，看着头发漂升到水面，看着头发与水里的绿光交织旋转，小虱子鼓胀起来。

那一天，我从湖里出来，远远看着在镇上街道走动的小人。我挤到路边的两块大石中间，躲着看人们路过，腰身紧绷的女士们侧坐在马背上，男士们的马奔驰着，扬起烟尘。我看到怀里抱着儿子的母亲，情侣们手挽着手，他们在初初碰头时总是会握紧彼此的手；我的身体感受到那些人的每次碰触。我喜爱他们所有人，我爱看他们，幻想他们说的话，那些话语在我耳里柔和而无形无状，但我最爱的是男人。我喜欢那个脸上一团和气的驼背男人，那个毛发茂密的胖男人，那个自言自语、鼻子像针的寂寞小男孩，还有一个身材很庞大的男人头上撒了白色发粉，他帽子陷入头发的地方碰掉了发粉，变成一条条的红色痕迹。

我溜回家，觉得内心的劣性增加。我在脑海见到祖父，他神色悲伤，但那没有阻止我边跑边笑。猎犬来迎接我，它们凉凉的鼻子碰到我腿上很舒服。小屋仿佛微不足道。

整个下午，我坐着看《钦定本圣经》，让文字的生命力拉着我走过那几个钟头。那些字像一扇窗，像光明本身，而我可以在其间看到母亲。即使是我坐在那里的时候（《钦定本圣经》在手，吹进窗户的风静静翻动薄薄的书页），我也晓得会再去湖边。我会再溜到湖岸边，赤身下水。我要将祖父的脸逐出思绪。鱼滑溜溜的侧身会拂过我全身，鳗鱼会啮咬我的头发。湖里的水草会在我脚下分开；光线会在穿透水深处时颤动。我会在湖里渐行渐远，穿过有许多岩石的湖底，到达镇上。然后我会从水里出来，加入其他人。我会搬到他们的街道，走进他们的生活，他们会转向我。女士会赞叹地拍手，男士会用长长的臂膀拥抱我，小孩会绕着我转圈奔跑，人人都会驻足微笑。他们会伸出手碰触我。我会像婴孩从一个人手里传到另一个人手里，碰触坦普尔顿所有的人。最后，最后，大家都会欢迎我加入他们。

21

一败涂地

不知何故，我很难鼓起勇气回到纽约州历史协会图书馆。那个星期，每次想到与彼得·利德或伊泽克尔·费尔凯尔碰面的事，整个人便没来由地害羞，不愿去做任何必须踏出家门的事。我没从事我应该进行的调查，却打电话给克拉丽莎，一聊就是几个小时。她提到萨利在她身边时逐渐沉默，她的实验性疗法慢慢击退狼疮，还提到一条她觉得自己有体力跑的新闻。我则说了德怀尔教授、在体内滋长的腹中宝宝、我父亲躲在坦普尔顿某处，就像书里的情节一样，你在拥挤的人群里寻找他，最后才会看到穿着红色条纹衬衫的矮小男人向你挥手。我们会聊到她睡着，或是到她不耐烦地干笑说："葳莉，亲爱的，你不必整天都跟我聊天。我又不是一个人。我也阅读，我也睡觉，我还得看我的肥皂剧。"

我也将辛纳蒙与夏洛特的信件一读再读，直到我无法继续忽略摆在眼前的事实：那两个女人怪是怪，却与我父亲无关。我总算向母亲确认的那一天，她正坐在古旧的藤椅上，为脚趾涂上符合浸信会信仰的白色。她没抬头，只说："你总算来问我了，葳莉小乖乖。快快快，你该继续下一步的调查了。”

“总督·埃夫里尔？”我扮个鬼脸。无论辛纳蒙是否捏造父亲的一切，他仍然是个骇人的家伙，在走廊墙上画像里看来非常冷漠严厉，那只歪斜的眼睛怒视着。“雅各布·坦普尔？”

“答对了。”她说，“开始调查吧，两个都查。你得尽快搞定，回到克拉丽莎身边，还有学校。”她将指甲油的刷子插回瓶中，摇一摇。“再两星期就开课了。我在网上看到你要教勘测学。恭喜你，你要回到校园了。”

我站在门口，抱着双臂，盯着她。“妈，话是没错，只是我有一个小问题。我有个小孩得拉扯大，对吧？”

这时母亲抬起头，视线便没再回到脚趾。她皱眉说：“总算等到你问我意见了。葳莉，我就有话直说。抱歉，你不能生下孩子。”

阳光落在母亲头上，映照得花白的头发像打火石，像铁丝。她抬起脸，看着我喘了一口气。我向她走近一步说：“你开玩笑，你是宗教狂耶。别跟我说你支持堕胎？”

“我支持做一个有担当的家长。”母亲说，“你根本就没有养育小孩的心理准备，这个世界不需要再多一个遭到半遗弃的小孩。没错，我信仰虔诚。”她站起来面对我。“但我也重视理智，亲爱的。我也是专业的医疗人员。在怀孕初期拿掉没什么不对，胚胎还没办法独立存活。我建议你赶快解决掉，等你以后准备好了再生。如果你听了不舒服，或是没料到我会讲这种话，我只能说抱歉。但我爱你，也会爱你以后的所有小孩。这对大家都好。”

“咳！我的妈呀！”我说。

母亲注视我的眼睛一会儿，皱眉说：“阳光，你的事跟我生下你不能相提并论。以我的处境来说，我一无所有，而你是我人生中最美好的事情。那时我嗑药很凶，性生活也没有做安全防护，日子糟糕又不健康。而你呢，你拥有一切。我辛苦了一辈子，供应你一切，你也很争气。现在生小孩，会是你遇到的最糟的事情。”

“这要我说了算。”但我的口吻连自己也觉得没信心。“只有我可以决定。”

“没错。我可以替你挂号。”她拍拍我的手臂。“我可以鼓吹你做出最好的选择。但我不能替你决定，乖女儿。你得自己做主，让我知道你要我怎么帮忙。”

说罢，母亲便走出房间，一股微妙的高压也随她而去。自从回家，我一直畏惧这一场正面交锋，一直害怕我会决定做出我知道最好的抉择。没错，我既想留住腹中宝宝，抱着哭号的新生命，看着宝宝长成一个真正的人；但我也一样想让胚胎离开我的身体。一个是不负责任、不符逻辑、完全错误的举动，另一个决定则正当至极，在我耳边尖声嚷着它才是对的，直到我捂住耳朵。我离开房间时，瞥见自己在镜中的脸孔，看到自己拉长了脸，病恹恹的模样。

于是我下定决心，大步迈向坦普尔顿光辉灿烂的秋季，随身带了笔记簿和笔。我要继续认真调查，那才是正事。等回家后，就打电话给医生，约定看诊时间。事情很容易解决，看一趟医生，动个手术，干净利落。我会找到父亲，会甩掉腹中宝宝，只剩下破碎的心及混账教授要应付。

但事态发展总是不如预期。我就像童话故事里的女主角，在前往富兰克林庄园的一英里路上，三度受到拦阻。

第一次是一辆红色敞篷车温吞吞地驶下湖滨西路。车上载了三位歌剧女伶，她们正临时起意在放声高歌。

“Il destin così defrauda，le speranze de' mortali.”她们越唱越嘹喨：“Ah chi mai fra tanti mali，chi mai può la vita amar？”[1]

歌声在那阳光照耀的乡间马路上非常震慑人心，我不由得停下来，觉得心像水晶一般粉碎，但心跳只停了一拍。那歌声完美无瑕，高妙绝伦。泪水涌上我的眼眶，女伶们停止歌唱，笑成一团，驱车离去。只剩下一头漂亮的泽西乳牛和我在那闹哄哄的早晨互望，表情恍如在梦中。

我在心里回味着听歌的那一刻，走过乡村俱乐部的石砌大门，发现黄色的巨大深海探测仪旁边，有一群穿着潜水衣、像海豹一样光亮的潜水员，他们正在看一张摊在地上的地图。他们看来像吃腐肉的乌鸦。我想起自己曾碰触湖怪雾蒙蒙的冰凉桃色皮肤，哀伤的狂潮便席卷我整个人。

最后一次停步，是因为我还没准备好进入图书馆，便闪躲到蒙着灰尘的富兰克林庄园博物馆。我独自一人；没有人在馆内强制我买票，于是我溜到侧边一间漂亮的小房间，俯瞰青草地之外的湖泊。房间里照明不佳，墙壁是胡桃木材质，有挑高的天花板。我一转身，发现自己闯入别人的对峙僵局中。

马默杜克下巴肥满的严肃画像挂在壁炉上方，他似乎看了看我，然后将目光移向房间另一头，停驻在对面的墙壁上，看着雅各布的画像真迹——这位小说家笑容扬扬自得，头部周围的光晕明亮。

1　莫扎特歌剧《女人心》(*Cosi Fan Tutte，Act1*)的片段。中译文为：命运摧毁人的希望。在如此不幸中，谁还能热爱生命？——译者注

我感觉到他们父子的紧绷僵局。我置身在两位祖先中间，一边是地主，一边是伟大的小说家。我觉得自己成为他们意志拔河赛的绳索。

“二位，冷静点。”我总算开口，“别把我扯进去。”然后溜之大吉。

我不由自主走向图书馆，试图从熟悉的地方寻找慰藉。可是悲伤又惊魂未定的我到了阴暗的小图书馆后，柜台后的瘦小老太太看看我，皱眉说：“你的朋友彼得出去了，别问我他去哪，我也不知道。”

“喔。”我如释重负，却也不知所措，本来还以为彼得必定会在场帮忙。我在图书馆绕了一圈，回到老太太的柜台。或许是因为今天早上的经历太不真实，又是女伶，又是潜水员，又是画像，害我嗓音也像沾了泪水：“你知道雅各布·坦普尔的数据放在哪一区吗？”

老太太像蟾蜍一样向我眨眼。

我等了等，猜想她八成不知道，她年纪太大，恐怕连沏杯茶都成问题。

然后，山羊婆婆绽出我今生今世从没见过的可爱灿烂笑靥。她说：“今天你真是吉星高照。亲爱的，你面前的人可是世界上超级顶尖的雅各布·坦普尔专家。”

我们慢条斯理地走向她在图书馆后头的小房间。我在一旁等待，她则温吞吞地忙着弄她的锅子。最后，她坐下来说：“我是黑兹尔·波默罗伊。我在这里待了，哎呀，一辈子。你到底尊姓大名？”她啜着刚泡的绿茶，就连这一点我也没料中，她确实会煮茶。

“葳莉·厄普顿。”我微微叹气。“我想追查雅各布是不是到处跟人睡觉，在某处生了个……呃……小杂种。”

黑兹尔瞪大眼睛，似乎有满腔的话语想一吐为快却被噎住，就像刮倒的树干堵塞住水坝。好不容易，她说：“我的天啊！你是葳莉·厄普顿？让我好好瞧瞧。”

这种事我也习惯了：所有的历史老师见到我都很兴奋，连大学老师也不例外。我是来自名门的活化石，常被人端详，寻找与祖先的相似处。她眯眼打量我，最后摇摇头，笑了。

“你还真的很像马默杜克。”她说，“泛红的头发、你们的身高、坚定的下颌、红润的脸颊，真是个绝世美人。”

“多谢夸奖，黑兹尔。”我说，但她话还没说完。

“一点都不像你的老外公乔治。他可真是个怪胎，老傻瓜。”她说，“他以前是我的未婚夫。”

世界霎时静止，尘埃也在光束中定住，不再飞动，仿佛灰尘也吓得怔住了。我心想，或许黑兹尔·波默罗伊是我父亲的母亲。或许我看错乔治了，或许他风流在外。或许我正看着自己的奶奶。

但黑兹尔看到我的表情后，扯开嗓门：“没有，不是那样的，亲爱的。他娶你外婆的时候我才十六岁，还只是个傻女孩。有一年夏天他从耶鲁回来，成了那一年的黄金单身汉，拥有博士学位，是坦普尔之后小赛·厄普顿之子，长相不丑，以及其他诸如此类的好条件。他带我去杂货店吃圣代，我以为那就表示我们订婚了，还昭告天下，真是闹得一团糟，后来我发现才过了一星期，他就向你外婆求婚。我们女生都傻了眼，因为那时候，你外婆算是老姑婆。二十八岁，外貌又不出色。我无意冒犯，我知道她是你的家人，但她实在丑到家了，你外公还比她小十岁。我到现在还是不懂，你外婆怎么套牢他的。后来我想，你外公娶她，不是为了她，而是因为她是活泼的老奴隶赫蒂·埃夫里尔之后，他是为了她的家庭背景。也就是说，他娶了自己的亲族，纯粹是要让埃夫里尔这一支的血脉可以透过这种怪异、扭曲的方式，回归坦普尔家族。我心碎了足足……唔，一个月。说来奇怪，年轻时那些让我们死去活来的事情，到了老年，全变成笑料。”

我本来也觉得黑兹尔这句话是出于无心，不过是老人家漫无边际的可爱说话方式，急切地想分享怀旧的情绪，可是她的眼神太狡狯了。不晓得她猜出多少我返乡的缘由。我别开眼睛。

“总之，我不怎么难过。”她说，“死者为大，但你外公冷淡得像蟾蜍。我晓得大家怎么说的，但他跟菲比的死法，绝不可能是谋杀兼自杀。简单一句话，那是单纯的意外。全世界有驾驶执照的人里面，就属他的视力最糟糕。他把车子开出路面不晓得多少次了。不过就是从埃夫里尔别墅开车到这里上班，才一英里路耶，简直气死人，还要劳驾我的老爷车帮忙把他的车拖回路面。我不会怀念他在的日子，一点都不怀念。你知道吗，我一个人的日子舒服多了。”她向我眨眨眼。

“那不错啊。”我说，“乔治跟我想的一样惹人厌吗？”

她眨眨眼说：“不会，他人很好。”

“喔。”我说。

然后她笑说：“刚刚是骗你的。你提到了‘惹人厌’，吓了我一跳。你知道他是我在这个图书馆的上司。他实在很不会做事，馆里大小事情都是我一手包办。”

“想象得到。”我注意到手里的茶凉了，将茶杯放到桌上。“好了，波默罗伊女士，你知道雅各布什么事情呢？”

黑兹尔·波默罗伊安然靠着椅背，挂着相同的狡狯微笑望着我。

“葳莉小姐，你腾得出几个小时吗？”

“叫我葳莉。”我说，“我有几天的空闲。”

“好，我来告诉你一个故事。”她说。

这是黑兹尔那天一面啜饮无数杯茶，一面告诉我的故事：

雅各布是家里七个小孩中最年幼的一个，但他的兄姊几乎都夭折了，只有他跟年纪大很多的哥哥理查德存活。雅各布出世的时候，马默杜克已经富甲一方，理查德已是男人，毛发丛生，以至面部都快找不到眼睛了，衣服与皮肤之间也用软垫隔开。他们的母亲伊丽莎白孱弱而娇贵。

根据传说，雅各布出世那一天，他母亲总算从伯灵顿来到坦普尔顿，在丈夫著名的村庄定居。她前脚才到坦普尔庄园，雅各布便蹦出来，哇哇哭号。这项传闻没有真凭实据，但他一辈子确实都很歇斯底里。

从一出世，雅各布便是马默杜克努力栽培的宠儿。由于马默杜克来自默默无闻的小地方，伊丽莎白能读不能写，理查德的教育顶多只算聊备一格。马默杜克决心让雅各布成为绅士，拥有绅士的教育。因此，雅各布两岁时，便学会读、写自己的名字。四岁时，他的法语流利得像法国人，诗文倒背如流，能做简单的算术，写得一手好字，开始学习拉丁文。十四岁时，他丧父五年，伊丽莎白将儿子送进耶鲁，以完成马默杜克的遗愿。

当然了，这么年轻的富家子弟在校园中必然很难捱。他酗酒、赌博，结交狐群狗党，十六岁时被退学。他用一篮火药炸开同学的房门，那是喝醉酒时的恶作剧。他的朋友统统逃离现场，他则醉得不能移动，瘫在院长的脚跟前，咯咯笑着。这是他人生的第一次挫败。

他返回坦普尔顿，通过哥哥的帮助在商船找到工作。他一向梦想前往异邦，见识艺伎、长颈鹿及其他在书上读过的奇妙事物。但他航行的范围大部分局限在伊利湖，二十一岁便结束航运生涯。这是他的第二次挫败。他转往曼哈顿，虽然没有大学学历，却在父亲权势朋友的协助下，试图成为律师。法律不是他的强项，他完全不能掌握法律概念。这是第三次挫败。

在曼哈顿时，他爱上美丽的轻浮女郎索菲·德兰西。她的家庭人脉很广，通常根本不理睬他，因为许多财力不亚于雅各布的男士在追求索菲，他们的家族声望多半高于坦普尔家族，况且坦普尔家族只有一代的历史，还是从泥巴地里冒出来的。可是不知何故，索菲答应他的婚事。没人知道她忽然青睐雅各布的确切原因，但这对夫妻在婚礼后约八个月便生下第一个女儿，因此大家便自己做了结论。

索菲的父母送他们位于哈德孙河畔的土地，雅各布尝试当绅士农民，但成绩不甚了了。由于土地的营收不多，索菲又是出手阔绰的太太，他们荷包大失血。

在这场人生的第四次挫败里，农场有些牛罹患炭疽病，必须扑杀，雅各布忙了一天，夜里读了苏珊娜·罗森的作品，起身将书一扔，嚷着：废话连篇！我两个星期就可以写出比她好的书。索菲放下女红，愠怒地说：那就写啊。雅各布应声说：老天在上，写就写。他果真写了，两星期后他回到家里，集合家人（那时他只有四个大女儿），开始朗诵手上的纸页。连续一星期的夜晚，他们全家坐下，入迷地听他的故事。故事念完后，索菲一把扔了针线，跑向丈夫说：噢，我就知道你不是窝囊废，我就知道！他以笔名自行印刷出书，大为畅销。但以今天的眼光来评判，那只是当年英国风行的客厅小说的拙劣仿作。

苍白的女主角脸颊酡红，心地善良的严厉贵族，小步舞曲、女红、受到连累的妹妹们、原谅、做爱。

雅各布受到了鼓舞，勤写不辍，几个月后又完成一部手稿，这回以本名发表。大家买他的书是出于爱国，因为截至那个年头，在新兴的国家美国，市面上的书籍全是在英国撰写、出版的，美国好不容易才出了一个文笔不输给英国人的子民。他一炮而红，一写再写。想想往年没有计算机、打字机，只有纸、墨水、羽毛笔，以及后来才流行的钢笔，写作真是麻烦得惊人。

于是，这家人去了欧洲十年，耗尽雅各布创作的收入、索菲剩余的全部财富，他的家产也挥霍一空。他们与索菲的男性爱慕者交游，过着阔绰的生活，女性的必备物品样样不缺（扇子、蕾丝、缎带），这些都需要花钱。等到毛茸茸的老理查德写信给雅各布说要停止让他支领家族的钱财、说他应该返回坦普尔顿处理财务时，雅各布一家人已陷入赤贫。他们那时有八个女儿，统统以花名命名，只有小女儿夏洛特例外，她是父亲的掌上明珠。

说到这里，黑兹尔·波默罗伊挨过来，瞪大雾蓝的眼睛说："现在讲到秘密的部分，这是你从别人那里问不到的事情。你看这个。"她翻开一本书，给我看里面的鲜丽画像。"他们在巴黎的时候，请画家画了这幅女儿集体画像。你看一下，跟我说你看到了什么。"

我凑向前，打量图画。八个漂亮女孩排成一列，都穿着十九世纪的礼服。我端详再端详，就是看不出黑兹尔打什么哑谜，最后才灵光一闪。她们发色的色域极广，最深的是小宝宝夏洛特的暗红色鬈发，最浅的是双胞胎姐姐仙女般的明亮金发。肤色也大异其趣，有夏洛特的白皙肤色，也有深橄榄色。她们的鼻型、嘴唇、脸蛋、眼睛各有千秋，简直跟孤儿院的一群女童没两样。只有夏洛特拥有父亲的深色眼眸，只有夏洛特拥有马默杜克的（及我的）宽下巴。

“她们长得不像姊妹。”我说。

黑兹尔点了点头。“没有人会明讲，但有人认为索菲没有善尽妻子的责任。你应该懂我的意思。也许夏洛特只是一时运气才有的。索菲在新嫁娘时期写过一封信给姐姐，我背给你听：‘*多萝西，说也奇怪，我的新婚丈夫虽然会唱歌，能言善道、性情开朗，血管却老在最紧要的关头结冰*。’我想，这暗示雅各布没能满足她的需求，因为多萝西在回信说，也许妹妹应该给丈夫喝用夏季的草本茶香薄荷、人参和曼陀罗根调配成的药酒，跟你说一声，这些全是壮阳药。我再引用一句她的话：‘*使用母亲教过我们的最强效符咒*。’还有一个秘密要告诉你，她们的母亲是一位美丽的法国女郎，身家背景很神秘。有些流言指出，在席朗·德兰西从巴黎带她到曼哈顿前，她是一位交际花。”

我吹了口哨，说：“好吧，所以索菲如狼似虎，雅各布却不举，老天，黑兹尔，你不能捏造这种事情。”

黑兹尔粗声笑起来。“我没有真凭实据，也不会在找到证据前轻举妄动，公开发表这种主张，但雅各布这一房似乎只有一个女儿是坦普尔家族的后裔。你说你想调查雅各布是不是生了杂种——”她将瘦得像火柴的手臂举到脑袋后面，“我认为你的措辞算好了。如果你问我的看法，我会说，他在这个家族里比谁都像你那个冷冰冰的外公。”

我看着黑兹尔，眯起眼。或许我是有意探她的底才会说：“那么，你是说如果不把赫蒂算进去，我跟马默杜克就没有直接的亲族关系。因为如果夏洛特只是领养了她姐姐的儿子，而她姐姐们跟雅各布都没有血缘关系，那我就没有马默杜克嫡系后裔的血脉。”

黑兹尔眨眨眼，咧嘴笑了。“那你就错了。”她得意扬扬，“我们有一封一位曼哈顿医生写的信，宣称他曾经帮夏洛特接生，产子日期是在夏洛特的姐姐黛西过世几个月后；黛西就是大家认定的亨利之母。黛西显然不可能在坟墓里生孩子，因此几乎可以确定亨利其实是夏洛特的儿子了。你也知道，如果亨利是夏洛特的孩子，而夏洛特是雅各布唯一的亲生女儿，亨利必然拥有马默杜克的血统。哈！无论如何，我过去十年都在研究这些事，想找出实际的证据证明夏洛特未婚生子。我正在写一本书，叫《秘密与诽谤：坦普尔家族的惊人故事》。你也会在书里。”她坦率得眼睛发亮。“还有你母亲薇薇安在自由性爱公社的故事。我一直问她，能不能让我去阁楼搜查看看，但她老是不肯。我说她阻挠学术研究，但你晓得你母亲的为人。她真是活力四射。”

我大可随手从包包拿出辛纳蒙与夏洛特的信件，交给这位老太太，瞬间让她功成名就，称心如意。但我内心的阴险小精灵令我保持沉默，或许也是害怕一将信交到她手上，她会心脏衰竭；又或许，我只是气愤难平，一个陌生女人竟然想将我的家族秘密公诸世人。我正要开口、将信送她之际，却腹痛如绞。

我倒抽一口气，黑兹尔担心地看着我。“亲爱的，你还好吗？”

“没事。”我说，“我很好，谢谢。”

就这样，我们坐在图书馆后头小厨房尘土飞扬的阳光中。肚子疼得厉害时，我幻想腹中宝宝的沙丁鱼头发现周遭晃得像地震，不禁困惑地钻扭着，思忖那是怎么搞的。然后绞痛舒缓了，当我抬起头，黑兹尔正盯着我，一脸机灵相。“你没说过究竟为什么要寻找非婚生的祖先。你想追查什么？”

我只向她笑一笑，竭力把话讲得云淡风轻：“喔，你知道的嘛，我只是好奇。”

“是喔。”她说。

“话说回来，”我说，“你没有雅各布对女人冷淡的确切证据吧？只是凭直觉猜的，对吧？你没有凭据？”

“是没有。”她说，“我拿不出证明。但我读过他写过的每一篇日记以及全部有关他的书。亲爱的，我读过他所有的鱼雁往返，也看完全天下的相关文献，依然一无所获。没有，我没有证据。但他很热衷写作，就像你外公心醉于历史，而乔治是世上最冷漠的人。如果那是家族特征，我不会感到讶异。”她露出苦涩的表情，又给我一个奸诈的微笑。

“好吧，”我说，“假设我要查出他有没有出轨，我该从哪里下手？”

黑兹尔深深叹了口气，阖上眼。我竟然向瘦小虚弱的老太太提出这种粗鲁的问题，我不禁感到困窘。日落西山，天空变成深蓝色。这时她睁开眼睛说：“只剩下一个法子，就是读他的小说。”

“什么？”我说。

“看他的小说。亲爱的，老天在上，虽然这不符合‘证据’的一般概念，但你可以间接查出他是否有所隐瞒。小说是很妙的东西。有时候，作家在小说里透露的私人事情，还远远超过作家写的任何回忆录。”

“好吧。”我说，“这个我办得到。他写过几本书？”

黑兹尔一边说，下巴的毛一边颤抖。“只有五十五本。”她咯咯笑，令人联想到羊，而我的心往下沉了。她的笑声填满老图书馆，似乎发出回音。那回音仿佛在说五十五本！十天内要看完！哇哈哈！然后她站起来，蹒跚地走开。几分钟后，她推着小车回来，一本一本地将上面的十本书递给我。“亲爱的，书来了。”她口吻愉悦，“先从这些开始，看完再换别的。”

“谢啦，黑兹尔。”我站起来，外公放信的牛皮纸袋沙沙响，那正是我的罪愆之声。“谢谢你招待我喝茶。”

“别客气，小姐。”她说，“帮我在你家里寻找信件之类的东西，好吗？”

“我尽量。”我收起书本，试图按压住气馁。这时，我忽然灵光一闪。“黑兹尔？可以借用电话吗？是长途的，但我会还你钱。”

“不用还，州政府会买单。”她说，“打完就快走，我该关门了。”

黑兹尔拖着脚收拾东西，我拨了克拉丽莎的电话号码，屏息等待。她接听时说：“什么事？”听来半睡半醒。

“克拉丽莎，”我说，“你知道你基本上只是坐在家里，什么都没做吧？”

“什么都没做？”她说，“你爱说笑。没有我，世界不会转动，指路明灯会熄灭，我所有的孩子都会陷入黑暗。综合医院会变成非常特——”

“……是是是，超好笑。”我说，“听我说，记得你以前是大学的速读冠军吗？”

她回答时，语音如梦似幻：“我一小时看完《高老头》，三小时看完《空间诗学》。”

“是，”我背起包包，将雅各布那些沉重的字句扛在肩上，“你想接受挑战吗？”

“天啊，”克拉丽莎小呼一声。“随时欢迎。”

当我向克拉丽莎说明完毕要她做的事，讲好用隔夜快递将书寄给她，她早上便能收到，黑兹尔已经结束清扫，图书馆的灯也关闭。她站在门口，摇摇钥匙说："要搭便车吗？"

"不用了，"我向她微笑，"谢谢！天气很舒服，我用走的。"

黑兹尔拍拍我的脸说："你应该多笑一点，你笑起来很好看。"然后摇摇晃晃上了像帆船的车，引擎轰轰响，喷出一蓬油烟，驶下了车道。

时间已经够晚，天也够黑，行人冒险穿越高尔夫球场，也不会被疾速飞行的球砸到头了。于是我走下富兰克林庄园的草坪，小心走过岸边，爬上球场平整的青草地。我斜越乡村俱乐部的停车场，朝下走到餐厅后头，里面有夏威夷音乐，空气里飘着浓郁的烟，那一定是烤猪。露台上有闲晃的成年人，咯咯笑着。我走下山坡，穿过湖岸上正在玩抓人游戏的小孩，他们胖嘟嘟的小身体飞驰而过。两位老人家仍然在网球场对战，无视网球只是在他们之间往返的光溜溜绿影子。高尔夫球场的地面平整细致。

我听见自己声音时，才意识到我在和腹中宝宝说话。"我不是会质疑人类存在意义的人。但我不晓得我不得不甩掉你的时刻来临时，我会怎么做。"

然后我思考干脆放弃的状况：让腹中宝宝愈长愈大，直到腹部昂然挺立在世界中。让伊泽克尔·费尔凯尔将我追到手，一天醒来，我就在坦普尔顿廉价地段的殖民式小房子里，屋里有三个小孩、一个没有丈夫之名却有丈夫之实的烤肉高手。每两个星期，他就会邀请我们的朋友到家里小酌，他会说服我加入保龄球队。我会在大街开一家与棒球无关的店，店里摆满美丽的货品，足可供我们的家庭过着舒服的中产阶级生活。当我母亲过世，我们会搬到埃夫里尔别墅，将破游泳池修整一番，改为比较高级的瓷砖泳池。我的儿女会就读优质的中等大学，诸如贝茨学院、斯基德莫尔学院、波士顿学院，毕业后在好公司上班。当我年老而泽科退休，我会被他烦死，又像返回坦普尔顿前一样猛看书。我会重拾糊涂学者的身份，没有建立任何功名的指望，只有三个儿女跟我比起来还算成功。

虽然这则未来的想象带来些许安慰，但想到那样的人生，仍然令我觉得皮肤里有好像蚂蚁大军正在试图啃咬出一条出路。

我穿过奥特莎加旅馆的庄园，走过邻居们宽阔的湖前草坪。到我们家后院时，我垂着头，踏过深及小腿的草，爬上斜坡，经过母亲那座挤到不行的菜圃，经过覆盆子那一畦，经过油漆逐渐剥落的老旧木秋千，心里没想什么。我走到外婆的多年生植物花坛，那花坛在母亲丰沛的爱心照料下枝叶蔓生，这时我才抬起头。

我停下脚步，第一眼看到的是泳池兼蛙塘周边的杯式蜡烛，三块脏兮兮的浮板表面上插满蜡烛，看来像燃烧的小岛。之后，我才看到椴树下的桌子，桌上的烛光照亮周遭的白色桌巾。三道人影坐在桌前。我听到与气氛格格不入的采摘声音，我停下来，从老紫丁香下暗窥，思忖我撞见了什么事。也许是牛奶牧师兴起浪漫情怀，想来个一夜缠绵？也许母亲又像以前我年幼的时候，举办起大地之母庆祝活动？

然后我清楚听见低语声中夹杂了母亲的声音。起风了，烛火摇曳，照出另两张脸，我看到彼得用拇指随意拨动小提琴，费尔凯尔直视椴树枝丫间的夜空。

“厄普顿伯母，她到底跑哪里去了？”彼得说，不耐烦地弹一下小提琴琴弦。

“以葳莉那个性子，哪里都可能。”母亲说，“她是怪胎。”

母亲的话逗得大家一阵呵呵，每个人都笑了，一起笑。这令我有点不爽，我就从紫丁香后面出来说：“我在这里。”他们转身看我，显然以为我会从二十世纪七十年代侧翼的平板玻璃门现身，彼得连忙起身，使得椅子向后倒了。母亲站起来，烛光照在她脸上，阴影令她下垂的脸庞显得紧致一些，容貌挺可爱的。费尔凯尔迎了过来，彼得拉起小提琴。费尔凯尔拉着我的手，引我到桌位。桌上堆满奶酪和沙拉，面包和葡萄酒，我背对屋子坐下，望向柏油似的湖面，费尔凯尔从他椅子下拉出一大束母亲种的薰衣草。我愣愣坐着，说不出话，小提琴声止息。在新的一波沉默中，青蛙呱呱叫，乡村俱乐部的夏威夷音乐从湖面飘荡过来。

“谁来解释一下，这是干什么？”我说。

费尔凯尔凑向前说：“我们对前几天晚上的事过意不去，葳莉，因为你最近心情不好，我们还火上浇油。我跟彼得只是觉得不好意思，所以今天我打电话来跟你重新道歉，伯母接了，我跟她聊一下，她提议我们为你办一场这样的活动。彼得跟你妈妈做了这一桌美味的晚餐，吃饱后，彼得会演奏音乐，大家都会度过一个愉快宁静的夜晚，如果我们葡萄酒够多，也许还可以去湖里游游泳。”

“真是好浪漫。”母亲的声音已经充满酒意。

“真是不浪漫。”费尔凯尔说，“我们只是尽点心意。”

“我不知道该怎么说。”我说。

“那正是我们的目标。”彼得温厚地说。

“不。”我说，“你们做这些是可怜我？看在老天分上，你们同情我？”

“不妙。”妈说，“你伤到她的自尊了。危险哦。”

“妈，闭嘴。”我说。

我们陷入漫长的沉默，母亲锯起法国长棍面包。然后费尔凯尔开口了，他没有乡巴佬的腔调，嗓音因愤怒而紧绷：“你知道吗，葳莉，我们只是想为你尽点心，但如果你要继续摆架子，那就去你的。我是指，你日子显然不好过。你回到坦普尔顿，整个人瘦巴巴，一副要死不活的样子，瞎掰说要完成博士学位，可是老天，你明明是考古学者。你回坦普尔顿天天窝在历史图书馆，你的博士学位却是考古学，根本就说不通。高中毕业后我就没见过你，天晓得那都多少年了，可是你对我却只有屁话。什么‘伊泽克尔，我不要别人看到我跟你一起离开猛傀’‘伊泽克尔，真惊讶你也讲得出一句完整的话’‘伊泽克尔，你配不上我’。哼，去你的，葳莉·厄普顿。也去我的。”

他站起身，却沉沉跌坐回椅子上。这时又是漫长的沉默，母亲开始在大家杯里倒酒，费尔凯尔像小男孩似的撇着嘴，我存心作对，想碰碰他噘起来的美嘴，但我还没动手，彼得就叹气说：“我们做这些，是因为我们喜欢你，也是因为你不快乐，而我们想逗你开心。”

不知怎么的，这句话打破了僵局。在昏微的光线中，母亲的脸亮起来，露出喜色。大家开始用餐，只有我没动。我觉得自己越来越渺小，听着母亲称赞彼得做的鹅肝酱薄饼配糖煮无花果，彼得礼尚往来，夸奖她的朝鲜蓟填蟹肉，费尔凯尔说智利的金芬黛葡萄酒远远超过智利的卡本内葡萄酒，他在我们正在喝的酒里尝出烟草味与黑莓的味道，彼得说在我们青蛙呱呱叫的水池里，有一只青蛙做了一个超完美的A字形平贴入水动作。

这时，克拉丽莎最爱的双关句浮上我心头：你把钢琴扔下矿坑给我看，我就让你见识什么叫压扁的矿工（a flat miner）[1]。光是想到克拉丽莎，我便受不了自己了。我以极低的声音说："对不起。"

"小皇后，你说什么？"费尔凯尔说，"我没听到。"

"对不起。"我说，"我脾气很糟。谢谢你们今天晚上的心意。我是浑蛋。"

"很好。"费尔凯尔现在会向我微笑了，这是自从猛佬酒吧事件后，我第一次正眼看他整个人。他变得比较清瘦，胡子刮干净了，穿着一件领尖有钮扣的高级衬衫，佩戴着袖扣。他让头发留得长一些，遮住一部分过高的额头，额头在这昏暗的桌前更是不明显。他举杯说："敬葳莉。"

"敬葳莉。"彼得说，一根手指紧张地抚过小胡子。

"敬葳莉。"母亲说，"祝她找到需要的东西。"她从烛焰另一头送来一个飞吻，有漫长的一瞬间，烛光闪烁、摇曳、舞动。

一个接一个，杯式蜡烛自行熄灭了。一只青蛙必然对烛火摇曳的浮板感到好奇，因为它跳上去，弄翻了浮板，令上面的蜡烛在幽暗的水里嘶地全数熄灭。等到母亲从厨房端出用几个小盅盛装的烤布蕾，在桌上用火枪烧的时候，唯一的光源是她手上的蓝焰，以及香茅蜡烛在桌巾上映出的一圈圈光亮。我们眼睛已经适应黑暗了。

母亲逐一烧着布蕾，我终于向彼得、费尔凯尔说明寻找父亲的任务。"我已经回溯追查到雅各布，正要看他的书里有没有提到情妇之类的事情。黑兹尔说没有其他文献，我只能从他的小说里寻找蛛丝马迹。希望实在很渺茫。"

1　与降A小调（a flat minor）谐音，它们是同一个词组。——译者注

彼得喝酒喝得脑筋糊涂，在我说明时咯咯笑个不停，因为他觉得妈妈拿公社大做文章“超赞”。费尔凯尔安坐在椅子上，高深莫测地看着我。

然后，椴树浓黑的树荫里冒出一个人影，月光一度照亮了那个人。费尔凯尔的椅子翻倒了，他摔到地上，而那人叉腰立在他面前。

“原来你在这里。”刺耳的嗓音说，我的心陡然下沉，意识到这位必然是梅兰妮，也就是费尔凯尔没放在眼里的伴侣。现在的她体积庞大，浅浅的金发垂到尾椎骨，双拳大如火腿。“我看到你的车在前面，就料到你一定在这里。”她嘶声说。

“梅儿。”费尔凯尔在地上沉稳地说，“你找我什么事？儿子们好吗？”

“别跟我来‘什么事’这一套。”她说，“那是屁话。儿子在我妈那里。”

“很高兴见到你，梅兰妮。”彼得说，“来吃甜点。我们做了很多。”

“你闭嘴。”她说，但她的嗓音有点不稳定。她还没打量过我。“镇上的女人都说这婊子回来了，跟你去了猛伲，我还说不会啦，他一向觉得她是势利眼大浑蛋，而且他从来没跟她讲过话。记得你在高中怎么叫她的吗？去死小姐？大便脸。我确定你叫过她大便脸，像返校舞会那次她不跟你跳舞，你就说她是大便脸小皇后，这是你说过的话。”

我注意到母亲没有继续烧甜点，蓝焰改喷向梅兰妮的方向。

“梅儿。”我接话，却没有说完。我能说什么呢？说你那不重要的另一半对我不感兴趣？我不能说这种话，尽管我希望他对我没意思，那么讲却违反事实。说费尔凯尔和我永远不会在一起吗？这是事实，说了却会伤人。

"你。"她对我说，第一次怒目面向我。她的眯眯眼在肥脸上炯炯发亮。"你敢出声，小心我的拳头跑到你那张俏脸上。"

"梅儿。"费尔凯尔说，他仍然在地上。"我上次见到你已经是……嗯……一年了吧？你好吗？我知道你按时收到我付的赡养费，因为支票都兑现了，你找到工作了吗？"

"我们才十个月没见面，但没差啦，起来，我们走。"她向后退，让费尔凯尔可以站起来。他是站起来了，却扶正椅子，一屁股坐下。

"起来。"她向他吼，踢了椅子脚。虽然他跟着椅子向侧边一摇，但没移动屁股。

这时，彼得一手搂着我，另一只手摩搓起我的肩。"梅儿。"他说得万分轻柔，"我想你可能误会了。葳莉跟我，"这时他向我甜蜜一笑，"我们才是一对。泽科只是以朋友的身份来吃饭。"

"哟，讲得跟真的一样。"梅兰妮嘴上这么说，语气却失去笃定。我壮起胆子抬眼，发现几行细细的泪水流下她的脸庞，在月光下闪烁。她的视线在我们所有人之间流窜，从母亲移向费尔凯尔，从费尔凯尔移向我，从我移向彼得。她一手掩住脸，后退一步。

"梅兰妮。"费尔凯尔说，"现在我要和朋友吃甜点，我们也邀请你一起吃，你不用客气。如果你不想吃，我再打电话给你，我们晚点再谈这件事。"

"你，"梅兰妮微微喘气。"是我小孩的爸爸。"

"是。"费尔凯尔说，"我知道，亲爱的。法院裁定我属于儿子，而不属于你。"

"你有责任。"她说。

"我的责任是乔伊和尼基，而不是你。"他说，"梅儿，请别逼我再去申请强制令。”

梅兰妮听到这句话，便掉了头，宽大的背部似乎在抖动。她又转回来，格外凶狠地瞪我，然后走开。我觉得委顿疲倦，甚至比晚餐前更没精神。母亲继续烤甜点。彼得亲我脸颊一下，他稀疏的小胡子搔得我发痒。我们的汤匙挖下烤布蕾顶层的焦糖，费尔凯尔说：“刚刚很不好意思。”

“唉。”母亲的声音听来也有点发抖。“这就是人生，养儿育女会让人有点疯疯的。”她拍拍费尔凯尔的肩膀说，“我了解那可怜女孩的心情。我是过来人，但我也知道没办法强迫别人爱你。等时候到了，她自然会懂的。”

我们默默吃完甜点，塘里间或传来蛙鸣。我不时抬头看费尔凯尔。当他的情绪少了几分凝重，当他迎上我的目光，表情亮起来的时候，我心里有某种感觉，而我知道我无法再称呼他费尔凯尔了。

“伊泽克尔。”我说。

“什么事？”他笑着。

“没事。”我笑了笑，却想到德怀尔教授，想起我们在冻原的明亮夜晚一起健行，他暖呼呼的手拉着我的手，我忽然涌出强烈的悲伤，因为我们永远不会再一起待在那里，赞叹地衣的千百万种细微的颜色。我抬起头时，费尔凯尔仍然对着我微笑，等我出声。但我已经止住笑，别开了眼睛。

他们在午夜告别。母亲跟我去洗碗、擦干碗盘，彼得的小提琴演奏仍在我们脑海里回荡。母亲冲净最后一个碗，递给我，然后打了个呵欠。

“今天晚上真开心，都不记得上次这么尽兴是什么时候了。”她说。

“你是说除了挥拳头以外的部分吧。”我说。

“不能怪那个可怜人。”母亲说，接下擦干的碗，放到碗柜。“泽科显然深深受到折磨，无可救药的痛苦，其实，是已经痛过了。”

“唔，妈，我对他那一型的没什么兴趣。”

“是没错，但跟泽科那样的人来一点肢体上的接触，可以帮助你忘掉浑蛋德怀尔。谁晓得呢，他人不错，一副聪明相，仍然帅得迷死人，也许你会慢慢喜欢上他。”

“他才不帅，妈。他从一九九五年起就不帅了。”

“阳光，”她重重放下一个碗。“你的问题就是你自大的世界观太狭隘，不能看清事实。坦普尔顿的人永远配不上你。照你的小脑袋看来，会待在坦普尔顿的男人一定是次等人。”

“我哪有。”我说。

“怎么没有。”她说，“事实如此。但那是我灌输的观念，是我的错。我不断推着你往前走，让你志向远大到以自己的出身为耻。怪不得你脾气这么差。但我不担心，葳莉。你会回心转意的。你回去旧金山，好好过你的人生，将来再回坦普尔顿。”

我想告诉她，一旦我离开，回来坦普尔顿定居的机会便微乎其微。但我没说出口，我不能让她心碎。我叹气说：“也许吧。如果我理得清关于父亲的这笔烂账的话。”

“你还剩多少时间？”她问。

“六天。”我说，“然后就得去跟萨利换班，他已经不睡觉了。克拉丽莎说他变成了僵尸。她说不公平，萨利怎能跟她抢着在家里扮演活死人。”母亲向我眨眨眼，吃了一惊。

我说：“她讲得比较好笑。”

“六天。你办得到的。”妈说，关掉厨房电灯，摸黑走到后面的楼梯井。我听到她沉重的脚步声穿过屋子，关上她的房门。

有大半晌时间，我凝视着在黑暗中有如银币的湖泊和山头。我幻想大湖怪仍然活着，在深处轻轻往上游，到湖面喘口气，歇息一番，再潜到深处。我正要回去童年房间的时候，电话响了。我想到克拉丽莎也许忽然重病，导管、救护车的恐怖幻影在我脑海里乱转。我在电话响第二声前便接起来，说“哈喽”的速度快到像低喃。

“葳莉，女孩。”悦耳圆润的声音说，“听到你的声音感觉真好。”

那是德怀尔教授。

22

超级小丑德怀尔

我倒抽一口气，跌坐在冰凉的硬木地板上。在黑暗里，房间另一头录放机的灯光闪着强烈的节拍。

“葳莉？”德怀尔说，“你还好吧？”

“很好。”我低喃，“我不好。一个月了，你都没打电话。”

“亲爱的傻女孩，”他说，“你知道我不能随心所欲想打就打。亲爱的，冻原上不能打手机。”

“是，我知道。”我说。

我们沉默许久，我听到背景有燕鸥和海鸥的尖利叫声，还有耳熟的卡车轰隆驶过，以及谈话声；德怀尔是在有人烟的地方，十之八九是城市。然后我听见浪潮声，依据以上各点，我推断他一定在外头找到公共电话，而且靠近海边。

“你在哪里？”我说，嗡嗡耳鸣令我几乎听不见自己的声音。

“啊，对。”他说，“我正在晚餐。或者该说，我吃过晚餐了。他们以为我去上洗手间。你知道的，自从我们离开挖掘区后，珍就随时随地牢牢盯着我，只有今天晚餐才松懈戒备，我就利用机会打电话给你。你瞧，我们有点醉了。这是庆功宴。我们完成了文章，葳莉，真的。”他说，“我们今天投稿给《自然》杂志，下一期之前就会审查，运气好的话，很快就会刊登，万岁！你当然也在作者之列，那是我争取来的，不争不行啊，但我为你争取到了。”

“哦，万岁。”我说。

“听我说，亲爱的，我再一下子就得挂断，不然他们会怀疑我怎么了。我只是要打电话确认你没有继续生我的气。你不可能还在发火。你是太杰出的学生，也是很可爱的女孩，你知道你很漂亮。我很期待在学校再见到你，是吧？也许我们可以再续前缘？”他的音量陡降，变成他在阿拉斯加将手放到我大腿上或后腰前的那种甜蜜调子。坐在埃夫里尔别墅冷冰冰的硬地板上这一夜，我渴盼那只手的重量，盼着皮肤上感受到他温暖的手。

“等一下。”我呼吸开始有点急促。“我的头好像要爆了。”

他噗嗤一声笑着说：“亲爱的，为什么？”

我说：“我以为我会被退学，原因是谋杀未遂，你知道我是指你老婆。”

他低沉地轻笑，说：“噢，对，关于那件事，没有没有，她是打翻了醋桶没错，但我们劝住她了。再说，没必要让她晓得你回学校吧。况且，你的论文只剩一章要写，也许你可以在十二月前完成口试，当然是尽早搞定比较好，之后你就大展宏图。等这份报告刊出来，你想到哪里高就都没问题。或者，我可以帮你找工作。我也会帮你注意。我听说普林斯顿大学可能有空缺，我再问问看。”

“普林斯顿？”我说，“但那里距离加州很远。”我吸了一口气。“也离你很远。”

“哎呀，亲爱的。”他沉默了一会儿。在这一时半刻里听着他的呼吸，我就心满意足了；我想着他在暑气下红润脸庞上的可爱酒窝。但当他再次开口，说话的速度比较慢，从男高音变成了男低音。“亲爱的，你知道我真的很抱歉。我没有注意到。我以为你……唔……比较放得开。我听人说过你的事。不是说你滥交，但你知道的，你一向不会依恋谁，不管什么男人都一样。你很独立。”

“我不是很独立。”我说，“我会很依恋人。是谁跟你说的？”

“是你的同学约翰，在你离开挖掘地后说的。我听说你很放荡，你真的很不乖！”

“我没有不乖，我根本不是坏女孩。”我说，“我只是容易犯错。”

他又是一阵沉默，再开口时，语气稍微严肃起来。“哎呀，葳莉，早知道就好了，那我根本连试都不会试。我只是不晓得你会离不开我。葳莉，我真的很抱歉，但我们不能……嗯……在一起。也不能这样说，在你完成论文前，我们还是可以往来，可是那风险太大，之后就是每隔几个月在会议上见面。你不能跟在我身边，否则我太太会怀疑我怀疑到死的，绝对不能那样。”

“是。”我说。

“我当然是打心底喜欢你，非常喜欢。”

“是，那当然。”我说。

“你很漂亮，还有，”这时他压低音量，变成窃窃私语，“跟你做很爽。当然，你也非常杰出。我一点都不担心你的前途，完全不担心。你想做什么都会马到成功。”

“嗯，谢了。”我说。

“亲爱的，你是很可爱的女孩。这点你很清楚。听我说，我得赶快回去，不然他们会以为我掉进马桶被冲掉了，会跑来看怎么回事。哈哈！拜拜，你保重。”

“等一下。”我的嗓门在黑暗里拉高，似乎让埃夫里尔别墅的横梁也发出共鸣了。“有件事得告诉你。”

就这样，我失去平衡了。就是在此刻的前一瞬间，我人一滑、摇摇欲坠。

“是，想说什么尽管说，亲爱的。”他说。但我感觉得到他的焦虑一秒秒增加，我感觉得到他迫切想回到餐厅里，待在太太身旁。我幻想他在阳光明亮的阿拉斯加夜晚，海鸥在他头上盘旋，街道空空荡荡，遍地垃圾，而他正在用登山靴的鞋跟踢着地面。

“德怀尔博士，我怀孕了。”我说得很慢。

他沉默许久，然后说：“噢，天啊，所以你不回斯坦福了吗？就这样吗？这就是你想告诉我的事吗？你打算留下孩子吗，葳莉？”

“我不知道。由你全权做主。”我说。

“我？”他说，闷声不响更久，然后我听出他的笑意。“你该不会是指，那是我的种？”

“没错，我就是那个意思。”我说。

“不可能，绝不会是我。”

“没有别人了。不可能是其他人，根本没人。”

“但你完全肯定吗？”

“自从十二月，我只跟你睡过。”我说，“对，所以肯定得要命，没别人了。”

“唉，葳莉。”德怀尔沉重地叹口气。“可是你要了解，不可能是我。我好多年前就结扎了。我的精子数是零，亲爱的。不会是我，一定是别人。”

“没有其他人。”我低喃。

“一定有。”他说。

“没有。”我说。

“我相信如果你动脑筋想一想，就会想出某人，比如在派对上之类的。说不定你一时忘了。好啦，葳莉，我真的得走了。我会想法子再打电话给你。我也等着你在开学第一天，到我办公室找我。亲爱的，你会没事吧？唉，我相信你会好好的。你就像大家说的，非常坚强、勇敢！哈，不说了，再见，亲爱的。”

“一时忘记？”我说，但挂断电话的声音已经传来。我深吸一口气。“一时忘记？”我又朝着漫长的寂静说，对着虚空、对着耳朵里震天响的可怕黑暗嗡鸣说。

很长一段时间，我坐在那里，很想打电话给克拉丽莎。但每回拿起话筒，就依稀见到她娇小的身躯躺在床上，筋疲力尽。我不能吵她。我爬上漆黑的楼梯，回到房间。

尽管我感到空虚，甚至想埋头哭到让枕头湿透，咬牙切齿，甚至于尽管那只老鬼也在房里，化为甜美温柔的紫丁香色，我还是爬上床铺，打开一本我带回来的书，读起雅各布泛紫的文字。字迹似乎也和承载它们的书本一样，易碎、古老，散发着几世纪的异味。但内容在今天看来仍然很吸引人。叙事口吻流畅而和气，不时会读到精辟的见解，令人像受到弹动的水晶一样产生共鸣。

那一夜，雅各布以他奇特的回绕文句为我唱起摇篮曲。那鬼凑近了点，环绕我，将空气向我挤来，以轻柔的波动安抚我。就这样，我得到慰藉。就这样，我回到我的心受伤前的几世纪，我在黎明前进入梦乡。

当我听见人声，察觉话语里的急迫感时，十点左右的天光已经令餐室明亮得像灯笼。我吃了一惊，醒过来，还没注意到自己在做什么，便翻下床，匆匆下楼梯，去听母亲和牛奶牧师吵架。我待在餐室的旧波斯地毯边缘偷听。空气里萦绕着咖啡、蛋糕的温暖气息，但屋里没有快乐的氛围，那时候没有。母亲加重音量时，我螃蟹似的横移到橱柜角落。

我从餐桌上拿起那只玩具小马，魂不守舍地拿着它，一面听他们的对话。我的腹部又开始绞痛了，于是我细审马儿，让自己不去想那一阵阵疼痛。

母亲的嗓音带着一丝刻薄。她说："约翰，我注意到你没有半个小孩。因此，你其实不了解自己在说什么，所以我们应该改变话题，不是吗？"

"可是薇薇安，"牛奶牧师说，"逃避话题没有好处。事态严重，我们得赶快拯救你女……"

"……是。"母亲说，"那你不断逃避某些话题，倒是好处多多啰。比如我不断跟你提起的那件事，你听都不肯听。例如，为什么你似乎连一丁点兴趣都挤不出来……"

"……薇薇安，"牧师插进来，声音完全失去油润感。"别再提这件事了。我是信守教条的人，我也说到做到，我们结婚前就是不能做那件事。我已经求婚一百万次了。只要你肯点头……"

"……你也知道的，约翰，我不相信……"

“……我了解，但我得说，你不啻打了我一个耳光。我不明白我到底是哪一点那么恐怖，会让你不想嫁……”

“……约翰，我也看不出问题在哪里——不过就是一点皮肤上的接触、一点体液，而……”

“……那我看不出我们如何解决这一个小僵局，薇薇安。婚前性行为是一种罪恶，你身为基督徒，应该明白这一点。我爱你，但没爱到愿意为你牺牲不朽的灵魂。况且，如果我不恪守自己宣扬的教条，又怎么领导我的会众？”

母亲猛地倒抽一口气，嘶声吐出：“那么，我看不出我们继续在一起的必要，约翰。”

他们停止对话非常久，流泻进来的阳光钻进橱柜，落在一个红玻璃碗上，点亮了它，令它显得像爆炸了一样。静默持续到阳光移到靛青色的花瓶上，一瓣一瓣的色块轰然喷射到对面墙壁。

最后，牛奶牧师的声音如此悲伤，连我也有点心疼。“好吧，薇薇安，如果那是你的心意，我没办法反驳你。”

“那好。”母亲说。

“好吧。”牛奶牧师说，“那么，请务必让你女儿读一读我带来的小册子。”

“是。”母亲说。有布料移动、脚步挪移的声响。我听到脚步声穿过厨房，进入玄关更衣室，牛奶牧师在那里将鞋子套到脚上。然后车库门打开又关上，我听到母亲哭了一声又憋住，狠狠抑制住，不容自己哭第二声。

我站在餐室里，听着她在厨房里东摸西摸一段时间，她的便鞋啪啪踩在瓷砖地板上。我看着小马，现在它在移动的阳光下非常耀眼。

母亲拖着脚来到餐室，到我面前。她脸色泛红，双手兜拢成圆球状。

“牛奶牧师交代我给你这些小册子。”她说，然后将碎片撒向半空中，纸片在我周遭旋转落下，像极了敬神的五彩碎纸。

落在我袖子上的橘色碎片说：耶稣。

落在我唇上的粉红纸片说：救赎之路。

落在我手上的天蓝色纸片说：爱你。

我亲了一下母亲的脸颊，她抚着马儿的小鬃毛。“我一直很喜欢这只老马。”她说，抿成薄薄一线的嘴开始颤抖。她头枕在我肩上。当她的手从玩具移开时，她的指纹留在了它的小玻璃眼上，薄得像一层膜，圆圆的，像孢子。

那天，母亲的悲伤以沉重的形式表现，仿佛她的双手、双腿、头都注入了铅，重得她抬不起来。我看她的时候，她不是目光涣散，就是轻抚着戴在脖子上的铁十字架。第二天是星期日，早上她没有上教堂，但我见到她四处祈祷。

夜里她经过我房间时，我听到她低喃：“主，拯救我们……”声音随着她渐行渐远。她祈祷的对象包括自己、我、湖怪，因为阿潋是世上唯一的善良灵魂，这是一个臭气熏天、预言灾难的巫师说的。他在湖前公园露宿一星期，湖怪的新闻令他像苍蝇一样跑来。有一天我经过大街时给他一元，他便抓住我的手，他的手像栎树树枝一样晒成棕褐色，皮肤粗糙。他和镇上的疯子尿尿斯莫利整天面对面坐着，剑拔弩张地怒目相视，令尿尿斯莫利更加气愤巫师侵犯他的地盘；巫师抓住我的手时，尿尿斯莫利低吼一声。

因此，母亲为阿潋祈祷，为巫师祈祷，为尿湿的可怜人尿尿斯莫利祈祷。她为我的隐形父亲祈祷，祝愿他在我上门相认时，有能力理解这一切。她为我大量祈祷。在他们分手那一夜，她甚至为牛奶牧师祈祷，希望他稍稍宽容一点，学会该死的放松。她发现我在听那一段祈祷，便转移阵地，泛出一丝带着罪恶感的笑容。

我自己的哀伤则轻飘飘的，若有还无，令我不由自主地读起雅各布的真迹，从畅销书读到冷门作品，试图逃离哀伤潮湿的压迫。我打电话给克拉丽莎时，她正埋头猛看她负责的部分，她的语调心不在焉，像棉花般虚软，那是她全心投入某事时的语调。她说："葳莉，有的还写得挺精彩的。还没找到什么线索，但我也算在查老雅各布的事。也许我会写一篇他的报道之类的。"我为她高兴，但挂断电话后想到德怀尔，又捶起枕头。我重拾在黎明前慢跑的习惯，尽管我在跑步时拼了命要凝聚对他的怒气，却走到哪里都见到他。他在那只早上从湖里轻轻上岸的青蛙里，在一杯有一条条暗影的雏菊里，在那些体格像熊、在大街上来来去去的老棒球迷身上，他在笼罩着镇上的巨大紫色积雨云里面，将路跑之友淋成落汤鸡，令他们的上衣颜色晦暗，乳尖清晰可见，细致得像老鼠的鼻尖。连我跟母亲静静坐在后门廊上，望着月亮在湖面映出的粼粼波光，吃着薄荷巧克力冰激凌的时候，我也看到了他。他的脸孔在远山上浮现。我眨眼驱走他，说："妈，记得我小时候，我们都坐在这里吃无糖的大豆薄荷巧克力冰激凌。你还记得我们念的那一句话吗？"

母亲叹了口气，绽出她跟牛奶牧师吵架后的第一个微笑。"我记得，我们吃完后，你会等我放下碗，听我说'啊，那才是夏天的滋味'，然后你会无缘无故地歇斯底里大笑。我老是搞不懂你笑什么。"

"来吧。"我说。

“怎样？”她说。

“说吧。”我说。

“不要，葳莉。”母亲站起来，将我的碗叠到她的碗上。“那么做又没意思。不管你在家里摆出什么德行，你都不再是小朋友了。”然后她隐没到屋里，顺手将大玻璃门关上。

我记得以前独坐在阴沉的夜幕里，我会咯咯笑，是因为无论我的身体有过多少细微的变化，无论坦普尔顿有过多少小小的异动，母亲总是在同样的时刻说出同样的话，使用同样的口吻，也展现同样的热情。我开心极了，因为我发现她恒长不变。在这个世界上，唯有母亲永不改变。

23

“毛人”先祖理查德

我父母见过华盛顿总司令一次。那时我仍在襁褓，亲爱的母亲正值青春，幸福快乐；父亲正在打造他的第一座坦普尔顿，也就是新泽西的那一个。革命的喧嚣渐渐逼近，镇民逃亡一空，只剩下我父母，他们拥有整座村庄，也经营旅店。

一天，有人敲门。父亲去应门，站在门外的人是华盛顿总司令。他行了礼，父亲回礼。总司令进入门内，他果然有绅士风度，见到我的时候并没有流露出讶异的神色，其实我毛多得像小猴子，早在襁褓就是如此。他为我唱摇篮曲，抱着我在膝上玩，然后才回房歇息。许多年后，父亲前往纽约打造第二座坦普尔顿。只要别人肯听，他便会压低音量，以惊叹的语调聊起华盛顿。由于他平日的嗓门极为响亮，因此他的低声更显得低沉。他说，华盛顿浑身散发着和气，是一位伟大的好人。

但对我而言，要将华盛顿的故事说得完整，一定得说出第二个故事，亦即为英格兰效劳的黑森军[1]上校梵杜纳的事。这位上校和华盛顿一样敲敲门，进入旅店。我记得他黄鼠狼的脸孔和发黄的长指甲。跟华盛顿不一样的是，这位高贵的绅士见到我时，着实大吃了一惊。他满脸嫌恶，请我母亲将我带走，说我影响他的食欲，还冲着我摇手指。父亲大为光火，在他的兔肉派里偷加催吐剂。上校吐得奄奄一息，第二天，美国起义军轻松打了胜仗。

多年后，父亲仙逝，我跟太太安娜说起这两个故事，存心逗她笑。她正在梳头，准备就寝，而我拂着那一瀑金发，就像孩童将手探进池塘。这时她大腹便便，在我眼里的美丽更增添几分。比鼹鼠更羞怯的我初次明白她有意下嫁的时候，她在我眼中也显得美丽，但此时更胜彼时。当年，这位面色红润的魁梧农民之女在做完礼拜后，会陪我从教堂走路返家，这持续了好几个月。在路上，她会畅快地滔滔不绝，无须我说半句话。有一天，她手搭上我的臂膀，我吃了一惊，明白她的意思。我看着她，她脸色潮红，甜美得像罂粟花。我不是妄动躁进的人，但我明白自己的运气，便在那一刻向她求婚。

我们成婚一年后的那一夜，我告诉她这两个故事，她转向我。我从烛光中看出她噙着泪，我暗暗心惊，唯恐她身体不适。但她只是放下发刷，拉着我的手说，噢，理查德，你确实明白你为什么把这两件事放在一起讲，是吧？

我略略气恼，说，噢，我不知道，安娜。我的本意是逗她笑，却惹得她哭了。我不像弟弟，我始终不懂如何讨人欢喜。我说，很抱歉

1 “黑森雇佣兵”（Hessian）指那些在十八世纪服役于英国军队的德国团。在美国独立战争期间，黑森－卡塞尔领主弗里德里克二世和其他的德国领主们募集了上万名士兵作为英国在北美作战部的援军。——编者注

我令你难过。我以为将这些故事串在一起说，比较幽默。

她捏捏我的手，向我笑，轻拭眼睛。她说，你没有令我难过，但我知道你为什么提起这两件事。

“啊，真的吗？”我向爱妻说，用拇指轻抚她美丽的脸蛋。

“是的，我知道。”她如此说，“将这两个故事放在一起，可以证明你父亲确实爱你。你恐惧他不爱你，理查德，但你内心深处，其实明白他爱你。你知道的，有朝一日，你会原谅他。”

我为她的一针见血感到惊愕。我从未跟她说不能原谅父亲；我没和任何人说过那种话，只在日记里写过，而安娜品格高尚，绝不会看那么私密的东西。我亲爱的妻子仅仅依据我的性格，便推论出这项事实。

我不记得我后来是如何响应安娜的，这令我非常悲伤，因为那一夜属于我对她的最后记忆之一。一周后，她便死于生产，而我们的儿子也在他母亲过世后片刻断气，那么小、那么安静、那么悲伤。

在清静的时刻，比如当我骑马往返农场之间收取租金的时候，我会想起作家西鲁斯的话：Amor animi arbitrio sumitur, non ponitur。亦即我们选择爱人，我们不选择停止爱人。这是我幼年住在伯灵顿的时候，醉醺醺的家庭教师教过的少数知识之一。我想，这句话适合用在安娜与我父亲身上，不过两者的情况大概恰恰相反。我永远无法选择停止爱安娜，她深深烙印在我心里，有如地底岩石的裂缝。虽然我想选择保留我对父亲的爱，却办不到。

我曾经崇慕父亲，非常敬爱他。父亲离家去建造坦普尔顿那些年，家里只有母亲和我——还有仆人们以及罹患痛风的暴躁外祖父理查德。父亲一年返家一两次。他回来时，母亲文雅、信仰虔诚的世界便会爆炸，仿佛我原本只见过灰色，突然间却看遍了花园里的缤纷色彩。

他会嚷着理查德！一边将缰绳递给马车夫，一边说我的小狒狒呢？当年十岁的我已有成人的身材，我从屋里跑出来。他会将我抛向空中，仿佛我轻若无物，像一只小狗，并在我落下来时接住我。他回家时，我会躲在父母卧房的衣橱里，在他入睡后记下他五官的样子。我跟着他，有如一道比他瘦小又毛茸茸的影子。

在他离家的夜晚，母亲会让我坐在她身边，待在炉火前。她会心满意足地聊起父亲。她织毛线，我将柴薪削成船只和房屋，而我的家庭教师不是垂着头打盹儿，就是无止无境地写他的史诗，那便是我的教育。虽然有时候，我渴盼到镇上的市街奔跑，但母亲心思单纯。她不是愚蠢，只是思想和举止都很平凡，待在她身边就令我心满意足。

我渴望去坦普尔顿，去看父亲描述得如此动人的湖泊，去认识土著人，去会会老纳蒂·班波，父亲曾提过这位神射手猎人的许多事迹。我想看看湖里那只巨兽，土著人称它悲伤巨灵，但父亲将那斥为无稽之谈，说只有女人和傻子才见过它。我想坐在父亲的肩膀上，学会他能教导我的知识。他不在时，世界似乎变得灰暗，母亲便在我心里恢复应有的分量。母亲文文静静，活在书本和鲜花中，有时小产，有时孩子出世后太虚弱，无法存活。但我仍然在夜里痴痴想着坦普尔顿，那辽阔澄澈的湖泊和山峦；我祝愿坦普尔顿成为繁荣的世外仙境，街道有光洁闪亮的砌石，风在林梢歌唱，镇民丰腴俊美，就像父亲。

后来有一天，父亲从坦普尔顿返家，发现母亲又一次失去孩子，医生为了让她镇定下来，给她服用鸦片酊，以致她语无伦次。父亲的怒吼震天，气得踱来踱去。他将医生的帽子砸到他脸上，吩咐仆人收拾东西。足足一整夜，我开心得发抖。看来，我们是要去坦普尔顿了！启程时，我们的物品都打包，屋里空空荡荡，唯独母亲的房间例外。母亲服过药，几乎无法言语，但坚持己见，坐在椅子上，不肯起身上车。最后，父亲气愤至极，将她连人带椅抱起，举在头上，活像她是王后。我跟着他们下楼，我张开手臂，以防心思单纯的母亲在惊吓中摔落。到了屋外，已有一群人聚在我们摆放物品的车队周遭，由于场面欢闹，当父亲将母亲连人带椅、安安稳稳放在最后一辆篷车后面，母亲用围裙掩住头，哭出她受到的羞辱。

他安置好母亲后，转头向我说理查德，乖儿子，来。他跳上自己的坐骑，将母马的缰绳递给我。但我不能那样抛下母亲，任她独自蒙受屈辱，于是我别开眼睛，气呼呼。父亲哼了一声，用马刺[1]刺了坐骑，径自骑走。之后许久，我相信自己确实听见了自己咔嚓心碎的声音。话虽如此，我还是伴着母亲穿过伯灵顿，怯怯地碰触她的手腕。我们经过外祖父家时，她像猫一样灵巧地跳下篷车，躲到她父亲的花园里。我别无选择，只得留下来陪伴母亲，看着父亲在路上消失踪影，感觉仿佛今生不会再见面，感觉我将完全失去父亲。

就这样，当母亲和我终于乘车穿过险恶的蛮荒、到达坦普尔顿时，雀跃之情几乎撑破我的灵魂。虽然那仍旧只是一个小村落，仍然粗陋，但在我们抵达那一天，那里看起来完美无瑕。雅各布几乎是在母亲进屋后便出世了，哭号着要引起人注意，那是他一贯的性格。他出生后，母亲再也无暇看顾我。雅各布是俊美的孩子，非常活泼，佩蒂管家和母亲必须合力照顾他一人。雅各布是无法无天的孩子，有时

1　马刺，一种较短的尖状物或者带刺的轮，连在骑马者的靴后根上，用来刺激马快跑。——编者注

她们双双在椅子上睡着，可怜的明戈便跟着雅各布，在他爬遍客厅家具时看顾着他。他是大家钟爱的对象，不仅在家里得宠，在镇上也广受欢迎，怪不得他会变成那副德行。有时候我会想：既然没有人严格管教他，我身为兄长，应该设法教导他。我会斥责他犯下的小错，但他会用清亮有神的黑眼睛盯着我，不是踹我小腿，就是向我们的母亲啼哭。母亲便会瞅着我，喃喃说我长大了，弟弟还小，何必跟弟弟过不去。他会眼里含笑望着我，吮着一根手指，这孩子两岁时，便会跟老迈的法语家庭教师说起我的事，令蓄着山羊胡的老师窃笑不已。他五岁时，我停止管教他。我得说，他的教养顶多只能算好坏掺半。

但在母亲和我初到坦普尔顿的那几个月，我仍然年轻。由于我没有通过大学的入学考试（我可怜的老家庭教师荒于授课），我便紧紧追随心目中的偶像，也就是我父亲。他忙碌不堪，在自己建立的镇上似乎更具分量了。他埋首文件堆中，小印第安誊写员卡夫看我一眼，就察觉我跃跃欲试，知道我会取代他，于是在十四天后逃走，我因此成为父亲的秘书。

几年的时光眨眼即逝，我对父亲的钦慕有增无减。当垦荒者要一条路通往他们的领地，当他们要举办婚事，当他们起口角，他们便来求见父亲。他是强人，没人能撂倒他。我成为父亲的左右手，承办越来越多他的事务，而他则渐渐涉足政治。我骑马到遥远的农场收地租；我管理账目，只求他的一句赞美。我所有的努力——那工作又苦又脏又枯燥乏味，只为渴盼我敬爱的父亲会在深夜拨拨我的头发，以慰藉因替他听写信件而手抽筋几小时的我。

年纪仍小的时候，有时我会盼望能与公园里脸色红润的年轻人嬉戏，加入他们，一起玩雪橇和游戏。但十四岁时，我不知道该如何与青年男女说话；我甚至不知道自己有权用欣赏的眼光看女孩子。可怜的安娜过世后的漫长岁月中，有时我会看着男士俱乐部里的山猫标本，觉得我跟它相像得令人不自在。我如同山猫体内的铁丝和布料，被父亲塞进他自己的形体里。

后来，父亲成为拥英派。若说我当时有所猜疑，也是埋在心里。不过我相信，那时我仍然太敬爱父亲了，无法真的怀疑他。当伊莱休·菲尼疏远我们时，我根本没注意到。我不曾听说关于父亲的流言，诸如女仆、贿赂等等。我根本没注意到曾经贫穷无文的父亲已开始取笑贫穷无文的人。

然后便是奥尔巴尼之行。那是选举前两个月，父亲身为参议员，前去出席议会，他可憎的律师肯特·佩克与我随行。肯特·佩克来到坦普尔顿第一天，我便讨厌他，厌憎他棱角分明的脸孔、衣物的酸臭味，以及他自称是我父亲第三个儿子的嘴脸。父亲与佩克出门时，早已习惯在沿途的每家酒馆、旅店停留，喝杯威士忌，所以我们到达奥尔巴尼的招待所的时候，他们只能从坐骑滚下来。我滴酒未沾，为大家打点行李、照料马匹。父亲和佩克踉跄地走出招待所门口，双手拿着大块奶酪和面包，准备到镇上寻欢。父亲看到我待在马厩的灯光下。

他驻足向我嚷着理查德，乖儿子！跟我们一起去，快来快来。让我们瞧瞧你是不是男子汉。

我原本会拒绝他——我跟他出门在外时，向来对饮酒作乐敬谢不敏，宁愿在就寝前写日记、用晚餐、享受炉火，也不喜欢酒对头脑的影响。但肯特·佩克轻蔑地说，你指哪个儿子？理查德吗？然后哼声笑了笑，差点摔到屋檐下的承接雨水的桶子里。

我忍无可忍，将马梳丢给在打呵欠的马车夫，跟随父亲和佩克踏进夜色。一连几小时，我阴郁地随行。先去绅士俱乐部，脸色严峻的各路人马热切地和父亲握手。我们去吃腌鲱鱼和烤猪，还去一家酒馆，佩克朝痰盂吐口水，始终没命中目标。

最后，我们走入黑夜，父亲和佩克勾肩搭背，唱着且让我把锅子当酒杯，祝麦堆酒吧长长久久。我们离河边越来越近，建筑越显破败，还有老鼠在街上自由奔蹿。末了，我们敲响一栋低矮的石砌屋子，父亲嘶声朝着门说了句什么，我们便进去了。

里面照明欠佳，有股异味。炉火周围的椅子上坐满男士，有些人那一夜在奥尔巴尼便打过照面。以我看来，端着潘趣酒的女侍未免太多，她们的衣裳都极为褴褛。我脸烫得像火烧，便盯着地面，不时抬眼看看四周。

一个接一个，男客们消失无踪，却不见任何人从前门离开。女侍们也是。后来，我看着佩克的身形隐没到一道帘幕后，父亲在一位丰腴的红发女郎耳际低语，她坐在父亲的大腿上。她笑着看看我，蹒跚地过来，坐到我身旁抚摸我的膝盖。

我真是盲目无知。直到红发女郎朝我的耳朵吹吐咸咸的口气，我见到父亲挽着娇小褐发女子的手，我才明白那是什么场所。

我看着父亲起身，低头进入天花板很低的房间，我便推开身边的女人，跌跌撞撞离开那里，流着眼泪奔跑；我，可是二十四岁的堂堂男子汉呀。

我好不容易回到旅店收拾行李，为马匹装上鞍具，骑过悠长的凌晨，沿途都想着可怜的母亲。她如此娇小，如此虔诚。我心想，我必须和盘托出，让她明白一切，但她得知此事后，必然会心碎。

但在漫漫长路上，我的决心渐渐动摇。最后，我骑进坦普尔庄园的大门时，心情凝重，我了解自己不能走漏口风，让她知情。虽然守密令我嘴里有一股可怕的苦涩，但我必须咽下对父亲的鄙视，装出没事的样子。

进屋后，母亲拥抱我，我得说明为何这么早就回到家。我三言两语打发过去，反正我向来沉默少言。

父亲和佩克回来后，父亲将我拉到一边说，理查德吾儿，我没有借口，唯请你三缄其口。他说，请顾念你对我的敬爱。我隐忍着不吭声，点点头。我假装若无其事，这令我深感压力沉重，但后来也没装几个月。

父亲过世那一夜，明戈是第一个放声哭号的人，我一听便明白怎么回事。当时我在老鹰旅馆坐了片刻，才站起来冲到街上，我内心涌上的第一个感觉不是哀痛，而是如释重负，这是我灵魂的污点。

这么多年了，这么多年了呀。为了母亲，我将厌恶埋藏在日记里。我埋藏对雅各布的愤怒，他慢慢汲取我们的财产，先是去走船，后来是带着不明事理的索菲、太多的女儿在欧洲散漫度日。我看着母亲哀叹她最心爱的儿子、我的弟弟不在身边，让日记接受我的心情。雅各布返家后，我的嫉妒也进了日记。安娜过世时，日记承载了我的悲伤。没有她，我变成行尸走肉。没有她，我的良善飞离了我的心。我的唇不再对和蔼的人吐露话语，不再对笑话莞尔。戴维、赫蒂、马奇等等坦普尔顿人的温情言语，只令泪水刺痛我的眼。

天长日久，我也尝试写作。不是什么巨著，我不写那种一泻千里的长句，不用我不确定如何拼写的字词。我勉力写出关于父亲马默杜克·坦普尔的真相，那真相并不美好，却是我知道的真相。我喜欢我的成果，取名为《坦普尔顿寻根者》。我将校正本誊写在日记里。

但有一天我晚进办公室，察觉保险箱里的日记不翼而飞。我立刻想起那天午后，我坐在庄园里父亲的办公桌前，听见像暗流或苍蝇嗡嗡的交谈声。那是弟弟在楼下向母亲说，他正要写一部伟大的故事，是最杰出的作品。那晚在办公室，我瞪着空保险箱，足足一小时，我觉得双眼血红。要是他再出现在我面前，我会亲手勒断弟弟的纤细颈项，让其脉搏减弱，感受他的生命逐渐消失。我会让他的女儿们失去父亲，我会让双手沾染血腥，因为我明白发生了什么事：崇敬我们父亲的弟弟读过我的作品，对于内容大感震惊。他知道他的版本才能流传后世。他消灭了父亲的不同版本故事。他毁去我的故事，就像淹死一只不要的小猫。

但是到头来，我无法向他下手。他是我的弟弟，血浓于怒气。那天的晚餐桌上，我坐在母亲旁边，听着侄女们的叽叽喳喳，听弟弟向那天他请来的客人（他们总是宾客不绝）夸耀这个新故事。他称颂那将是一部杰作，内容讲述我们的父亲、伟大的马默杜克。母亲欢喜地轻笑，索菲编织着美梦，谈起卖出这部作品后要买的马车。雅各布的目光射向我，仿佛又回到了孩提时代；他在挑衅，看我敢不敢开口。我没说话，我默默祝福弟弟。我希望他前程似锦，幸福快乐。我吃下湖鲈和蒲芹萝卜。之后回到水滨别墅，那是我位于湖畔的砖造房舍，那是我为了安娜及我们梦想中的成群儿女兴建的家园。仆人们都去参加舞会了，空荡荡的屋里徒留回音。

一连几小时，我在漫长缭绕的夜里静静坐着，悲恸的啃啮让我虚弱。没有日记让我宣泄愤恨，我感觉愠意在我内心变黑、变稠。假以时日，也许是几天或几年，怒气会将我完全吞噬，这点我很清楚。我感觉到怒气已经吞噬掉半个我了，我知道，很快地（比很快还要快），怒气将会开始啃啮残余的我。

24

千钧一发

母亲与牛奶牧师分手的几天后，我在图书馆里意识到，雅各布的作品中几乎没有女性的身影。或者应该说，他写过几位平平板板的女性，但那只是因为他必须透过她们烘托笔下男人高尚的天性。他的美国原住民侦察兵性情高尚，多半沉默寡言；他的水手性情高尚，多半喜爱歌唱；他的贵族性情高尚，多半文雅有教养；他最优秀的笔下人物纳蒂·班波更是高尚至极。连纳帝·班波的枪也是枪管极长而且高尚的来复枪，枪名是“la longue carabine（长管卡宾枪）”。

我上次阅读这位祖先的作品，是刚满十几岁的某年夏天，那时我狂读雅各布的书，深深以家乡这位小说家、我的亲族自豪。我会带着正在阅读的书到湖畔那一大块草坪，来到临近湖面的位置。那是我家后院超久以前被闪电打平的柳树，它恰恰构成直径十二英尺的天然堡垒，我会在里面坐到午餐时间，全神贯注。那时我看的是情节，很快便看完他的四部作品。若说雅各布擅长什么，那便是说出引人入胜的故事。

但现在，我在八月中旬难捱的暑热里速读他的作品，是想了解作者的面目。黑兹尔打盹儿、自言自语，挖出来给我的书越来越罕见。彼得揉我的肩膀，只令我的肩膀绷得更紧，朝耳朵耸高。

我的收获是：

雅各布和我一样愤世嫉俗。他在《来自一件美国背心的笔记》里说："从社会的层面来看，平等可分为环境的平等与权力的平等。环境的平等与文明并不兼容，仅存在于几乎未曾开化的族群。若加以落实，只会造成众人的不幸。"

他不像我，他有点老古板。在《终返家园》，他说在国外旅行时，"妇女染有恶习，将莨菪滴在眼中，以令眼眸闪亮得像佩戴在手上的钻石；在腮部及嘴唇搽上胭脂，以引人春心荡漾；并露出大片的雪白酥胸，撩人风姿一览无遗，此种风气在社交场合更是臻于巅峰"。

而他与父亲的问题跟我截然不同。《路西法之唇》中，他的主角科尼利厄斯（科尼）· 理雅格是奥尔巴尼的大庄园主人之子，这位青年绅士不争气，父亲与他断绝关系，宠爱他的兄长。科尼来到位于阴惨荒野的路西法之唇，这地名来自两个唇瓣形状的湖，传说那是天使路西法被逐出天堂时留在地上的脸形。科尼在那里学会如何造就一番功名，逐渐致富，掌握权势。他回到故乡奥尔巴尼，让父亲见见自己的真正身份。当那伟大的父亲认出回头的浪子，便被一块羊肉噎死。

但我找不到女性的内容。那些书全没提到奸夫，根本没有半个情妇。雅各布世界中的女性个个纯洁天真，最优秀的女性则既贞洁又勇敢。

但我仍然不是毫无希望。前一天我打电话给克拉丽莎，她的声音充满兴奋："我刚寄了东西给你。我不晓得你想找什么，但我觉得内容很有意思。"虽然我百般刺探，出言威胁，她都只是咯咯笑，不肯透露口风。"收到就晓得了。"她笑个不停，"葳莉 · 厄普顿，你等着瞧吧，是好东西。天啊，那内容真是够怪的。”

反正东西还没寄到，我索性坐在图书馆翻天覆地大搜查。那天午后忙得不可开交。最后，黑兹尔山羊似的哀怨言语也越来越大声了，让我选择离开图书馆。我打个呵欠，伸伸懒腰，用手指扒扒头发。我肚子疼了一整天，但我将精神集中在书本上，没加以理会。可是这时没有腹痛以外的事可想，当我放下手臂，便觉得那流连不去的疼痛像匕首，一下又一下捅我肚皮。我捂着肚子，闭上眼睛。

我睁眼的时候，泽科·费尔凯尔便映入眼帘，在图书馆另一端的一束光线里明亮耀眼，坐在椅子上看我，腿上搁着一本雅各布的书。他见到我看他，绽出笑脸，远远的脸颊上似乎有酒窝。就这样，我没注意到他的卡哈特牌连身衣裤；就这样，我没注意到他渐疏的头发。

但他一言不发。我回以微笑，说：“伊泽克尔。”

“葳莉。”他说。

我们静默良久。外面湖光潋滟。一群白色海鸥落下，有如碎纸片落到草坪。黑兹尔推着吱吱响的小推车到后面的书库，我们仍旧互相凝望，渐渐笑得像傻子，就在这时，另一波痉挛袭来。

我皱起脸，又抱住腹部。

“葳莉？”伊泽克尔这时来到我身边，“你还好吗？”

我闷哼着说：“不好。”

“我送你回家。”他将手搭上我的肩头，我用片刻的时间将书堆扫进包包里，然后我们离开散发霉味的图书馆，踏进日光。他搀扶我爬上他脏兮兮的拖吊车，海盗队球员的摇头娃娃站在仪表板上。腹痛过去了。我睁眼时，已经到湖滨西路，农家博物馆在我右手边越来越远。

“啊。”我说。

“你还好吗？马上就到你家了。”他说。

“我暂时没事。一定是中午吃错东西了。”我说。

“呃。”他说，露出关心的淡淡笑意。

奥特莎加旅馆掠过车窗外，在阳光下整个呈现红金色。我们驶上湖滨街，经过各个豪邸，来到埃夫里尔别墅的车道。

伊泽克尔非常故意地熄火，转向我，欲言又止，然后凑过来，逐渐逼近，近到我能闻到他口气里的金属味，然后他的唇便覆上来。我仍然瞪着前方，吃了一惊，接着我见到母亲冲出屋子，身上只穿着护士服的上衣，超大的白色内裤在她肉感的大腿上方看来像蘑菇。

她敲敲车窗，伊泽克尔缩回座椅，面红耳赤。我跳下车，母亲上气不接下气地说：“阳光，克拉丽莎在电话上，听来不妙。她没说原因。”

“该死。”我跑进屋子，抛下大掩吊车里的伊泽克尔跟半裸的半妨害风化母亲。他们在我身后面面相觑，足足有一拍的时间。

没多久我便抓起电话，但我听不到另一头的动静。我说：“亲爱的？克拉丽莎？”

“葳莉，我想，”克拉丽莎的口吻近乎淡漠，她只在深度沮丧时才这样说话，“萨利刚刚好像离开我了。”

“慢着，你说什么？”我说。

“萨利，”她说，“刚刚一定是离开我了。他跟一个在亚利桑那州工作的瑜伽老师跑了。十分钟前的事。萨利跟我分手的时候，那女人在一边将他的东西统统搬到楼下车子里。”

我深吸一口气。“要命。”

“我不晓得该怎么办。”她说。

“要命。”我又说。

“她非常高，大概六英尺四英寸，一嘴歪歪斜斜的牙齿，甚至不漂亮，根本就丑毙了，可是，”我最要好的朋友说，“她有一大优点。她很健康，健康洋溢，显然不是罹患狼疮的麻烦精。他们是在我去接受治疗时，在医院的餐厅认识的。她扎到一根刺，伤口受到感染，”她发出难听的笑声，“是在她的小脚趾。”

屋里霎时悄然无声。假如我稍早留意听的话，便会听见母亲赤足跑上阶梯，地板吱吱呀呀，溜进她自己的房间。我说：“哎呀，克拉丽莎。”

“别这样，”克拉丽莎说，“我不想哭。要是哭出来，一切就完了。”

“我要去找你。”我说，“今天晚上出发，我会到的。”

“不要。”克拉丽莎说，“我讨厌这间公寓。我讨厌这个城市。我不能待在这里，不然会想到萨利。”

“我讨厌萨利。”我说。

“我爱他。”她说，语气越来越狂放，“我不知道该怎么办。我不晓得能上哪去。我不知道要做什么。我向上帝发誓，要是我看到他，就宰了他。”

凭我跟她相处多年的经验，这种语气是克拉丽莎的世界分崩离析的前兆。像克拉丽莎那么坚强的人如果崩溃，就会化身为《圣经》里的大力士参孙，将圣殿的柱子打垮，令柱子落到自己身上，弄得遍地狼藉，场面难看。我憋住气，开始思考。要思考可不容易，因为我自己也濒临崩溃了。

这时，始终在自己房间里无耻地偷听电话的母亲出声了：“干掉萨利？别胡说了，你要来坦普尔顿，克拉丽莎·埃文斯。我是护士，虽然我不在风湿病科工作，但我可以告诉你，我们坦普尔顿的医疗设备棒得很，拥有顶尖的一流设施。再说，我也可以就近照顾你。不然你现在在那么远的地方，我照顾不到你的饮食或生活。你的房间已经在等你了。”

“唉，你是加护病房护士。”克拉丽莎在电话上无助地说。

“喂，妈，你在说什么？”我柔声说。

“你们两个别闹了。”她说，“两个大笨蛋。克拉丽莎当然不会进加护病房；她待在坦普尔顿会比较好。我会先帮忙挂号，还会请一个老朋友送你到机场，亲爱的克拉丽莎，他住在旧金山的诺伊谷区，给我十五分钟。”她说。

“我得挂电话。”克拉丽莎忽然说，“我讲不下去了。”然后电话咔嗒一声，母亲和我双双对着电话叫：“克拉丽莎？”

我留在线上，听着母亲的呼吸。她说：“她不会有事的。等我安排好事情，立刻打给她。”

“谢谢你。太感谢你了，妈。”我说。

“这么做不是为了你，用不着谢我。”

这时我感觉到什么东西胀了出来。我低头一看赤裸的大腿，心脏就蹦到喉咙了。“妈？”

“薇莉，怎样？我得打电话去航空公司。”

“妈，我需要你帮忙。现在就要。马上过来。”我说。

我将话筒扔回去，听见母亲的脚步声跑到楼梯、下楼。我站着不动，她飞奔过走廊、会客用的客厅、餐室，进入图书馆藏二十世纪七十年代的侧翼。她像个疯婆冲进门里。

母亲的眼睛落在我腿上，双手伸到嘴前。老爷钟响亮地当了一声，我们站在门口，都瞪着我的腿，褐色的血流到我的膝盖，一摊鲜血湿透了我短裤的胯部。

25

风　暴

我清楚看见事发经过，却不知何故，仿佛局外人；不知怎么回事，我的大脑停摆，只有身体采取行动。我褪下短裤，用母亲递来的毛巾擦拭自己，接过干净的内裤、牛仔裤、一片最大流量卫生棉，全部穿戴妥当；不知怎么回事，在这一阵忙乱中，我居然还想到要带走邮件堆里的肥厚信封，以免候诊无聊。

我跟着母亲出了屋子，温顺得像小狗，爬上车，母亲便倒车，不要命地狂飙，令观光客果蝇般的生命岌岌可危。她开着车呼啸疾驶，刮得游客头上的棒球帽飞走，棉花糖吹到他们下巴，留下粉红印子，而他们快活地扛在肩上的球棒则哐当落地。我们弯到河滨街，萨斯奎汉纳河在我们左边翻腾，仍因前一天的风暴而河水汹涌。

母亲将车停在急诊室外面的天篷下。她将我安置在轮椅上，推着我经过挂号处，主诊医师正在为一个小男孩接回脱臼的手臂，母亲向他说明我的情况，用语忧心忡忡，听得那小男孩的眼睛越瞪越大，简直快爆炸了。我幻想充满液体的眼球爆开将是什么场面，想象水晶球一样的眼睛里的液体像一颗葡萄被捏挤得表皮迸裂，喷洒出来。医生默然无言，将脱臼的男孩交给住院医师，跟我母亲到检验室，协助她为我褪去衣物，由于母亲的声调越来越高亢，嗓门越来越大，医生将她赶到候诊室，让她一位脚踝粗大的同事抱着拦住她。帘幕拉上后，戴着眼镜的医生带着疲惫的眼神，拍拍我，让我坐上铺着纸的诊疗床，以冷静而没有抑扬顿挫的语调说躺好，放轻松，我们会尽力处理，放松，亲爱的，我来看看，放松，放松，放松，亲爱的，放松……

那位奇怪的医生衣服皱巴巴的，散发着玉米花及瞌睡虫的气味。他为我做 B 超，让我的腹部多了一条像蛞蝓爬行痕迹的黏糊糊玩意儿。我在纸制罩衫里发抖，等待他宣告我是否已失去腹中宝宝。我想着克拉丽莎、母亲，以及在我房里围绕我、给我温暖的那只鬼，让自己不去幻想腹中宝宝仍在肚子里，它不愿诞生到这个世界，让一个笨蛋当它的母亲，因而割得小手腕流血。我幻想它用脐带打出一个小活结，将自己鼹鼠般的星状头部伸到活结内。

时间嘀嗒嘀嗒地流逝。我听到楼上有缓慢的踱步声，某个拖着点滴架的失眠患者拖、拉、拖、拉地走着。有护士鞋的低吟、细碎交谈声，在迷宫般走廊后方的自助餐厅不时飘来一缕咖啡味。

在那些独处的时间里，沉甸甸的压力令我想起了我们的湖怪在幽黑水域度过好几世纪，面对无边无际的孤寂，我不禁想替那可怜的善良巨兽哭泣。岁月如此绵长，水温如此寒冷。阿瀲渴盼地望着在水面咻咻来去的船只，正如同我们望着电影银幕，不过是想见到自己的影子。

最后，母亲进来了，头垂得很低，看得到她呈之字形的头发分隔线。我不敢喘息，看着她拉一张椅子到病床边坐下。她拉起我的手，亲了一下。

“这么说，是流掉了。是吧？”我只感到麻木，没有不快，但也没有松一口气。

可是母亲沉默大半晌，只是在椅子上轻轻摇晃身体，闭着眼，我猜大概是在暗自祈祷。

她睁开眼，清清嗓子，皱着脸说：“阳光，你发现自己有了的时候，有没有验孕？”

“啊，没有，没验。”我说。

“为什么不验，亲爱的？”她说。

“我月经停了，而且老是恶心欲吐，不用验也晓得。”我说。

“哦。”她再度闭上眼睛。

又一次，我们没作声，只剩下医院的嘈杂声响及她护士鞋在地上踏呀踏的声音。

就这样，她说：“阳光，我们不认为……呃……你真的怀过孕。”

我眨眨眼。“什么？”

“你听说过假怀孕吗？我们称为虚孕，学名是 Grossesse Nerveuse。人类可以自己引发怀孕的全部征兆，实际上却没有怀孕。”

“什么？事情根本不是那样。”我说。

“但照你的情况来诊断，确实就是那样。”母亲说。

“不对，我不是疯子，妈。我月经停了三个月，我随时随地都觉得恶心，腹部变大。我才没有什么假怀孕。我流了血。我肚子里有一个小生命。”

“葳莉，那只是大量的经血，残留的部分，唉……”

“残留的部分怎样？”慌乱令我的声音得变尖。

“这个，大脑的力量有时候远远比身体强大，有时可能导致身体以为是自己误判情况。或者有时候，是因为太恐惧怀孕，导致内分泌系统以为你真的怀孕。医生说你的情况很正常，只是你似乎承受了极大的压力。”

我们默然许久，我听见絮叨不休的电视、一辆推车经过、一个小孩不晓得在哪里哭号着他只想回家。

“天啊，我不敢相信会有这种事。”我说。

她向我露出疲惫的笑容。“你不是全天下唯一一个碰上这种事的人。葳莉，连男人也不能幸免，你能想象吗？但医院还是检查得出来。”

“妈，举个实例来听听，碰到这种事感觉好窝囊。”

母亲想了想，说：“英格兰女王玛莉·都铎。有很长一段时间，她以为自己有了。她当然没有怀孕，她其实不孕。”

我目瞪口呆。“就是那个血腥玛丽？你是指那个害死成千上万子民的女人？”

“我可没说，”她憋住笑，“只有精神正常的人会遇到这种事。”

“你说我的病历一切正常。”我说。

“就我们所知，确实如此。”母亲说。

“我快吐了。”我说。

“至少我们晓得那不是害喜。”母亲说。

我看到她牙齿的银色镶补物被日光灯照到，闪了一下。她笑得合不拢嘴。我说：“妈妈，我爱你。但有时候，我也有点讨厌你。”

“是是是。”她站起来亲吻我的额头，“我也爱你。很遗憾你遇到这种事，那实在没道理。我也很为你的损失难过，真的。”

“是啊。”我说，“我真的失去了某个东西。我觉得自己好像少了什么，妈。”

她拂开我脸上的头发，以怪异的目光看了我半天。“葳莉，我知道，我真的替你难过。”

母亲离开病房去处理文书作业，我双手一次又一次地按在肚脐上，曾经感觉到另一个心跳的地方现在摸不出搏动。空气与胃，液体与血。没有小东西在我体内滋长过；甚至连世间最迷你、最微小的胚胎细胞也不曾存在。

我就这样在医院里等待出院，坐在那昏暗的嗡鸣日光灯下，循环空调送来了许多具躯体呼出的病气与悲伤。当我意识到母亲暂时离开，一定是想让我有时间静一静时，便拿起从家里带来的信封，信封上有克拉丽莎龙飞凤舞的笔迹。在这种时刻，我受不了独处。高高的病房窗外的夜色加深，我撕开封口，抽出里面的复印件，立刻读完，又读第二次，母亲仍然没有回来。那一夜，我将复印件读了一遍又一遍，因为阅读让我忘掉母亲、不存在的腹中宝宝、克拉丽莎，也让我完全忘了病房里紫褐色的恶劣照明；阅读是一种恩赐、一种缓刑。

26

暗影与残篇

这是我拆开信封时看到的东西：

1. 克拉丽莎那画了许多圈圈的笔迹

葳，瞧瞧这个——我在雅各布的残稿里找到这个，这大概算文集吧，叫《暗影与残篇：雅各布·坦普尔遗稿集，由其女夏洛特·坦普尔编纂》，印于一八五三年；是第一刷一千本里面的第一本，由纽约坦普尔顿菲尼父子出版。书末附了一堆夏洛特的注。也许这是一条线索？爱你的克。

2. 节录自第三百三十四页

……此事令人百思不解！比如，才不过一年前，村庄里流传着一则极为古怪的传闻：一天，三位少女大胆行事，进入大森林寻找草莓，远离了路径，不久便察觉自己迷途。她们犯下错误，不该在黑暗骇人的树林中信步乱走，少女们心烦意乱，开始口角，最后其中一人一气之下，跑离了朋友。由于夜幕降临，加上树林里有大熊出没的传言始终不辍，其余两位少女拔腿奔跑，直到寻获大路。可是在她们返家的途中，树林里传来一声尖叫，令她们血液几乎凝结。她们回到家里后，衣服上沾了许多芒刺，惊惧得难以言语。第二天早晨，第三位少女仍未返家，镇上的男性便集结起来，心情沉重地去寻找她，但只发现她衣服折边的碎片。众人皆判定她已经遭遇不幸。

但谜团不止于此。第二年春季，其他人发现失踪的少女住在自己家中，若无其事。虽然她的家人三缄其口，不回答问题，不久便有许多证据浮上台面，有些证据互相抵触：女孩脸上有三道宛如爪痕的可怕疤痕；她漆黑的秀发被吓白；她瘦削如耙子的母亲仅仅闭门一个月，便产下胖大的男婴，男婴毛发颇为茂密；在她行踪不明的期间，邮役曾在奥特莎加旅馆见到她洗涤衣物，丝毫没有怀孕的迹象。但最令人称奇的则是女孩只要见到镇上的某位绅士，便会颤抖着连忙躲藏；怪的是这位绅士虽然公认体态宛如大熊，却是村庄里的名门，举止更是普遍认为温和得有若女子，绝不会……

3. 夏洛特的注

这篇残稿格外令人纳闷。我不知道父亲从哪一部作品中舍弃这个故事，也不清楚他为何将这一段残篇与最重要的文稿放在一处。但这个故事依然耐人寻味，因为内容与我童年听说过的流言极为相像。在实际的流言里，那天进入树林的女孩不是三人，而是四人，年龄介于十八岁与二十二岁。那一夜只有两人回来；一人就此失踪，另一人则如前述那样返家。没有回来的女孩是露西儿·斯莫利。可怜的艾达·菲尼的外貌则如同前述，她重新出现在世人面前不久后就死于麻疹了，那或许反而是福气，因为传闻她的弟弟其实是她的儿子，这必然令她深感羞辱（另一项不符合实情的地方，则是西蒙·菲尼毛发茂密的说法。其实他十五岁时便秃了头）。其他两位平安归来的女孩，后来成为镇上的熠熠明星：尤芙妮·福尔克纳，娘家姓为希普曼，成了卫理公会合唱团的忠贞成员；而贝蒂·里斯，娘家姓考克斯，嫁给我们爱戴的镇长，生育十名儿女。

27

萨加莫尔

第一次发现女孩的野性是在晚上。她八九岁。醒来听到她走过小屋，看到她掀起油布，探身到明亮的夜色、满天的繁星下，折断一根冰柱，放到嘴里，她想品尝这个世界。我闭上眼睛。

七年了，我们把无名氏养在小屋里七年。我孙女命运多舛，四五岁就没了舌头。九岁时，她出落得漂亮。蘑菇色的皮肤，因为不见天日而细嫩得像老鼠肚皮。她有科拉的脸、我儿子的脸，有昂卡斯的眼睛、科拉的纤细骨架。她披着我为她做的鹿皮连身裙，早早便发育出身材，衣服软软贴在身上。她十二岁时就已经可以嫁丈夫了。

鹰眼一在她身边就浑身发烫，因此，他把时间都拿去打猎。我还不打算把她交给鹰眼。她年纪太小。我们伙食丰盛，鹰眼很慷慨，让她睡在毛皮上。

夜里，我为她唱古老的歌谣，教她手艺。她编的篮子很细密，小姐太太们还以为是用线编成的。但她白天都俯瞰着这个世界、坦普尔顿、花岗色的湖。

我整天卖篮子，将来我走了，才能留下钱给她过日子。我已经一把老骨头，觉得关节快变石头了。我骨头痛。想喝药离开这个世界，去比较好的地方。可是一个铜板又一个铜板跳进我的小钱袋，像鱼逆流而上。一切都是为了无名氏。

一天，我回到小屋，她的头发是湿的。她喘着气，脸亮得像太阳。她偷溜到湖里游过泳。这很糟，很坏。坦普尔顿的男人是粗鲁的垦荒者，印第安少女在他们眼里不是人，是猎物。但我不忍心责骂。我是该阻止她，但我不能，她那么开心，我觉得自己真的老了。

整个春天，她都湿着头发回来。一天，发生了一件事。她比往常更野，在床上整个人都在颤抖，笑得露出牙齿。我感觉得到喜悦从她身上流泻出来。她背对我，无声地笑着，意外地像戴维那样笑着。

我盯着她。十天过去后，我才从她身体看出端倪。十二岁，未婚，在小屋里养了七年，而她有了。

是谁的种？疑问闷在我心里，但我没有说。她必须嫁人，而我将她嫁给了鹰眼。在他们的新婚夜，我待在俯瞰奥齐戈湖的悬崖上，想着我可怜的孙女，盯着湖水，直到白色的老湖怪来到湖面。我见到它翻了个身，腹部对着夜空。我看到它在湖上变成一轮大月亮，最后看着它潜回湖里。

无名氏第一次到镇上的时候是少妇，是有身孕的女人。见到她的人，全都愣住了。她那么美，甚至比罗莎蒙德·菲尼更美，脸蛋红通通的。马匹停止走路，马脚还悬在半空。男孩们停止玩球。克罗根寡妇停止扫地，被她扫起的尘埃在她周遭打转，像小尘暴。一只麻雀惊艳于我孙女的美，停止拍翅膀，摔到地上。无名氏走过市街，温柔而无邪。大家望着她，想到了奇迹。

无名氏的身躯变重、变胖。夏季渐深，金光充盈大地。秋季来临，金光渐弱。寒意渗进空气。雪花飘落。无名氏生产的时辰已到。鹰眼相信那是他的种，这想法始终没变。那天他醒来时，唱起了歌。

但我没有，我有疑心。一个可怕的疑心。我坐在木屋外面，接生婆布莱索在屋里忙着，因为威士忌而颤颤抖抖的。我的疑心像一种病。戴维在湖边小径踱步，内心畏惧，以为自己害了她。他怕自己播的种会害死我孙女，醉得像吃了冬浆果的乌鸦。一个从坦普尔庄园打发来的仆人到了木屋，将屋里整顿、打点好。那女孩说，是太太吩咐她来的。这是对穷人的施恩。

无名氏的喉咙没有舌头，叫不出声音。我可怜的无名氏，可怜的野孩子。每一次接生婆抚平那张小脸的头发，我便摸摸战斧是否还在身边。如果孩子生出来后，印证了我的猜想，我不知道能不能管住自己的手，不让我的手将婴孩砸到壁炉上。也不知道我这把老骨头会不会跑下坦普尔顿，找到非礼她的那个可怕男人，一斧劈了他。早在他头一次到湖边时，我就该那么做。那天他第一次独自站在湖边的悬崖上，跪在地上，看到异象，那时我就该动手，省得他后来宣称整片土地都归他所有，统统属于他。太多不是他的东西，都被他纳到名下。

28

鬼使神差

我睡着了，再次醒来时，病房里黑幽幽的，母亲坐在我旁边的椅子上，睡得脸垂在胸前。“妈。”我叫了一声，就这样，她悠然醒转，起身协助我穿好衣服。她甚至替我把风，让我不必在离开医院的途中遇到人。我再次忽冷忽热，满心感恩夜色已深。我们驾着老车溜过黑暗的市镇时，我看着母亲淡淡的侧影。

“妈，我真的厌倦了。”我在车子驶下湖滨街时说。

“厌倦？厌倦什么？”她说。

“屈辱。我这阵子大概把这辈子的屈辱都尝遍了。”

母亲将车停在车道上，熄火，直视车库。埃夫里尔别墅灯火通明，玄关更衣室窗户上有牛奶牧师海牛般的影子。母亲说：“葳莉，事出必有因。我想，也许你需要受一点屈辱。”

我没力气反驳，只是点点头，爬下车，尾随母亲进屋。她抱抱牛奶牧师，头倚着他肉感的温暖胸膛里。我听到他对着母亲的头发低语：“克拉丽莎要搭明天下午的飞机。”然后母亲咕哝一声，声音疲惫。他给我的笑里充满深切的怜悯，令我困惑地垂下头。我从他们旁边走过，爬上老旧的楼梯，看见他们互拥着，两具上了年纪的不美丽躯体交缠着，我一度尝到今生最晦暗的嫉妒。

醒来时的天空像灰毛毡，雨滴从天而降，令八月尘土的气息软软化为泥土。虽然我通常在黎明起床，但八点过了许久后，我还躺在床上听雨水在屋顶上叮叮咚咚，往下流淌。如果我一直闭着眼皮，我知道自己迟早会回到梦乡。如果我睡得够久，我会完全忘掉伪腹中宝宝，忘掉它是如何干扰大脑和身体的运作；我会忘掉德怀尔和令人心神不宁的伊泽克尔；我会忘掉牛奶牧师老是阴魂不散；我会忘掉我的捐精者父亲，以及我乱七八糟的家族几世纪以来乌烟瘴气的历史。

我正要按着这些日子养成的私密习惯，向腹中宝宝说出这些话，才想起我没有怀孕，从来不曾有过。

于是，我凝聚精神，准备要让自己陷入昏迷五天。我认为，五天就足以令就医的伤痛消失，足以让我在开学第一天仍然跟学校相隔十万八千里。但我连稍微昏迷都还没成功时，母亲便敲敲门，进入我房间。她站在床前，摆弄着睡衣的珍珠纽扣。那睡衣是怪里怪气的松垮橘色绒线衫。

最后，我叹了口气，不再装睡。我说："那是什么衣服？"

她低头打量自己，弹掉几个线头。"这个，是约翰做的圣诞礼物，很保暖。"

"他会打毛线？"我说。

"不是生产的双手，是魔鬼的玩物。对了，"她摇摇我盖在床罩底下的脚。"你这只魔鬼，快点起床开工，你剩下四天就要回学校，只有四天可以完成你的小小寻父之旅了。"

"不对，我不能回加州。我就是办不到，妈。"我说。

母亲坐在床上，体重压得床咿呀响，陷了下去。“葳莉·阳光·厄普顿，你得回学校去，完成论文，别再逃避现实了。我辛苦大半辈子，供养你受教育，眼看你即将毕业，我才不会让你临阵脱逃。你想都别想。”

“可是妈，德怀尔在那里。”我说。

“你比他强。”她说，“再说我根本不在乎。枉费我一直担心你永远不会回到坦普尔顿，真不敢相信现在我居然要想法子说服你离开。可是葳莉，你一定得回斯坦福，你不是半途而废的人。要是你现在容许自己不坚持到底，将来你会怨死自己，永远走不出阴影。”

“那克拉丽莎怎么办？”我说，“她就要来了，她需要我待在这里。”

母亲发出自负的声音。“少来，她最不需要的就是你。她需要安心静养，需要有人专心伺候她。我一个人照顾她就绰绰有余。”

我思忖母亲的话一会儿，惊异地发现我竟然大大松了一口气。我看着母亲，不知道为什么，她脸上的疲惫竟然不如一个月前我带着满身屈辱回到坦普尔顿的那一天，仿佛我的诸多麻烦让她回春了。

“你喜欢接受挑战，对吧。”我说。

她扮个小鬼脸。“我在奋斗的时候最快乐，你从我身上遗传到这个特质。”

“你不介意照顾克拉丽莎？”

“我爱克拉丽莎。”她说。

“喔，原来如此，我明白了。”我终于坐起来，“因为你最心爱的女儿即将回来，你大可甩掉不成材的女儿。这下我都懂了。你要用比较好的女儿人选替代我。”

妈嗤之以鼻。“你不说，我还没这样想过。不过既然你都说了，我想那大概正是我在做的事吧。我等不及了。一个会好好尊重我的小孩。这是美梦成真。”她将被子从床上拉开，盯着我站起来，嘟嘟囔囔套上运动裤。

母亲看着我，双手绞着被子，直到我转身，皱眉说：“怎样？”

“没事。”她说，“我待会儿就得上班了，我想确认你没事。”

“我没事的。”我说。

“真的吗？需要我帮忙做什么吗？”她说。

“不用了，妈。”我说，“重新展开调查对我比较好，可以让我分心，不去想某些事。”

“那正是我打算说的话。”母亲说，转身离开。“等你上了年纪，脑筋也会变聪明。我帮你做了肉桂面包，还是热的。”

“而你上了年纪，人也变好了。”我嚷道，听着她的脚步走下咿呀响的楼梯。我跑到楼梯顶端时，她正走到楼梯底端，我向下叫：“妈？”她抬头看我，伸长脖子的动作让她的下巴消失了。

“如果我以前没跟你说过这件事，那我很抱歉。”我说，“看到你很开心我很高兴。很高兴你终于允许自己快乐了。”

母亲低下头，我俯瞰她肥大的辫子往上缩，似乎在护卫她的颈项。“谢谢你。”她沉静地说。当她抬头看，她绽出阳光般的笑容，令我的心情也飞扬了一点点。

这是周六。我打电话到黑兹尔住家的时间仍早。我想象她在湖畔小屋里步履蹒跚，披着涡纹的居家服，哼哼唧唧，来到电话边。她不像一般人接起电话便先招呼哈喽，而是大喝一声：“干什么？”

“黑兹尔·波默罗伊女士，我是葳莉·厄普顿，抱歉打扰你，如果方便的话，我想念一些东西给你听。”

黑兹尔深深叹了一口气，说：“我去端杯茶。”接着是话筒放在桌面的哐一声，过了大半天她才回到线上。

“黑兹尔，要是我晓得你得先烧开水，我会晚点再打。”我在听见她呼吸声时说。

“不，不。”她说，“我只是老了，忘掉你的电话。我从厨房里出来看到电话没挂好，纯粹是运气。好了，要念什么就念吧。”

我大声念出故事，最后她说：“《暗影与残篇》啊，我很熟，你想问什么？”

“没什么。只是，嗯，你说从字里行间找线索，感觉上这几段话的弦外之音似乎很多。你想，理查德会不会是雅各布提到的毛发浓密人士？你想有那个可能吗？”我心跳加速，觉得真相几乎近在眼前。

她叹了气。“唉，葳莉，其实我大老早就可以跟你说这件事。但我根本不认为故事是真的。我想那应该是纯属虚构，也可以说是满足雅各布的愿望吧。终其一生，雅各布都气哥哥气得不得了。因为哥哥既是老大，也是父亲最宠爱的小孩。后来，雅各布把自己的家产挥霍殆尽，理查德把雅各布从欧洲叫回来，活像把弟弟当成淘气的小男生看待，让雅各布恨得牙痒痒。我想他写出那一小段插曲，是存心影射哥哥做过坏事，但雅各布自己也没办法完成故事。内容太荒谬了。所以那一篇东西才会沦落到《暗阴与残篇》，而不是在某本小说里。”

“就算是这样，”我说，“故事总有个源头吧？就算故事不完全属实，也不代表理查德没有私生子女。我是说，就算故事不是真的，那一类的事情仍然可能发生过，对吗？或是他真的跟艾达·菲尼有过婚外情。”

黑兹尔说：“要是你跟我一样了解那一家人就好了。我想那极度不可能。依我看，理查德的心地几乎纯洁无瑕；马默杜克老是说古往今来最正直的人，非他大儿子莫属。按照当年的所有文献记载，他性情高洁，甚至几乎不跟母亲以外的女人说话。据说他非常畏惧女人，他太太安娜花了几个月时间倒追他，他才敢用正眼看安娜。还有，艾达·菲尼在离家的那个秋天，在奥尼昂塔取得结婚证书。我也对这张证书感兴趣，几十年前就追查过。看样子，她是跟一个叫加尔·威尔逊的男人跑了。我想，那人大概是年轻的浪荡子。”

“也许故事有一部分是真的。也许雅各布说得没错，而理查德忽然受不了古板的生活，跟女人跑了。”我紧咬不放，但我觉得缜密的推论逐渐崩解成尘埃，“就是那个再也没回来过的露西儿·斯莫利。”

“不可能。”黑兹尔说，“你要学着把话听进去。绝对没那种事。”

“怎么说？”我说。

“葳莉·厄普顿，因为我刚好也知道坦普尔顿采草莓事件发生的时候，理查德已经作古了，这就是我断言的根据。”黑兹尔说。电话那头静默了许久，然后我听到黑兹尔急促的呼吸声。我哀声说：“唉，可恶，又回到原点了。”

“葳莉，这就是人生。”黑兹尔说，“不过你打电话来问我这个故事，说来也真巧，因为我一直在想一件事。虽然你显然看错了理查德，但我有预感，你没有想错方向。”

“什么方向？”我狐疑地说。

“当然就是你父亲跟坦普尔家族的关联。”她凶巴巴地说。

我向窗户眨眨眼，光线令窗户泛出黄铜色，直到我听见黑兹尔意识到自己说漏嘴了。她自顾自地轻笑，斥责自己说：“哎哟，黑兹尔·波默罗伊，大嘴巴，没救了，我还是老样子。”

“谁跟你说我在寻找父亲？”

“你的朋友彼得。”她说，“他知道我研究你的家族史，有一天他就泄了口风。”

“他该死。”我说。

“亲爱的，听我说，我一向怀疑你母亲有所隐瞒，只是没料到她隐瞒了这种大事。言归正传，你到底要不要听听我觉得你口中的‘好色’祖宗是谁？”

我咕哝说：“当然想听。是谁？总督·埃夫里尔吗？”

“也许是他。”她说，“但天晓得你能挖得到多少数据。我猜他不识字。我想的人选其实是马默杜克。”

我一时喘不过气。“你开玩笑。真的假的？竟然会是马默杜克？”我想起赫蒂、总督的红发雀斑脸、马默杜克炯炯有神的目光；如果他有一个私生子，就可能有第二个。真不敢相信我没有早早想到这一点。话说回来，事后回顾，我不完全信服这个说法。赫蒂是马默杜克一生中的唯一错误，在伊丽莎白连续多年拒绝到坦普尔顿后的寒冬热床上，他才出了轨。我说：“他不是信奉贵格教派吗？”

“是没错，”黑兹尔的声音陡降成低喃，活像有人窃听电话，“不过小妹妹，有一件没人晓得的事，只有我能告诉你。这件事很精彩。马默杜克的死法不符合所有书本说的，他不是死于肺炎。葳莉，他是被谋杀的。”

我一口气鲠在喉头，说不出话，好不容易挤出声音。“谋杀？”

“葳莉，”黑兹尔说，“你有空就来我家，我拿东西给你看。”

外头，坦普尔顿仍然是鸽灰色的，但远山上的云层裂缝透出灿烂的阳光，将一小丛树木镀成奇怪的金绿色。我穿着高中的黄色短背心裙，因为我心情太恶劣了，觉得只有那条裙子似乎亮一点。我在潮湿的雾气里走着，心里想着马默杜克。我对他的了解，不比调查刚展开的时候多，但现在我不能停止调查，因为悬挂在埃夫里尔别墅烂人堂的列祖列宗正睁着银鱼般的眼睛，等待我挖掘出最隐秘的家族秘密。

黑兹尔住在湖东边的墨绿色小木屋，靠近波默罗伊老人院，以前是夏令营地点，门上用木条钉出“吴扭口当营地”字样。

我敲敲门，听到黑兹尔在屋里低声咒骂，她拖着脚，好像永远走不到门口。好不容易，她摸索着打开门锁，显然有三道锁。她将门拉开，我便看到她穿着一小件白色睡衣，扣子扣到下巴，拖鞋是青蛙造型。她眯眼打量我，说：“你还好吧？你脸色好白。”

“我没事。吴扭口当营地是什么意思？”我说。

“那是废话一句。”她让我进屋。屋里的气味出奇的宜人，像苹果和肥沃的黑色土壤，只有混杂一丝老太太的味道。“我们家在一八八〇年卖掉了得奖的小母牛，换钱来盖这栋房子。其实就是无牛可以典当的谐音。幼稚吧。坐，我做了布朗尼蛋糕。”我在不舒服的胡桃木雕花皮椅坐下，她将一盘完美得可疑的点心放在我面前。蛋糕闻起来有化学味。

“不用了，谢谢，你真客气。”我说，“你说马默杜克被谋杀，那是怎么回事？为什么只有你一个人知道？谋杀案不是小事，很难掩人耳目的，黑兹尔。”

黑兹尔晃到我对面的硬邦邦皮椅。她坐下时，青蛙拖鞋的球状眼睛不停地滚呀滚。“葳莉，你要动脑筋。”她既不屑也不耐烦，“没人目击谋杀案。据说是晚上，他遇害的那天晚上下了雪，盖住了血迹。当年的人对镇上的庄园主忠心耿耿，而马默杜克显然具有那种身份。

最耸动的传闻是靠口耳相传。但是，”她从桌上一些文件底下抽出一个有花饰的牛皮纸卷宗，“有些事还是印成了铅字。你看这个。”

黑兹尔打开卷宗。里面有一张泛黄、硬脆的报纸，顶端印着跟卷宗封面上一样的古老字体《自由人新闻报》。但这份报纸真的很古老，我抬头看黑兹尔，惊异地说：“你从图书馆偷来的？”

“有什么大不了的。”她满嘴布朗尼蛋糕。“现在有微胶片了。你读读看。”我乖乖照办，一来是因为不想看她嘴里黑乎乎的玩意儿，二来是因为好奇。

自由人新闻报社论

一七九九年十二月六日

坦普尔顿子民们，注意！小心身边的人；戒慎地护卫您的一票；别让妻小听见天花乱坠的辞令，因为我们之间有一个冒牌货。他意图背叛自己的社会阶级，摧毁我们崭新民主的根基。他原本一无所有，借由婚姻取得财力，机灵地建设土地，发迹致富，跻身这个新国家的首富之流。偏偏这人竟然投靠代表美国上流人士的政党，一个要将平民百姓踩在脚下的政党。他坐拥本郡勤勉农民为他带来的财富，理应心满意足，却成为可鄙的联邦党人。

“菲尼，你说的是谁？”或许本报的忠实读者正在这么问，气愤得将报纸抖得沙沙响。我不需要指名道姓，但为防有人仍然认不出上述的歹人、叛徒，我就明言了。他不是别人，正是地主马默杜克·坦普尔。

我是带着遗憾说出他姓名的；对我来说，坦普尔曾经宛如兄弟。我在一七八六年底来到坦普尔顿，当时我正年轻，喜欢冒险犯难，准备要面对人生的变革。我已经从事报社工作五年，渴盼拥有自己的土地。《哲人》里的文章令我心神向往，让我相信唯有成为勤勉的自耕农，指甲里有泥垢，才算真正活过。如今我即将挥别中年，也拥有纽约州最大的印刷厂及这家报社，回顾当年的想法，实在感到不可思议，但年轻时，我急于刨土整地，以血汗换取生活。年轻人往往有勇无谋。当我来到他在艰辛草创年月中使用的破烂办公室，坦普尔看了我一眼，便捧腹大笑。不可讳言，我身材极为矮小，即使我穿着衣服，也能将我大半骨架看个清楚。

“你？”他说，“你想你是种田的料吗？就凭你白嫩的手和大学文凭吗？”他的话令我更加激昂，这个与我同龄的人嘲笑我的能耐。我竭力挺直背脊，怒火熊熊地说：“是。”

为他说句公道话，这个地主欣赏我的斗志，卖我一块河边的土地，那块地已有一位垦荒者放火清理过，以制作草碱，并以较高的价位回售给坦普尔。“菲尼，如果你想换工作，我乐意协助你创业。我们村子里需要受过教育的人。”他的口吻和蔼。

要是我能说在自己土地上撑了一年，甚至六个月就好了。可是两个月后，我便因为屋顶施工不良，沾染了一身油垢，罹患黏膜炎，只得回到他的办公室。坦普尔带我到酒吧，招待我小酌几杯。那一夜，我说出自己曾是费城的报社工作者。翌日，我在舒适的承租房间养病，马默杜克冲进门，兴奋不已，宣布他已为我订购印刷机，并将我的土地换为杂货店隔壁的店面。他说我将撰写报纸。他要将报纸命名为《坦普尔顿时报》，我则命名为《自由人新闻报》。

在那些年，我确实欣赏这位地主。他为平民做了许多事，但如今事态很明显，他只是图谋一己的私利。许多人曾经试图征服这片土地，加以屯垦却失败，而他成功了，因为他也是空手起家，知道如何让人愿意留下。可是慢慢地，坦普尔的财富令他思路不正，自以为是这片土地的天生贵族。他建造坦普尔庄园，那是占地辽阔的石砌怪物，还有亮黄色的屋顶。我向他理论："没人需要那么大的宅邸。把钱拿去整修镇上的设施吧。"他只向我眨眨眼。天长日久，我从流言蜚语中得知坦普尔其他见不得人的作为。不久，马默杜克·坦普尔便与富人交游、做生意，一步步攀升到这个崭新国家的富贵阶层，并染指政治。当我得知他整个下午都出门，为联邦党州长候选人拉票时，我便知道坦普尔自命不凡，已经令他丧失理智，而我不能继续支持他。

各位坦普尔顿的乡亲，马默杜克·坦普尔和我一年不曾交谈，而在这一年中，我确定了一件事，亦即我相信坦普尔不复往年那般慈悲明理，他不惜为了巩固联邦党候选人的票源而漫天撒谎。因为他是本郡的法官，届时他将护送上锁的票箱前往奥尔巴尼。虽然出言反对一位选举官员令我痛苦，但我深信马默杜克·坦普尔将会欺骗世人，因为我听说过他暗地里的邪行，那阴险的作为不是有道德、有信仰的人应该有的。他投入政治活动时应该当心：太多人讨厌马默杜克·坦普尔，以致街上出现斗殴，连温文有礼的律师也以手杖打架，我也听过有人咒骂坦普尔，言辞必然足以令他耳鸣。如果他肯听我的劝告，我会顾念旧情，请他严防突如其来的暴力攻击。

各位朋友，最后一句话：我会像老鹰一样紧盯选情。如果我不这么做，如果报社不监督世间的腐败人士，我们将无立足之地。民主将不再是民主。为了家乡的和谐，且让我们希望这次选举以及未来的每一场选举，都能平安顺利。

坦普尔顿乡亲们，敬请放心，《自由人新闻报》将会密切观察选情发展。

——发行人暨编辑伊莱休·菲尼

我看着黑兹尔。她目光炯炯，假牙上有坚果。“天啊，你想是不是菲尼宰了马默杜克？”

“有可能。”她说，“不然，就是这次选举成了烟幕弹，以遮掩私人的罪行。你看这一句：‘我听说过他暗地里的邪行，那阴险的作为不是有道德、有信仰的人应该有的。’看到没？这句不太妙，有私怨。说不定，那正是谋杀——我相信那一定是谋杀——没有公开的原因。”

“你是指，也许老马默杜克勾搭上菲尼的老婆？”我慢慢地说。

“或是女儿。”黑兹尔说，“你知道罗莎蒙德·菲尼是大美女，举止很轻佻。她曾有一些感情方面的丑闻，后来匆匆嫁给远房的表亲。”这时黑兹尔看着我，目光闪烁。“记得我说你找对了方向吗？罗莎蒙德的女儿就是艾达·菲尼，那个在树林里失踪的女孩。”

“而艾达是——我们认为她是西蒙·菲尼的母亲。”我说，又复述，“菲尼啊。”

我眨眨眼，开始想菲尼家族里唯一一个可能的父亲人选，亦即伊莱休的曾曾曾曾曾外孙，矮小、秃头、言语尖刻的弗兰克·菲尼，艰苦经营的《自由人新闻报》的小小老板。弗兰克·菲尼！我心想，管他的。在下一个心跳时，我笑了笑。大学时代，我在报社实习的时候，曾经在流动咖啡馆帮弗兰克买咖啡，有一次我摔下椅子，笑到流眼泪，全是因为他讲的蠢笑话：什么会发出啪哒、啪哒、砰！啪哒、啪哒的声音？我还来不及说是什么？他便开心得涨红了脸，说是阿米什人驾车互相射击[1]。弗兰克不是很糟糕——至少有幽默感。他喜欢我，是因为我是极少数无论他的笑话好不好笑，一概捧场的人。然后，我想到弟弟、妹妹！我兴奋起来了：他们家去希尔顿黑德岛及苏格兰旅游时，我受邀担任乔舒亚和蒂莉的保姆，我就晓得我没宰掉这两个小坏蛋是有原因的。

“天啊。”我站起来说，“我得去问我妈。”我想都没想，就在黑兹尔粗糙的小脸蛋飞快亲一下。她红透了脸，吓了一跳。直到我弯腰的时候，才看到垃圾桶里露出了九十九分钱的杂货店布朗尼蛋糕盒子，那正是这位老可爱的点心。

出了她家，我浑身是劲，走上河滨街。萨斯奎汉纳河在我右边掀

1　阿米什人（Amish）是美国和加拿大安大略省的一群基督新教再洗礼派门诺会信徒（又称亚米胥派），以拒绝汽车及电力等现代设施，过着简从的生活而闻名。所以这则笑话的发生概率微乎其微。——编者注

起涟漪，金费舍大楼朦胧矗立在湖畔雾气中，像是定睛一看便会失去踪影的精灵城堡。我脑袋轻盈，汹涌的肾上腺素令我的四肢欢唱：我想象自己张开双臂，拥抱弗兰克·菲尼说爸！甚至幻想在迷你歌剧院的花园里举办温馨的小野餐，母亲和弗兰克会在那里，有香槟、双色杯子蛋糕，我们都笑呵呵，夕阳洒下金辉，阳光拉得老长。一波波强烈的轻松感席卷我整个人，永无止境的追寻终究走到了底。我本来就喜爱弗兰克·菲尼，他是路跑之友的一员，我知道他会是风趣的父亲；我可以回去找克拉丽莎，重拾旧金山的生活，重新来过。

但是不久后，我每走一步，心头便绽出一朵怀疑的花。等我走到通往议事岩那一道阶梯的顶端，我完全停下了脚步。在欢喜之情从四肢百骸散逸殆尽前，我走到阶梯底坐下。眼前的潋镜湖笼罩着薄雾，轻拂岸边。我将头枕在膝盖上，看着涟漪。不对，根本不是他。

推论错误：弗兰克·菲尼身材矮胖，拇指粗肥，茶杯耳，外貌和我截然不同，只有下巴那一带稍微神似。就算他是我父亲好了，用我这个人形炸弹轰炸他的生活，也一样是个错误。他的太太琳达嘴尖舌利，更是饶不了他，他的稚龄小孩会搞不懂我是哪号人物，他平常便已经满心罪恶感，这下他的罪恶感将会更加深重。我会让他的人生更艰难。这会使我们的友谊变调，毁掉原本单纯美好的关系。

几分钟前我才兴高采烈，现在只感到空虚，牛皮纸袋在风中飘荡。我扔了一根棍子到湖里，它只弹一下便沉没。我感到恶心。我不能回家。

我在那里坐了也许有五分钟，闷着头胡思乱想，然后见到一双褐色大靴子从左手边靠近我。直到那双鞋离我六英寸时，我才认出来，吃了一惊，抬头看那深色牛仔裤，皮带紧紧扣在最后一个洞，蓝得像冠蓝鸦的衬衫。我视线在粗糙大手上那本闪亮平装书《荷兰哲学家斯宾诺沙全集》停驻一会儿。我盯着那本书半天，然后硬着头皮，让视线移到第一颗纽扣上，上移到抽动的颈项，到下颌，到脸部。

“泽科。”我说，悠缓的暖意在我身上扩散，一时驱赶走新的悲伤。“很高兴见到你。”

“我，嗯。”他似乎一时说不出话，最后红着脸将书塞到屁股口袋，坐到我旁边说，“我真的、真的很喜欢你这条裙子，葳莉，黄色的，很漂亮。今天我休假。我看到你一个钟头前从你家出来，我在等你回来。”

“真的假的？”我试图挤出笑脸，觉得让牙齿露出来未免放了太多电。“等我干什么？”

“午餐如何？”他脸色更红，移开眼睛。

“嗯。”我说，让几秒的时间在我们之间凝聚成水洼。世界涓滴渗入，海鸥在浮标上盘旋，后方大街的车流声，萨斯奎汉纳河刷洗着长满青苔的大石。蓦然间，阴沉沉的天气变了，我亮眼的黄色背心裙与我面前的泽科克令天气轻盈、饥饿起来。一辆车子的喇叭响起；我吓了一跳，脸红得发烫，而泽科克绽出笑脸，露出酒窝。我盯着酒窝，听见自己说：“跟我来。”

事后回想，我确实知道自己在做什么。但当时，我只是看着自己那么做。我拉起泽科的手，而那令我将其他的事情驱逐到暗影里，让我忘却一切，只感受到他皮肤的硬茧和温暖。

就这样，泽科和我穿过大街，过了河，从市街与医院之间的天然河岸绕过大门。有一些迟开的白色、黄色花朵矗立在灌木丛上，散发麝香的气息。我觉得皮肤上每一根毛发，都因为走路的动作碰触到衣服，我感觉到脚掌下泥巴的每一道裂缝。我们绕过一个角落，看到了萨斯奎汉纳河的古老石桥，那是一条有垛口的维多利亚式步道，铁链挡住了去路。

我跨过铁链，泽科尾随。听得见他吐出的微微气息就在我背后。我们走过长着青苔的桥，到了另一端的树林。我清清楚楚记得高中时的一个酒醉夜晚，树林间有一块长满蕨类的小凹处，任何人只要在我们刚刚经过的步道上，又晓得该往哪个方向看，就能看到那里。我们找到了地方，蕨叶在微风中上下弹动。我转向泽科，他已经在我看蕨叶的时候拉近了距离，现在他的手摆在我腰部，有点发抖。

“慢着。”我说，“你会不会是此时此刻最不适合跟我做这档事的人？这会不会是我所有的蠢念头里最笨的一个？”

他皱起脸，拿开手。“大概吧。”他说，用褐色大靴踢地面。

“太好了。”我伸手拉他，他的唇温热，有薄荷味。

事后，泽科的背在我手心下变凉，呼吸柔和，悠然入睡。我看着一只黑鸟在天空打转，觉得黑暗又笼罩了我。这个月来的幻想，令我和泽科的温存丝滑顺畅。但嘴唇和松树汁液统统摆错了位置。泽科在我一边耳朵担忧地低语，一只飞虫在我另一边耳朵呼号，直到我在剧烈动作间拍扁它。现在一颗松果不舒服地扎在我肩胛之间。不只如此，在我背部底下的深处，我感觉到百种来自植物与虫的震动，我感觉到大地饥渴地拉扯我的骨骼。一英寸又一英寸，我从泽科的体重压迫下钻出来，穿上衣服。他在睡梦中，嘴巴像小男孩一样张开，幸福地赤身露体，平滑的臀部自在地袒露在天空下。我溜回桥上，想象他在一小时后被晃动的蕨类惊醒，抬头一看，蕨叶贴着他的脸颊，察觉四下只有自己一人，纳闷一切是否只是一场梦。他会穿好衣服，哀怨地站起来，希望他接着会摸摸屁股口袋，发现他的书不翼而飞，成了我的抵押品。

回到埃夫里尔别墅，我走到门厅，悲凄地向伟大、肉感的马默杜克画像摇摇头。

“你这个流氓。”我说，“老朋友，亏我还以为我们知道你的小秘密。”我或许看到他的嘴角向我微微扭动了，或许没有。但我忽然又感到疲惫，母亲的肉桂面包在我肚皮里仍然不安分，我想到了我诱人的大白床，举步爬起楼梯，要回房间。

那天我没有睡到午觉。

楼梯爬到一半，我的心脏便在胸膛里猛跳，刺骨的寒意扫过我皮肤。楼梯似乎在扩张，不断延展，直到变形，巨大得像外面的湖，又忽地回复原状，在我周遭抖得像明胶，令我踉跄地跌坐，双手揪着太阳穴。先是一大片黑暗，继而是吸吮声。我再次睁眼的时候，东西一片模糊，仿佛眼睛被涂了一层油膏。

我站起身，整个人摇摇晃晃，感到一阵恶心，这时我才觉得有个东西包围着我。那是一团混沌，一股沉重的压力，是某种巨大而可怕的异物；这时我才感到一个心搏。但那不是我的心跳，也不在不久前我以为的腹中宝宝所在的位置。它的位置比较高，介于肩膀和喉咙之间，宛如那是第二颗心脏，而它属于一个比我高的人。我想举手摸摸看，却办不到。我的脚寸步难移，头部动弹不得。我费劲地让视线往下移，看到衣服上似乎有一层飘逸的织物在细微难辨的风中翻飞，就像蜘蛛网。在我的双臂上，则有另一种深色织物摆动。

我的双腿自行挪移，我惊恐地看着它们爬楼梯。一步又一步，动作极为笨拙，仿佛无论依附在我身上的是什么东西，它都忘了如何行走。我感觉到祖先们注视我，画像与照片里的人在看我。我经过供客人使用的浴室，勉强瞄到自己一眼，见到我的五官黑暗，像蒙着一层纱。我于是明白那是家里的善良鬼魂，是那个总是间接守护我的鬼。我有如蛋壳里的蛋黄，就像一根人形骨头，身体位于骨髓的位置，而鬼魂包覆着我的身体，紧绷得像肉。

就这样，我们来到我房间。就这样，我们随手从床上拿了一本小书。我的鬼魂手像蜂鸟疾快翻过书页，许久才停下来。一根手指溜过书页，指出一个字。然后我的鬼魂指尖刮着那个字，直到我念出来。

马，我向潮湿的早晨说，语音含糊，感觉像耳朵里塞了棉花。

马，那鬼又敲敲那个字。

马，那鬼停止敲动。

我不懂你的意思，我如此说。

它挫败地呼气，但我已经开始觉得窒息，书被丢到床上。我们又出了房门，下了楼梯，来到门厅，进入客厅，到了餐室。餐室巨大的观景窗镶嵌着湖景，看来像阴郁的哈德孙河画像，在灰灰潮潮的风中饶富浪漫派的气势与诗意。

我不由自主地朝着餐桌前进，笨拙地捧起有四个古旧轮子的真马鬃小马。我将它放在光亮的餐桌上，叉腰站着打量它一会儿，最后我快喘不过气地说：对，一匹马。

这时，环绕我的鬼拥着我向前走，动手拆解玩具马。

住手！我如此说，这时它已开始解开马鞍上的锡制小扣环，将它拿下来。鬼没有住手。我笨拙的鬼魂手指插进鞍座底下的皮革、掰开。就这样，鞍座露出一个裂开的旧口子，那里凸出一小片泛黄的羊皮纸，纸质已经变脆。我取出了纸，鬼魂忽然溜走，发出巨大的啵一声，令我倒抽一口气，连连喘息，直到我感到肺叶底部的空气像火烧。由于纸质脆弱，我尽可能轻柔地拿取它，像拈着我不想压伤的花瓣。鬼又向外移到房间里了。我闭上眼睛，睫毛令鬼看来更小，但这招不灵：鬼魂加深颜色，变成紫色进入我的视野。

好不容易，我的呼吸才恢复正常。我坐了下来，仍瞪着手心在微风中翻动的羊皮纸。纸质很脆，一用力便会碎掉。虽然只是一张小纸片，却沉重得像铅。

我摊开羊皮信纸前，匆匆瞄一眼，瞥见了色泽极淡的鬼魂边缘，总算可以定睛看到它了。它扭动着，一波一波像覆了油一样抽动，仿佛是想把自己扭到一旁去。“你是谁？”我说，但鬼不回答，慢慢不耐烦地变成深色，成为恐怖的茄蓝色。我忖度着这只鬼的习性，它生性善良，极度爱干净，但我没有说出自己的猜测：赫蒂？我将心思放回信上，摊开来，看见孩童的笔迹，有总督·埃夫里尔的字样。然后我开始看信。

29

开镇先祖母伊丽莎白

我早早便梦见他会出事。我不是会捏造恶兆的人。我是虔诚的贵格派教徒，做不出那种事。

我在硬床上夜夜做这个梦：先是吱吱响的靴子，山胡桃木燃烧的清烟充盈在冬季的空气中。雪花在夜幕里飘落。我在老鹰旅馆（联邦党人的酒吧）和猛伲酒吧（反联邦党人的）之间的交叉路口，后头某处传来狂欢作乐的喧嚣。一边的人为选战胜利欢呼，另一边的人哀叹着挫败。由于我晕头转向，嘴里有发酸的酒味，我才知道自己在梦中是马默杜克，而那具任我差遣的庞大身躯属于我丈夫。

月亮一度露脸，下弦月钉在空中，悬在冰封湖上及泛白的山峦上。我眼前是长长的市街，从山坡绵延到湖畔。我后方是男校、教堂和有许多小牝牛的农场。右边过了大宅，往上就是远见山，山上有戴维·希普曼的木屋。左边再过去，则是面包坊、新盖的法院及监狱。强烈的自豪涌上我心头，而那种感觉是身为伊丽莎白的我不曾尝过的。

我听见怪声，无法分辨是什么。忽然间，我脑袋里响起更深沉的声音，一个空洞的砰一声，像甜瓜掉到地上的响声。世界慢慢打转，我硕大的身躯颓然倒地。脸贴在寒冷坚硬的泥地，有马的味道。从地上看，树木阴沉沉地耸立在第二街低矮的屋舍上，宛如在威胁村庄。我的脸在地上麻木，发黑的视线看到路上的树头，那是砍倒极老的大树后留下的残干，遭到遗忘，在路上被切割殆尽，树头的正中央有一道裂痕，里面长了几株最微小的树苗，这是汲取马粪带来的些许暖意，它们窜生出细嫩的小树枝。然后，我耳内积聚了热乎乎的东西，后方的宴乐声淡去，取而代之的是一连串的脉搏和一颗巨大心脏的心跳，然后是黑暗，一股舒服的如释重负感。

我梦见丈夫的死亡许多次，活灵活现。凶手始终成谜。他树敌众多，尤其是几天前刚结束的选举疑点重重，立下了更多仇家。那天正是要完成重新计票的日子。他是不知自制的人。我的马默杜克常常跟镇上的垦荒者扭打，以财富和一身力气与人结怨。

但在他遇害的那个夜晚，我知道谁动了手。甚至在他过世前，我便知道行凶动机了。

我丈夫过世的前一天，我不断注意戴维·希普曼的木屋，屋里的窗户整夜都闪着红光。到了早晨，无名氏显然还没生出孩子；若是生了，他们必然会熄掉灯火，让她好好睡下。我生育过七次，虽然只有两个孩子存活，但我知道那可怜孩子经历的痛苦。到了破晓前，我已经天人交战几小时。那时我便知道接下来的夜晚，便是梦中的那一夜，那月色、那枪击、我的马默杜克将会送命。每次我翻来覆去入眠，梦便来了，惊醒我，令我的毛发惊骇得倒竖，有如动物。最后，我用法国紫罗兰香皂沐浴，穿上最轻柔的灰色连衣裙，将脸颊捏红。

我悄悄套上最柔软的鞋，来到屋子西首的马默杜克卧房。寂静里听得到几十声沉睡的呼吸声，仿佛房子自己会呼吸。

我打开马默杜克的房间，进去一会儿才察觉他没有睡觉，坐在床帘后面，从帘缝看我。我走向他。他张开双臂，为我拉开被子。我和衣钻进他温暖的怀抱；我在他身边如此渺小；我们身材的差异向来令我惊奇，我在他身边就像小孩。我们没有移动。我们没有交谈。我嗅着他怡人的体味，行房后的味道，他亲吻我的太阳穴。他散发着热气，真可称得上是火炉，而向来不够暖的我暖到了心窝里。

我心想，一定要告诉他。我有责任说出来，让他今晚待在家里，随后几晚也别出去，等待危险过去。但我心有挂碍，恐惧得不敢说。马默杜克的举动，有时会出人意料，而我担心他会认为世间没有人能伤害到他。或许甚至会存心挑衅，出门给你看。我决定等到佩蒂依照惯例，在厨房里自言自语做早餐时，便告诉马默杜克，到时一定要说。

杜克，我终于这么叫他，但他亲吻我，不让我说下去。

别说话，他如此说。我们静静的就好，好吗？

马默杜克，我说，但他叹了气，翻过身。他的巨掌握住我的手一会儿，完全包覆我的手。我们都盯着床顶、床顶布帘的下垂处、细细的坚固床柱。我正要重新启齿，但楼梯传来明戈的脚步声，他是来送早餐给马默杜克的。我得匆匆下床，躲到门后，趁他跪在火炉前的时候溜出去。我丈夫下床时，我望着门。他即使赤身露体，依然像是没人伤得了他的模样。看着他的大脚像树桩牢牢立在地上，我一度怀疑自己的梦境不可能成真。

这一天不好捱，压力沉重得我难以呼吸。

后来，晚餐后，我们在客厅，小儿子雅各布和哥哥理查德下棋，我在看书，马默杜克在火前烤暖靴子。每隔一小时，就会有一个仆人到希普曼的木屋一趟，察看无名氏的状况，并为接生婆布莱索送上一杯威士忌。接生婆说酒是清洁用的。不过，借用一句马默杜克的说法，布莱索在木屋里，必然已把自己刷得通红，像小婴孩了。每过去一小时，无名氏变得愈渐虚弱。佩蒂来到客厅，舔着唇向马默杜克笑，约一小时报告一次在《自由人新闻报》办公室举行的重新计票。杜克大人，还在计票呢。她说着摇摇头，但透出一丝胜利的光芒。而在那胜利中，我为丈夫担忧。

到了傍晚，无名氏已经分娩四十小时，连接生婆也叫不醒她。弗伦奇医生去了木屋。到了傍晚，聚在《自由人新闻报》办公室外的人群变少了，只有几道烟囱的烟让镇上显露出生机。我从窗户看到伊莱休·菲尼坐在那里计算票数、重算、重算，与一张名单加以核对。我看着他坐在那里，直到黎明。

天气原本就是阴沉的。肯特·佩克来敲门的时候，天色已经漆黑。人家说他英俊，我倒觉得他没比一块木头好看。他捎来了骚味和新雪的气息。我朝衣服里微微瑟缩。他先是紧握着毡帽，三个帽角给捏成六个角，才将帽子交给明戈。

他说杜克，菲尼已经公布结果，发出特刊，光是奥特莎加旅馆就缺少四十三票。就算将可能支持或反对联邦党的票源算进去，票数仍有将近八十票的差距。他说那是因为我们将票塞到某些人的手里。

我们确实将票塞到他人手里了。那样做不对吗？理查德如此说。

他愈说愈愤慨，脸涨成紫色，拳头紧握成危险的大头槌。我可怜的理查德，那么热切善良。我看出他这几个月有些不对劲儿，不复以往的无邪。理查德又说，菲尼自己也作票，我看到的。我护送票箱到奥尔巴尼，我可以作证途中没有人动过手脚。菲尼太恶劣了，可恶、怀恨在心的菲尼。

非常凝重的沉默。

杜克站在悬挂自己英俊画像的壁炉下，说问题不在选举是否遭到操纵，而是现在该怎么做。这里仍然有暴徒。要是谣言流传到这个郡的街头，难说我们会不会遇到麻烦。

我待在自己位子上。我对马默杜克了解深刻，听他这么说就知道他铸下可怕的错误了。于是我知道他介入了选举，事情将一发不可收拾。

他们似乎花了几个小时争辩对策。

佩克主张我们避风头，请州法院裁夺选举结果，保持低调，直到大家淡忘。

雅各布说该狠狠教训一下菲尼那个小苏格兰黄鼠狼，但他的家庭教师发出斥责，说大人讲话小孩不要吵。马默杜克笑着看十岁的儿子举起拳头，对着窗外的市镇挥动。

理查德提出该针对此事召开公听会，向民众说明此事，公布联邦党这边的计票结果，坚称我们无辜。

马默杜克沉默良久，但在厅里的立钟响起时，他开口了，以最深沉洪亮的声音说我相信，我们必须佯装不介意，而菲尼捏造此事是出于嫌恶及粗鄙成性。我们应该庆祝，假装我们不为此心烦，举止要无异于一般选战大胜的人。

他说完后，大家鸦雀无声。

肯特·佩克说，我们去喝酒，去老鹰旅馆。他沉重地点了点花岗岩般的头，将烟斗在膝上敲了三下，以加强语气。

理查德提议：叫小提琴手来演奏。可是父亲，这么做妥当吗？

马默杜克说我们去玩摔跤，然后笑了。他说我很乐意和“小苏格兰黄鼠狼菲尼”好好摔跤。他向雅各布挑起眉毛，而雅各布热切地点头。

他们站起来，明戈离开客厅去拿手杖、帽子、长大衣，大家忙着准备出门。我心想，不行，不可以，马默杜克不能出去。我正要起身向丈夫说有话必须借一步商量，事出紧急，不能晚点再说。但佩蒂来了，匆匆行了礼。

她嚷着：噢，坦普尔太太。她的目光饶富兴味地掠向马默杜克，他整个人倚着壁炉架。画像中的马默杜克在她头上得意扬扬地笑，马默杜克本人则向她皱眉。

佩蒂说：竟然有这种事，您一定不会相信的。可爱的无名氏真可怜，生孩子时死了，上天保佑她的灵魂。

佩蒂画了十字，我不喜欢在自己家里见到这种天主教徒的举动。但我同情无名氏，连马默杜克也似乎对这则消息感兴趣。

明戈回到厅里，理查德和肯特·佩克走上前，从他胳膊拿取自己的长大衣。

那孩子呢？我说。佩蒂似乎很开心，热切得发抖。她挺起胸膛，以太过响亮的耳语说是个女孩，很健康。可是坦普尔太太，她个子大得不得了。说到这里，佩蒂看看马默杜克，他一动不动，面色发白。

佩蒂轻快地操着家乡口音，说她长着红头发，红色的呢。还有蓝眼睛，世上还没见过这种红番[1]。

说罢，她心满意足，垂头微笑，鼻子的影子很大，令这位老妇人看来很可怕，像巫婆。

我想了一下红发大婴孩的事，想到红褐发的理查德正跟肯特·佩克在门口轻笑，协助他穿上外套，但世间没有比他更纯洁的男人。这是一个母亲会知道的事。除了我，他没有亲吻过其他女人。他的爱贞洁而善良；他迎娶心思单纯的女孩，在结婚后第一个月都太害羞，不敢碰新娘子。这些我都知道。

这时，我才看看马默杜克。他面容灰白得像蜡。他见到我看他，便干笑一声。

他避开我的目光，低声说真是太好了，我们应该送一箱酒给老戴维·希普曼。接着他向我们行礼，走向客厅另一头的明戈和理查德他们，经过雅各布身畔时顺手拨拨他的头发。我小儿子脸色发白，露出惊惶的神情，想必听见大人的话了，家庭教师正弯腰跟他低语，带着他从另一边的门离开客厅。我和佩蒂站在炉火边，我的裙摆几乎碰到火。我看着丈夫穿上长大衣，感觉他穿得很慢，慢得惊人。似乎过了一年，他才套上一只袖子，而伸进另一边袖子又耗费一年。

原来我如此盲目。我始终相信当我赶走赫蒂，当我亲自来到坦普尔顿后，马默杜克便会忠贞不贰，遵守我们在伯灵顿私奔那天他向上帝立下的誓言。听到无名氏那个天真的小印第安女孩产下红发婴孩，

1　印第安人（Red Zndian），红番是对美洲原住民的贬义称谓。——编者注

我一夜老了十岁。

他们离开前，客厅里只剩下马默杜克和我。在我们之间，黑色的梦魇开始笼罩着我们。我的脑袋嗡嗡作响，在上弦凸月升起的时候，一棵树在黑暗里颓然倒地。

我原本可以救他。我原本可以阻止他出门，但我没有。

我的马默杜克、一镇之父、大人物、丈夫、幻想家、傻子。我让他穿上大衣。我让他拿了手杖和帽子。当他转身向我道别，他的视线掠过我、掠过我娇小的躯体、掠过佩蒂，他的眼睛看着别处。我挤不出声音叫他回来，警告他当心十字路口。

话虽如此，但我也没有试图挤出声音。

他的靴子咚咚踩过这幢他一手建造的房屋地板出去。我看着他们的小影子举步维艰，走下积雪的路径，出了大门，到第二街。由于他们垂着头抵御风雪，从窗户看过去，分不出他们谁是谁。也许我觉得是我儿子的人影其实是他父亲，而我以为是他父亲的人影则其实是我儿子。他们绕过围栏后，便看不到他们。

佩蒂转向我，急切得脸皮抽动，像兔子。

她说：听说当戴维·希普曼见到婴孩的红发碧眼，就发了狂，乱砸东西，暴跳如雷，跟布莱索接生婆说要宰了坦普尔法官，带着枪出门。那个老印第安人钦加哥瞪着无名氏的尸身，最后站起来，拿了战斧，在布莱索尖叫的时候只向她点点头，就走向前往镇上的路。接生婆浑身发抖，酒意和恐惧令她昏头。因为伊莱休·菲尼完成选举重新计票，今晚喝醉酒将很危险……这时佩蒂没了声响，指指外面的路。

她让我决定要不要派人叫他回来，警告他提防敌人。而我第二度按捺住自己，只望着黑夜与灰雪。

佩蒂跟我单独在客厅。最后，我转向我的敌人、我的朋友。

仿佛有东西在我内心碎裂，发出可怕的声响，但佩蒂听不见，她没有惊骇地退避。

我说坐到我旁边。我拉铃叫人送茶来。我的声音比想象中沉稳得多。我还没提过我跟先生如何真正认识，也就是我们私奔的故事。

我的话出乎佩蒂的意料。她眨眨眼，看得出她渴盼去厨房长舌，宣传无名氏产下红发婴孩，但我的故事更诱人。如今，我还真不知道那一夜她的心怎么没有兴奋到迸裂。她吩咐下人送茶、送来她的毛线，然后坐到我旁边，拉起我的手。

她殷切地说：坦普尔太太啊，我等不及听了。

于是我说了出来。

我二十三岁，相貌平平，非常乖巧。我从小就听说过他，毕竟我们参加同一个贵格教会多年。但他是一个弃儿，逃离了人丁过盛的坦普尔家族农场。他逃家时一无所有，只穿着一条裤子，里面没别的衣物，穿了一件罩衫，但没衬衫。他没有鞋袜。他梦想着马车、厚毯，梦想将整个伯灵顿收归己有。那时他吉星高照，总是有好运。他逃家那一天，菲尼亚斯·多尔利领养了他，教导他成为铜匠。我上教堂遇见他的那一天，他十九岁，已是铜匠师傅，但目不识丁，生活浪荡，是喜好杯中物的野孩子。听说，他对女侍的兴趣浓厚得不自然。即使我那位新泽西最富裕的鳏夫父亲严密保护我，我仍然听说过他纵情逸乐的事迹。

那天我们上教堂，静默地等待上帝的教诲照亮我们的心灵。天气苦寒，我鼻孔和双眼周围都感到刺痛，会众呼出的气息从身体往上升，像拴在我们身上的灵魂。

我坐在女宾区的那一侧，妹妹萨拉在我身旁。那天早上妹妹令我气愤不已，任何娇弱的贵格教派教徒胸衣内，都不曾蕴藏那么深重的怒意。萨拉年纪轻，比我美貌，轻盈得像蝴蝶，再过两周便要嫁给费城的富裕贵格派教徒，她不断将婚事挂在嘴上。连在教堂里坐在她旁边，也能感觉到她梦想着婚礼。准新娘应该是我才对啊，妹妹说个没完没了的嫁衣是我缝制的，萨拉是妹妹，理应由她照料父亲终老。原本就没有让她成婚的打算，我才是应该出阁的人。当她的丈夫暗中追求她，当她点头，当父亲同意他们的婚事时，我的世界天翻地覆。我成为应该留在家中照料父亲的人，我那脾气暴躁的父亲理查德·富兰克林殷实而吝啬，罹患痛风，夜夜牛饮马德拉酒，上教堂时却不曾因而受惩，因为他富有，而富有的贵格派教徒可以犯错，不必担心受惩。

那一刻，我想到自己的人生转眼成空，这个可恨的想法阻断了上帝之光。愤怒涌上我心头，强烈浓稠到我尝得出怒火的滋味，感觉像糖蜜、像血。

正在生气时，我抬头看男宾区的座位。教堂里鸦雀无声，充满冰冷身躯挪动与呼吸的声音，我抬头时，察觉浪子马默杜克·坦普尔的俊眼凝视着我。我必然是在盛怒下，才会违反本性，回以微笑，卖弄风情。我们视线交错的时间极短。星期一的时候，妹妹在我卧房里清点我准备的亚麻布织品嫁妆，我为了让自己分神不去注意妹妹，便将视线从小说移开。我一抬眼，便看到魁梧的马默杜克站在外面的栎树边，正望着我的窗户，像遭人遗弃的小狗。

我大受震撼，也持续受到震撼，因为他不断回来，在寒冷中守候。天天都来，为时一星期。马车夫出去陪他，跟他抽抽烟斗，又进屋嘻嘻说笑。厨娘带着一碗热腾腾的汤悄悄溜出去，看她那步态，我知道他们之间有暧昧。

我观察着马默杜克怎么留意我，一星期后，父亲去费城为妹妹的婚礼做最后准备，萨拉溜到栎树找他说话。残忍的女孩——当她进屋跑到自己的房间，我听见她大笑。我也不意外第二天他会来到我们客厅喝茶。

精巧的椅子塞不下他魁梧的身量，他看来粗俗，黄手套在他手上实在不堪入目。可怜人，他不懂挑选衣物。后来，他承认男士服饰商找不到其他适合他巨掌的手套，那双不懂诗酒的手，那双辛勤工作的手。妹妹邀请他喝茶，真是嘲笑了他，也揶揄了我。

我的茶杯在茶碟上咔咔响，不能直视他。在他一次格外失礼的出糗后，妹妹忍俊不禁，佯称去拿相簿给他看，跑出去大笑。马默杜克深沉的嗓音发着抖说，富兰克林小姐，令妹真善良，邀请我——但我打断了他。

坦普尔先生，其实她很残酷，她很无情，她只想伤我们的心。您的出身委实太低，绝不可能纳入婚嫁的考虑，而我不能出嫁。我必须照顾父亲，直到上帝召唤他。

马默杜克皱起眉（即使在那时也颇具威严），但您是姐姐。

我听见妹妹裙摆的窸窣声，扬手制止他继续说。我凑向前，距离他的美唇只有几英寸，颤抖得像捧在手心的小鸟：娶我吧，坦普尔先生，事不宜迟。

妹妹回到客厅。同一条街上的长老教会教堂响起整点的钟声。我只盯着他美丽靴子的亮光，见到那靴子在我们秀气的客厅显得多么巨大。那一夜，窗前传来低低的口哨声。萨拉已经入睡，梦想着费城，我旋即吹熄蜡烛。马默杜克骑着租来的马，在窗下等待。我的行李箱、我的嫁妆都一股脑推下去。然后我抱着母亲的祈祷书，这是亲爱的母亲留给我的唯一遗物，我就这样踏出窗外，跳进寒意中，将帽子按在头上，而我落进马默杜克钢铁般的臂弯。马默杜克让我骑马，他跟在旁边，扛着行李箱，箱子在月光下闪闪发亮，像甲虫的壳。每走一大步，我背后的家就变小一点。我想象着当妹妹发现我在早晨成婚，她将如何尖叫，而父亲的吼叫将响彻全镇，吓得麻雀飞上天，也将撼动大地，让墓地里的逝者睁开眼皮，我的亡母会在她坟墓里转动骸骨，我好开心。这时，我在夜色里笑了。

从那一夜起，马默杜克和我住过许多房子。第一个是极糟的简陋小屋，磨砂地板，墙上有斑斑的烹煮污痕（马默杜克看见我脸上的惊骇，咬着牙，皱眉说伊丽莎白，我发誓有朝一日，一定给你美丽的家园）。之后搬到伯灵顿一幢较好的房子，但也没好多少。过了一年，父亲赠送我们土地，我们便搬到那里的房子。父亲意在惩罚，要让马默杜克务农（一个侮辱），但马默杜克将那里打造成繁荣的小镇（第一座坦普尔顿，那是他初试身手，如今我们住在第二座坦普尔顿）。

之后是伯灵顿一栋精致的砖房，几乎和父亲家一样宽阔。马默杜克曾以羞辱人的方式将我抬出屋子，但他没有成功。后来，一封信让我离开那栋心爱的房子。信文是印第安少年卡夫写的，说新奴隶赫蒂很美，怀了孩子，真是可喜可贺。就为了这封信，我来到我们最后一栋也最宏伟的房子，而此刻在坦普尔庄园里，我只是在这恶寒的夜里发抖，等待丈夫的死讯。

那一夜说完故事时，佩蒂正在打盹儿。夜已经非常深，炉火微弱，几乎只剩余烬。由于光线昏微，我看得到星星、上弦凸月，覆雪的街道泛出蛋白石的色泽。我想象丈夫站在地上，汗水直流，又一次摔跤胜利，巨掌拍拍对手的肩膀。那对手是多年的垦荒者索尔·福尔克纳。他虎背熊腰，跟马默杜克差不多，只是存心输给地主。

我看见马默杜克牛饮一杯啤酒，消消热气，整个人晕头转向，有些摇摇晃晃。理查德和肯特·佩克在炉火前一起咯咯笑，男人们吐痰吐得痰盂像钟一样叮咚响，明戈在厨房里偷偷摸摸喝酒，跟一个斗鸡眼很严重的厨子在一块。要不是明戈是黑人，厨子也会对他感兴趣。克罗根寡妇砰然将另一杯啤酒放在我丈夫面前，他向她点点头，吩咐她先留着酒，他要出去透透气。狂欢庆祝的人吵得他受不了，膀胱的压力令他受不了，罪恶感沉沉压着他的良心也令他受不了：想象有一天，皮肤光洁的无名氏赤身裸体从湖中走向树林中的他，带着淘气的笑容，水从她完美的青春躯体往下流，亲吻她吧，有何不可呢？然后她成了希普曼脏木屋里的死女孩，红发宝宝在接生婆怀里啼哭。或许他会想，他要想想法子让孩子的生活容易一点，毕竟那可怜孩子是他的女儿。

我想象他踏出旅馆的门，来到舒爽宜人的夜色，觉得四下无人，感到安全。他没有看出巷道里汇集了各种凶险。猛伲酒吧里的反联邦党人气愤不已，起哄要打架。猛伲酒吧里的叫嚣声超过了老鹰旅馆里打赢选战的联邦党人。我想象马默杜克走上第二街，心醉于在黑暗寒冷的夜晚月亮照在冰湖上的灿光，这是他的得意小镇，他赤手空拳打造的小镇。

我知道致命的一击是何时来的，我知道凶手不止一人。我是共犯，因为我没有警告他，没有要求他待在家里。我在宽敞的家里冷透骨髓，我杀了他。

然后，我等待有人发现他倒地的尸体。血渗到冰封的街道，冻结成冰。我等待男人们送他回家，等待我们的猎犬对着夜空呜呜哀鸣，等待明戈将他偌大的冰冷身躯搬进来，将他送回我屋里，回到他当初根本不该离开的家园，等着我的好仆人将他交给我，像是送我一件礼物。他的眼睛会对着地面，让我看不到他眼中的胜利光芒。我要在丧礼上垂着眼，才不会看到每一张脸孔上的胜利，那么多恐怖、厌恨的脸孔啊。而那一夜，我等待那个敲门声，我打开门，让他的遗体进屋。我打开他建造的房子的门，这是他梦想着要给我的房子。一个丈夫他渐凉的空壳，一个破损空虚的废墟；到头来，他终究是一个从不真正属于我的丈夫。

真 相

区区几小时，却感觉浩瀚无涯。

我坐在厨房桌前，咖啡已冷，看着总督的小纸片，脑袋都结冰了。

有人敲过车库门，后来放弃，改敲巨大的前门、按门铃。我在想象中见到的影像活灵活现，那是伊泽克尔·费尔凯尔，穿着短袖衬衫在毛毛雨里发抖，皱着眉头。我看着他离去时牛仔裤的每一道皱痕，背部肌肉的一松、一紧。

我才不管他。在后方那一大片窗户，看得出这个阴湿的日子缓慢过去，厨房随着湖面一起变暗，四周越来越黑。

雨停时将近八点，青蛙热热闹闹迸出大合唱。

我坐在黑暗里，直到车辆的头灯靠近屋子，我结冰的脑子才解冻。

外面夜色里传来交谈声，连我在桌前也听得到克拉丽莎欢畅的笑声。但在她们开门、吃力地进屋前，我就着水色的月光重看了一遍文件，内容如下：

总督·埃夫里尔大人之证词

一七九九年十二月二十四日

今晚看到马默杜克·坦普尔死了，不写出来会睡不着，所以现在写，然后放到我从小雅各布·坦普尔那里偷的马里，这样可以把话说出来，不必闷在心里。我在想该不该告诉父亲、镇长、警长，但不行，我不能。我不喜欢坦普尔的做法，也许马默杜克拥有这个镇（我猜现在该说“拥有过”），但我不是他的。

我以前喜欢马默杜克，他给我铜板，看到我就拍拍我的头，可是有一天我在马具店的橱窗里看到他跟我站在一起的影子，忽然发现我跟他很像。看到后我想我父亲杰迪戴亚·埃夫里尔跟我不像，他才像，我想到妈妈赫蒂本来是坦普尔庄园的仆人，然后她才变成我妈妈，我上学不用功，但知道一加一等于二，然后我就无法忍受再看到妈妈了。我好生气。以前我晚上常去坦普尔庄园里面走来走去，我好嫉妒瘦巴巴的小雅各布·坦普尔的东西好多，所以就偷拿他的小东西，一个弹弓、一个娃娃兵、一个用皮和线做的球，最后拿真马——我把他用皮做的马来放这个证词，等我写好就放。

对，我不喜欢坦普尔的做法，所以我决定不要说。还有我才十岁，可以假装我只是小孩子太害怕。

今天很晚了我还在外面闲逛，是气父亲晚餐不给我吃妈妈做的蛋糕，说我今天剥坏一张皮，说我想出去跟在冰屋旁边玩的男孩们玩球，说我毁掉了一张好马皮。所以我在路上逛，丢冰柱让它碎掉，跟自己说父亲可能是去H☆☆☆。然后我到第二街后面，听到大叫声，我记得现在是选举，因为在老鹰旅馆叫最大声，应该是联邦党赢。我溜去看到了厉害的小提琴手表演，那些人嚼烟草喝酒，马默杜克·坦普尔跟像大熊的屯垦者索尔·福尔克纳摔跤，马默杜克老被打，马默杜克·坦普尔吓了一跳因为他以前没被打过。他站起来握手说要透气，那通常是指要尿尿所以我赶快躲到角落，因为我本来站在大人在巷子里尿尿的臭黄冰块上面才看得到窗户里面，然后才看得到表演。

结果他真的是要透气，他走到路中间站在第二街先驱街的十字路口，只是站着看结冰的湖和村庄，好像在笑。忽然我看到动静。脸黄黄的矮子伊莱休·菲尼拿着包着黄铜的手杖从猛佬酒吧过来，溜到先驱街，像是要杀马默杜克。但不知道他本来要做什么，因为戴维·希普曼从另一边出来，离我很近，而菲尼看到他后又撤回猛佬酒吧旁边的巷子。我也不知道希普曼本来拿长枪会做什么，因为老钦加哥静得像风也走很快，从萨斯奎汉纳桥到结冰的路，拿着战斧，戴维在马默杜克·坦普尔五英尺外停下来，老印第安人用战斧背面砸马默杜克头。那披着旧毯子的老人速度快得不可思议。像一个甜瓜落地的声音，马默杜克他就像旧被子倒了，忽然路上没有人。菲尼、戴维、钦加哥都不见了。只有马默杜克在地上，头下面有越来越大的黑水。大概过了一分钟，我好惊讶我没有做任何事我好冷。然后庄园的大黑人明戈出来，用他的法国腔喊，但用很漂亮的词说话，忽然全世界的人都在街上，老鹰旅馆和猛傀酒吧的人都出来了，很高大、毛很多的理查德也来了，开始在他父亲身边哭得像一个大娃娃，明戈抱起马默杜克好像他很轻，然后抱着他走，所有人都跟着走，静得很奇怪，只有毛很多的理查德哇哇在哭。他们都走了。

我出来一直发抖因为有人死在我面前，我看到路面的冰上面好多血，好多好多。我回家睡不着就写这个。是印第安人做的。如果妈妈今晚跟父亲咬耳朵说“钦加哥的漂亮无名氏孙女跟马默杜克·坦普尔生了那个红头发宝宝，但大家都知道没有红头发的印第安宝宝”，那我就会知道老钦加哥为什么动手。我妈妈叫那宝宝尤芙妮，尤芙妮·希普曼，可怜的宝宝。如果是戴维动手，我也会懂，因为无名氏是他的小太太，而该死的马默杜克做了不该做的事。说真的，自从我在他脸上看到我的影子，我讨厌老马默杜克·坦普尔的心就变得很强烈，虽然我不高兴刚好在那里看到那件事，但很高兴他死了。

——总督·埃夫里尔

我将纸放下，深吸一大口气。总督的言语在我脑海里嗡嗡翻滚，像蜂窝里的蜜蜂，音量大到我几乎听不到开门声。玄关更衣室的灯亮了。我在厨房里站起来等待。

厨房的灯也啪地打开，我眨眼时，克拉丽莎来到我面前，简直美丽非凡。她的头发在头上鬈曲，发色较深，看来像棒球帽。她满脸倦容。我自从得知她生病那一天便纠结的心，这时舒展开。

“克拉丽莎。”我迎上前轻轻抱着她，感觉她脆弱得像小鸟，但她回抱了我。

“葳莉。”她说不出话。

我低头向她笑着说：“我也很高兴你回家了。”

这时母亲和牛奶牧师进了门，两人都在跟克拉丽莎的名牌行李箱奋斗，满脸通红，气喘吁吁。我又抱抱克拉丽莎，我强烈的谢意令母亲羞红了脸，她一开心，便拈起牛奶牧师肩膀上的线头。

晚餐的大部分时间，克拉丽莎没有进食，而是握着我的手。母亲欢天喜地地忙进忙出，牛奶牧师说着念神学院时的冗长迂回故事，提到他们以前常玩的恶作剧（目光在我们之间飞窜，仿佛每说一件事，都会进一步认定我们觉得他的酷劲又添了几分），因此我们没什么机会说话。最后，牛奶牧师起身，摇摇摆摆去了洗手间，母亲又伸手去拿施耐德面包坊的糖粉卷心蛋糕，我拉住她的手，她的老眼睛眯起来，试图甩掉我，但我更加使劲。

“妈。”我柔声说，“是索尔·福尔克纳，对吧？”

“什么？”她凶巴巴撇开眼睛。

“妈。”我放开她的手，拿出克拉丽莎从《暗影与残篇》摘录的复印件及总督小巧的羊皮纸，放在桌上，解释的速度快到我的字词滚撞成一堆，像一波波小浪花。我说：“妈，听我说，我推论出来了。你看这个。”我将总督的文件推到她面前，没管她连忙将视线撇开。“妈，你看，这是总督·埃夫里尔在马默杜克过世那一晚写的。这里说马默杜克遇害那一夜，有个红发女婴出世，因为是红发，大家猜她是马默杜克的孩子，只是她母亲嫁给某个叫戴维·希普曼的人。不出几秒，大家都知道马默杜克跟别人的老婆有了孩子，他那一夜才会被谋杀。听我说，这孩子的名字是尤芙妮·希普曼。我记得我在别的地方读过尤芙妮·希普曼的名字。”这时我已经欢喜地大声嚷嚷，然后我拿起克拉丽莎印的《暗影与残篇》在她面前摇晃。“夏洛特的批注最后面有一句话，‘*尤芙妮·福尔克纳，娘家姓为希普曼，成了卫理公会合唱团的忠贞成员*’……妈，你在听吗？这里说尤芙妮·福尔克纳，娘家姓为希普曼，那表示尤芙妮·希普曼是马默杜克的私生女，嫁给一个名叫索尔·福尔克纳的垦荒者。是索尔·福尔克纳！大家都知道尤芙妮的儿子叫索尔·福尔克纳，他儿子也是索尔·福尔克纳，一路传到索尔·福尔克纳五世，路跑之友，我的朋友变成我的父亲了。母亲大人，你和索尔·福尔克纳上过床，我父亲是索尔·福尔克纳。”

牛奶牧师这时还没走进洗手间，他像个女孩倒抽一口气，匆匆回到桌前。克拉丽莎的双手紧紧捂着嘴，眼眶湿润地望着我。母亲瞪大眼睛。我们都等候着，身体绷得像拉紧的橡皮筋，母亲开始颤抖。她伸手碰碰我的脸，困惑在她的嗓音里回绕，就像钟声缭绕。“哎呀，阳光，真不敢相信！我不敢相信。你真的查出来了，对吧，噢，你查出来了。”

31

嬉皮少女的秘密

更正场景：母亲年纪轻轻，满脸痘痘，从旧金山搭上轰隆隆的客运返回故乡，和平勋章项链坠在她腹部晃着。她绝对没有怀孕，体内并没有我这颗受精卵。我一向觉得她宣称我在她子宫待了十个半月的说法很可疑。

母亲去见老律师昌西·托德的时候，律师以目光摸搓她的身体，她并没有怀孕。没有身怀六甲的她错过丧礼，但赶上了父母的追悼会，麻木地与来致哀的人握手。镇上的太太们握着她的手，说话含沙射影、明褒暗贬，这时的母亲没有怀孕。

她们说：噢，薇薇安，你母亲的衣服料子很好。相信你注意一下身材，就会是她的尺寸了。你父母去年冬天盼着你回来过圣诞节，可惜你没在他们过世前回来看他们。亲爱的，你擦的是什么香水？是广藿香啊？你真是……有意思。

虽然她们疑心她怀孕，其实她没有，只是她在那个时候就已经像奶油和甜甜圈。这有助于她编造后来沿用多年的故事。

冬季融解为早春。鸟儿在林木间飞舞，吟唱咏叹调。母亲让埃夫里尔别墅的窗户大开，让清新的三月空气吹拂进来。作为嬉皮士的她，头上绑着红手帕，为了让房子能迅速脱售，那些日子她都在粉刷、撕除壁纸、整顿屋况，因而甩掉一些肥肉。在最后几星期，她经历了奇怪的戒毒症状，浑身发抖，连续失眠几星期，这时她的痘痘奇迹般地消失。她想，或许她是对大麻过敏，又或许过敏原是不洗脸。回到老家后，她也重拾从小到大的教养：拼命维持窗明几净、秩序井然。

像鸽子的鬼魂也喜爱整洁，因此它很开心，又向母亲现形，在她拿着抹布经过时，便赞许地低吟。它朦胧的羽毛在床下堆积，而地上的鬼羽绒在她走过的时候便像薄雾在她脚边流转。

有一天，母亲在门口跨坐在摇摇晃晃的梯子上，将旧得泛黄的天花板滚刷上白漆，自顾自地唱着夏日时光啊，生活悠闲。这时她欢叫一声，笑了，觉得是作曲家格什温[1]上身。由于地上铺着一层布，她不担心油漆滴到地板，但当她低头时，见到有个男人扶住梯脚，而他浓密的红色鬈发顶上有一块污渍，看来像极了鸟粪。

“啊。”她说，堆满笑脸。这人穿着灰色夏季羊毛西装，领带紧紧打成温莎结的款式。“你是谁？”

他一定没有感觉到落在头顶的油漆，可能是头发多的关系。总之，他抬头不解地看她。“你说什么？”见到她正等待他的回答，又说，“我是索尔，索尔·福尔克纳五世。”

“好的。”母亲说。然后又说：“噢，你是啤酒厂的那个人，啤酒

1　格升温（George Gershuth），美国作曲家，以节奏感强的流行歌曲和古典音乐著称。——编者注

继承人。”

“呃，也许吧？”索尔说。

两人互看许久，薇薇安最后若有所思说：“他路过的身影与好诗一样诗意，或许更富诗意。”

“什么？我听不懂。”索尔结结巴巴。

“噢，我太失礼了。”她说，“那是惠特曼的《草叶集》，他是很棒的诗人。”

“喔，我知道惠特曼。”索尔说，“大学之后就没碰过了，很久以前了。”

母亲放下油漆滚子，向底下的索尔笑吟吟。“惠特曼的朋友就是我的朋友。”她说，“你看来饿了。我要做午餐。我难得有客人，不过我昨天在杂货店买到很漂亮的西红柿。我是薇薇安·厄普顿。”

她爬下梯子和索尔握手。他跟着薇薇安到厨房，途中偷偷用手帕擦掉油漆。他说：“谢谢，你真客气，还招待我午餐。我是来谈生意的。其实应该说是一项商业提案。”

“生意。”母亲说得活像这个词很苦涩。她取下了橄榄油，放在料理台上，嗅嗅西红柿的蒂头。“我饿了。谁还管得了生意？”

“喔，”索尔说，“我是商学院出身的。我是指，我很看重生意。”

“我倒没放在眼里。”她说，“生意是世界上我最不感兴趣的东西。”她微微皱眉。

这下气氛尴尬了，两人沉默起来。索尔看着母亲将西红柿切成整齐的几块，说：“这么说，你对卖掉埃夫里尔别墅没兴趣，是吗？”

“啊哈。”母亲抬起头，眼神在跳舞。“如果是那种生意，我或许还是有兴趣。不过你先坐。管他的，我们来开瓶酒。告诉我你的身家背景，索尔·福尔克纳先生。我想了解一下我打算谈生意的对象。”

她在放电吗？也许吧。老实说，母亲吸多了油漆的气味，脑袋有点昏沉，而索尔的手汗冒得太多，也没注意到什么。这时的埃夫里尔别墅仍然没有添购新的家具，没有通往美丽早春世界的大玻璃门（我六岁时，这扇门成了我母亲的建筑大错误），因此母亲伴随年轻的索尔通过厨房，直接到日光下，让他坐在一张锻铁桌前，桌子锈迹斑驳。

“坐，别跑。”她说。

她回到屋里，然后端出西红柿沙拉、现烤面包、自制优格、一大瓶葡萄酒、一盘她的招牌鲔鱼沙拉，并且没忘记加上生菜叶做装饰。

最后，她坐下，将一杯葡萄酒一仰而尽，向索尔说：“开动。”他以饥饿的眼神看着食物。他忙了一天，现在是午后三点，他父亲从不给他午餐时间，只有五分钟可以匆匆吞下半个三明治，而他今天连那五分钟也没有。于是他大啖起来，每一口满满的食物都配一口酸酸的酒。十分钟后，他将领带拉松。十五分钟后，他头重脚轻，忽然看见樱桃树花蕾即将盛开前的甜美，活像这是他这辈子第一次见到花蕾。或许，他真的还没看过。在那时候，他从来没有时间享乐；他从未参与过这一代人的自由性爱，只曾待在父母的大房子里，听着收音机上的音乐独自跳舞，而且刻意转低音量。

母亲开心地喝酒，看着英俊的客人大嚼，在他进食速度变慢的时候提出问题。她说：“索尔·福尔克纳先生，你是什么样的人？”

这打开了他的话匣子。他是哈佛的新科毕业生，商学院学士学位，二十五岁。他们只在夏季回到坦普尔顿的老家，其他时候在威斯康星经营啤酒厂。今年夏天他们提前回来，而今天他父亲决定让他担任个人助理，于是他就来了，卖命做着无薪工作，好让父亲教导他这一行的生意经，不过坦白说，猴子也能管理啤酒厂；大家永远不会停止喝啤酒；再说，去曼哈顿某些非常阴暗的地方拿走私的雪茄，怎能算作学习经营酒厂，但只要独揽大权的老家伙断气后将酒厂留给他，他自然会照干不误。

“是。”母亲不时点点头。太阳西沉了一点，影子变长。阳光减弱后，春日逆转为冬天，湖面刮起寒风。索尔似乎情绪激昂，热切地沉浸在自己的故事里，母亲不忍心请他进屋，于是她不断喝酒，让骨头不要结冰。

索尔已经有明显的醉意，舒舒服服瘫在椅子上，又是一波新的话语。总之，那老混账也让他负责购买坦普尔顿的旧房产，确保地皮不会被小老百姓买走，改建为各种快餐餐厅、商店街，坦白说，当他们今天早上听说母亲可能会出售埃夫里尔别墅时，他父亲便在王座上大吼（索尔五世仿佛把我的母亲当成小孩，解释王座即马桶），绝不容她将房子卖给可憎的建商，因为说真的，那是打造商业街的绝佳地点，而他才不允许坦普尔顿出现商业街，死也不行。于是索尔来了，誓言会开出比任何人都好的购买条件，以避免土地被抢走。

“噢。”母亲看着湖面在夕阳余晖下变成乳灰色。她坐在双手上，发着抖，渴盼能够进屋，但客人的谈兴一发不可收拾，而他似乎不受寒意干扰。现在索尔严重岔题，聊起他的家人。她知道他们是镇上的大人物，但没料到他们是最早的屯垦者之后，索尔·福尔克纳一世在马默杜克第一次来勘查地点、卖地，便来到镇上。

“有人说，”醉醺醺的索尔低语，“马默杜克甚至搞上印第安女孩，他们生了一个女孩，后来她嫁给索尔·福尔克纳一世。这只是人家私底下讲的，但如果是真的，那我跟你一样，也跟坦普尔家族有血源关系。真是太让人得意了！”然后他一只手指放在唇上，吹了口气，以示这个秘密非常神圣。母亲忽然警醒起来，笑盈盈地，点点头。

索尔继续说他们福尔克纳家有个传统，总是年纪一大把才结婚，一脉单传。他跟最早的索尔之间，只有五位老迈的索尔·福尔克纳，以及他们超年轻的老婆。他们原本在湖滨西路当农夫，直到尤芙妮·福尔克纳在老年时，提出种植啤酒花的绝妙点子。十九世纪末叶时，福尔克纳家族已是镇上的老板阶级，他们甚至在湖滨西路上开设啤酒厂，就是如今他们豪宅的现址，拥有三千多名季节工（远远高于当时的坦普尔顿人口！），称为啤酒花城。酒厂里有理发店、肉铺、舞厅、杂货店、铁铺、面包店、无数长屋形的宿舍等等。

“噢。”母亲说，想象整片山坡都是十二英尺的啤酒花支架，在八月的热气下转为像黄油一样的金黄色。

啤酒花的麝香味升起。

一个男人吹着口哨走在一道道的啤酒花田埂上。

但是，索尔开始以醉酒的笨拙舌头说，之后大约一连五年的啤酒花过剩，价格极差，然后天外飞来一道禁酒令，紧接着是经济大萧条，他家的财富几乎又一次干涸，可是索尔·福尔克纳四世（他父亲）竟然想到在威斯康星开设啤酒厂，酒厂很成功，现在坦普尔顿没人种植啤酒花，只剩以前富兰克林庄园谷仓那边的农家博物馆还有。他说索尔五世那个夏天会来到坦普尔顿，是因为他这辈子都很爱这个镇。

“这里从来不改变，对吧？”他若有所思，因饮酒而眼皮沉重。“什么都改变不了这里。”

“喔。”薇薇安说，现在听得发抖，兴奋极了，返乡以来，没人跟她说过这么多话。她觉得很走心，很安慰。此外，她想驱走寒意。她一只手搁在索尔的大腿上。“吻我。”

他从锻铁桌子上俯身过来，将被酒液浸透的舌头放在她嘴里。她回吻他。他们摸索着回到屋里，就在餐室的古旧地板上，在美丽而自豪的赫蒂·埃夫里尔曾经跪着刷洗过的陈年地板上，母亲怀了我。

那晚故事末了，母亲带我们到餐室，慎重地指出制造我的确切地点。我们站成一圈，低头凝视。或许是我的想象，但我发誓那儿有一块颜色较淡的斑块。我不得不别开眼睛。

“感觉好怪。”克拉丽莎说。

母亲叹息，领着我们离开，回到灯光明亮的厨房。“我留在这里，是因为他第二天就去曼哈顿，我等了又等，等他回来继续谈买房子的‘事’，如果你们懂我意思，但他没回来。我再看到他的时候，已经怀孕四个月，他身边多了个太太，我就是没办法告诉他。那时我不知道他即将结婚，但看到他们的样子，我很确定婚姻维持不久。所以我决定等他们婚姻破灭，只要一年左右就会分手，这点我很肯定，然后我会抱着葳莉去找他说，看看这个小女孩——完全是你的翻版。”这时母亲停下来，摇摇头。“我想，”她叹口气，“我那时候看太多历史小说了。”

“可是，”我说，“你没做过这件事，你没有带我去找他。”

“确实没有。”她附和，“他的第一次婚姻维持五年。起初我有点，呃，发狂。我从美国最佳杂货店跟踪他太太。我喝醉了，在他家的门廊前放火。但门廊是石材的，火苗没有延烧。最后，我释怀了，恢复理性，我不想让他知道。我不认为他知道你的真实身份，葳莉——我想他以为我纠缠他，是因为我反资本主义，才把他当箭靶。他始终不知道你是他的孩子。”

我们坐在那里，四个人思忖着这件事一段时间。克拉丽莎若有所思地喝了一口茶。马克杯在她枯瘦的手上显得巨大，令我担心她的腕骨被压断，我得克制自己抢走杯子的冲动。然后我抬眼看母亲，发现她望着我，眼里有一股奇异的神采——是快乐？自豪？如释重负？然后我眯起眼，微微皱眉。我们如此互望一会儿，直到我如醍醐灌顶，或许这正是她的用意，好个老谋深算的母亲。或许这正是她的宏大计划，是她让我疗愈内心的方式。她彻头彻尾地了解我。她知道我的牛脾气，我从小就是这个性子。她大可轻轻松松说出父亲的身份，但我需要知道自己家族史的确切重量；我得通过自己的努力，才能得到救赎。我想砸东西，例如花瓶、书本、牛奶牧师，但母亲送来一个飞吻，并用马克杯掩饰微笑。

怪异的短促声音响起，活像有啮齿动物从我们脚上窜过，我盯着桌下找老鼠。但当我抬头时，克拉丽莎和母亲正瞪着牛奶牧师，他的脸发红，双颊鼓起，眼睛紧闭，发出那细琐的声音。然后他再也憋不住，笑声震天，笑到在椅子上不时抽动身躯，以致椅子在他的重量下咿咿叫，一两滴泪流下狂笑的脸庞。我忍俊不禁，望着这个胖乎乎的男人摇着身体，断断续续地爆出笑声，也看着用平头钉子做的十字架在他肚皮上晃荡的样子。

“你啊，”他在大笑间向我母亲喷气说，“不是寻常女人，薇薇安。你放火烧他家的门廊。”

我看着母亲，说：“这兆头不错。老实说，我以为他不会笑。”

她向我挑眉说："你以为我会跟一个铁板脸共度余生吗？"

克拉丽莎似乎有话想说，嘴巴怪异地扭动，依照她平日讽刺的老样子看我，想了想，改口说："你？跟铁板脸在一起？才不会呢，薇。"但她要么眼里有异物，要么她向我母亲眨眨眼，但我假装没看到，反而看着牛奶牧师擦擦脸、掩嘴轻笑。然后我探身，拍拍他的肩膀。

"坦白说，牛奶，"我告诉他，"你让我由衷感动。也许你配得上我妈。"

"哦，太好了。"他说，又爆出大笑。

32

湖怪阿溦

那形影像个生长物附着在我心上，我察觉里面暗藏玄机。

——约翰·加德纳《食人妖戈兰德尔》

湖怪死后的那几星期，它从我们记忆中淡去。摄影小组慢慢溜走，两两成双地走人。潜水员潜下水，上岸后只是耸肩。深海探测仪在混浊深水中绕圈，没有见到湖怪的影子，没有巢穴，没有后代，一无所获；连孩童也遗忘对湖水的恐惧，站在他们的小滑水板上窜来窜去，或是坐在他们的升飞型帆船上。在八月底、九月初纠结的日子里，坦普尔顿似乎很正常，只是夏天比较安静。

就在我们逐渐淡忘可爱的湖怪之际，新闻忽然又从黑暗中冒出来。在晚间新闻里汗流浃背的赫尔曼·关博士在《自然》发表了三十六页的论文，跟我（和德怀尔）那一篇在同一期刊出。关博士等人的《新的科、属、种？我们对坦普尔顿巨兽的认识》一文结束后两页才是德怀尔博士与二十一位共同作者的《公元前两万五千年前的阿拉斯加人类迁移考古证据》[1]。

关于澂镜湖的湖怪阿澂，又名坦普尔顿巨兽。报告中说，依据DNA分析，我们的湖怪属于鲸偶蹄目有胎盘哺乳动物，它是由偶蹄目动物（猪、河马、鹿）和鲸目动物（鲸和海豚）演化而来。[2]但湖怪与猪、鹿、鲸鱼的相似处仅止于此，因为我们的湖怪显然同时也是雌雄同体[3]，可自体受精。据我们所知，只有另一种绝无仅有的动物可以自体受精，那就是鳉鱼，因此发现还有一种可以自体受精的哺乳类动物，足以让科学界吓个半死。

骨骼分析的结果显示我们的湖怪两百多岁，在它洞穴般的躯体深处有一个受精的小胚胎，孕期约为二十年。二十年！这个小胚胎约发育了十年，仍然没有眼睛，大小如六岁小孩。尽管它有尾巴和超长的颈项，但圆胖的腹部和紧握的拳头很像人类，他们从巨兽剖开的腹部拉出胚胎时，一位家有自闭儿的女研究员不禁落泪。从研究员发现的

1　科学标题还能更简约吗？活像将俄国文豪托尔斯泰的《安娜·卡列妮娜》称为：一个女人为了另一个男人遗弃家庭，深感内疚与嫉妒，撞火车自尽；也包含列文的境况，列文是追寻上帝也寻获上帝的人。科学界需要艺术气息。

2　这实在怪得很妙。试想在无限多年前，第一只鱼气喘吁吁地爬到陆地后，一只傻傻的有蹄动物看看水里，觉得潜回水里真是好主意。显然，这就是实际的情况。无须将鲸鱼想象成谜样的绝妙奇特生物，也不必像几百万间贩卖水晶、绞索之类的新时代玩意儿工艺品店那样，将鲸鱼诗意化，只要将鲸鱼想象成拥有鲸脂的大羊即可。有时候，古人比我们睿智：在希腊神话里，海神普罗特斯显然就是一个放牧海豚的牧民，也就是管理水中羊的海上牧羊人。

3　雌雄同体（hermaphrodite），是同时拥有雌雄性征的生物；同步雌雄同体是双性性器官同时存在的生物。另有一种连续雌雄同体，则是生殖腺会在一生中改变的生物（希腊神话里的先知泰瑞西亚斯是连续雌雄同体，因为神在他的一生中将他变为女人，后来又变回男人）。人类可能出现生殖腺雌雄同体的阴阳人，但两种性器官都能运作的案例很罕见。Hermaphrodite 一词原指众神使者赫耳墨斯（Hermes）及爱与美之神阿佛洛狄特（Aphrodite）之子，据说他曾与仙子糅合为一体，结果成为拥有双性性征的神。

证据，他们推论湖怪已经生产至少一次。他们兴奋地打电话，第二天水肺潜水员试图潜到湖底，以失败收场。他们动员了海洋潜水设备，一切皆是徒劳。就在这时，他们发现阿溵的乳头虚有其表，因为里面没有乳囊，中看不中用。

此外，湖怪的黑牙硬得像岩石，平坦，不尖，每个横排有三颗，以便嚼食它的主食鱼类和水草。它有像储藏槽的巨大肺叶，可以贮存最多三个月的氧气，因此一年仅需浮上水面呼吸四次。它的脂肪密度极高，抹香鲸跟它相比只是轻量级；研究人员发现，一盎司[1]的纯阿溵脂肪可燃烧十五小时，并冒出微量的烟，烟味出奇清爽，像松树及湖水。它必然需要浓密的脂肪，因为冬季的溵镜湖厚冰底下一定很寒冷，而且需要保暖的体积又很大。

阿溵也有四条腿，出奇精巧的前肢有如人类，但没有拇指。事实上，那双前肢细长美丽，受聘来描绘湖怪全身各个部位的画家，在所有科学家回家打盹儿后的深夜溜回去，悄悄做了前肢的石膏模子，以备进一步研究。他用推土机将模子放到他卡车的后面。虽然没人见过湖怪离开湖水，它显然可以轻易地在陆地上行走，不过研究人员相信，过了某个年纪（一百岁或一百五十岁时）要在空气中移动那么巨大的身躯将太过困难，所以湖怪只待在浮力较大的水里。

还有，阿溵跟鲸鱼不同，它耳朵里有槌骨，内耳构造极为精巧，研究人员推测湖怪是全世界水底听觉最敏锐、细腻的动物。因此，害羞的它才能长久隐匿行迹：它甚至可以将视线范围内有没有人类都听得一清二楚，它应该只会在最黑或雾最浓的夜晚，才上来为巨大的肺

1 盎司，既是重量单位又是长度单位，这里指重量，1 盎司约为 28.03 克。——编者注

装满空气。

阅读阿澂报告时，我眼前冒出一个影像。我在埃夫里尔别墅的粉红色童年房间，时间是黄昏，我的行李已经打包好，堆在我身边，我的鬼变成淡紫罗兰色的保护圆圈，我的心眼清楚看到湖怪在一间冰冷的水泥仓库里，像剖开的水果。我看到起重机在死躯里探挖，人类爬到尸体周围的台架上，像小人国子民爬到遭遇船难的可怜格列佛[1]身上，湖怪的头向后弯，嘴巴张开，三排闪亮的黑牙露向天花板。它的内脏摘除、加以研究、拍照，奶油色皮肤上的伤口边缘变成黑色。

这个影像如此可怕，跟我概念中的湖怪形成强烈反差——光滑的白色巨兽在澂镜湖的幽黑深处游泳，快活地以肢体划水，欢喜地移动目光，以前肢捕鱼——我将期刊放下，止不住泪水满溢。

1 英国作者乔纳森·斯威夫特的主要作品《格列佛》游记里的主人公。小说以外科医生格列佛的四次出海航行冒险的经历为线索，一共由四卷组成，在每一卷中格列佛都要面临常人难以想象的特殊情况。——编者注

33

离　开

离开坦普尔顿那天，我带父亲去午餐。他仍不知道他是我父亲，前一天他似乎有点讶异我会打电话约他。我在阴暗凉爽的卡特赖特小馆等他，啜饮冰茶，试图以意志力驱散脸颊的潮红。

索尔·福尔克纳到的时候，做的绝对算是约会扮相，他穿了极为昂贵的正式衬衫搭配上等西裤，仿佛被年龄只有他一半的女孩追求是很自然的事，而他至少可以为她精心打扮。显然，我不是第一个约他的女孩。我起身拍平我的黑色洋装，伸出手，他看了看，笑嘻嘻。

“啊。”他说，跟我握握手。我注意到我们的手一样，指甲肉很长，手指长，拇指比一般人外翻一些。“你伤了一个老男人的心，葳莉。我不知道你是有事才找我。”高大的他在椅子上坐下，向我笑。

“有事？”我说，“那要看你对‘有事’的定义。”

这时，女服务生站在我们旁边，用铅笔的擦头敲着便条纸，叹着气。高中时，她比我低几年级，上眼皮仍画着那年代超艳丽的绿色眼影，眼影尾端向上扬，金色圈圈耳环在耳朵与肩膀之间摇晃。她假装不认识我。我没看她，说：“我要艾伯纳三明治、小份沙拉，意大利黑醋另外放。要加很多柠檬的冰茶。”

他眨眨眼，微微皱眉。“请给我一样的。”他向女服务生说，递给她我们没费事打开的菜单。“你点的东西跟我平常一样。”

“那很合理。”我说。

“合什么理？”他说。

“你等会儿就晓得了。”我说。

他摊开餐巾，铺在大腿上，然后从桌上凑过来。“好了，我受不了你卖关子，请你解释今天的来意，好吗？是要谈你借的大学学费吗？如果是，你知道你不用担心还钱的事。”

我看看餐厅四周有没有人听得到，但午餐人潮还要一小时才来，仅有的几个客人围坐在一张长桌上，是全家穿着大都会队球衣的棒球迷家庭，只有一个反偶像崇拜的小家伙顽固地穿着洋基队细条纹衣。我和他四目相对，我眨一下眼，他礼尚往来，一块汉堡从他嘴里掉出来。

“好，我想我要告诉你一个故事。”我向索尔说。

“说吧。”他说。

“从前，”我说，“有个少女回到老家。她是孤儿，举目无亲。有一天，一个很英俊的年轻王子来了，他们喝了葡萄酒，自然而然，做出当两人喝醉又够年轻时通常会做的事。王子不知道有个孩子来到人世。那孩子终于长大，有一天她决定寻找那个不知情的父亲。”我期盼地等待，看着索尔，但我说的故事向来拥有洛可可式的华丽风格，这个故事只令他困惑。

他眨眨眼。“什么？王子？小孩？在哪里？”他伸长脖子张望，看到俯身在棒球迷家庭那一桌的女服务生。“那个服务生？”他的头转回来，“她是什么秘密女继承人之类的吗？这是一个很奇怪的故事。为什么要跟我说这些，葳莉？”

“不是的，别傻了。”我说，“索尔是爸爸。”

他眼睛瞪得超大，似乎要将我的脸尽收眼底。颧骨像到不行，身高，眼睛颜色，笑容。他一手捂着嘴，惊恐地叹气说：“葳莉？我……我听不懂。”

“就是说啊。”我说。

“但我不可能有小孩。”他说，“三次婚姻都因为我不能生而结束。这根本不可能。”

“显然有可能。”我说，“我是活证据，不信你捏捏看。”这是玩笑话，他却真的动手了，在我手臂留下的一对紫红色痕迹一星期才退。

“可是，”他说，“没人告诉我。没人说半句话。你高中的每一场足球赛、田径赛我都去加油，但我甚至不知道。”

“我也不知道，昨晚才晓得的。我妈昨晚告诉我的。”

“我从没跟你妈做过，我发誓没有。”

“嗯，”我说，“果真如此，我们全是奇迹了。可惜不是。”

“但我没有。”他说。

“你有。”我说，“你只要回想一下。春天将近的那天是好天气，树上有花蕾，西红柿沙拉，葡萄酒。”

我看着他的帅鼻子（像我）嗅出某件令人心烦的晦暗事情，脸（也像我）转红。他开始眨眼，向后靠着椅背。

“慢着，好像想起什么了。”他说。

“爸，我有的是时间。”我笑得合不拢嘴，感觉像脸骨的接缝都快裂开了。

索尔·福尔克纳双手搓着脸，微微蠕动嘴唇。“天啊，对了，不好意思，这真是太诡异了。我甚至不清楚那晚跟你妈做了什么。我在那房子里醒过来，觉得宿醉，又半裸，心里慌得要死。我心想，要是被未婚妻发现，她一定会宰了我，然后我就走了，避开你母亲很久、很久，遗忘这件事。我连发生什么事都不知道，要命。”

“要命。”我附和，“没错。”

他在位子上向后靠，双手在头上交迭。早在我高中时代，他的头发已经稀疏、泛白了，那时他蓄着狂野的姜黄色鬈发。现在他理短发，帅。

当他视线回到我身上，似乎很难控制住眼泪。“你一定得原谅我这么问，但我得问你。我有很多、我确实很有钱，如果这是你想……”

我的回应是起身，正要迈开大步走出去时，他拉住我的手。“别走，我相信你。我只是不敢相信。”

“我知道。”我说。

“这真是，”他满面通红。“奇迹！一个奇迹！葳莉·厄普顿！我有一个女儿。”

“而她就是我。”我捏捏他的手。

“而她是你。”他摇摇头。“夫复何求。”

隐形女服务生轻轻上菜，但我们都没吃，坐在那里，客人变多了，有些是棒球观光客家庭，也有坦普尔顿人。但熟人都避开我们的桌位，或许是察觉到了异状。我们看到他们在自己的桌位，头凑在一起，纳闷这是怎么回事。

第四任妻子，我想他们某些人会这么想。我的外形条件跟小妻子差不多。

好不容易，索尔·福尔克纳叹了一口气。“没有比这更棒的惊喜了。”他摇摇头，堆满笑容。“没有比你让我更自豪的意外女儿了，葳莉·厄普顿，我……嗯……简单地说，我很感动。”

即使在那时，我也晓得我无法承认自己明白一件事：现在我可以将更多先人、更多历史纳在我名下，而那并不能大幅改变我的未来。因为曾有一个小猿人大步跨过白令海峡，死了，在冻原留下一小块他存在过的证据，由他无法想象的人类后代挖出，但在他之前，八成已有许多猿人跨越那些相同的古老岩石。尽管我现在有一位父亲了，他却带来那么多我不可能统统挖出来了解的众多祖先，这些故事只会留在我未来小孩的DNA中。历史实在太丰厚，无从完全理解。

但我们依附着这些东西，我们假装可以理解。我们需要北美第一位猿人的概念，但我们永远不会寻获他；我们需要背负着一大堆祖先，作为稳定我们的力量。有时候，尽管这些一概出于想象，我们却觉得身后若是没有这些重量，便不能稳住我们的脚步，向未来挺进。而未来越骇人、越复杂，我们越仰赖过去来稳定自己。我看着我的父亲索尔·福尔克纳，感到不真实的轻松感。我终于拥有他，但是不是拥有他并不是真的很重要。这种事其实无关紧要，但在我不符逻辑、不可理解的心里却很具分量。我很高兴在我身后的长路上，有一个真实存在、会呼吸的他。我很高兴知道他在那里。

索尔·福尔克纳和我握手后许久，在尴尬的拥抱转为真实、温暖后，我走上大街，试图整顿思绪。天气热得足可熔解骨头，嗑药的中学生躲到法柯公园的大栎树下，热得甚至不能玩踢球游戏。尿尿斯莫利站着冒汗，摇着一个铃，反穿一件黄色雨裤，胯部有招牌尿渍。幼童热得啼哭，车辆穿过越来越闷的空气所需的马力似乎越来越大，连在邮局扫楼梯的佩亚老太太也双手冒汗，沾湿了她的蓝衬衫。我经过古老的坦普尔公园，亦即庄园旧址，见到某人在对街，令红云又泛上我脸颊。我匆匆过了马路。在小镇图书馆巨大的哥林多式石柱下，伊泽克尔·费尔凯尔正摊开四肢，坐在石阶上的阴影里。

当我走近时，我看出他气色不错。他看来好帅。肥肚腩已经变成了紧实的腰身，我有股狂野的冲动，想由下往上抚过他腹部成排的小肌肉。他的颧骨重新出现，他有古铜色的皮肤。他见到我看他的样子，不禁挑起眉毛，我笑出来。

然后他变了脸色，悲伤地说："小皇后，过来坐，这个大理石是坦普尔顿最凉快的地方。"

"夸大其辞。"我坐在他旁边。他说得没错：大理石在我屁股下几乎凉得吓人。

"我是指温度。"

"我知道，泽科。"我说，"我知道。你在当班吗？要拖走那些车吗？"

"对。"他说，"生意清淡。"我试图假装没感觉到他细细打量我的侧影。

"啊。"我说，一会儿没再作响。在喧闹的市声里，观光客的声音涌进棒球博物馆，我听得到萨斯奎汉纳河八月的悠缓水流声，我回家才几星期，河的水位只剩一半。泽科又坐起来，直视着我。

"葳莉，我很生你的气。"他说，"听说你今天要回加州。"

"对。"我前一天便去过纽约州历史协会图书馆，给彼得一本我母亲的食谱。我还将总督·埃夫里尔的日记塞给黑兹尔，但我留下辛纳蒙与夏洛特的信札。老太太欢喜地嚷着：**噢，老天，葳莉，你会让我这个老太太出名的**。我并不讶异消息会传到泽科耳里。“我几个钟头后上路。我要写完该死的论文，然后去做别的。”

“你觉得，你会待在湾区吗？”

我耸耸肩。“也许，但我最后应该会回来。”

“有意思，我倒是要走了。”泽科说。

我一口气鲠在喉咙，然后看着他说：“什么？”

“我本来考虑去伯克利加州大学。”他说，“但我怕那挑战性不够。听说斯坦福这种顶级大学喜欢招收不符合传统的学生。尤其是SAT分数超高的人。”

“大概吧。”我说，“老天，那你儿子呢？”

“喔。”他说，“我没说事情不棘手。每件事都不容易。年纪越大，事情越复杂。我想，这也是必须有心理准备的乐事之一。”

“大概吧。”我说。

“可以给我一个告别的吻吗？”他说。

我倾身在他脸颊上轻轻亲一下，就在他有时会冒出酒窝的地方，然后起身。“逊。那根本不是我希望你会亲的地方。”

“再见了，泽科。”我说，“你乖一点，到旧山金的时候去找我。”我们之间有股奇怪的情感交流，令我心里似乎有点慌，越来越觉得再不上路，也许那天便启不了程。我笑一笑，打破那一刻。

泽科的脸垮下来，说：“当然，小皇后。”略显苦涩地又将双臂撑在地上。“认识你真好。”他别开眼睛，狠狠咬住下唇。他看来如此年轻，如此伤心，我只能退开。

我下了阶梯，抬头向他微笑，用手为眼睛遮阳。“噢，我想我们会再次认识的，泽科。”我说，“伊泽克尔。你这个性感的老费尔凯尔。”我笑了，听到他不甘愿的笑声随着我走过市集街，到宽阔的蓝色湖面。

就在我的饯行晚餐前，我们在门廊吃开胃菜。克拉丽莎以一贯的狂野手势，说起她曾经为了新闻卧底，在北岸的俱乐部做过一次脱衣舞娘。她的噱头，当然是随着AC/DC摇滚乐团的音乐扮演女学生跳舞，她在舞台上进账颇丰，但老在该去跳膝上艳舞的时候跟客人吵架。

“然后，”她正在说，“有一晚市政府委员来了，要我叫他‘比利叔叔’，要我扯他的领带，扯到他不能呼吸，那就是最后一次了。我跳了点狐步舞，正要伸手拉他领带，将我的脚踩在他的……”

我进屋再去开一瓶葡萄酒。这故事我以前听过，耳闻很多次，因此我轻笑起来，一边翻看母亲稍早拿进来的一束信件。但我瞥见一个炫丽的纸角，那必然是明信片。我的心脏在胸膛慢慢逆转，我的胃往下沉，发酸。我拉出明信片，直到我看见它完整的样子。

正面是过度曝光的市政大楼照片，可能是美国任何地方。它可以是加州红木城[1]、威斯康星州奥什科什城、纽约州的德尔亥。一栋像盒子的二十世纪六十年代建筑，设计乏味，灰扑扑的。

我翻过明信片，在我姓名地址旁边只有一个词：抱歉。

悲伤一度像猫儿苏醒，在我体内伸懒腰。德怀尔，我心想，想象他穿着癞蛤蟆先生背心，鬼鬼祟祟地将明信片塞进邮筒，匆匆回到加州阳光下。但我再仔细一看，认出了笔迹。工工整整，像建筑物。是萨利从他的亚利桑那州小镇寄来的。

1　红木城（Redwood Lity），雷德伍德城，美国加州旧金山湾区里的一个城市，又称红木城。——编者注

我拿着明信片往外看，克拉丽莎在演哑剧，假装她抛下一堆君主而选择我母亲与牛奶牧师，牧师咯咯笑，霸住他们旁边的宽阔空间。她咧着嘴笑，向她的幻想对手摇摇手指；他们的笑声在薄暮里响彻云霄。我大可将明信片拿出去给她，或放在她枕头上，让她晚点看到；我想，这样才符合萨利寄明信片的心意。假如是在夏天前，我便会这么做。但我像丢飞盘一样，将明信片扔到另一头的垃圾桶。它落在湿咖啡渣里，吸饱了咖啡色汁液，令字迹无从辨识。然后我拉开大玻璃门，出去后随手关上，走向克拉丽莎。她正为故事收尾。她的脸庞微微泛红，而我已经在鼓掌。

我离开坦普尔顿的时候，太阳开始沉到湖泊西边山上的树梢后。我从后视镜看到母亲将克拉丽莎搂在身边，而我最要好的朋友窝在母亲温情的肥大身躯里。牛奶牧师一只丰腴的手搁在母亲肩膀上，而他们在一块看来如此合拍、如此美好，我差点转动车钥匙，再次下车，跟他们一起浸沐在坦普尔顿瑰丽的黄昏中。但我没有。我发动车子，驶上湖滨街，让他们在镜中越来越小，直到消失。

我的车低鸣着驶过萨斯奎汉纳桥时，我预见了自己返乡的光明前景。这不是幻想，我在幻想中的模样总是远远比现实中迷人美丽，但我知道这次看到的是真的：我怀里有个小孩，腹部浑圆隆起，那是晚上，坦普尔顿的灯光在漆黑的湖面闪烁。我身边的黑影也许是丈夫，而他或许在唱歌，虽然我听不到他的声音或歌词，我知道那首歌令我心情平静。

这个未来景象有如一首歌停驻在我心里，伴我在那个傍晚驶出坦普尔顿。从车窗流进来的空气拥有松树般的清爽洁净。我想到德怀尔教授在斯坦福的小办公室等我，尽管我努力要板起面孔，却忍不住让一抹笑靥扩散到整张脸，后来才压下笑意。我没办法彻底咽下内心扬起的坏念头。

但在前方舒展的路途遥远又阴暗，光辉美好的世界永无止境地败坏，不断走下坡，我眼前的世界全都在炽烈燃烧沉沦，我仍然不知道黑暗大地何时会袭击我们。但这时，我根本不在乎。我的小镇在我背后闪闪发亮，柏油在车轮底下哼唱。最后一抹令湖面灿灿然的阳光在旋转的树林间闪动。

34

永远的坦普尔顿

在这个黎明，我们路跑之友都见到了，以前也见过，我们知道这种事；我们都见到那片金黄叶片从树上掉落。我们跑过去，跑到树下，经过树下，陷入沉默。一叶知秋，我们看着那片叶子摇摇摆摆，飘飘荡荡落地。现在是九月，夏季即将结束；夏天漫长、难熬，但不久便会有野雁。不久，清晨呼气便会有白烟，我们就要换上长袖和紧身裤，戴上耳罩保护我们脆弱的耳朵。黎明将会较为昏暗，破晓时间也延后，我们会跷班到寒冷的足球场，手握咖啡，鼻子呼出像叶片的白气，为那些可以做我们儿子但不是我们儿子的小男孩加油。我们会站在那里，为了好玩、为了球赛，而站在那里看。我们会看着他们年轻的腿奔跑着，为他们打气。今天乡村俱乐部拆掉码头。棒球博物馆的球员入馆仪式周末结束后，游客便减少，歌剧歌手收拾行囊，坐上他们不起眼的小房车返回曼哈顿或托皮卡的家园。游湖的观光船只昂卡斯酋长号明天将撤走，送去哈维克的船坞停放。我们会适应新变化，安顿下来，将跑步距离缩减到四英里以下。之后我们会等待冬天。

大汤姆的女儿回来了，在他湖西的营地戒毒。她不交代离家期间的去向，但她回来了。小桑姆做了心血管绕道手术，状况一切良好，几个月后就会回来跑步。我们打算做T恤，上面印着小心：我们的心脏是定时炸弹。现在他跟我们在卡特赖特小馆碰面，喝他的低咖啡因咖啡，对着弗兰基笑。弗兰基比较快活了，恢复体重，在度假时将父母的骨灰撒到海上。道格被他的小情妇抛弃，她跟六英尺八英寸的前棒球队捕手跑了，大家在讨论是否该让他的名字进入棒球博物馆。道格的太太原谅了他，但国税局没有，可是他的刑期将会很短，我们将绝口不提这件事。约翰的女儿将情人带回家，她十分风趣，很有男人味，外表有如男人，更是使用电动工具的高手，因此他们决定下次回来时，要在客房安装护壁板。

还有索尔，索尔是大赢家，无后的索尔离婚三次，忽然冒出了个女儿，令人惊奇连连的葳莉·厄普顿，阿默斯特学院与斯坦福毕业生，跟所有出去闯天下的坦普尔顿年轻人一样聪明，这女孩甚至在我们孩子还小的时候当过保姆。这些年来，我们自以为知道镇上大小事、以往的伤心事、旧日的痛处，谁料得到索尔竟然瞒得住他跟老嬉皮薇薇安·厄普顿有过一段风流事的大秘密？当然，他不知道女儿的存在。但那个葳莉让他恢复了他对自己那活儿的信心，他的雄风，他的男子气概。他再也不服用虎鞭粉，喝别人从马奇药房柜台底下偷塞给他的古怪黑色草本药酒。索尔生得出葳莉这种女儿，婚姻失败三次也值得，这是他昨天说的，他嘴角掩不住笑意。

我们都大叫起来，我们都跑得快了些。然后昨天，大汤姆说出让我们都足足安静了两英里路的事。我们在静默中跑步，心存敬畏。我们甚至没有吐口水。我们甚至没有放屁。从天而降的喜悦大得像我们绕行、兜圈的眼前的坦普尔顿。

即使到了现在，我们今天跑步仍然很开心，觉得自己仿佛目睹大汤姆吸食冰毒的女儿因为戒毒失眠，在凌晨三点独自游泳。她发誓她潜下幽黑的湖水一次。她睁开眼睛，眼前正是一张和人脸尺寸相仿的小湖怪脸庞，好奇地盯着她，挥动着它的鱼尾。她说它像极了我们的湖怪，就是七月早晨我们费尽工夫拖上岸的那只大湖怪，只不过这只是迷你版的。女孩忘了踩水，沉得越来越低，湖怪和她一起下沉。女孩看着那鼓凸的大肚皮，那舞者般的颈项，有一节节趾骨的足。小湖怪张嘴露出墨黑的牙齿，大汤姆的女儿发誓它笑了。

女孩放松到差点吸了一口气。她差点让湖水进入肺部溺毙。但她没有，她踢着腿，升到湖面，超越陪她往上游的小湖怪。她吸了满满一整个肺的新鲜空气。湖怪跟她游回码头，抬头看着她爬上岸。她一次也没有感到害怕，女孩如此说。它不是出来害人的，它只想要朋友。在湖怪游回深处前，她伸出一根手指，摸摸它柔软的皮肤，蜂蜜般的快乐流淌过她全身。湖怪又露出黑溜溜的微笑，潜下水。

于是，我们在跑步时思忖。我们湖里又有一只湖怪了，它是小宝宝，是老湖怪的后代。我们大概应该通报有关当局，但我们不忍心，不能再将潜水员、科学家、媒体带回来，不能再将它送给世界。它是我们的，是坦普尔顿的。我们要将它留在身边。

明年夏天的七月四日国庆节，我们会到潋镜湖里游泳，驾驶我们的汽艇，在湖上漂荡。喝醉后，等夕阳嘶地在西山熄灭，我们会跳进水里。蝙蝠从我们上方掠过的时候、湖前公园火人嘉年华会的管乐队会开始演奏的时候（棉花糖的味道会飘到湖面上）、精灵泉的发射台将灿烂的烟火施放到夜空的时候，我们会聚在水里。我们会在湖里踢水，一起在湖里跑步，看着倒映在水里的我们周遭的金色、绿色和红色烟火。烟火坠落后，我们会游泳看星星，我们会感觉很好，很欢喜，因为我们的脚底下会有一只白色湖怪在泅泳，那美丽动物的背部会拂过我们的脚，它年轻而淘气。而它会是坦普尔顿的。它会是我们的，只属于我们。

萨加莫尔（又名钦加哥，莫希干族酋长）

昂卡斯（莫希干族酋长）与科拉·芒罗

无名氏·希普曼 —— 戴维·希普曼
1785—1799　1720—1799

杰迪戴亚·埃夫里尔 —— 赫蒂·埃夫里尔
1760?—1819　1767?—1810

尤芙妮·希普曼 —— 索尔·福尔克纳
1799—1902　1751—1834

多特·利佩特 —— 总督·埃夫里尔（私生子）
1810?—1855　1789—1860

晶洁·埃夫里尔
1832-1862

辛纳蒙·埃夫里尔
1834—1908
夫：史托克斯
夫：斯塔克韦瑟
夫：斯特吉斯
夫：格雷夫斯
夫：佩克（结婚于1862年）

小索尔·福尔克纳
1835—1862
妻：奥雷利·福尔克纳
（秘密结婚）
1844—1862

莉娅·埃夫里尔·佩克
1867-1890（嫁到外地）

露丝·佩克·斯塔克韦瑟
1868—1910
夫：海勒姆·斯塔克韦瑟
1860—1908

索尔·福尔克纳三世
（由尤芙妮带大）
1862—1905
妻：莉莉·利特尔
1883—1904

克劳迪娅·斯塔克韦瑟
1888—1923
夫：查克·蒂普顿
1887—1948

索尔·福尔克纳四世
1900—1977
妻：吉娜·米克斯
1923—1964

菲比·蒂普顿
1923—1973

索尔·福尔克纳五世
1947—

坦普尔家族族谱大幅修订版

马默杜克·坦普尔 1754—1799 ← 伊丽莎白·富兰克林·坦普尔（妻） 1751—1834

理查德·坦普尔 1775—1834
妻：安娜·考克斯 1812—1834

五名夭折儿女

雅各布·富兰克林·坦普尔 1789—1851
妻：索菲·兰德尔·德兰西 1789—1851

弗洛拉	玛格丽特	罗丝	贾丝明	莉莉	利利娅斯	黛西	夏洛特（小夏）
				（双胞胎）			
1812	1814	1819	1822	1824		1825	1827—1912

（均为私生女，均嫁给欧美的大人物并迁居）

查尔斯·德·拉·瓦雷（又名乐贵先生） 1798—1869（卒于狱中）

妻：莫妮可·贝齐尔（1882年结婚） 1861—1909 —— 亨利·富兰克林·坦普尔 1862—1939

妻：汉娜·克拉克（1909年结婚） 1888—1979

理查德·富兰克林·坦普尔 1879—1938（迁居纽约）

萨尔·富兰克林·坦普尔 1884—1957（迁居纽约）

莎拉·富兰克林·坦普尔 1913—1933
夫：埃斯特瑞克·小赛·厄普顿 1895—1953

1951年结婚 —— 乔治·富兰克林·坦普尔·厄普顿 1933—1973

薇薇安·厄普顿 1955—

葳莉·阳光·厄普顿（私生女） 1973—

尾　声

湖怪在死亡的那一天的所思所想：

鱼鱼鱼鱼鱼；

黑暗即将化为光明，太阳即将睁眼；

它很快就会看到上方摇摇摆摆的鸭屁股；

现在可怕的闷痛从湖怪体内最深处窜出；

它想着一会儿就能见到人腿在明亮的表面踢呀踢，想着它最爱看人踢腿，想着它总是希望那些腿的主人忘记回到空气中，而开始下沉；

它想着人下沉的时候，在水里尖叫得冒出泡泡，令湖怪耳朵刺痛，然后人就不叫了，也不再剧烈挣扎；

接着湖怪会像鲦鱼窜向瘫软下沉的躯体，伸出前肢接住下坠的人；

它想着人落进湖怪怀里后，表情会和缓起来，停止尖叫和挣扎，泛出安详的神情；

湖怪好爱这些不会动的美丽人儿，抱着他们，抚摸他们苔藓般的发丝，让他们平滑的皮肤贴在它胸前，让那些温暖的小身体接触它巨大的冰凉身体；

现在，疼痛变得热辣可怕；

它想到有时候，被水草系住的小死尸会松脱，它系住他们，是为了不让他们浮到宽阔的湖面，因为即使他们肤色变紫，筋肉脱落，湖怪仍然爱着他们；

即使湖水摸搓掉了他们的筋肉，只遗留下莹润的骸骨，湖怪依旧喜爱他们；

现在疼、疼、疼、好疼；

当他们只剩下精巧的骸骨，湖怪便抱起那些骸骨，将其带到人们早期兴建的石头塔附近荒无人烟的小石棚，湖怪将美丽的骸骨珍藏在那里，它清理掉覆盖在那许多骸骨的泥巴，将新的骸骨放在其他骸骨旁边，轻轻将骸骨压入黏土里；

又是一阵撕心裂肺的疼；

湖怪叫了一声，看着储藏了三个月的空气从它嘴里逸失，看着那偌大的泡泡旋转着，升到水面爆开；

湖怪想着它没有力气从黑暗深处，游到遥远水面的明亮空气里，再吸一口气了；

疼痛变得急剧，更深沉，更黑暗；

有些夜晚，湖怪会待在水面下二十英尺，听着坦普尔顿人的喧闹、呼吸、移动、交谈，鱼和树上的树叶摆动的声音；

痛，晦暗至极的痛；

现在湖怪的视线发黑，开始从深水飘升到浅水；

最后一股扭绞的疼痛；

现在一蓬血里面出现了一个会眨眼的小东西，一个奇怪的苍白玩意儿，有长长的颈项，还有跟湖怪一样的前肢；

现在这巨大的老湖怪和初生的小湖怪互望了；

大湖怪向上漂，离去了，它最后一瞥看到的是小湖怪张嘴，迅捷地用黑牙去咬一尾路过的小鱼；

大湖怪的膜状眼睑阖拢，它想起水面的音乐，那风、人、动物及其他事物交织成的细腻音乐；

在那乐音中，湖怪有一段时间不是完全孤单的，它不孤单；

尽管湖怪升向光明，黑暗却降临在它身上，它想着音乐；

想着黑暗降临，而破晓的阳光灿烂地射入水中；

这样真好……

感觉真好……

感觉真好……